LES WHISKEY :

LES DARK KNIGHTS DE PEACEFUL HARBOR

En toi, un refuge (tome 4)

MELISSA FOSTER

ISBN-13 : 978-1-948004-07-7

Couverture : Elizabeth Mackey Designs
Traduit de l'anglais par June Silinski et Valentin Translation

WORLD LITERARY PRESS
IMPRIMÉ AUX ÉTATS-UNIS D'AMÉRIQUE

Note pour les lecteurs

Bones Whiskey est le plus mystérieux de la fratrie et j'ai adoré apprendre à mieux le connaître. C'est un homme puissant et compatissant qui vit dans l'œil du cyclone et qui ne déchaîne sa rage que lorsque c'est nécessaire. Sarah Beckley fait ressortir ses meilleures qualités et son passé douloureux fait atteindre un nouveau sommet à sa nature introspective. Bones et Sarah vont parfaitement bien ensemble et si vous êtes une femme, préparez-vous à voir vos ovaires exploser quand vous le verrez avec ses enfants. Cet homme est une force de la nature, romantique et aimant. Il est exactement l'homme dont Sarah a besoin. J'espère que vous les adorerez autant que moi et que vous aimerez leur histoire d'amour sexy et émouvante.

Chacun des membres de leurs familles et de leurs amis amusants et merveilleux aura aussi sa fin heureuse. Plusieurs tomes sont déjà publiés et en vente pour votre plus grand plaisir (*Sous l'armure de ton cœur*, *Comme une étincelle*, *Fou de désir*). S'il s'agit de votre première rencontre avec la famille Whiskey, chaque livre est indépendant, alors, n'hésitez pas à plonger et à tomber amoureux des Whiskey.

N'oubliez pas de vous abonner à la newsletter pour vous assurer de ne pas manquer les prochaines parutions de la famille Whiskey :
www.MelissaFoster.com/French-Romance-Newsletter

Pour plus d'informations à propos de mes romans d'amour amusants et sexy, que vous pouvez tous lire indépendamment

ou comme faisant partie d'une série plus longue, rendez-vous
sur mon site Internet :
www.MelissaFoster.com

Bonne lecture !
~ Melissa

CHAPITRE UN

Le grondement et le rugissement du club de motards des Dark Knights traversèrent la foule qui poussait des cris d'encouragement alors qu'ils menaient le défilé d'Halloween le long de la rue principale. Même en costumes, les Dark Knights étaient intimidants, mais Sarah Beckley n'avait pas peur. Deux mois auparavant, Bullet Whiskey, un membre du club, avait secouru Sarah et sa famille après qu'ils avaient eu un terrible accident. Au cours des mois qui avaient suivi, les Dark Knights s'étaient mobilisés massivement pour les aider. Ils avaient organisé un rassemblement pour collecter des fonds afin de payer leurs frais médicaux, l'avaient aidée à trouver un travail et une baby-sitter pour ses deux enfants et ils conduisaient son frère Scott à ses séances de kinésithérapie quand elle ne pouvait pas le faire. Sarah ne savait pas grand-chose du mode de vie des motards, mais elle avait appris certaines choses dernièrement. Leur famille allait bien au-delà des liens du sang et des droits de naissance, s'étendant au fait de *revendiquer* et *protéger* les amis et les familles de chaque membre des Dark Knights. Être incluse dans un tel groupe était un honneur.

Sarah jeta un œil à son fils de trois ans, Bradley, qui était dans le side-car de la moto de Bones Whiskey. Elle ne voyait pas le visage de l'enfant, mais elle savait que son guerrier aux cheveux blond-roux affichait un sourire jusqu'aux oreilles en faisant signe de la main aux personnes qui se trouvaient sur les trottoirs. Il était enthousiaste à propos du défilé, mais l'idée de monter avec Bones l'avait rendu trop fou de joie pour parvenir à dormir au cours des deux nuits précédentes. Le regard de Sarah passa à Bones, le médecin et motard bien trop sexy, et son cœur s'accéléra. Il s'était pris d'affection pour ses enfants comme un oncle aimant et pour *elle* comme un homme *protecteur* et avide, comme si c'était *son* rôle de la protéger, lui faisant non seulement perdre le sommeil, mais l'excitant depuis des semaines.

Elle n'aurait jamais imaginé être assise sur un char, faisant signe à une communauté de personnes qui les traitait, ses enfants et elle, comme les siens et, encore moins attirant le regard de quelqu'un comme Bones. Mais elle était là, installée sur une chaise en forme de cupcake géant quil avait insisté pour construire pour elle avec son clan surprotecteur de frères-motards, entourée par un groupe de nouveaux amis qui acceptaient sa famille et l'intégraient dans une communauté très unie. Depuis qu'elle avait déménagé à Peaceful Harbor, ce n'était pas la première fois que Sarah faisait le point sur sa vie, remerciant le ciel pour sa chance, un ciel qu'elle avait cru malfaisant jusque-là.

Comment était-elle passée de la misère à la joie ?

Deux fois ?

Si tous ces gens connaissaient la vérité sur son passé, se-raient-ils encore aussi ouverts ? Ou cacheraient-ils leurs maris et leurs enfants, la traitant comme la paria qu'elle avait souvent eu l'impression d'être ?

Tandis que le char s'arrêtait, Dixie Whiskey, la sœur de Bones, passa ses cheveux roux par-dessus son épaule tatouée. Elle redressa le haut en coquillages du bikini de son costume de sirène, puis se trémoussa pour ajuster la jupe verte et brillante à paillettes. Motarde dans l'âme, elle avait complété sa tenue avec de grosses bottes noires en cuir.

— Enfin ! Si je dois sourire une seconde de plus, je vais hurler.

— J'ai adoré chaque seconde, dit sincèrement Sarah.

Elle savait ce que c'était que d'être seule, affamée et effrayée. Elle chérissait chaque instant où elle ne se sentait pas ainsi. Se délectant de la chaleur de ces émotions agréables, elle baissa les yeux vers sa fille de onze mois, Lila, qui était adorable dans sa combinaison rouge avec « Chose 1 » imprimé à l'avant. Sa petite main était posée sur le ventre rond en pleine croissance de Sarah, qui exhibait fièrement « Chose 2 ». Enceinte de cinq mois et demi, la jeune femme se sentait bien, et peut-être plus important encore, pour la première fois de sa vie, elle était véritablement et profondément heureuse.

C'est là qu'était le problème.

Chaque fois que Sarah baissait sa garde, son monde s'écroulait tout autour d'elle. Elle savait qu'il valait mieux ne pas laisser le confort que lui offraient ces amis chaleureux et accueillants la pousser à croire qu'elle avait des bases solides.

Sarah jeta un œil à Bones tandis qu'il descendait de sa moto. Le jean s'étira sur ses cuisses puissantes. Il retira son casque et ses yeux sombres et sexy naviguèrent sur l'océan de têtes qui les séparaient, atterrissant sur elle avec la chaleur d'un volcan. Ses lèvres s'étirèrent en un sourire, à faire fondre sa culotte, et qui lui fit oublier qu'elle était une mère enceinte avec deux enfants ; elle pensa à toutes les choses coquines qu'elle aurait aimé faire avec cette belle bouche. En raison de son passé avec les hommes, son attention était aussi bouleversante que réconfortante. Elle hésitait constamment entre l'envie de creuser plus profondément dans son réconfort et celle de se cacher avec ses enfants loin du reste du monde, *juste au cas où…*

Bones lui adressa un clin d'œil coquin. L'estomac de Sarah sombra et elle détourna le regard, les joues brûlantes. Mais son attraction était trop forte et elle dut voler un autre coup d'œil.

Son cœur tonna tandis qu'elle observait ses traits séduisants et bruts et un corps qui aurait fait honte à tous les autres hommes. Elle remarqua que plusieurs femmes le regardaient. Il semblait ignorer l'attention qu'il attirait tandis qu'il parlait à Bradley, la *véritable* « Chose 1 » de Sarah. Son fils aimait Bones autant qu'elle. Il avait refusé les costumes sur le thème de Dr Seuss[1] en faveur d'un costume qui allait avec celui de Bones.

Bradley n'avait même pas sourcillé quand Kennedy, la fille de quatre ans de leurs amis Truman et Gemma Gritt, avait convaincu tous les garçons de leur groupe de se déguiser en pom-pom girls alors qu'elle s'habillerait en joueur de football, avec un diadème rose, bien évidemment. Bradley portait ses pompons fièrement et avait même accepté d'enfiler une jupe. Cependant, les hommes n'avaient pas été aussi ouverts à cette idée. Ils avaient revêtu des shorts en jean, des T-shirts blancs sur lesquels était inscrit « Team Kennedy » à l'avant, des vestes noires en cuir avec l'emblème des Dark Knights au dos et leurs bottes de motards. Les pompons n'étaient *pas* facultatifs et la plupart des hommes les avaient fourrés dans leurs poches arrière.

Bones semblait aimer le fait de prendre la famille de Sarah sous son aile sexy. Il avait insisté pour acheter une petite veste et des bottes pour Bradley. Ces motards tatoués et costauds avaient révélé leurs cœurs d'or et son petit garçon était fou de joie d'être

---

[1] Ecrivain et illustrateur américain pour enfants qui écrit notamment *Le chat chapeauté*

inclus. Bones faisait beaucoup de choses pour eux. Il aidait Scott à terminer leur sous-sol et il s'occupait des enfants avec Sarah lorsqu'ils sortaient en groupe. La jeune femme était encore en train d'apprendre à accepter une telle générosité et elle commençait doucement à comprendre que tous les cadeaux n'étaient pas offerts pour recevoir quelque chose en retour.

Tandis que ses amis se dirigeaient vers le bord du char, leurs moitiés apparurent comme une cavalerie pour les aider. Bullet souleva sa fiancée, Finlay, dans ses bras, l'embrassant en l'aidant à descendre. Ses bras et son corps épais l'avalèrent tandis que leur rottweiler, Tinkerbell[2], qui était sur le char avec Finlay, gémissait pour demander de l'attention. Finlay possédait une entreprise de traiteur pour laquelle le char avait été construit. Elle était adorable dans un short rose et un tablier blanc sur lequel était fièrement écrit *Finlay's* en lettres roses et sophistiquées, ainsi qu'avec son chapeau de pâtissière. La petite blonde avait été une autre grâce salvatrice pour Sarah après l'accident. Elle lui avait préparé des repas sans allergènes jour après jour.

Bullet et Finlay allaient se marier la semaine suivante. Même si Finlay était aussi timide qu'un lapin et que Bullet était une bête prête à charger, ils donnaient l'impression que l'amour était facile.

Autrefois, Sarah avait cru que l'amour pouvait être une chose spéciale, mais certainement pas *facile*. Depuis, elle avait appris que le simple fait de penser à être amoureuse pouvait être traître.

De l'autre côté du char, Scott aidait Dixie et leur amie Isabel à descendre. Il avait ce regard niais que les hommes ont quand ils sont à proximité de femmes sexy. C'était agréable de le voir

---

[2] Nom anglais de la fée Clochette.

en bonne compagnie et heureux.

— Papa ! hurla Kennedy à Truman quand il s'approcha.

Elle s'agrippa à la main de Gemma.

— Viens nous chercher, maman et moi !

Tout en portant Lincoln, leur petit garçon, Truman tendit le bras vers Kennedy.

— Descends, princesse.

— Je suis une joueuse de football, papa !

Kennedy descendit tandis que Bear, le cadet de Bones, aidait Gemma avant de tendre les bras vers sa femme, Crystal.

Sarah remarqua que Bones tenait la main de Bradley et se dirigeait vers elle. L'amour et le soutien des Whiskey étaient plus qu'admirables. Elle aurait juré que leur nature protectrice était cousue dans le tissu même de leurs êtres. La foule avança et elle perdit la trace du jeune homme et de son fils.

Scott se fraya un chemin dans la foule et tendit le bras vers Lila.

— Donne-la-moi et je vais t'aider à descendre.

Il ne semblait pas s'inquiéter du ridicule de son costume de Chat Chapeauté qui allait avec leur thème de Dr Seuss, et elle l'aimait encore plus pour cela.

Lorsqu'ils avaient repris contact, elle avait vu des ressemblances avec son père dans ses traits. Elle l'avait dit à Scott et il avait arrêté de se raser et s'était laissé pousser les cheveux. Sarah ne pensait pas que cela ait de l'importance maintenant qu'elle avait appris à le connaître. Elle ne voyait plus aucun point commun entre son père et lui.

— Je ne suis pas sûre que je devrais donner mon bébé à un homme-chat géant, le taquina-t-elle en lui tendant l'enfant endormie.

Scott avait maintenu une main ferme sur l'épaule de Sarah

pendant tout le défilé. Il ne faisait aucun doute qu'il craignait que la vie qu'ils créaient puisse s'envoler en fumée à n'importe quel moment et qu'elle disparaisse à nouveau. Il faudrait une meute de loups pour la séparer du frère qu'elle n'avait pas vu pendant tant d'années, qu'elle avait cru l'avoir perdu pour toujours.

Ils venaient de se retrouver et le premier soir où ils étaient sortis pour fêter cela, ils avaient eu un accident de voiture qui avait envoyé Scott et ses bébés à l'hôpital. Lila avait des cicatrices sur le visage et les bras et Scott faisait de la kinésithérapie pour renforcer ses jambes, qui avaient été brisées dans l'accident. Grâce à l'intervention rapide de Bullet, ils avaient tous survécu.

Cela semblait être l'histoire de leurs vies. *Survivre.* Elle se demanda si les autres s'attendaient aussi à ce que leurs belles vies implosent ou si elle était la seule à connaître cette peur.

Elle passa le sac de bébé par-dessus son épaule et descendit du char, prenant Lila des bras de Scott. Ils furent rapidement entraînés par la foule tandis qu'ils se frayaient un chemin vers les motos. Sarah regarda derrière une femme costaude et balaya la foule des yeux, trouvant rapidement les larges épaules qu'elle aurait reconnues n'importe où. Bones était entouré par un groupe de femmes portant des costumes sexy avec des jupes courtes et des corsages moulants. Elles le regardaient comme s'il était *Le Sorcier* et qu'il détenait la réponse à tous leurs problèmes.

Sarah se fraya un chemin à travers la foule et Bones se retourna, ses yeux sombres se fixant sur elle avec une telle intensité qu'elle s'immobilisa. Elle baissa les yeux, cherchant Bradley, et son estomac sombra.

Une femme déguisée en sorcière saisit le bras de Bones, le

retournant.

— Scott, où est Bradley ?

La panique la saisit tandis qu'elle tournait en rond, le cherchant dans la foule. Dans son cœur, elle savait que Bones ne mettrait jamais ses enfants en danger. Mais leur propre père, l'homme qui était censé donner sa vie pour les protéger, les avait mis en péril. Elle ne faisait plus autant confiance à son instinct qu'avant.

— Tout va bien. Je suis sûr qu'il n'est pas loin.

Scott traversa la masse de monde, criant le nom de Bradley.

La gorge serrée, Sarah avança, serrant Lila contre elle et appelant Bradley. Bones se retourna et couvrit rapidement la distance qui les séparait.

Il enroula son bras autour de sa taille, les attirant près de lui, Lila et elle.

— Qu'est-ce qui ne va pas ?

Elle s'écarta de ses bras, paniquée.

— Où est Bradley ?

— Il est avec ma mère, Babs et Chicki. Elles l'emmènent acheter de la barbe à papa.

Le soulagement la submergea. Les époux de Babs et de Chicki étaient des Dark Knights et aux yeux de Bones, ils étaient aussi proches que sa famille. Babs gardait Lila et Bradley et Chicki possédait le salon où Sarah travaillait. Elle avait parfaitement confiance en elles et en Red, la mère de Bones, mais cela n'empêcha pas sa peur de s'exprimer.

— Tu dois me le dire quand tu le donnes à garder à quelqu'un d'autre.

— Tu as complètement raison. J'étais justement en train de venir te le dire, mais l'une des infirmières de l'hôpital m'a coincé. Je suis désolé.

Il l'attira plus près de lui et la serra encore plus fort.

— Tu trembles.

— Bien sûr que je tremble ! dit-elle en essayant de calmer ce qui restait de sa panique. Je croyais que j'avais perdu mon bébé. Je veux le voir. On peut…

Bones était déjà en chemin, passant à travers la foule en serrant Sarah contre lui. Il faisait souvent cela et elle ne pensait pas qu'elle pourrait un jour s'habituer à la pulsation de chaleur qui passait du corps de Bones au sien. Il appela Scott en le dépassant et celui-ci se joignit à eux, se dirigeant directement vers le marchand de barbe à papa.

— Il est avec Red, Chicki et Babs, expliqua Sarah.

Le soulagement sur le visage de son frère était aussi pur et présent que le sien.

— Dieu merci ! dit Scott. Je t'ai dit que tout irait bien. Bones ne laisserait jamais rien arriver à Bradley.

— Certainement pas ! dit férocement celui-ci. Je ne voulais pas vous faire peur. J'allais le dire à Sarah quand une infirmière m'a intercepté.

Bones désigna Bradley, qui était assis sur les genoux de Chicki dans l'herbe à côté de Red et de Babs, noyant ce qui restait de la panique de Sarah. Le garçonnet avait de la barbe à papa bleue et collante sur les joues et il gloussait tout en tendant la boule de sucre à Red. Celle-ci se pencha en avant, prenant une grande bouchée de friandise collante d'un geste théâtral, puis Babs en fit de même. Bradley gloussa et Chicki le serra dans ses bras.

Sarah avait beau ne pas faire complètement confiance à qui que ce soit, voir ces femmes couvrir son fils d'amour la réchauffa. L'embarras d'avoir réagi excessivement alors que Bones et sa famille avaient tant fait pour eux l'engloutit presque entièrement. En plus de tout ce que les Whiskey avaient fait pour sa famille et elle, quand les blessures de Scott lui avaient fait perdre son nouvel emploi, les Whiskey l'avaient présenté aux types de la marina, où il travaillait désormais.

Avant qu'elle ne puisse s'excuser auprès de Bones, Quincy, le jeune frère de Truman, appela Scott depuis l'autre côté de la rue. Il était avec Isabel et Jed, le frère de Crystal.

— Mec, tu veux venir traîner avec nous ?

Scott jeta un œil à Sarah.

— Ça va ? Je peux rester, si tu veux.

— Je vais bien. Va t'amuser. On se retrouve plus tard.

Tandis que Sarah observait Scott qui traversait la rue, elle remarqua que son boitement était un peu plus prononcé et elle fut ravie qu'il ait sa canne dans la voiture, si nécessaire. L'hôpital lui avait posé des plaques et des broches permanentes dans l'une de ses jambes. Il avait eu de la chance pendant sa convalescence et ses médecins ne prévoyaient plus d'autres opérations. Certains jours, il lui arrivait encore de ne pas pouvoir faire tout ce qu'il souhaitait, mais au moins, il était tiré d'affaire.

— Sarah, je suis vraiment désolé, dit Bones, la ramenant dans le moment présent.

Quand il la regardait comme il le faisait à ce moment-là, plongeant profondément dans ses yeux comme s'il pensait chaque mot, il était difficile de se concentrer. Elle aimait *trop* le regarder et elle se surprit à essayer de rassembler les morceaux de la vie de Bones en un semblant de quelque chose qu'elle pouvait comprendre. Il ne ressemblait pas à un motard et pourtant, le club était une grande partie de sa vie. Il était grand et soigné et il n'avait pas de tatouages, contrairement aux autres motards. Du moins, pas d'après ce qu'elle avait vu. Cela dit, Bones n'avait pas besoin d'encre pour souligner son côté dur à cuire. Sa présence imposante était rendue encore plus puissante par sa mâchoire carrée et ses yeux sombres et perçants. Il était le genre d'homme que les femmes désiraient et que les hommes admiraient.

Elle se tourna à nouveau vers son fils et dit :

— Je sais. Ce n'est pas grave. Je suis juste trop protectrice.

— Et tu as raison de l'être. Lorsque j'ai vu la peur dans tes yeux, je me suis senti terriblement mal.

L'émotion dans sa voix poussa Sarah à le regarder à nouveau dans les yeux. Elle n'avait aucun droit de remarquer quoi que ce soit chez lui, encore moins de laisser son imagination galopante s'emballer. Bones pouvait avoir toutes les femmes qu'il désirait. Elle n'était pas assez folle pour penser qu'il serait assez dingue pour vouloir d'une femme enceinte qui avait deux enfants. De plus, elle avait commis l'erreur de croire des mots doux et des yeux sexy auparavant. Elle ne pouvait plus se permettre de retomber dans cette obscurité.

— Et si la jolie maman de cette mignonne petite demoiselle me montrait un sourire ?

Il chatouilla le menton de Lila, ce qui provoqua les gloussements du bébé.

Les entrailles de Sarah fondaient lorsqu'il faisait ce genre de choses. Pas étonnant qu'elle soit complètement confuse quand elle était près de lui. Elle avait tellement envie de lui qu'elle en souffrait, mais son esprit lui envoyait continuellement des avertissements et des défenses sous forme de souvenirs douloureux.

Elle lui adressa un sourire rapide et se dirigea vers Bradley avant que ses hormones n'aient de nouveau l'occasion de réagir de manière excessive. Quand la main de Bones atterrit sur le bas de son dos, elle s'obligea à se concentrer sur Red, qui était en train de chatouiller la joue de Bradley avec un brin d'herbe, plutôt que sur la chaleur délicieuse que son contact créait en elle. Il n'était pas facile de se distraire d'une créature aussi séduisante, mais elle était déterminée. Elle examina les trois femmes, qui agissaient comme des sœurs même si elles étaient toutes très différentes les unes des autres. Cependant, elles avaient un point commun dans leur apparence : il émanait d'elles plus de force et de résistance que Sarah n'en avait vu. C'était peut-être parce qu'elles étaient mariées à des motards ou peut-être qu'elles étaient nées ainsi.

Parfois, Sarah se sentait forte, mais à d'autres moments, elle avait l'impression qu'un aimant dans son dos attirait les ennuis de toutes les directions et qu'elle ne pouvait que baisser la tête et se protéger.

—VOILÀ MAMAN ET Sissy, dit Babs à Bradley lorsqu'ils s'approchèrent.

Bones avait connu Babs toute sa vie. Ses longs cheveux blonds semblaient toujours battus par le vent et ses vêtements étaient constamment débraillés, mais elle était chaleureuse et solide.

Red leur sourit et dit :

— Escortée par mon grand garçon courageux.

Avec sa peau claire et ses cheveux courts, il était difficile de croire qu'elle avait donné naissance à trois garçons à la peau mate. Mais tout comme eux, elle était une motarde dans l'âme et elle s'habillait presque toujours en noir, depuis son T-shirt à son jean en passant par ses grosses bottes en cuir.

Bones ébouriffa les cheveux de Bradley et ce dernier lui

adressa un grand sourire bleu et édenté.

— Salut, Red. Mesdames.

Bones se pencha en avant et embrassa sa mère sur la joue.

— Tu finiras un jour par parler de moi comme d'un *homme* et non pas un *garçon* ?

— C'est ce que les *autres* femmes voient chez toi, dit Chicki, les jambes repliées sous elle.

Elle était la plus chic des amies de Sarah, presque exotique, avec une peau mate, des cheveux sombres qu'elle attachait souvent dans un chignon serré, un penchant pour les chemisiers colorés et elle se promenait sur des talons très hauts.

— Peu importe que tu sois grand et méchant, pour nous, tu seras toujours le garçon qui faisait ses premiers pas tout nu dans le jardin en disant « Regardez ça ! » avant de balancer les hanches pour faire tourner ton zizi.

Bon sang ! Il avait une trentaine d'années. Arrêteraient-elles un jour de parler de ces conneries ?

Sarah gloussa en s'asseyant à côté de Chicki, couvrant rapidement sa bouche. Ses beaux yeux marron se levèrent vers ceux de Bones, dansant d'un air amusé. Comme elle était belle ! Parfois, ses yeux semblaient troublés et hantés ou perdus à un million de kilomètres. D'autres fois, comme à ce moment-là, ils étaient insouciants et innocents, même si cela ne durait que quelques brèves secondes. Il voulait capturer ces secondes dans un verre, les chérir et lui donner davantage de raisons de se sentir ainsi.

— Tu trouves ça amusant, pas vrai ? dit-il à Sarah. Je suis sûr que ta mère aussi a des histoires gênantes à ton sujet.

Le visage de Sarah blêmit et la douleur apparut dans son regard.

— Ma grand-mère est au paradis, dit Bradley d'un ton

neutre.

Il tendit sa barbe à papa à Lila, qui en agrippa une poignée et commença à sucer ses doigts.

Merde, je n'arrête pas de mettre dans le mille, aujourd'hui !

Bones toucha l'épaule de Sarah et dit :

— Je suis désolé. Je ne savais pas…

— Ce n'est rien, marmonna-t-elle alors même que Lila enfonçait ses doigts collants dans la bouche de Sarah.

Cette dernière déplaça délicatement le poignet de sa fille, l'empêchant ainsi de mettre sa main collante partout, et elle sourit d'un air aimant, la douleur disparaissant immédiatement.

— *Hum.* Merci, petite Lila.

C'était ce sourire, celui qu'elle ne montrait qu'à ses enfants, qui avait attiré l'attention de Bones la première fois qu'il l'avait vue à l'hôpital, après son accident. Sarah était aussi réservée qu'un oiseau blessé, mais en ce qui concernait ses enfants, elle était forte, ouverte et aimante. Il se demanda ce qui lui était arrivé dans la vie pour qu'elle soit aussi méfiante à l'égard d'autrui.

— Voilà la cavalerie.

Red désigna l'autre côté du trottoir, où Bullet, Finlay et Tinkerbell menaient un groupe composé de leurs frères, sœurs et amis, une équipe hétéroclite de princesses et de pom-pom girls les plus laides, les plus poilues à jambes épaisses que Bones ait jamais vues.

Babs donna un coup de coude à Chicki.

— On dirait qu'ils sont prêts à s'amuser avant d'aller demander des bonbons. Venez, les filles. Laissons la jeunesse faire ce qu'elle a à faire.

— Merci d'avoir surveillé Bradley, dit Sarah. Bradley, dis merci, chéri.

Bradley lança ses bras autour du cou de Chicki et dit :

— Merci !

Sa voix aiguë résonna tandis qu'il descendait des genoux de Chicki et qu'il montait sur ceux de Red, distribuant plus de câlins et de baisers. Puis il se jeta dans les bras de Babs.

Bones se demanda si sa propre grand-mère lui manquait.

Sarah s'agenouilla et il l'aida à se lever, attirant son corps contre le sien et la tenant près de lui un moment juste pour la voir rougir. Comme par enchantement, ses joues s'empourprèrent et elle mit un peu d'espace entre eux. Si elle rougissait quand il la tenait dans ses bras, que ferait-elle quand il poserait sa bouche et ses mains sur elle ? Quand il utiliserait ses désirs pour lui donner du plaisir ?

J'ai hâte de le découvrir !

Il avait toujours trouvé que la grossesse était un moment de beauté et de merveille, mais il n'avait jamais été attiré par une femme enceinte avant Sarah. Quelque chose chez la femme blonde, douce et sexy avec un ventre rond l'avait attiré depuis le début. Elle était féminine et pourtant, elle résonnait de force intérieure comme un soldat vigilant qui avait vu trop d'horreurs. Cette idée fit bouillonner son sang, même s'il ignorait s'il avait raison. Toutes sortes de femmes rivalisaient pour attirer son attention, mais il sortait rarement avec des habitantes de Peaceful Harbor, préférant garder ses conquêtes hors de son territoire, protégeant sa réputation avec la même force qu'il utilisait pour protéger sa famille. Mais en ce qui concernait Sarah, il n'avait pas le choix. Une force imparable le poussait vers elle. Et pour une fois dans sa vie, il ne s'agissait pas de sa tête, mais de son cœur.

— Merci d'avoir laissé Bradley rouler dans ton side-car et monopoliser ton attention pendant le défilé, dit Sarah tout en ajustant Lila sur sa hanche.

— C'est un bon garçon. J'étais ravi qu'il soit avec moi.

Il passa son regard le long du corps de Sarah, baissant la voix et essayant de provoquer une autre rougeur sexy qu'il adorait.

— J'aimerais t'emmener faire un *tour* un jour.

Elle écarquilla les yeux et il craignit d'être allé trop loin, il ajouta donc :

— Dans mon side-car.

Sa mère et ses amies se levèrent, le regardant avec une étincelle d'intuition, comme si elles sentaient que ses sentiments pour Sarah grandissaient juste devant leurs yeux. Bon sang, il détestait cette étincelle ! Il aurait juré qu'elles avaient une sorte de radar de vérité. Elles les avaient surpris, ses amis et lui, en train de raconter des mensonges bien trop souvent quand ils étaient petits. Il pivota sur ses pieds, se détournant d'elles pour faire face à Sarah. Il ne savait pas grand-chose sur son histoire. Elle évitait les questions à propos de son passé et du père – ou *des* pères – de ses enfants comme une armure déviait les balles. Elle avait mentionné un *ex*, mais il ne savait pas si elle était mariée et qu'elle utilisait le mot « *ex* » au sens figuré, si elle se cachait d'un véritable *ex* ou si elle était juste prudente en général. Elle avait deux beaux enfants, portait l'enfant d'un autre homme et elle avait quand même envahi ses fantasmes les plus sombres et provoqué des envies protectrices qui allaient bien au-delà de ce à quoi il était habitué. Il lui était impossible de nier la brûlure de l'attirance qu'il ressentait, mais l'idée de faire des bêtises avec la femme d'un autre homme ne lui venait même pas à l'esprit.

Il baissa les yeux vers la ravissante petite fille dans les bras de Sarah, qui le regardait avec des yeux bleus souriants. La différence entre le regard confiant de Lila et celui méfiant de

Sarah était flagrante. Il espérait arranger cela, mais il avait d'abord besoin de réponses.

Un sourire gêné étira les lèvres de la jeune femme et elle dit :

— Je suis désolée d'avoir paniqué à propos de Bradley. Ma plus grande peur, c'est que quelque chose arrive à mes enfants.

— J'aurais dû le savoir. Je ne t'effrayerai plus jamais comme ça.

Bones était protecteur par nature, mais son désir de protéger Sarah et ses enfants ressemblait à une douleur profonde dont il ne voulait pas et ne pouvait pas se débarrasser. Il ignorait si cela était dû au fait qu'il avait vu chacun de ses frères trouver l'amour et être plus heureux que jamais ou si ce que sa mère lui avait dit si longtemps auparavant était vrai. *Quand tu trouves la personne qui t'est destinée, rien ne peut le changer.* Tout ce qu'il savait, c'était que si Sarah était mariée, si elle était prise d'une quelconque façon et qu'il ne pouvait que l'admirer de loin, il ferait tout le nécessaire pour lui montrer qu'elle pouvait lui faire confiance.

— Qui est prêt à aller demander des bonbons ? demanda Finlay tandis que Tinkerbell l'attirait vers Bradley.

— Tink !

Bradley se leva et la chienne poussa sa grosse tête en avant, lui léchant le visage si fort qu'il tomba sur les fesses en riant.

Bones s'agenouilla entre eux et saisit l'animal par le collier.

— Ça va, petit ?

— Oui, dit Bradley entre deux fous rires. Lâche-la !

— Et si on te remettait sur pied d'abord ?

Le jeune homme l'aida à se relever et passa un bras autour de sa taille tandis que Tinkerbell lui faisait des tas de léchouilles. Il aurait fallu au petit garçon un chiot de sa taille, mais Bones imaginait que la dernière chose dont sa mère avait besoin, c'était une autre bouche à nourrir, à éduquer ou à s'occuper.

Red et ses amies se saluèrent rapidement avant d'aller chercher leurs maris.

— On dirait que ton fils a un garde du corps, dit Finlay à Sarah.

Bones jeta un regard à cette dernière, qui l'observait avec prudence. Il était rare qu'il soit du côté d'un examen approfondi. Il gagnait sa vie en sauvant celle des autres. La plupart des gens le prenaient pour exemple, donnaient de la valeur à sa parole comme si c'était de l'or et il essayait de le mériter. Que devrait-il faire pour gagner la confiance de Sarah ? Et où était le chanceux qui avait conquis son cœur et qui avait conçu ses enfants ?

— Viens, petit B, dit Bones en se levant. Allons leur montrer comment on demande des bonbons.

— Sur tes épaules ! Sur tes épaules !

Bradley sauta de joie, les bras tendus vers le ciel, ce qui provoqua un aboiement excité de la part de Tinkerbell.

Tandis que Bones soulevait Bradley sur ses épaules, Sarah toucha son bras et dit :

— Tu n'es pas obligé de…

Bones lui adressa un clin d'œil.

— Généralement, je ne fais pas les choses parce que j'y suis obligé. Je les fais parce que je le veux.

— Oncle Be-*ah*, je veux monter sur tes épaules comme Bradley avec Oncle Boney. *S'il te plaît* ? supplia Kennedy, adorable dans son petit uniforme de football avec des épaulières, des chaussures à crampons et un diadème rose.

Truman l'avait emmenée à un match de football du lycée et elle était folle de ce sport depuis. Kennedy était tellement féminine qu'ils avaient tous été déconcertés quand elle avait décidé de se déguiser en joueur de football pour Halloween et non pas en pom-pom girl.

— Bien sûr, ma puce.

Bear la mit sur ses épaules.

Bear était le plus émotif et le plus joyeux de ses frères et sœur. Bones ignorait comment, avec tout ce qu'il avait traversé au fil des ans. Sa personnalité affable avait sauvé leur famille de bien des manières. Quand Bones était à l'école et que Bullet était parti servir dans l'armée, leur père avait eu un AVC. Bear venait d'obtenir son diplôme de l'université et il avait mis sa vie en suspens pour prendre les rênes de l'entreprise familiale, le *Whiskey's*, et même le *Whiskey Automobile* après la mort de leur oncle. Non seulement il les avait maintenus à flot au fil des ans, mais il les avait fait prospérer tout en s'occupant de la maison pour que Bones puisse se concentrer sur ses études de médecin et que Bullet puisse se sacrifier pour leur pays. À présent, c'était au tour de Bear de suivre son rêve et Bones n'aurait pas pu être plus heureux pour lui. Il avait épousé Crystal quelques mois plus tôt et actuellement, il concevait des motos pour *Silverstone Cycles* qui était l'élite dans son domaine. Et il aimait tellement ce qu'il faisait qu'il continuait à travailler à temps partiel au garage. Bones était émerveillé par chacun de ses frères et leur réussite et il serait éternellement reconnaissant pour la générosité altruiste de Bear.

Kennedy posa son diadème rose sur la tête de ce dernier et dit :

— Maintenant, tu *wessembles* vraiment à une pom-pom girl !

— Seulement pour toi, Ken, dit Bear en secouant la tête.

— Où est Dixie ? demanda Bones.

— Penny et Izzy l'ont emmenée avec Jed, Quincy et Scott,

expliqua Crystal.

— Penny a dit qu'ils allaient faire des *trucs de célibataire*, et juste après, Quincy a agité les sourcils, dit Gemma.

Bones jeta un coup d'œil à Sarah. *J'aimerais faire des trucs de célibataire avec toi.* Comme si elle avait lu dans ses pensées, elle rougit et détourna le regard.

Bullet grogna quelque chose que Bones ne distingua pas. Comme le reste des hommes, il était ridicule dans sa tenue de pom-pom girl, deux pompons sortant de sa poche arrière, mais il mesurait un mètre quatre-vingt-quinze et personne n'était assez stupide pour se moquer de lui. Et comme tous les Whiskey, il aurait fait n'importe quoi pour Kennedy.

— Mince ! J'ai oublié la poussette, dit Sarah.

— Je vais la porter.

Bones tendit les bras vers Lila.

— Viens ici, ma puce.

La jeune mère tourna son épaule vers lui.

— Tu as déjà Bradley.

Bones plaça une main sur le dos de Bradley et agita son autre main.

— Et j'ai un bras libre.

— Maman, il porte bien, dit Bradley en tapotant la tête de Bones. Il m'a beaucoup porté.

Elle leva ses beaux yeux marron vers le motard d'un air confus.

— Ça va. Je peux la porter.

Lila tendit les mains vers Bones. Il pointa son doigt vers elle et elle enroula ses doigts minuscules autour, l'attirant vers sa bouche.

— Je ne doute pas que tu *puisses* le faire. Mais c'est à ça que servent les amis, à alléger le fardeau.

N'avait-elle pas eu des amis proches à l'endroit d'où elle venait ? Ou l'avaient-ils rejetée ? L'idée lui tendit les muscles.

— Si ça te dérange que je la porte…

— Non, c'est bon. Je suis juste…

— Une mère responsable.

Ce qui te rend encore plus attirante.

— C'est un trait admirable.

Sarah secoua la tête. Ses beaux cheveux blonds s'envolèrent autour de ses épaules.

— Mais vraiment, Bones, tu ne peux pas les porter tous les deux.

— La vache ! dit Finlay en jetant un coup d'œil complice à Gemma. Tu n'as pas appris qu'il ne faut pas douter de la virilité d'un Whiskey. Ils te prouveront toujours que tu as tort.

— Chérie, tu as un polichinelle dans le tiroir et tu es là depuis le début de l'après-midi.

Bones tendit le bras.

— Maintenant, s'il te plaît, donne-moi cette jolie petite demoiselle. Nous passerons par chez toi pour prendre la poussette, si tu veux, et ensuite, nous demanderons des bonbons dans ton quartier. Nous devrions probablement aussi prendre le hérisson et la couverture, au cas où elle deviendrait grincheuse.

Sarah ne vivait qu'à trois pâtés de maisons. Ce n'était pas trop loin, Bones pouvait porter les enfants jusque-là, mais il était inquiet à l'idée que la jeune femme traîne un bébé sur sa hanche toute la soirée.

Celle-ci lui adressa un regard incrédule, les yeux remplis d'émerveillement.

— Son hérisson…

— Je ne sais pas comment tu es sortie de la maison sans.

Bones avait offert un hérisson en peluche à Lila quand elle

était sortie de l'hôpital et d'après ce qu'il avait vu, la fillette le perdait rarement de vue.

Gemma se faufila jusqu'à Sarah et dit :

— Il paraît qu'on peut en dire long sur un homme d'après la façon dont il traite sa mère.

Elle tourna un regard aimant vers Truman et dit :

— Je crois qu'on peut en dire plus sur un homme d'après la façon dont il traite les enfants des autres.

Bear s'était lié d'amitié avec Truman quand ce dernier était adolescent. Quelques années plus tard, Truman avait porté le chapeau pour un crime que Quincy avait commis et avait passé plusieurs années en prison. Peu après avoir été libéré, il avait secouru Lincoln et Kennedy, des frère et sœur dont il ignorait l'existence, d'une maison de crack où leur mère avait fait une overdose. Il avait rencontré Gemma et était tombé amoureux d'elle. Depuis, ils s'étaient mariés et avaient adopté les enfants, les élevant comme les leurs. Les bambins avaient fait du chemin. Au début, Kennedy avait peur de tout et de tout le monde. À présent, elle allait à l'école maternelle trois matins par semaine et elle adorait être le centre de l'attention. Truman était un homme bon qui avait subi un enfer et s'était sacrifié de tout cœur pour les autres. Bones était fier de l'appeler son *frère*.

Sarah céda enfin, donna son adorable petite fille à Bones avec un sourire reconnaissant.

— Je déteste avoir l'impression de profiter de toi. Tu nous aides toujours. Un jour, tu vas regarder en arrière et te demander où est passé tout ton temps libre.

— Profite de moi, chérie.

Il ne put empêcher le sous-entendu d'être évident et lorsqu'elle écarquilla les yeux, il sut qu'il devrait se calmer s'il ne voulait pas qu'elle s'enfuie en courant. Mais il n'était pas très doué pour s'éloigner de quelque chose qu'il désirait et lorsqu'il surprit Sarah en train de lui jeter un coup d'œil à la dérobée, un coup d'œil vraiment *torride*, il ajouta :

— Aussi souvent que tu le désires.

Puis il leva le menton et dit :

— Accroche-toi, petit B. Nous partons chercher tes bonbons.

CHAPITRE DEUX

Presque deux heures après et plusieurs arrêts « *Un bonbon ou un sort ?* » , Bradley s'endormit profondément dans sa poussette, agrippant un sac de friandises. Lila était dans les bras de Bones, enveloppée dans sa couverture préférée et serrant son hérisson contre elle. Kennedy luttait contre le sommeil sur le torse de Bullet, mais Lincoln était bien réveillé dans les bras de Truman et tirait sur sa barbe. Crystal et Bear étaient partis environ une demi-heure plus tôt. Si Sarah s'y efforçait vraiment, elle pouvait faire semblant d'avoir sa place dans le groupe très uni. Mais elle avait passé une vie entière à faire semblant et elle avait beau être douée, c'était exténuant. Elle aurait donné n'importe quoi pour être née dans une famille différente, pour se libérer de son passé et vivre sans mensonges et sans craindre de ce que les gens pourraient découvrir à son propos, mais elle n'était pas aussi bénie des dieux. Cependant, elle avait quand même de la chance. Un regard vers ses beaux bébés ou son frère suffisait à lui rappeler à quel point elle en avait.

— Nous devrions ramener tes enfants à la maison pour les mettre au lit, dit Bones tandis qu'ils descendaient la rue. Tu dois être fatiguée aussi.

Elle lui adressa un coup d'œil et son pouls fit ce sprint de fou qu'elle avait rêvé de ressentir quand elle était petite tandis que cette ardeur faisait monter la peur en elle. Elle avait tout foutu en l'air une fois et ne pouvait pas se permettre de recommencer. Même si cela lui coûtait tout ce qu'elle avait, elle était déterminée à donner une vie normale et heureuse à ses enfants. Même si elle ne savait plus ce que « normal » signifiait. Mais le fait de marcher aux côtés de Bones, de parler du défilé et de ses petits ressemblait à un début et c'était certainement beaucoup plus normal que la manière dont elle avait vécu la plus grande partie de sa vie : en fuite, faisant des choses qu'elle n'avait jamais imaginé faire pour joindre les deux bouts et faisant confiance à un homme qui l'avait laissée tomber, l'obligeant à tout recommencer depuis le début.

Elle s'était tellement amusée ce jour-là qu'elle ne voulait pas que la soirée s'achève. Mais elle ne pouvait pas faire passer ses désirs égoïstes avant le besoin d'une bonne nuit de sommeil de ses enfants.

— Ça a été vraiment amusant. Tu ne vas pas le croire, mais je n'avais jamais vu de défilé.

— Tu n'avais jamais vu de défilé ?

Finlay se retourna devant elle, sa tenue rose et blanche se soulevant dans le vent, rendant Tinkerbell folle. La grande tête du chiot se balança d'avant en arrière, évaluant la menace.

— Tink, dit sévèrement Bullet, donnant une seule tape ferme sur sa propre cuisse.

La chienne inclina la tête, gémissant face à son maître, avant de se tourner à nouveau vers Finlay.

— Ce n'est rien, Tink.

Finlay lui caressa la tête et dit :

— Les défilés étaient la base de ma jeunesse. Où as-tu grandi ?

Sarah était presque sûre que la réponse « en enfer » entraînerait trop de questions, elle dit donc :

— En Floride.

S'il y avait bien une chose qu'elle ne voulait pas, c'était parler de son enfance. Elle était sûre qu'ils avaient tous eu des jeunesses parfaites, remplies de défilés, de fêtes et de pancakes avec des petits visages souriants. Le genre qu'elle souhaitait pour ses propres enfants. Elle avait raté ça aussi, mais il n'était pas trop tard pour recommencer. *Il n'est jamais trop tard*, se rappela-t-elle. C'était la devise avec laquelle son frère, sa sœur et elle avaient vécu quand ils étaient jeunes. Un océan d'envie la traversa en pensant à sa petite sœur, Josie.

— Du soleil et des plages, comme Peaceful Harbor. La plupart du temps, en tout cas, dit Gemma avec un soupir joyeux, faisant sortir Sarah de ses pensées. Eh bien, maintenant que tu es là, tu peux te joindre à nous pour les défilés et les rassemblements du club…

Elle écarquilla les yeux et poussa un petit cri.

— Quand sont les anniversaires de tes enfants ?

Sarah rit doucement face au changement de sujet rapide.

— Lila va avoir un an à la fin du mois prochain et Bradley aura quatre ans en avril.

— Le mois prochain ? Quel jour ? demanda Bones tandis qu'ils arrivaient au coin de la rue.

Ses lèvres s'étirèrent en un sourire optimiste et elle se demanda ce qu'il espérait. Il avait le plus beau des sourires, des lèvres charnues, le genre de lèvres que les femmes imitent avec beaucoup d'argent. Elle se surprenait souvent à les fixer du regard, pensant à des choses auxquelles elle n'aurait pas dû penser, comme ce qu'elle ressentirait si elles étaient appuyées contre les siennes ou qu'elles glissaient contre son cou et si ses baisers étaient durs et exigeants ou lents et exitants. Elle tourna son regard vers son bébé dans les bras de Bones pour essayer de se distraire de ces pensées. La douce petite main de Lila était posée sur la mâchoire du jeune homme. Sa fille s'était dirigée vers lui sans hésitation dès la première fois qu'il avait essayé de la prendre dans ses bras. Parfois, Sarah était jalouse de la facilité avec laquelle elle faisait confiance, souhaitant trouver la même. Mais à d'autres moments, l'innocence confiante de sa fille soulignait la responsabilité que la maman avait de faire attention à ses enfants et de les protéger des serpents traîtres.

— L'anniversaire ? dit-il avec un sourire amusé.

Oh, mince ! Elle avait oublié qu'il attendait une réponse.

— Le 30 novembre.

— Mec, dit Truman d'une voix grave, ça, c'est ce que Gemma appellerait le *destin* !

— Le destin ?

Sarah avait une relation d'amour-haine avec les choses célestes comme le destin. Avant de déménager à Peaceful Harbor, sa vie avait été trop horrible pour qu'elle croie qu'un pouvoir supérieur la guidait. Elle avait cru que le destin était quelque chose sur lequel les gens faibles s'appuyaient. Mais ensuite, Scott avait réussi à travailler sur les plateformes pétrolières, elle avait échappé à la colère de son père et Josie avait fini par le faire aussi, lui donnant l'espoir qu'une lumière directrice les mènerait tous au bonheur. Mais elle avait fini à la rue. Chaque fois que le bonheur était à sa portée, il lui était arraché, lui prouvant à plusieurs reprises que le destin était pour les faibles et que la survie était pour les forts.

— C'est mon anniversaire aussi, s'étonna le médecin.

Bones posa ses lèvres séduisantes sur le front de la fille de Sarah, ce qui lui valut un murmure endormi de la part de Lila.

— Pas étonnant que j'adore à ce point cette petite demoiselle.

L'homme faisait exploser ses ovaires où qu'il aille.

— Il faut que nous organisions une fête d'anniversaire en commun ! dit Gemma. J'apporterai des déguisements pour les enfants.

Elle possédait la boutique *Princesse pour un jour*, où elle organisait des fêtes pour enfants et où elle proposait une grande variété de costumes et de thèmes. Récemment, elle avait engagé Sarah pour s'occuper des coiffures des enfants pour deux fêtes et cette dernière avait adoré voir autant de gamins heureux et créatifs.

Finlay battit des mains.

— C'est parfait !

— Tu n'es pas obligée de faire ça, intervint Sarah. D'habitude, je prépare un gâteau et je leur achète un petit quelque chose.

— Je trouve que c'est une super idée, dit Bones en baissant les yeux vers sa fille. Avoir un an est important. Elle mérite une fête en grande pompe. Et si nous l'organisions pour Thanksgiving ? Tout le monde sera là, de toute façon. Je l'organiserai chez moi.

Tout le monde fut d'accord et tandis que Finlay et Gemma parlaient des thèmes, Sarah toucha la manche de Bones pour attirer son attention, parlant d'une voix à peine plus forte qu'un murmure.

— Nous ne pouvons pas envahir le Thanksgiving de ta famille.

— Chérie, vous êtes entrés dans la famille à la seconde où Bullet vous a sortis de cette voiture en flammes. Passez Thanksgiving avec nous. Les enfants, Scott et toi y êtes à votre place.

Elle n'avait jamais eu sa place *où que ce soit*. Il ne pouvait pas imaginer la façon dont cela la rendait mièvre et heureuse à l'intérieur.

— *Bien sûr* qu'ils vont se joindre à nous, dit Finlay. J'ai prévu tout un repas sans allergènes. Je planifie le menu depuis deux semaines.

À présent, Sarah avait envie de pleurer. *Stupides hormones de grossesse !* Elles la rendaient excessivement émotive. Et quand Bones était dans les parages, elles l'excitaient comme une chatte en chaleur. Luttant pour obliger ses émotions à s'enterrer profondément, elle dit :

— Mais il va me falloir une vie entière pour vous remercier pour tout ce que vous avez déjà fait pour nous. Et vous ne nous connaissez même pas tant que ça. Nous pourrions être de mauvaises personnes.

— Bord…

— Bullet ! l'interrompit Finlay, désignant du regard Kennedy, qui se trouvait dans ses bras.

Bones secoua la tête, regardant Sarah comme si elle avait perdu la tête.

— Je crois que depuis le temps, nous le saurions si vous étiez de mauvaises personnes, dit Gemma. Du moins, nos hommes le sauraient. Ils ont un sixième sens pour les ennuis.

— Mais comment ça fonctionne exactement, ce sixième sens ? demanda Sarah.

En réalité, sa phrase ressembla davantage à une supplication, car elle voulait désespérément maîtriser cette compétence. Était-elle la seule personne au monde qui n'avait pas cette technique ou étaient-ils trop naïfs pour réaliser que certaines personnes étaient maîtresses dans l'art de cacher leur véritable visage ?

— Comment pouvez-vous savoir si quelqu'un est bon ou

mauvais en seulement deux mois ?

Bones, Bullet et Truman échangèrent un regard incrédule.

— Il ne me faut que deux minutes.

— D'après ce que j'ai vu, dit Sarah, les gens peuvent changer sans prévenir.

— Ça peut arriver, dit Bones d'un ton sérieux. Et parfois, les gens bien agissent mal, puis se rachètent et arrangent les choses.

Il la regarda profondément dans les yeux et elle se demanda s'il voyait les souvenirs sombres de son passé qui l'attiraient vers le fond. Elle était sûre qu'il existait un endroit spécial en enfer pour les hommes comme son père et son ex. Mais qu'en était-il des gens comme elle ? Elle devait croire à la rédemption, au moins dans certains cas. Sinon elle serait dans le pétrin.

— Ne t'en fais pas, chérie, dit Bones. Vous êtes des nôtres, maintenant. Nous ne laisserons jamais rien vous arriver.

— Merci. C'est très important pour moi, mais j'aimerais quand même savoir comment reconnaître les gens mauvais.

— Je vais te montrer.

Il dut voir un peu de soulagement dans ses yeux, car il passa un bras autour de sa taille, l'attirant plus près tandis qu'il approchait sa bouche de son oreille pour dire :

— Tous les genres de « mauvais » ne sont pas dangereux. Certains sont très, *très* bons.

Puis il riva ses yeux sombres sur les siens, rendant son estomac complètement fou, avant de dire :

— Je peux t'apprendre à reconnaître *tous* les genres de « mauvais ».

Elle resta bouche bée et il lui adressa un sourire en coin qui indiquait : « Je n'avais pas l'intention d'aller si loin, mais un peu quand même ». Cela la fit *presque* rire.

— Doucement, frérot, dit Bullet. Nous n'avons pas envie que le docteur coquin provoque l'accouchement de cet ange juste ici, dans la rue.

Bones lança un regard noir à Bullet, puis il tourna à nouveau ce regard dévastateur vers Sarah et dit :

— Accepte de venir à Thanksgiving et d'organiser une fête d'anniversaire commune, chérie.

— Oui, dit Finlay. S'il te plaît, Sarah.

— Et ne fais pas attention à eux, dit Gemma. Ils parlent tout le temps comme ça.

— Vous êtes sûrs ? demanda-t-elle prudemment.

— Absolucomplètement !

Bones se pencha plus près de Lila et murmura :

— Nous allons faire la fête ensemble, ma puce.

Gemma écarta Kennedy du torse gigantesque de Bullet.

— Sur cette note adorable, je pense que nous aussi allons rentrer et mettre nos bébés au lit.

Kennedy soupira, ses yeux endormis se refermant tandis qu'elle se blottissait dans les bras de sa maman.

— Je vous fais signe cette semaine, dit Truman aux hommes.

— D'accord, mec, répondit Bullet.

Finlay regarda Sarah et dit :

— Je t'appellerai et nous trouverons un moment pour nous voir après le mariage pour organiser la fête d'anniversaire.

— D'accord, merci. Ça semble sympa.

Elle jeta un coup d'œil à son bébé, qui dormait conforta-blement dans les bras de Bones. *Avoir un an est important. Elle mérite une fête en grande pompe.* C'était vrai et le fait que le jeune homme le reconnaisse rendait la chose encore plus importante.

Finlay enroula ses bras autour de Bullet et leva des yeux

remplis d'étoiles vers lui.

— Je n'arrive toujours pas à croire que nous allons nous marier le week-end prochain. Qui organise un mariage aussi rapidement ?

— Un horrible motard possessif qui veut te passer la bague au doigt avant que tu ne réalises que tu commets une grosse erreur, dit Bones avec un sourire en coin.

— C'est bien vrai ! dit Bullet.

— Dieu merci, Cassie a le temps de s'occuper du service et de la partie traiteur, dit Finlay.

Cassie possédait le *Messy Buns* et la boulangerie *Muffin Tops*, au cœur de Peaceful Harbor.

— Quel genre de traiteur ne peut pas s'occuper de son propre mariage ?

— Un traiteur occupé, dit Sarah. Je ne sais pas comment tu fais tout ça : travailler au bar, gérer ton entreprise de traiteur *et* organiser votre mariage.

Finlay s'appuya sur le flanc de Bullet et dit :

— Organiser le mariage est facile. Tant que les amis et la famille sont là, rien d'autre n'a vraiment d'importance. Nous n'avons même pas eu à envoyer d'invitations. Bullet a fait passer la date et elle s'est rapidement répandue entre tous les membres des Dark Knights. Nous avons eu plus d'aide que nécessaire.

— C'est bien ma femme.

Bullet la serra contre lui et Tinkerbell fit passer son museau entre eux. Le jeune homme tendit la main pour la caresser en regardant Finlay lascivement.

— Viens, Fins. Rentrons pour faire notre propre fête d'Halloween.

Les filles se serrèrent dans les bras, faisant attention à ne pas réveiller les enfants, puis Bones raccompagna Sarah chez elle, son bras ferme et protecteur autour d'elle, comme il le faisait depuis des semaines.

Lorsqu'ils atteignirent la maison, Sarah était remplie d'un sentiment de paix ; elle avait eu besoin de temps pour s'y habituer. Elle n'avait jamais eu de foyer où se sentir complètement en sécurité avant de trouver Scott et de déménager ici. Scott lui avait écrit plus tôt pour lui dire de ne pas rentrer seule et de lui envoyer un message quand elle serait prête à partir. Mais elle lui avait répondu qu'elle était protégée par une garde rapprochée lors de cette soirée et elle devait admettre que c'était agréable. Quant à l'attention de Bones ? Elle était bien sur sa liste de « choses agréables qui me rendent nerveuse ».

Même si Bones la rendait aussi fébrile qu'une adolescente, la sensation de sécurité lui paraissait tellement incroyable qu'elle voulait s'y attarder et s'en imprégner.

— À quoi tu penses ? demanda Bones tout en soulevant la poussette sur le petit porche avant.

— À rien, dit-elle, car elle aurait eu l'air tellement bête si elle lui disait la vérité.

— Attends, laisse-moi faire.

Ses grands doigts s'enroulèrent autour des siens lorsqu'il lui prit les clés des mains.

— Ce n'était pas *rien*. Tes yeux se sont attendris, comme quand tu regardes tes enfants.

Elle tourna son regard vers son fils, qui dormait dans la poussette. Elle sentit le même genre de paix et sut qu'il avait raison.

— Tu remarques autant de choses chez tout le monde ?

Il déverrouilla la porte et l'ouvrit sans répondre. Il balaya du regard le salon confortable du ranch de deux chambres, qui n'était séparé de la cuisine que par une demi-cloison. Des jouets en plastique étaient étalés sur la table basse et sur le sol. Des animaux en peluche et des livres pour enfants jonchaient le canapé.

— Oh, mon Dieu ! Je te demanderais bien d'excuser le désordre, mais tu es venu assez souvent pour savoir que c'est à peu près comme ça que je vis.

Il sourit et dit :

— Ta maison est exactement comme il faut. Ma mère disait toujours qu'on devrait pouvoir deviner qui vit dans une maison au premier coup d'œil. Qu'une maison habitée est une maison pleine d'amour. Ce sont les maisons impeccablement propres dont il faut se méfier.

— Pas étonnant que j'aime autant Red.

— Elle t'aime aussi, dit-il nonchalamment.

Mais il n'y avait rien de nonchalant dans la manière dont il la détaillait. Son regard devint sérieux et il dit :

— Je pense que je vais venir avec des rideaux pour ces portes vitrées. Je sais que ton jardin est clôturé, mais on n'est jamais trop prudent.

Elle grimaça. Lorsqu'ils avaient emménagé, ils avaient accroché un drap sur les portes vitrées qui menaient de la cuisine au jardin. Les rideaux n'avaient pas vraiment été sa priorité, même si elle avait tenu compte de ses inquiétudes, qu'elle avait acheté le tissu et commencé à en confectionner.

— J'ai presque fini de les coudre.

Elle se pencha pour défaire les sangles de la poussette et Bones toucha son bras.

— Je vais le porter à l'intérieur, proposa-t-il.

Il mit Lila dans les bras de Sarah et enroula la couverture autour d'elle et de son hérisson. Il commença à baisser ses lèvres vers le front du bébé, puis il regarda Sarah, lui demandant silencieusement l'autorisation. Elle hocha la tête, se demandant s'il avait embrassé Lila plus tôt sans s'en rendre compte car il l'avait fait d'une manière si naturelle et à plusieurs reprises qu'elle imaginait que c'était le cas.

Il ferma les yeux et posa délicatement ses belles lèvres sur la tête de sa fille avant de murmurer :

— Dors bien, petite demoiselle.

Il prit Bradley dans ses bras et suivit la jeune femme à l'intérieur. Bones était entré plusieurs fois chez elle, mais tandis qu'il lui emboîtait le pas le long du couloir étroit, elle réalisa qu'ils n'avaient jamais été seuls.

BONES ATTENDIT DANS l'embrasure de la porte tandis que Sarah changeait la couche de Lila sur un matelas posé sur la commode. Trop attiré par elles pour rester à l'écart, il entra dans la chambre qu'elle partageait avec ses enfants. Cela semblait être l'histoire de sa vie dernièrement, *être attiré par Sarah et ses enfants*. Il se tint à côté d'elle tandis qu'elle boutonnait la grenouillère de Lila.

— Je n'arrive pas à croire qu'elle ne se soit pas réveillée.

Il baissa un regard émerveillé vers le bébé tandis que sa mère la prenait dans ses bras, la serrant tendrement contre ses seins.

Elle embrassa la tête du bébé et dit :

— Elle a toujours été une bonne dormeuse, contrairement à mon petit gars. Tu ne vas pas le croire, mais il n'a commencé à faire ses nuits que plusieurs semaines après que nous avons emménagé ici.

Elle allongea Lila dans le berceau, enroula la couverture

autour d'elle et posa son hérisson sur le coin du matelas.

— Et si on mettait le pyjama au petit ? murmura Bones.

Elle prit un ensemble pyjama Batman dans le tiroir de la commode.

— Si tu l'allonges dans le lit, je pourrai le changer.

— Il ne devrait pas aller aux toilettes d'abord ?

Le sourire de Sarah lui indiqua qu'elle connaissait toutes les combines.

— Il se réveillera juste assez pour y aller pendant que je le changerai.

Bones le posa sur le lit et l'aida à retirer délicatement ses petites bottes noires.

Tandis qu'elle lui mettait son pyjama, les yeux de Bradley s'ouvrirent petit à petit.

— Maman, où sont mes bonbons ?

Ses priorités firent rire Bones.

— Ils sont rangés en sécurité jusqu'à demain.

Elle l'aida à se relever et dit :

— Allons utiliser le pot et ensuite, tu pourras aller faire dodo.

Les yeux de Bradley se tournèrent d'un air endormi vers Bones.

— Bones peut venir avec moi ? demanda-t-il en bâillant et d'une voix traînante.

Sarah jeta un coup d'œil au jeune homme et pour des raisons qu'il ne comprenait pas encore complètement, il espérait qu'elle lui ferait assez confiance pour accepter.

— Seulement si ça ne le dérange pas, dit-elle.

— Pas du tout, dit-il aussi nonchalamment que possible. Viens, mon pote. Montre-moi ton trône.

Bradley glissa hors du lit et lui prit la main pour l'emmener vers le hall.

— C'est quoi, un trône ?

Bones expliqua que « trône » est une façon plus cool de dire « toilettes » pendant que Bradley utilisait celui-ci. Dans leur maison, les toilettes se trouvaient dans la salle de bains et même si Bones essaya de ne pas être indiscret, il lui était impossible de ne pas remarquer le filet de jouets en plastique attaché sur le côté de la baignoire et les bouteilles de shampooing pour bébé Johnson's, le gel douche et le bain moussant. Une bouteille de gel douche basique était accrochée dans un panier autour de la pomme de douche. Un petit peignoir noir avec un insigne de Batman sur le dos, une capuche et des oreilles était pendu sur un crochet au mur à côté d'une minuscule serviette rose avec une capuche et des ailes de fée.

Il aida Bradley à se laver les mains, et vit une brosse à dents Batman dans un adorable petit pot avec un tube de dentifrice Bob l'Éponge et un petit distributeur de gobelets en papier à dessins colorés. Les brosses à dents de Sarah et de Scott étaient à la verticale dans un gobelet en plastique et un tube de dentifrice de marque de distributeur était posé à côté. Il ne fut pas surpris de voir que même si la jeune femme n'avait pas beaucoup d'argent, elle prenait particulièrement soin de ses enfants.

— Nous devrions te laver les dents, hein ?

Bradley hocha la tête, se frottant les yeux alors que Bones mettait du dentifrice sur la brosse et la lui tendait. Il enroula ses petits doigts autour de celle-ci et brossa un côté de ses dents sans enthousiasme.

L'homme s'accroupit devant lui.

— Et si je t'aidais ?

Le garçonnet abandonna la brosse à dents et ouvrit la bouche. De toute évidence, il connaissait la manœuvre alors que

Bones essayait de se mettre à la page. Il aida Bradley à se laver les dents, puis il remplit un gobelet en papier et le lui tendit.

— Tu sais comment rincer sans avaler le dentifrice ?

Bradley hocha la tête, remplit sa bouche d'eau, puis se pencha bien au-dessus de l'évier pour cracher dedans, bavant sur son torse en même temps.

— Bien joué, mon pote. Mais je crois que nous devrions retirer ce T-shirt avant que tu n'ailles te coucher.

Il enleva le haut de Bradley. Ce dernier enroula ses bras autour du cou de Bones et posa sa tête sur son épaule. Celui-ci se demanda à nouveau où était le père des enfants. Mis à part la sœur de Sarah, qui ne leur avait rendu visite qu'une fois, il savait que personne n'était venu les voir à l'hôpital. Son mari était-il un bon à rien ? Ou pire ? Était-il mort ? Il s'interrogea encore une fois : fallait-il prendre en compte plus d'un père ?

Une chose était certaine : que ces enfants aient un seul père bon à rien ou deux pères *losers* différents, ils souhaiteraient être morts si Bones leur mettait la main dessus.

Il porta Bradley jusqu'à la chambre et trouva Sarah encore en train de regarder Lila. Elle leva les yeux lorsqu'ils entrèrent, son regard balayant le dos nu de Bradley, et elle cacha son sourire.

— Nous lui avons brossé les dents, expliqua Bones.

— Tu n'étais pas obligé de faire ça. Je t'aurais prévenu. Il ne sait pas cracher sans baver sur son torse.

Elle jeta le T-shirt de pyjama sale de Bradley dans le panier à linge situé dans le coin de la chambre et elle en attrapa un propre dans la commode.

Bones tint Bradley tandis qu'elle lui mettait le haut de pyjama. Puis il l'allongea sur le lit et tira la couverture sur lui. Il semblait minuscule et vulnérable dans le grand lit.

— Il a une peluche ?

Elle secoua la tête.

— Il n'a pas de peluche préférée. Il aime câliner sa couverture.

— Bonne nuit, petit B.

Bones effleura le front de Bradley du bout des doigts.

— Fais de beaux rêves.

Ils laissèrent la porte entrouverte en partant et Sarah raccompagna Bones à la porte d'entrée. Il ne voulait pas partir, encore moins la laisser seule sans Scott. Il voulait avouer ses sentiments, poser les questions auxquelles il souhaitait des réponses. Mais il avait l'impression qu'elle les écarterait complètement s'il essayait de le faire et il n'avait pas l'intention de prendre ce risque.

— Quand Scott va-t-il rentrer ? demanda-t-il.

— Bientôt. Il m'a envoyé un message pendant que vous étiez aux toilettes. Il est en chemin.

Bones hocha la tête, encore réticent à l'idée de partir. Il prit les bonbons dans la poussette et le sac de bébé qu'elle avait accroché sur la poignée, puis il les posa à l'intérieur. Sarah bâilla, l'air adorable *et* exténuée. Il vit tant de choses dans ses beaux yeux marron : de l'amour pour ses enfants, des secrets, des *avertissements*… Même si elle détourna rapidement le regard, comme elle l'avait fait si souvent quand il sentait l'électricité crépiter entre eux, il avait bien vu le *désir* apparaître dans ses yeux.

Il toucha le bout de ses doigts et elle leva prudemment les yeux vers lui.

— Tout à l'heure, tu m'as demandé si je remarquais autant de choses chez les autres que chez toi, dit-il doucement. Je ne suis pas sûr de la réponse. Il est difficile de ne pas remarquer les petites choses à propos de toi, comme la manière dont tu rougis quand je te touche, ou comme ton amour pour tes enfants ou ta force en tant que femme qui rayonne comme le soleil.

Les joues de Sarah rougirent et il dit :

— Je ne sais pas ce que tu as traversé, mais je veux que tu saches que tu as des amis ici. Des amis en qui tu peux avoir confiance. Et j'espère qu'un jour, tu verras quelque chose de plus en moi.

Les yeux de la jeune femme firent nerveusement le tour de la pièce avant de finalement se tourner à nouveau vers lui. Il était indéniable que le regard qu'il y vit était hanté.

Il leva la main de Sarah et y déposa un baiser sur le dos. Étant donné que cela n'était pas suffisant, il l'attira dans ses bras et dit :

— Merci de m'avoir laissé mettre les enfants au lit.

Il la lâcha à contrecœur et avança sur le porche avant de prendre le baiser dont il mourait d'envie. Et nom de Dieu ! Elle portait l'expression la plus confuse, comme si elle était excitée et effrayée à la fois.

— Sarah…

Qui t'a fait du mal ? Dis-le-moi pour que je puisse le massacrer !

Elle déglutit difficilement et il y réfléchit davantage avant de dire :

— N'oublie pas de verrouiller la porte derrière moi, d'accord ?

Elle hocha la tête en lui adressant *presque* un sourire tandis qu'elle fermait la porte. Après avoir entendu le verrou se mettre en place, il s'assit sur la marche du porche et attendit que Scott arrive.

CHAPITRE TROIS

Le jeudi soir, Sarah accrocha son tablier de coiffeuse noir dans l'arrière-boutique du salon de Chicki et rassembla ses affaires, cochant mentalement les éléments de sa liste de tâches. Elle adorait travailler au salon et elle était fière de gagner sa vie et de montrer à ses enfants qu'être autonome était une bonne chose. C'était également une belle occasion d'apprendre à connaître les membres de la communauté. Chaque fois qu'elle prenait une paire de ciseaux, elle se sentait remplie d'une impression de réussite en voyant tout le chemin qu'elle avait parcouru.

— Salut, petite, dit Chicki en entrant par la porte arrière. Tu pars pour la soirée ?

Chicki, Red et Babs lui donnaient des surnoms comme « ma petite » depuis qu'elles s'étaient rencontrées. Même si cela lui avait semblé étrange venant de femmes qui la connaissaient à peine, Sarah se surprenait à présent à accepter ces surnoms affectueux avec d'autres petits rappels – comme leurs câlins ou l'amour dont les trois femmes couvraient ses bébés – que même si sa mère n'avait pas été aimante ni même gentille, elle méritait l'amour et la gentillesse.

— Oui. Je ne pensais pas te voir, ce soir. Tu manques de personnel ? Tu veux que je reste ?

Même si Chicki possédait le salon, elle ne travaillait que

quelques heures par mois. Quoi qu'il en soit, elle était toujours tout à fait propre sur elle, depuis ses cheveux coiffés jusqu'à son rouge à lèvres carmin et ses yeux charbonneux. Ses cheveux étaient détachés avec une raie de côté ce jour-là. Ils tombaient en légères vagues, frôlant ses épaules et lui donnant l'air jeune. Son chemisier cache-cœur était cintré à la taille, soulignant sa large poitrine et ses hanches rondes. Elle portait un jean moulant noir et des talons avec lesquels Sarah serait tombée immédiatement au premier pas.

— Non. Je suis juste venue chercher quelque chose dans le bureau. Tes bébés ont besoin de leur maman et tes pieds doivent te tuer.

— Pas vraiment. Et j'ai passé une super journée. Isla est venue se faire couper les cheveux.

Isla était l'une des filles de Chicki. Elle avait une petite vingtaine d'années et elle gérait la boutique de fleuriste de leur famille, *Petal Me Hard*. Et elle était aussi rebelle qu'on puisse l'imaginer. Sarah enviait les femmes comme Isla. Les femmes qui avaient des familles et des vies normales, où elles choisissaient de se rebeller plutôt que d'être forcées à trouver un moyen de s'enfuir.

Chicki grimaça.

— La petite friponne s'est assurée de venir quand je n'étais pas là. Elle est sur ma liste noire en ce moment.

— Oh, oh ! dit Sarah. Qu'est-ce qu'elle a fait, cette fois ?

Elle avait vu Chicki et Isla se prendre le bec plus d'une fois, mais Chicki avait beau être une dure à cuire, elle ne laissait jamais sa fille passer la porte sans un câlin et sans lui dire qu'elle l'aimait.

— Qu'est-ce qu'elle n'a pas fait ? Cette fille contourne toutes les limites depuis qu'elle peut battre ses jolis cils longs.

Chicki pointa Sarah du doigt et dit :

— Tu devrais espérer avoir un garçon, cette fois. Les filles peuvent être désobligeantes, mystérieuses et tellement émotives qu'elles peuvent te rendre folle, alors que les garçons ont beau avoir besoin de reconnaissance, au moins, ils ne te laissent pas avec des suppositions. Ils te le disent quand tu les énerves.

Elle secoua la tête, digressant en espagnol, une langue que Sarah ne comprenait pas. Puis elle laissa échapper un soupir et dit :

— Maintenant, la petite Lila est aussi adorable que possible. Mais un jour, elle découvrira les garçons et ensuite, elle mettra tout ton monde sens dessus dessous. Au lieu de te demander si elle se fait des amis à l'école, tu espéreras qu'elle ne tombe pas enceinte.

Sarah repensa à son enfance. Elle n'avait jamais eu l'occasion de découvrir les garçons. De ses douze ans jusqu'à ses premières règles, ses parents l'avaient traitée de tous les noms, comme s'ils considéraient qu'elle couchait avec tous les hommes dans un rayon de cent soixante kilomètres. Elle écarta ces pensées tout en sortant du salon et elle conduisit jusqu'au magasin d'alimentation. Elle se considérait comme chanceuse d'avoir su intérieurement, d'une manière ou d'une autre, qu'elle n'était pas la cause de la haine de ses parents. Elle ignorait le sexe de l'enfant qu'elle attendait et cela n'avait pas d'importance. Elle savait que ce serait un battant. Qu'il s'agisse d'une fille rebelle ou d'un garçon têtu, il ne connaîtrait rien d'autre que l'amour. Elle espérait pouvoir empêcher ses enfants d'être cruels envers autrui, même s'ils avaient hérité des gènes de leur père.

Après être rapidement passée au magasin d'alimentation, elle alla chercher Bradley et Lila chez Babs et elle rentra chez elle, écoutant son fils papoter à propos de ses jeux au parc avec Babs et Red. La moto de Bones était garée devant la maison. Elle aurait dû être habituée à la voir, étant donné qu'il était là presque tous les soirs pour aider Scott au sous-sol. Cependant, son pouls accéléra tandis que les souvenirs de la soirée précédente lui revenaient à l'esprit. Elle passa son sac sur son épaule et descendit de la voiture, essayant de penser à autre chose. Mais aucune distraction n'était assez importante pour surmonter les hormones de grossesse trop zélées qui avaient passé la vitesse supérieure depuis qu'il l'avait suivie chez elle le soir d'Halloween. Elle pouvait encore sentir ses doigts l'effleurer et l'odeur de sa virilité. Son cœur battait plus fort tandis qu'elle se remémorait la façon dont il regardait ses bébés, comme s'ils étaient les plus belles créatures du monde. Lorsqu'il l'avait *remerciée* de lui avoir permis de l'aider à les mettre au lit, elle avait été complètement émue. Leur propre père les avait vus comme un fardeau pendant si longtemps, elle s'était donc toujours préparée au pire. Son corps se réchauffa, l'implorant de faire confiance à Bones tandis qu'elle pensait à lui, à sa chaleur, à ses douces lèvres sur sa main. Elle était restée muette, ne pouvant que hocher la tête. Le fait que Scott lui avait dit que Bones était resté assis sur le porche jusqu'à ce qu'il rentre à la maison juste au cas où elle aurait besoin de quelque chose n'aidait pas.

— Bones est là ! cria Bradley tandis qu'elle ouvrait la portière pour l'aider à sortir.

Il tira sur les sangles de son siège auto.

— Dépêche-toi, maman ! Laisse-moi sortir. Je veux aider Oncle Scott et Bones !

Elle prit une profonde inspiration pour essayer de s'éclaircir les idées tandis que son fils se tortillait hors de son siège et qu'il traversait le jardin en courant.

— Ne les dérange pas, lui cria-t-elle tout en allant prendre Lila, qui agitait les bras et donnait des coups de pied frénétiquement.

— Je te tiens, Lila chérie, dit-elle en la soulevant dans ses bras. Toi aussi, tu veux voir Bones ?

Lila se pencha en avant dans ses bras, comme si elle pouvait propulser sa mère afin que celle-ci marche plus vite.

— Du calme, petite demoiselle.

Petite demoiselle. Avait-elle passé tant de temps avec cet homme incroyablement utile qu'elle commençait à employer le même vocabulaire que lui ? Elle avait bien remarqué qu'elle aimait beaucoup quand il disait cela, comme si Lila était spéciale à ses yeux. Elle embrassa sa petite fille sur la joue.

— Trop d'amour ne nuit jamais, pas vrai, chaton ?

Elle saisit un sac de courses de sa main libre et ferma la porte d'un coup de hanche, se préparant à la vague d'impatience qu'elle essayait tant d'ignorer.

À l'intérieur de la maison, elle entendit la voix aiguë de Bradley flotter depuis le sous-sol, suivie par les rires joviaux de Bones. Elle abandonna ses achats sur le plan de travail de la cuisine, puis elle posa Lila sur le sol du salon avec ses jouets pour pouvoir lever la porte pour bébé au sommet de l'escalier du sous-sol. Lila ne marchait pas encore, mais elle rampait à la vitesse de Speed Racer[1] et elle adorait se mettre debout.

Tandis que Sarah retirait ses chaussures et qu'elle rassemblait les jouets de sa fille, elle entendit Bradley parler de sa journée à Scott et Bones. Son remarquable petit garçon s'était installé agréablement dans leur nouveau monde. Elle se

---

[1] Nom du héros du film « Speed Racer » de 2008 qui est jeune prodige de la course automobile.

demandait s'il se souvenait de leur ancienne vie, mais elle était trop effrayée pour lui poser la question, de peur de raviver des souvenirs désagréables. Il n'avait pas vu son ex la malmener, mais il était impossible de fuir la méchanceté dans sa voix ou les choses horribles et insensibles qu'il avait dites à propos des enfants vers la fin.

Ils avaient une belle vie à présent.

— Viens, chaton. C'est l'heure de préparer le dîner.

Elle rassembla quelques jouets de Lila et les emporta avec sa douce petite fille dans la cuisine pour qu'elle joue pendant qu'elle-même cuisinait.

Ses nerfs eurent raison d'elle tandis qu'elle préparait le dîner et qu'elle pensait à Bones. C'était vraiment bête. Elle était sûre qu'elle avait trop interprété ce baiser sur la main et le regard dans ses yeux. *Mon Dieu !* Pourquoi était-elle aussi nerveuse ? *Parce que tu veux que le baiser sur la main signifie quelque chose.*

Pouah ! Vraiment ? *Non.* Elle avait traversé trop de choses pour concevoir l'idée qu'un homme comme Bones s'intéresse à elle. C'était probablement l'un de ces hommes qui aimaient secourir les femmes et elle n'avait *pas* besoin d'être secourue, *merci beaucoup.*

Elle posa Lila sur sa hanche et rejoignit l'escalier.

Chaque pas fit réagir son estomac comme si elle était sur une montagne russe.

Stupides hormones de grossesse !

Tandis qu'elle descendait les marches, les voix devinrent claires. Ils travaillaient dans le sous-sol depuis des semaines et l'encadrement était déjà monté pour une chambre et une salle de jeux. Scott était en train d'accrocher le Placoplâtre dans la salle de jeux tandis que Bones était accroupi à côté de Bradley dans ce qui deviendrait sa chambre. Le pouls de Sarah accéléra comme il le faisait toujours lorsqu'elle posait les yeux pour la première fois sur l'homme séduisant dont le grand corps donnait l'impression que son fils était encore plus petit. Ses cheveux étaient écartés de son visage et il était entièrement concentré sur Bradley, qui portait une fausse ceinture d'outils que Scott lui avait achetée et qui serrait un marteau dans sa main droite.

Bones posa une main sur celle de l'enfant et dit :

— Tu te souviens de la façon dont je t'ai appris à taper sur un clou ?

— En plein sur ma tête, dit fièrement Bradley.

Bones ricana.

— En plein sur *la* tête.

Il montra à Bradley la tête du clou et lui expliqua patiemment ce qu'il voulait dire.

— En plein sur la tête, répéta Bradley.

Elle les observa tandis qu'ils enfonçaient les clous dans le Placoplâtre, son cœur se remplissant de joie pour son fils.

— Ça commence à prendre forme, hein ? dit Scott, la sortant de sa rêverie.

— Oui. Comment va ta jambe ?

Parfois, elle craignait qu'il force trop.

Son frère grimaça, lui indiquant qu'être materné l'agaçait. Elle ne pouvait pas lui en vouloir. Avoir soudain une sœur qu'il ne connaissait presque plus et voir la famille de celle-ci aménager avec lui devait lui sembler fou après plus d'une décennie à vivre seul. Quand le sous-sol serait terminé, Scott aménagerait en bas et céderait la chambre principale à Sarah. Elle ne l'avait pas demandé et elle s'était disputée avec lui contre cette idée, mais il avait insisté. Il ne lui avait jamais donné l'impression qu'elle était un fardeau, mais il ne faisait aucun effort pour cacher qu'il n'avait pas besoin d'être materné.

— J'ai une meilleure question : comment tu vas ? demanda Scott. Tu as été debout toute la journée.

— Je vais bien.

Elle avait toujours adoré être enceinte, même pendant les premiers mois, quand elle était toujours fatiguée. Elle n'avait pas ressenti cet épuisement cette fois, probablement parce qu'elle avait été très occupée à essayer de rassembler assez d'argent pour ne pas finir à la rue avec ses enfants. Elle n'avait pas eu la possibilité de lever le pied.

— Le dîner est prêt. Je suis venue chercher Bradley.

— Le dîner !

L'enfant sortit en trombe de la chambre.

— Viens, Bones ! C'est l'heure de dîner !

Il monta l'escalier à toute allure.

— Ralentis et lave-toi les mains, cria-t-elle.

Bones sortit de la chambre d'un pas nonchalant, les yeux rivés sur elle. Tous les nerfs de Sarah s'enflammèrent. Devait-elle le remercier d'avoir monté la garde devant sa maison l'autre soir ou lui dire qu'elle n'avait pas besoin d'être protégée ? Cela semblerait méchant… Et peut-être faux dans certains cas. Elle ne pouvait pas nier le réconfort que Bones et sa famille lui avaient donné en l'accueillant comme ils l'avaient fait. Elle aurait eu des dettes pour toujours s'ils n'avaient pas organisé une collecte de fonds. Néanmoins, elle ne voulait pas être considérée comme une demoiselle en détresse. Elle n'avait pas survécu pendant toutes ces années parce que d'autres personnes avaient pris soin d'elle et elle en était fière.

— C'est bon de te voir, chérie, dit-il d'une voix grave aussi douce que la soie.

Elle sentit ses joues rougir. *Qu'est-ce qui ne va pas chez moi ?*

Elle agissait comme une fille ridicule qui n'avait pas d'expérience avec les hommes. Elle savait comment flirter et séduire comme une pro, mais avec Bones, toutes les compétences qui lui avaient permis de traverser les situations les plus difficiles s'envolaient.

Elle jeta un œil à Scott pour voir s'il avait remarqué l'intimité dans la voix de Bones. Son frère lui adressa un sourire complice. *Mince, tu l'as entendu aussi ?*

Scott se retourna vers le placoplâtre et Bones s'approcha d'elle, la troublant encore plus.

— Comment va la jolie petite demoiselle ?

Il chatouilla le pied de Lila et celle-ci enfouit son visage dans le cou de Sarah en gloussant. Bones baissa les yeux le long du corps de Sarah et dit :

— Tu es belle, ce soir.

Elle regarda son jean de maternité et un T-shirt blanc avec un décolleté arrondi. Elle avait acheté un chemisier à fleurs dans un magasin d'occasion et elle le portait ouvert sur son T-shirt, ajoutant ainsi un peu de couleur à l'ensemble, espérant détourner l'attention de Bones de son ventre. C'était vraiment une jolie tenue et elle se rendit compte qu'il se montrait probablement juste gentil et qu'il ne flirtait pas avec elle. Elle en fut un peu déçue.

— Merci. Ça te dit, des macaronis au fromage ?

Combien de femmes offraient des macaronis au fromage à Bones Whiskey ? Leurs emplois du temps changeaient tellement que leurs chemins ne se croisaient habituellement pas à l'heure du dîner, mais comment pouvait-elle ne pas en préparer assez pour tous ?

— C'est l'un de mes plats préférés, dit Bones.

C'était sans doute un très bon menteur, car elle le crut.

— Mais tu es allergique aux produits laitiers, ajouta-t-il. Tu ne vas pas manger ?

Encore une chose qui le différenciait des gens normaux. Elle était allergique aux produits laitiers, au gluten, aux fruits à coque et aux œufs. Elle n'allait jamais nulle part sans son EpiPen.

— Si. Même si mes enfants ont eu de la chance et n'ont pas d'allergies alimentaires, il est plus simple de cuisiner pour eux uniquement avec des aliments que je peux manger au lieu de préparer des plats différents. Comme ça, il n'y a pas de risque de contamination.

— C'est délicieux, mec. Tu devrais rester, dit Scott.

— Tu es sûre que tu en as assez ? demanda Bones en affichant à nouveau un sourire plein d'espoir.

Elle hocha la tête et Bones posa son marteau.

Lila se pencha vers lui en tendant les bras.

— Bababa.

— Je peux ? demanda le jeune homme en tendant les bras vers la fillette.

Sarah lui présenta Lila alors que Scott posait ses outils et leur jetait un coup d'œil, les observant attentivement. Voyait-il que la jeune femme fondait de l'intérieur et qu'elle se disait en même temps de dégager de là ? Ou son frère était-il simplement heureux que Lila soit aimée à ce point ?

— Tu es sacrément séduisant avec ce bébé dans les bras, Doc, le taquina Scott. Tu devrais faire attention. J'ai entendu dire qu'ils étaient contagieux.

Bones rit.

— Il faudrait la participation d'une femme.

— Quoi ? Il n'y a pas de femme qui compte dans ta vie ?

Sarah ferma brusquement la bouche, n'arrivant pas à croire

qu'elle avait posé la question qui brûlait son esprit depuis des semaines.

Lila tapota la joue de Bones.

— Babababa.

Soutenant son regard, il dit :

— Oh, je ne dirais pas ça !

BONES NE PUT résister à l'envie de poser sa main sur le dos de Sarah et de la pousser vers l'escalier. Elle était sacrément adorable quand elle essayait de cacher sa nervosité. Il la suivit à l'étage, essayant de ne pas fixer ses fesses splendides.

À la minute où ils entrèrent dans la cuisine, elle prit les choses en main en installant Lila dans sa chaise haute et en retirant le dinosaure en plastique de l'assiette de Bradley.

— D'abord on mange, ensuite on joue, suggéra-t-elle en lui tapotant la tête.

Scott disparut dans la salle de bains au bout du couloir.

— Ça te dérange si je me lave les mains ici ?

Bones désigna l'évier de la cuisine.

— Non. Vas-y. Désolée pour le désordre. D'habitude, je fais la vaisselle quand les enfants sont couchés.

— Ne t'inquiète pas, dit-il en se lavant les mains. J'ai gardé Kennedy et Lincoln. Je sais qu'il faut huit bras pour tout faire en même temps.

Il commença à laver les casseroles pendant qu'elle se déplaçait gracieusement et résolument, mettant des petits pois et des carottes dans l'assiette de Bradley et dans le plateau de Lila avant de leur ajouter des macaronis au fromage. Elle posa une minuscule fourchette rose à côté de Lila. La fillette fit des bulles tout en prenant le couvert dans une main et une poignée de nouilles dans l'autre. Elle les fourra dans sa bouche, le plaisir recouvrant son petit visage.

— Pas trop, chaton, dit Sarah, ce qui lui valut un grand sourire plein de nouilles.

Lorsqu'elle prit deux gobelets d'un placard, elle remarqua que son hôte était en train de faire la vaisselle.

— Bones, je peux m'en occuper. S'il te plaît, assieds-toi.

— Je crois que je peux gérer un peu de vaisselle.

— Tu es notre *invité*.

Elle remplit les gobelets et en posa un devant chaque enfant.

— Non. Un invité s'habille bien et apporte du vin. Je porte un jean et j'ai apporté un marteau. Tout va bien. Ces mains peuvent faire autre chose que soigner, dit-il en lui adressant un clin d'œil.

Scott entra dans la cuisine et attrapa des assiettes pour adultes dans le placard.

— Tu fais mon travail ?

Il tendit les assiettes à Sarah, puis alla chercher les verres pendant que sa sœur leur servait le dîner.

Scott était un type sympathique, un peu brut, mais de toute évidence, il aimait sa sœur et ses enfants.

— J'aide, c'est tout.

Bones prit un torchon et essuya les casseroles.

— Pas de lave-vaisselle ?

— J'ai eu cet endroit pour une bouchée de pain, tu te souviens ?

Scott avait dit à Bones qu'il avait acheté la maison aux enchères quand il avait aménagé à Peaceful Harbor. Au cours des semaines qui avaient précédé l'accident, il avait fait du bon travail de peinture et de réparation. Mais comme un homme typique, il ne semblait pas accorder d'importance au confort du quotidien.

Scott ouvrit le réfrigérateur.

— Tu veux une bière ? Du thé glacé ? De l'eau ?

— Je vais prendre une bière, merci. J'ai entendu dire que tu allais coiffer les filles pour le mariage, samedi, dit Bones à Sarah tandis qu'ils prenaient place autour de la table.

— J'ai hâte de le faire, dit la jeune femme, avant de se moquer de Scott parce qu'il ne la laissait pas lui couper les cheveux.

Celui-ci sourit et dit :

— Les filles aiment les cheveux ébouriffés. Ça leur donne un truc auquel s'accrocher.

Sarah leva les yeux au ciel et changea rapidement de sujet. La conversation fut facile. Bones aimait les plaisanteries entre eux et il adorait regarder Sarah prendre soin de ses enfants. Elle essuya les visages, rattrapa un gobelet dans sa chute quand il tomba du plateau de Lila et elle répondit aux questions que Bradley semblait sortir de nulle part : *pourquoi les petits pois sont verts ? Si je mange mon dîner, nous pourrons préparer un gâteau ? Je peux construire une moto avec des petits cubes ?* C'était un miracle qu'elle ait le temps de manger, mais si cela la dérangeait, elle ne le montra pas. Elle était patiente et elle gérait toute la situation avec facilité.

— Ce sont les meilleurs macaronis au fromage que j'aie jamais mangés, dit sincèrement Bones. Mais si tu le dis à Red, je le nierai.

Sarah leva les yeux au ciel.

— Je suis sûre que le fromage sans produit laitier est différent de celui auquel tu es habitué, mais merci.

— C'est différent, oui. C'est *meilleur*, précisa-t-il. Où as-tu appris à cuisiner comme ça ? Avec ta mère ?

Elle secoua la tête et se concentra sur Lila.

— Je cuisine pour moi-même depuis toujours. On trouve toutes sortes de recettes en ligne pour les gens qui ont des allergies alimentaires.

Elle s'efforçait trop de ne pas le regarder. Il n'aimait pas les ondes qu'il recevait et il voulait poser davantage de questions à propos de leur famille. Par exemple, son père était-il encore en vie, et si c'était le cas, le voyait-elle parfois ? Mais sachant qu'elle relevait sa garde quand il posait des questions personnelles, il choisit un sujet plus sûr.

— Scott, tu as dit que tu travaillais sur des plateformes pétrolières avant de venir ici ? Comment tu t'es lancé dans ce métier ?

Celui-ci but une gorgée de sa bière.

— Je travaillais dans des marinas en Floride quand j'étais au lycée. J'ai appris à souder, à réparer des moteurs. Les choses n'allaient pas bien à la maison et un jour, l'un des mecs m'a parlé de ce travail sur une plateforme. Je suis parti à dix-sept ans, j'ai été diplômé en soudure et plus tard en plongée et j'ai évolué et suis devenu soudeur sous-marin. Un bon salaire, un toit au-dessus de la tête, c'était juste sacrément dangereux. Mais j'ai survécu.

Il jeta un coup d'œil à Sarah et dit :

— C'était une bonne idée. Et toi, Bones ?

— J'ai fini le lycée plus tôt, à seize ans, et je suis allé à l'université, mais vivre sur une plateforme pétrolière ? C'était courageux à cet âge-là !

— Pas vraiment, dit Scott. Ce sont mes sœurs qui sont courageuses. Sarah a quitté la maison à seize ans et Josie à treize. J'étais un vieil homme comparé à elles.

Les entrailles de Bones se serrèrent. Avoir son diplôme plus tôt était une chose, mais quitter la maison à seize et treize ans ! Quelque chose devait vraiment clocher, ce qui fut confirmé par le regard coléreux que Sarah adressa à Scott.

— Tu n'es pas un vieil homme, intervint Bradley, la bouche pleine de petits pois.

Le visage de Sarah s'adoucit et elle dit :

— Oncle Scott dit juste des bêtises, chéri.

La jeune femme se leva et humidifia un torchon. Elle essuya les mains et le visage de Lila, la bouche pincée. Bones essaya de trouver un moyen de dissiper la tension, mais il avait trop de questions sans réponse et il ne pouvait pas en imaginer une seule qui ne soit pas mauvaise. Ces nouvelles informations firent émerger davantage ses instincts protecteurs. Qu'avait-elle subi ?

Bradley remua pour descendre de sa chaise.

— Je peux aller jouer ?

Sarah était encore occupée avec Lila, Bones saisit donc Bradley par la taille et se leva.

— Et si on se lavait les mains, d'abord ?

— Mec, tu es rapide comme l'éclair ! dit Scott en se redressant pour aider. Tu veux que je m'en charge ?

Sarah sortit Lila de la chaise haute et dit :

— Je peux le faire, Bones. Tu es venu pour donner un coup de main dans le sous-sol et tu te retrouves embarqué dans la vaisselle et tout le reste.

Elle regarda Scott.

— Eh, je me suis proposé ! dit celui-ci. Le doc veut aider. Qui suis-je pour refuser ?

Bones se tourna vers l'évier et posa Bradley à côté.

— On gère, pas vrai, petit B ?

L'enfant hocha la tête et passa ses mains sous l'eau.

— On peut travailler plus ?

Bones regarda Sarah, qui était occupée à retirer le T-shirt sale de Lila et dit :

— C'est à ta maman de décider.

Il finit de laver les mains du garçonnet et les sécha avec une serviette.

La jeune femme lui adressa un sourire confus.

— Seulement si ça ne vous dérange pas.

— Ça me va complètement, petit gars.

Scott le souleva du plan de travail.

— Bones, on te retrouve en bas.

Quand Scott sortit de la cuisine, la tension était aussi tangible que si une autre personne avait été présente dans la pièce. Bones passa en revue une douzaine de sujets à aborder, mais quand il alla à côté de Sarah, la méfiance dans ses yeux lui indiqua qu'une seule question importait :

— Dis-moi juste une chose. Tu es en danger ? Ton mari ou ton père te cherchent ?

Elle déglutit difficilement, les yeux écarquillés et vigilants. Elle secoua la tête et dit :

— Je n'ai jamais été mariée et je ne crois pas que mon père m'ait cherchée quand j'étais adolescente. Je suis sûre qu'il ne me cherche pas maintenant.

— Sarah, dit-il comme un grognement torturé.

Il tendit la main vers elle, voulant apaiser la douleur dans ses yeux.

Elle posa une main sur son torse, le repoussant.

— Ne fais pas ça. Je vais bien. *Nous* allons bien. Nous n'avons pas besoin d'être sauvés.

— Je ne veux pas te sauver. Je veux juste…

T'aider ? Être avec toi ? Merde ! Tout donnait l'impression qu'il voulait la sauver. Où était le problème ? Il était impossible de changer la personne qu'il était, mais le simple fait qu'il veuille prendre soin d'elle et la protéger ne signifiait pas qu'elle était comme toutes les autres personnes qu'il avait aidées. Il ne voulait pas la mettre en sécurité et être son ami. Il voulait être l'homme dont elle n'avait pas peur, l'homme sur lequel elle savait qu'elle pouvait compter, l'homme qui partageait son lit. Il voulait lui *appartenir*.

— Nous allons *bien*, Bones.

Elle commença à sortir de la cuisine et il saisit délicatement son poignet.

— Je n'essaye pas de te sauver. Tu n'es pas l'une de mes patientes, Sarah. Mais je suis là et j'ai entendu ces choses. Ça ne va pas changer.

Il jeta un coup d'œil à Lila, la colère et le chagrin s'emmêlant. Pendant combien de temps Sarah avait-elle élevé ses enfants seule ? Comment y était-elle parvenue ? Ses enfants avaient-ils le même père ? Et où était sa sœur ?

— Maman ? cria Bradley, ses pas lourds provenant de l'escalier du sous-sol.

À contrecœur, Bones lâcha son poignet, mais il continua de soutenir son regard.

— Laisse-moi te connaître, Sarah. Tu ne le regretteras pas.

— Maman, j'ai besoin de Bones pour taper sur un clou, dit Bradley tout en entrant dans la cuisine, l'air complètement agacé par le délai auquel ses projets étaient soumis.

— D'accord, bébé, dit Sarah en baissant les yeux vers le garçonnet, passant distraitement ses doigts dans les cheveux châtain clair de son fils. Puis elle regarda Bones pendant un long moment silencieux, l'expression de son visage se situant quelque part entre la supplication et l'avertissement.

Bradley agrippa la main de Bones et l'attira vers le sous-sol.

L'homme regarda Sarah par-dessus son épaule. Elle ouvrit la bouche pour dire quelque chose, puis la referma. Un sourire troublé, et curieusement admirateur aussi, étira ses lèvres et elle articula silencieusement :

— *Merci.*

CHAPITRE QUATRE

Sarah regarda par la fenêtre de la chambre de Bullet et Finlay en direction de l'étang clôturé dans leur jardin le samedi après-midi, essayant d'apercevoir ses enfants tandis qu'elle apportait la touche finale aux cheveux de la reine du jour pour son mariage. Ils avaient eu de la chance. Le début du mois de novembre dans le Maryland pouvait être froid et pluvieux, mais le ciel était dégagé et l'air était frais. Des rangées de chaises blanches faisaient face à un autel en bois que Bones, Bear et Truman avaient construit pour Bullet et Finlay. Entre le travail de Bones et la fréquence à laquelle il aidait Scott au sous-sol, elle ignorait quand il avait trouvé le temps de le faire, mais l'autel était incroyablement beau. Des roses roses et blanches décoraient la partie supérieure et les fleurs aux couleurs de l'automne recouvraient des tonneaux de chaque côté. Les mêmes fleurs remplissaient des pots dans tout le jardin. Des lanternes en verre étaient accrochées sur des branches d'arbres avec des bougies blanches à l'intérieur et des roses roses, blanches et pêche autour des parties supérieures. Le jardin était plein de membres des Dark Knights et de leurs familles. Des enfants couraient, des ballons attachés aux poignets, esquivant les adultes qui discu-taient sur le gazon. Finlay avait planifié le mariage à la perfection. L'énorme chapiteau blanc qu'ils avaient installé pour la réception était assez grand pour y installer des radiateurs au cas où ils seraient nécessaires. Une estrade improvisée pour le groupe et une piste de danse avaient été installées d'un côté. Des tables rondes avec des nappes roses et blanches étaient décorées par de belles pièces centrales fleuries dans des vases en forme de moto avec une bannière rose où les noms de Bullet et de Finlay étaient écrits en noir. Sarah balaya la scène du regard, essayant de ne pas laisser ses nerfs prendre le dessus. Elle repéra enfin Chicki et Red tenant Lila et Lincoln sous un grand arbre et parlant avec la mère de Finlay et son mari.

Sarah enroula plus de fleurs dans les cheveux de Finlay et jeta un autre coup d'œil rapide à l'extérieur, cherchant Bradley. Son pouls accéléra quand son regard atterrit sur Bones, qui se tenait à côté de la barrière entourant l'étang avec Bradley et Scott. Scott lorgnait Cassie, le traiteur, tandis qu'elle sortait du chapiteau. Ce n'était pas un problème, car Sarah prit un moment pour admirer Bones, grand et large, avec une main forte et protectrice sur l'épaule de son fils. Tout comme les autres hommes, il était exceptionnellement séduisant en jean et en chemise noire avec une cravate rose qui était assortie aux fleurs du bouquet de Finlay, ainsi que sa veste et ses bottes de motard. Mais contrairement aux autres hommes, Bones lui coupait le souffle. *Il pourrait donner l'impression qu'un survête-ment est chic.* Bradley avait insisté pour porter les bottes et la veste que Bones lui avait offertes. Il était en train de lever les yeux vers Bones et à ce moment-là, Sarah se demanda si elle laissait ses enfants trop s'approcher de lui. Elle avait été déçue par les autres toute sa vie et l'idée que quiconque ait le pouvoir de détruire le bonheur de ses enfants l'inquiétait.

Elle se concentra sur les cheveux de Finlay, écoutant les filles parler de leurs vies. Alors que Gemma leur disait à quel point

Kennedy l'imitait, agitant ses petites mains et battant des cils, Sarah craignit que son habitude de s'attendre au pire n'imprègne ses enfants, même si elle essayait d'empêcher cela.

Elle était fatiguée de vivre chaque instant sur ses gardes, se préparant au pire. Elle voulait se permettre d'être une femme de vingt-six ans normale, ne serait-ce que pour une journée et profiter de l'après-midi sans que ces inquiétudes ne la menacent. Dieu sait que Bones et sa famille avaient gagné sa confiance !

Si seulement son passé arrêtait de faire de l'ombre à son présent !

— Tout est magnifique, pas vrai ? dit Gemma en s'approchant de Sarah, l'admiration scintillant dans ses yeux verts.

Elle était ravissante dans une robe mauve tombant jusqu'aux genoux et aux manches scintillantes. Elle avait de longues jambes pour une femme qui ne mesurait qu'un mètre cinquante-sept ou un mètre soixante, une taille fine et des hanches rondes.

Sarah plaça sa main sur son ventre rond, essayant de ne pas envier les silhouettes des autres filles, mais l'envie qu'elle ressentait envers leurs cheveux était une tout autre chose. Elle admirait énormément les cheveux brillants, souples des filles, depuis les nuances naturelles marron et dorées de Gemma jusqu'aux vagues de cheveux épais et roux comme des flammes de Dixie qui tombaient en cascade le long de son dos. Elle savait que le stress pouvait faire des ravages sur la peau et les ongles et elle aurait juré que ses boucles blond-roux ternes étaient la preuve que c'était aussi un enfer pour les cheveux.

— Regardez Bullet faire les cent pas comme un lion en cage, dit Gemma. Il rend la pauvre Tinkerbell folle.

Cette dernière faisait les cent pas avec son maître, mais elle s'arrêtait sans cesse et regardait en direction de la maison.

— Je l'ai supplié de laisser Tink rester avec moi, dit Finlay tandis que Sarah fixait la dernière fleur. Bullet craignait qu'elle ne gêne, mais je sais que ce n'est pas pour ça qu'il l'a gardée avec lui. Il a besoin de Tinkerbell comme les autres hommes ont besoin d'une boisson forte.

Finlay se leva et regarda d'un air rêveur par la fenêtre. Elle était splendide dans la robe de mariée blanche en satin et en dentelle que Crystal avait confectionnée pour elle. Elle était longue à l'arrière, lui arrivait aux genoux à l'avant, avec deux nœuds en satin blanc au niveau de la taille. La jupe était composée d'une couche de dentelle à fleurs tout aussi blanche au début et qui s'estompait en plusieurs nuances de rose jusqu'au bord. Le décolleté plongeant était couvert par de la belle dentelle assortie aux longues manches. Ses cheveux étaient détachés. *Comme Bullet les préfère.* Sarah avait réalisé une tresse française sur les côtés de manière presque horizontale pour qu'elle traverse l'arrière de sa tête. Elle était ravissante avec des gypsophiles tressées dedans. Elle avait ajouté de petites fleurs aux coiffures de toutes les filles.

Finlay se retourna et dit :

— J'*adore* ça chez lui. Bullet ressent tout si profondément ! Je jurerais qu'il a le plus grand cœur de tous les hommes que j'ai rencontrés.

Ses yeux brillèrent de larmes et elle éventa son visage.

— Pas de larmes !

Isabel se précipita jusqu'à elle depuis l'autre côté de la pièce. C'était la meilleure amie de Finlay et l'une de ses deux demoiselles d'honneur. Finlay avait été incapable de choisir entre sa sœur, Penny, et Isabel. Elles descendraient donc toutes les deux l'allée centrale avec Bones, le témoin de Bullet.

— Non, non, non.

Penny se précipita à ses côtés, Crystal et Dixie sur ses talons. Elle prit Finlay par les épaules et dit :

— Regarde-moi dans les yeux. Si tu gâches ton maquillage avant le mariage, nous allons devoir tout recommencer.

— Je suis désolée. Je suis juste tellement *heureuse*. Bullet est…

Finlay s'éventa le visage plus vite, clignant rapidement des yeux.

— Il était tellement bourru, il parlait de manière tellement obscène et il flirtait sans honte quand je l'ai rencontré. Et à présent, toutes ces choses me font tomber plus amoureuse de lui à chaque seconde. Je l'aime *tellement* !

Penny l'attira dans ses bras.

— Quand tu épouses un grand motard baraqué et tatoué, tu obtiens tout ce qu'il y a de mieux.

— Attention avec mes cheveux, dit Finlay.

— Je suis juste heureuse que tu aimes Bullet pour qui il est, dit Dixie en regardant par la fenêtre.

Elle portait une robe courte et un dos-nu, vert forêt, avec des manches en dentelle et des talons extrêmement hauts. Elle était tellement grande et svelte qu'elle aurait pu être mannequin. Enfin, un mannequin tatoué, étant donné qu'elle était couverte de tatouages.

— J'avais peur qu'il ne laisse jamais une femme rentrer dans sa tête ou dans son cœur. Je suis contente pour vous deux.

— Il est tellement adorable, Dix ! dit Finlay. Je n'ai jamais eu la moindre chance à côté.

— Dixie est *heureuse* pour toi, dit Crystal en affichant un sourire en coin. Mais elle est encore *plus* heureuse parce que l'un de ses frères a une autre femme à surveiller en plus d'*elle*.

Dixie poussa une hanche sur le côté et croisa les bras, l'amusement remplissant ses yeux verts.

— Cette rumeur a du vrai.

— Pourquoi ça te rend plus heureuse que le mariage de Bullet et Finlay ? demanda Sarah.

— Quand tu étais jeune, Scott effrayait tous les mecs qui te regardaient ? demanda Dixie.

Les nerfs de Sarah fourmillèrent.

— Il n'y avait pas vraiment de mecs qui me regardaient, à l'époque.

Elle avait tout fait pour l'éviter afin de ne pas être battue.

— Oh, je t'en prie ! *Regarde*-toi !

Dixie agita une main vers elle.

— Même après deux bébés, et avec un polichinelle dans le tiroir, tu as mis le grappin sur Bones. Et il ne sort jamais avec des femmes du coin.

Sarah. Ne pouvait pas. Respirer.

— Oh ouais, tu plais complètement à ce mec ! dit Gemma. À Halloween, même Tru l'a remarqué.

Ne sachant pas quoi dire, Sarah choisit :

— Il est juste gentil.

— Je ne sais pas, dit Finlay. Kennedy et Lincoln viennent ici depuis longtemps et soudain, Bones a décidé que l'étang était dangereux pour les enfants. Il a engagé Crow, l'un des Dark Knights, pour mettre en place cette barrière de protection autour. Ensuite, il est venu à l'aube *tous* les matins de la semaine avant d'aller travailler pour s'assurer que le travail avançait.

— Il est juste prudent, et peut-être que passer du temps avec Bradley dernièrement l'a poussé à penser davantage aux enfants en général, dit Sarah.

— Je crois qu'il s'est vraiment beaucoup attaché à tes enfants, dit Dixie. Enfin, à tes enfants et à toi, en réalité.

La joie bouillonna à l'intérieur de Sarah, mais tout aussi vite, l'appréhension habituelle de ce qu'il pourrait désirer en retour essaya de la repousser. Elle s'efforça de s'accrocher à la sensation positive.

— Ce n'est pas ça, dit-elle.

Mais tandis qu'elle prononçait ces mots, la voix de Bones murmura dans sa tête. *Laisse-moi te connaître, Sarah. Tu ne le regretteras pas.* Elle posa une main sur son ventre, pensant à son existence. Les femmes la regardaient souvent comme si elle avait une vie enviable, avec deux enfants et un bébé en route. Elles ne pouvaient pas savoir ce qu'elle avait subi. Mais les hommes ? Quand elle n'était pas enceinte, au cours des rares occasions où elle était sortie sans ses enfants, elle avait remarqué quelques coups d'œil, mais à présent, elle était invisible aux yeux de presque tous. Elle ignorait pourquoi elle ne l'était pas aux yeux de Bones, même si leur amitié avait développé une charge électrique dernièrement. Elle rejetait la faute de ses désirs sur les hormones de grossesse. Mais pour lui ? Cela devait être une attirance de passage.

— Bones peut avoir n'importe qui, ajouta-t-elle enfin. Je ressemble à un terminal d'aéroport, rempli de bagages. C'est un protecteur, comme le reste de votre famille, et nous sommes juste de nouvelles personnes dont il doit s'occuper.

Dixie et les autres échangèrent un regard signifiant approximativement : « Cette fille a perdu la tête ? »

— Fin !

Ils entendirent la voix de Cassie depuis l'escalier. Une minute plus tard, elle apparut dans l'encadrement de la porte. Ses cheveux bruns étaient relevés en chignon et elle était tout sourire dans une jolie robe couleur pêche.

— Si tu ne te dépêches pas, je te jure que Bullet va venir ici et passer tes fesses au-dessus de son épaule !

— Oh, mon Dieu !

Finlay posa une main sur son cœur.

— Pourquoi je suis aussi nerveuse ?

Elle se tourna vers Gemma, Crystal et Sarah et dit :

— Vous étiez nerveuses quand vous vous êtes mariées ?

— Oui ! dirent Crystal et Gemma à l'unisson.

Tous les regards se tournèrent vers Sarah. Elle avait tellement l'habitude d'appeler Lewis son *ex* qu'elle avait oublié que la plupart des gens supposaient qu'elle avait été mariée. Elle n'était pas gênée de ne pas l'avoir été. En réalité, elle remerciait le ciel, car cela avait été un lien en moins à couper.

— Je... Euh... Je n'ai jamais été mariée, expliqua Sarah. Nous vivions juste ensemble.

— Je suis désolée. J'ai juste supposé..., dit Finlay tandis qu'elles se dirigeaient vers l'escalier.

— Ce n'est rien. Je n'aime pas parler de lui, de toute façon.

Cherchant une diversion, elle dit :

— Pourquoi tu as décidé de te marier aussi vite ?

— Parce que j'aime Bullet de tout mon être, répondit Finlay sans hésitation. Je veux porter ses enfants et vieillir avec lui. Je veux tenir sa main quand nous quitterons cette vie et que nous passerons dans la suivante. Je suis sûre de notre amour à ce point. Et je suis tout aussi sûre qu'il a besoin de cet engagement encore plus qu'il a besoin de Tinkerbell, alors pourquoi je lui demanderais d'attendre ?

Tandis que Sarah suivait les filles en bas de l'escalier, elle se demanda ce qu'elle ressentirait si elle aimait quelqu'un à ce point. Elle ferait n'importe quoi pour ses enfants, y compris mettre sa vie en danger pour les sauver, et maintenant qu'elle avait retrouvé Scott, elle pensait qu'elle pourrait en faire de même pour lui. Mais c'était son frère. Il avait été là au cœur de la violence qu'ils avaient subie de la part de leurs parents, essayant de les protéger, Josie et elle. Il avait trouvé un moyen de s'échapper qui avait été bénéfique à tous et quand ils s'étaient retrouvés après toutes ces années, il avait changé sa vie pour être avec elle et pour essayer de reconstruire leur relation. Et même si Josie les ignorait, elle savait qu'elle donnerait sa vie pour elle aussi.

Mais tomber amoureuse d'un homme au point où elle ne pourrait pas imaginer sa vie sans lui ? Elle n'était pas sûre de pouvoir guérir suffisamment pour avoir confiance en son instinct ou en quelqu'un d'autre à ce point.

BONES ÉTAIT CERTAIN que Bullet allait se mettre à courir, bougeant ses grosses fesses le long de l'allée centrale et fonçant dans Bones et les autres pour atteindre Finlay au lieu d'attendre que le cortège nuptial soit terminé. Bear et Crystal avaient descendu l'allée en premier, suivis par Truman et Gemma. C'était à présent au tour de Dixie qui était avec Lincoln. Bullet était tellement proche des bébés de Truman et Gemma qu'on aurait dit qu'il avait les larmes aux yeux. Bones tenait fermement la main de Kennedy tout en s'agenouillant pour redresser le nœud rose autour du cou de Tinkerbell, jetant un coup d'œil à la plus belle femme du jardin et de Peaceful Harbor, à son avis. Sarah portait une robe à fleurs. Elle était assise, Lila sur les genoux et Bradley à ses côtés. Il n'avait pas cessé de penser à elle, à eux trois, depuis la dernière fois qu'il les avait vus. Il avait donné un coup de main à Scott dans le sous-sol le soir précédent, mais il avait seulement pu saluer Sarah rapidement avant qu'elle ne disparaisse pour mettre ses enfants au lit. Il avait voulu lui proposer de l'aider, mais il était couvert de poussière de placoplâtre. Voyant qu'elle ne réapparaissait pas, Scott avait dit qu'elle s'était probablement endormie avec ses enfants. Bones voulait y croire, mais il avait vu à quel point elle semblait torturée quand son frère avait divulgué des parties de son passé qu'elle voulait clairement continuer de cacher. Il se demanda si elle l'évitait.

Savoir que Sarah n'était pas mariée avait endommagé les liens qui avaient contrôlé ses émotions. Si elle était gênée, cela s'arrêterait *ce jour-là*.

Bradley s'allongea sur les genoux de Sarah, déposant un baiser sur la joue de sa petite sœur. Lila gloussa et l'amour s'afficha sur les traits de leur mère comme dans un film et un élan de conscience traversa Bones. Elle était vraiment spéciale. Elle avait passé des heures à l'étage avec les filles pour les coiffer et il aurait juré qu'elle avait regardé par la fenêtre, cherchant ses enfants au moins trois fois par heure.

— *Maintenant*, Oncle Boney ?

Kennedy sautilla dans sa robe rose à volants, ses beaux yeux marron grands comme des soucoupes tandis qu'elle tirait sur sa main, le ramenant dans le présent. Un bandeau en dentelle avec de grandes fleurs en tissu était posé de travers sur son front.

Il le redressa et lui tendit un panier que les filles avaient rempli de roses roses. Il la regarda dans les yeux tandis qu'elle sautillait et dit :

— *Maintenant*, chérie, mais souviens-toi, essaye de ne pas trop exciter Tink, d'accord ?

Kennedy hocha la tête avec véhémence.

— Viens, Tink !

Elle commença à sautiller le long de l'allée en lançant des pétales de roses lorsqu'elle cria :

— Regarde-moi, Oncle Be-*ah* !

— Maman, regarde Tink !

Bradley désigna la chienne.

— Coucou, Tink ! Coucou, Kennedy !

Bradley agita frénétiquement la main et Kennedy s'approcha de lui en courant pour mettre une poignée de pétales sur ses genoux. Tinkerbell lécha le visage de Bradley et tout le monde rit.

— Tinkerbell, assis ! dit sèchement Bones.

Tinkerbell posa ses fesses par terre à côté de Kennedy.

Sarah grimaça, ses joues rougissant lorsqu'elle se pencha vers Kennedy et dit :

— Merci, chérie. Tu devrais continuer de marcher.

— D'abord, je dois en donner aussi à Lila !

Kennedy jeta des pétales en l'air et ils flottèrent sur Lila. Cette dernière les saisit, provoquant l'émotion générale et des rires tout autour d'elles.

Lila et Bradley jouèrent avec les pétales de roses. Sarah sourit timidement, serrant ses bébés dans ses bras. Bones dut faire appel à toute sa retenue pour ne pas s'approcher d'elle.

— Viens, Tink !

Kennedy se précipita à nouveau dans l'allée et sautilla jusqu'à Bullet.

— Tu vas te *morier*, Oncle Bullet ! Je t'aime !

Elle lança ses bras autour des jambes de Bullet avant de courir vers Gemma.

Tinkerbell aboya, regardant nerveusement Bullet et Kennedy. Bullet tapota sa cuisse et la chienne s'installa à côté de lui.

Bones ne pouvait pas s'empêcher de sourire. C'était tout ce qu'il y avait de bon dans le monde : la famille, les amis, le bonheur. Il jeta un autre coup d'œil à Sarah et il savait que sa place aussi était dans ce tableau.

Bradley était assis de travers sur la chaise située au bout de l'allée, l'observant tandis qu'il offrait ses bras à Penny et Isabel. Sarah avait un bras autour de Lila et l'autre autour de Bradley. Elle leva la tête et leurs regards se croisèrent. Pendant une seconde de vulnérabilité, elle le regarda comme si elle le désirait, et pendant cette fraction de seconde, ses entrailles s'enflammèrent. Elle baissa les yeux et ses cheveux lui bloquèrent la vue. Mais ce regard sexy était déjà gravé dans son esprit. Et c'était un regard qu'il voulait voir beaucoup plus souvent !

Les femmes et lui commencèrent à descendre l'allée centrale.

— Salut, Bones !

Bradley lui fit un signe de la main.

Bones lui adressa un clin d'œil.

— Bradley, murmura Sarah.

Mais le bambin se leva et courut vers le jeune homme.

Ce dernier le prit dans ses bras avec un énorme sourire et dit :

— Salut, petit B. Tu veux te joindre à la fête ?

D'autres rires résonnèrent lorsque Bradley enroula ses bras autour du cou de Bones en hochant la tête. Ce dernier jeta un regard à Sarah, qui semblait mortifiée. Il lui adressa un clin d'œil et articula silencieusement : « C'est bon ». Puis il dit à Bradley :

— Tu dois tenir la main de cette jolie dame, d'accord ?

Bradley hocha la tête tandis que Bones le posait sur sa hanche. Bradley tendit la main vers Penny, souriant de joie, mais ce fut la manière dont Sarah regardait Bones, avec un mélange d'étonnement, d'embarras et de quelque chose de *bien* plus profond et de plus séduisant qui fit tambouriner le cœur du jeune homme lorsqu'ils descendirent l'allée centrale. Il entendit son père, qui portait le surnom de motard « Biggs » parce qu'il mesurait un mètre quatre-vingt-quinze, glousser.

— Désolé, mec, dit Bones à Bullet lorsqu'il se plaça à côté de lui, Bradley dans les bras.

Bradley enfouit son visage dans le cou de Bones, se sentant mal à l'aise après coup.

Bullet émit un petit rire.

— Tout va bien, frérot. Les choses sont telles qu'elles doivent l'être.

La *Marche nuptiale* retentit et Finlay apparut au bout de l'allée au bras de sa mère. Rien n'aurait pu détourner l'attention de Bullet de sa belle future épouse, tout comme rien n'aurait pu détourner l'attention de Bones de Sarah.

La cérémonie fut émouvante, mais Bones en rata la plus grande partie. Il était trop concentré sur la tête de Bradley appuyée sur son épaule et sur Sarah qui faisait de son mieux pour avoir l'air de ne *pas* les regarder. Il ne la perdit pas des yeux une seconde, pas même après la cérémonie, quand une masse d'amis et de membres de la famille se dirigèrent vers les mariés pour les féliciter et les serrer dans leurs bras, et pas quand Hawk, le photographe, les rassembla pour prendre des photographies. Bones fut ravi de voir que Bradley serait dessus. Sarah fit rebondir nerveusement Lila sur ses genoux. Elle semblait vouloir traverser la foule et le soulager de son fils, mais elle paraissait également ne pas vouloir provoquer d'autres diversions. Quand Hawk eut fini, Bones prit un moment pour parler avec Bullet et lui. Puis, alors que tout le monde se dirigeait vers le chapiteau de la réception, il se fraya un chemin vers Sarah.

Elle fronça les sourcils et un sourire confus étira ses lèvres lorsqu'il s'approcha d'elle.

— Maman ! J'étais sur les photos ! Tu as vu ? demanda Bradley avec enthousiasme.

— Oui, bébé, dit-elle à son fils en s'obligeant à sourire.

Puis elle dit à Bones :

— Je suis désolée. Je ne savais pas quoi faire, et maintenant, les photos de Bullet sont gâchées et…

— Tu n'as pas à t'excuser et elles ne sont pas gâchées. Elles sont encore mieux que prévu.

Bones passa un bras autour de son épaule, la guidant vers Hawk, qui était debout à côté de l'arche et les regardait à travers la lentille de son appareil photo. Sarah était-elle aussi magnifique aux yeux de Hawk qu'aux yeux de Bones ? Il aurait adoré la voir à travers la lentille, de près, capturant les mouvements et les tremblements de son beau visage. Le photographe remarquait-il la douce courbe de son ventre ou la fréquence à laquelle elle la touchait, comme si elle avait besoin que son bébé sache qu'elle pensait à lui ? Ou la manière dont elle n'arrêtait pas de jeter des coups d'œil à Bones ? Avait-il aperçu la tache de naissance sur son poignet gauche ? Prendrait-il une photographie de son sourire au moment exact où il atteignait son regard ?

— Bones… dit Sarah d'une voix tremblante, ses yeux se tournant précipitamment vers les quelques invités qui étaient encore en train de se diriger vers le chapiteau. Où allons-nous ?

— Depuis combien de temps tu n'as pas pris de photos avec tes enfants ?

La confusion traversa le front de Sarah.

— Euh… ?

— C'est bien ce que je pensais.

Il n'avait vu aucun cliché d'elle et des enfants chez elle,

même pas une photographie traînant sur le réfrigérateur, comme chez Truman et Gemma. Bordel, comme il en avait de Lincoln et Kennedy sur son propre réfrigérateur ! Son téléphone en était probablement rempli, mais il était sûr qu'elle n'avait pas d'imprimante photo.

— Bones, *non*, dit-elle tandis que Hawk baissait son appareil photo et levait le menton pour la saluer. Il n'a pas à faire ça. Tu vas lui faire rater la première danse de Bullet et Finlay.

— Non, ce n'est pas vrai, maman, intervint Bradley. Bones a demandé à Bullet de nous attendre.

— Oh bon sang, *Bones*… ? S'il te plaît, dis-moi que tu n'as pas fait ça.

Ses beaux yeux le supplièrent de lui dire que ce n'était pas vrai.

— Je ne peux pas te mentir, chérie. Les mensonges me rendent nerveux.

Il jeta un coup d'œil à Hawk, qui portait un pantalon couleur moutarde et des bretelles marron en cuir avec une chemise blanche. Les montures de ses lunettes étaient multicolores et même s'il avait quelques tatouages et une barbe épaisse, ses cheveux marron clair étaient rasés sur les côtés et plus longs sur le dessus, coiffés en arrière dans un style à la mode. Hawk était un photographe très demandé et il travaillait avec des magazines et des particuliers. Il s'était fait un nom quand il avait publié une série de photographies de deux célébrités renommées et de leurs trois enfants quelques années auparavant et il avait la tête sur les épaules comme personne.

— Hawk Pennington, je te présente Sarah Beckley et sa fille, Lila. Tu connais déjà Bradley.

Bradley lui fit un signe de la main.

Hawk hocha la tête avec un sourire amical.

— Maintenant, je comprends pourquoi Bones m'a demandé d'attendre. Vous avez une belle famille.

— Merci. Mais vous n'êtes vraiment pas obligé de prendre des photos, dit-elle.

— Les photos sont ma vie.

Hawk jeta un coup d'œil à Bones et dit :

— Et si nous commencions par mettre les enfants à l'aise. Bones, et si tu portais Bradley sous l'arche avec Sarah et Lila ?

La jeune femme fronça à nouveau les sourcils, comme si elle cherchait un moyen d'échapper à la situation. Bones posa une main dans le bas de son dos et se pencha vers elle en murmurant :

— Détends-toi et profite des projecteurs, chérie. Si tu ne le fais pas pour toi, fais-le pour tes enfants. Montre-leur à quel point ils sont spéciaux.

Il avait dû instiller de la magie dans ses mots, car le sourire qu'ils provoquèrent le mit presque à genoux.

— D'accord, céda-t-elle, passant d'un pied à l'autre nerveusement sous l'arche. Merci. Ce n'était vraiment pas nécessaire, mais c'est très attentionné.

Hawk tourna autour d'eux en prenant des photographies et Bones essaya de distraire suffisamment Sarah pour qu'elle se détende. Il chatouilla le menton de Lila, ce qui provoqua des gloussements attendrissants.

— Cette jolie petite demoiselle célèbre un anniversaire important dans peu de temps. Considère que c'est ton cadeau.

— C'est presque l'anniversaire de Lila, pas de maman, dit Bradley.

— Oui, mais ta maman a donné la vie à ta sœur. Alors, c'est son anniversaire aussi.

Il savait que c'était trop confus pour lui, il dit donc :

— Contente-toi de hocher la tête et de dire « Bonne idée ».

Bradley s'exécuta.

— Vous êtes splendides, dit Hawk en s'approchant, les regardant à travers la lentille de l'appareil photo.

— Bones, et si tu posais Bradley ?

— Tu es prêt, petit ?

Bradley hocha la tête et Bones le posa par terre. Puis il s'écarta et la gêne recouvrit le visage de Sarah. Ce regard troublé l'attira de nouveau immédiatement à ses côtés.

— Et si je tenais Lila et que tu prenais quelques photographies avec Bradley ?

Bones emmena Lila dans l'herbe et s'assit avec elle, regardant Sarah tandis qu'elle se plaçait derrière Bradley, l'attirant contre ses jambes. Elle se baissa pour l'embrasser sur la tête. Elle le faisait souvent, comme si elle avait besoin de le couvrir d'amour dès qu'elle le pouvait. Elle s'accroupit à côté de lui, le regardant dans les yeux tandis que Hawk prenait plusieurs photographies, bougeant aussi rapidement et silencieusement que le vent. Bones vit qu'il capturait *tout* et sa poitrine se remplit parce qu'il savait que Sarah pourrait chérir ces photographies pour toujours.

— Bradley, et si tu emmenais ta maman dans l'herbe ? suggéra Hawk.

Bradley prit la main de Sarah et l'attira loin de l'arche tandis que l'artiste prenait des photographies. Bradley se laissa tomber dans l'herbe et Sarah s'assit à côté de lui sans s'inquiéter de salir sa robe. Pourquoi cela parlait-il tellement à Bones ? Lila rampa vers eux et Hawk captura un beau moment après l'autre pendant que Bones restait debout à proximité, les observant. Bradley ramassa une feuille dans l'herbe et il la tendit à Sarah. Quelques minutes plus tard, celle-ci était tellement perdue dans la joie qu'elle ressentait avec ses enfants qu'elle s'assit en pliant ses jambes à côté elle avec élégance, interagissant avec ses enfants comme si elle avait oublié la présence de Hawk.

Lila se leva, s'accrochant à la manche de la robe de Sarah et souriant à son grand frère. Elle se tourna vers Bones en balbutiant :

— Babababa…

— Coucou, jolie petite demoiselle, dit Bones.

— Bababa…

La main libre de Lila s'ouvrit et se ferma comme si elle faisait signe à Bones de s'approcher.

— Baba !

Une seconde plus tard, Lila lâcha la manche de Sarah et fit un pas vers Bones tout en balbutiant, ses doigts essayant de l'attraper. Elle fit deux pas de plus avant que Bones – et Sarah, d'après sa réaction – ne se rende compte de ce qui se passait. Puis leurs regards se croisèrent. Sarah poussa un petit cri, des larmes lui montant instantanément aux yeux tandis que son bébé faisait un autre pas chancelant en avant.

— Tu photographies ça ? demanda Bones à voix basse à Hawk. S'il te plaît, dis-moi que tu prends des satanées photos de chaque pas.

— Mec, je suis un pro. Je ne rate rien, dit Hawk, son appareil devant l'œil.

Bones mit un genou à terre, tendant les mains vers Lila, craignant qu'elle ne tombe sur les fesses s'il s'approchait d'elle.

— Viens, bébé. Tu t'en sors super bien.

L'adrénaline traversa ses veines à chacun des pas de l'enfant. Sarah enroula un bras autour de Bradley, murmurant à son oreille. Bones supposa qu'elle le faisait pour l'empêcher d'effrayer Lila. Celle-ci tituba en avant, puis en arrière, et Bones s'immobilisa. Elle tomba sur les fesses, les yeux écarquillés. Ils applaudirent tous, se précipitant vers la formidable petite fille de Sarah.

Hawk n'arrêta pas un instant de prendre des photos.

Sarah attrapa Lila dans ses bras, la serrant contre elle et l'embrassant. Ils riaient tous et firent l'éloge du bébé en même temps.

— Tu es une petite fille tellement intelligente ! Bien joué, bébé ! Tu as marché !

Sarah leva des yeux larmoyants vers Bones, parlant d'une voix plus douce lorsqu'elle dit :

— Tu as marché vers Bones.

— Elle a marché vers *toi*, Bones ! intervint Bradley.

— Effectivement.

Et c'était incroyable. Il n'avait jamais été aussi fier et ce n'était même pas son enfant. Il souleva Bradley dans ses bras et ne put résister à l'envie de les prendre tous les trois dans ses bras.

Tandis qu'il croisait le regard heureux de Sarah, elle dit :

— Elle a marché vers toi. C'était extraordinaire.

— Elle m'a fait confiance, dit-il sincèrement. Si j'ai de la chance, sa mère en fera autant.

CHAPITRE CINQ

Comment Sarah allait-elle survivre à cette journée ? D'abord, Bones avait agi comme si descendre l'allée centrale avec son fils était la chose la plus naturelle du monde. Puis sa fille avait fait ses premiers pas, et vers l'homme qui faisait passer les photographies de sa famille avant la première danse du mariage de son frère. Tant d'émotions passaient à toute vitesse en elle qu'elle avait un peu le vertige. Elle jeta un coup d'œil à Bones, qui portait Lila et disait à sa petite fille à quel point elle était intelligente et forte et lui demandait comment elle allait les surprendre ensuite. Elle n'avait jamais rencontré un homme comme lui auparavant. Il lui donnait envie de le secouer pour le réveiller de son affection malavisée et lui demander pourquoi il perdait son temps avec *elle*. Elle ne ferait que grossir et dans quelques mois, elle aurait une autre bouche à nourrir. Une bouche qui la réveillerait pendant la nuit et qui laisserait derrière elle encore plus de vergetures et probablement quatre kilogrammes de plus.

— Sarah ! cria Gemma en se précipitant vers eux, Dixie sur ses talons. J'ai vu Lila marcher ! Je suis juste sortie pour voir où vous étiez et la vache ! Elle a *marché* ! Tu dois être tellement excitée !

— Un peu *trop* excitée, dit-elle sincèrement.

Bones lui adressa un regard ardent. Soit ça, soit ses hormones lui jouaient à nouveau un tour.

— Il est impossible d'être *trop* excitée, dit-il d'une voix séduisante qui poussa Gemma à écarquiller les yeux.

Non. Ses hormones ne lui jouaient pas un tour.

Dixie gloussa.

— Mince alors, Bones ! Voir un bébé qui marche est une sorte d'aphrodisiaque ?

— Non, mais regarde ce sourire.

Bones adressa un clin d'œil à Sarah.

— C'est sacrément excitant.

— *Oh, mer… !* souffla Sarah, baissant les yeux vers le sol.

Bradley tira sur la robe de sa mère.

— J'ai soif.

— Et si je l'emmenais chercher un peu de limonade pour que tu puisses aller voir les filles ? proposa Bones.

— Tu n'es pas obligé.

Sarah allait prendre la main de Bradley, mais celui-ci était déjà en train de tendre le bras vers Bones.

— Au moins, donne-moi Lila.

Tandis que Bones passait Lila aux bras de Sarah, il dit :

— Attention. Elle se tortille comme une folle. Je crois qu'elle a hâte de mettre de nouveau les pieds par terre.

Il toucha le bout du nez de la fillette et dit :

— Pas vrai, ma puce ?

— On dirait que tu as la fièvre des bébés, dit Gemma.

— Comment ne pas être enthousiaste ?

Bones arqua un sourcil.

— Tu te souviens comme nous sommes tous devenus fous quand Lincoln a commencé à marcher ?

— C'est ça !

Dixie leva les yeux au ciel. Puis elle se pencha vers Gemma et baissa la voix en disant :

— Je ne l'ai pas vu essayer de faire des *cochonneries* avec *toi*.

Bones lui jeta un regard noir.

— Viens, petit B, allons au bar à sodas.

Tandis qu'il s'éloignait, sa sœur croisa les bras et plissa les yeux en regardant Sarah.

— Ne me dis pas que ce n'est pas comme *ça* entre vous deux. Tu l'as *vu* ? Je sais ce qui est normal pour mon frère et Bones agit comme s'il s'était pris la flèche de Cupidon dans les fesses. *Bear* est le mec émotif qui tapote le nez des bébés et dont le cœur s'emballe avant qu'il n'ait le temps de réfléchir. *Bullet* fonce dans les situations en suivant son instinct. Mais Bones a *toujours* été celui qui prenait du recul, analysant méticuleusement les situations avant de prendre des décisions, encore plus avant de faire un pas vers quoi que ce soit, à moins que quelqu'un soit en danger imminent. Ensuite, il utilise son instinct et anéantit tout sur son passage. Il est aussi mortel que Bullet, mais avec une précision létale, frappant aussi vite et violemment qu'un serpent à sonnette. Mais sa nature prudente, son besoin d'analyser et de comprendre tous les aspects de tout ce qu'il touche, c'est ce qui fait de lui un tel expert dans son domaine. Il ne commet pas d'erreurs et n'envoie pas d'ondes qui n'expriment pas exactement ce qu'il veut.

Avant que Sarah ne puisse réfléchir trop longtemps à cette déclaration éprouvante, Dixie dit :

— La seule chose dans laquelle il s'est lancé à pieds joints, c'est la faculté de médecine… Et *toi*. Alors, bébé, si ce n'est pas comme ça entre vous, tu ferais mieux d'attacher ta ceinture, parce que ça va l'être.

Red sortit et commença à faire entrer tout le monde dans la

tente.

— Les filles ! Venez, ce serait dommage de tout rater.

Elle tapota le dos de Lila et dit :

— J'ai entendu dire que notre petite fille a fait ses premiers pas et que j'ai raté ça.

Notre petite fille. Réchauffée par l'amour de Red envers sa fille, elle dit :

— Je crois que Hawk a pris beaucoup de photos.

— Oui, mais tu sais que ce n'est pas comme être là quand ils ont cet air surpris dans les yeux, comme s'ils n'arrivaient pas à croire qu'ils ont marché, dit Red tandis que Dixie et Gemma s'asseyaient. Et puis, ils chancellent adorablement…

Elle soupira et dit :

— J'adore ça. Wayne – *Bones* – m'a presque rendue folle quand il était bébé. Je croyais qu'il n'allait jamais faire un seul pas.

Wayne. Elle avait vu son vrai nom sur sa blouse à l'hôpital et il ne fallait pas avoir beaucoup d'imagination pour comprendre comment il avait reçu son nom de motard.

— Pourquoi ?

Le regard de Sarah trouva l'homme qui avait presque rendu sa mère folle. Il était assis à une table et parlait avec Bullet, incroyablement séduisant avec son nouvel appendice, *Bradley*, assis fièrement sur ses genoux. Le petit bras du garçonnet était entouré autour du cou de Bones et sa joue était posée sur son épaule.

Red s'approcha et dit :

— Car si Brandon – *Bullet* – me donnait des cheveux blancs par sa témérité, gambadant partout, montant l'escalier comme un petit singe, fonçant dans tout, tombant de l'escalier intentionnellement, Wayne observait, apprenait, prenant son temps jusqu'à ce qu'il ait *tout* compris.

Sarah ne parvint pas à réprimer un gloussement assez vite.

— Je peux l'imaginer faire ça.

— C'est un miracle qu'il me reste un seul cheveu roux. Dieu merci, Chicki et ses incroyables talents pour la teinture sont là !

Red se tapota les cheveux.

— Brandon était un petit chenapan. Il montait deux ou trois marches, puis il me souriait et lâchait la rampe, riant tandis qu'il dégringolait. Pas étonnant que Wayne ait attendu qu'il y ait quelque chose qui *vaille* la peine d'être poursuivi.

— On pourrait imaginer qu'un grand frère l'aurait suffisamment attiré.

Elle essaya d'imaginer Bones en tant que petit garçon. Était-il vraiment comme Dixie le décrivait ? Mortel quand il protégeait autrui *et* prudent ? Comment ces deux choses pouvaient-elles aller ensemble ?

— Dieu sait que ça l'a été pour Bobby – *Bear* – et Dixie. Mais pas pour Wayne. Il n'avait pas hâte de tomber de l'escalier. Wayne n'a pas fait le moindre geste avant que Biggs n'amène un chaton blessé à la maison. Biggs était assis sur le canapé, s'occupant de ses coupures, et la pauvre petite chose geignait. Mon cœur s'est presque brisé en entendant ses cris. Il n'arrêtait pas, comme s'il avait besoin que nous écoutions chacune de ses plaintes.

Red fixa Bones des yeux et dit :

— Je n'oublierai jamais la sensation dans ma poitrine quand Wayne a entendu les cris depuis la salle de jeux. Il m'a regardée avec une telle compassion dans ses petits yeux marron ! Ensuite, il s'est levé en s'appuyant sur un château en plastique et il a marché directement vers le salon. Il est tombé une fois, dit-elle en souriant. Mais il s'est relevé immédiatement et a titubé vers le canapé comme un pro. Il a passé chaque minute possible avec ce chaton, même après qu'il était guéri. Tu devrais lui demander de t'en parler, un jour.

— Alors, Dixie avait raison ? Il analyse vraiment les choses avant d'agir ?

— Il *suranalyse*, ma belle.

Red prit le bras de Sarah.

— Viens. Allons chercher ta place. Je parie que tu es à côté de Wayne. Et si ce n'était pas le cas, je suis sûre qu'il a échangé les cartons de table pour que ça le soit.

Pourquoi personne ne mettait-il Bones en garde contre cette attirance ? Comment pouvaient-ils ne pas voir un signal d'alarme ambulant ?

Est-ce que je veux qu'ils le fassent ?

— Maman ! cria Bradley lorsqu'elles s'approchèrent.

Le regard de Bones se tourna immédiatement vers elle, envoyant une bouffée de chaleur dans son entrejambe tandis qu'elle suivait Red jusqu'à la table, sa tête tournant à nouveau. Non, elle ne tournait pas vraiment. Elle avait des papillons dans le ventre et sa peau était froide et chaude en même temps. Sans aucun doute parce que Bones semblait vouloir la dévorer et que tout le monde dans le chapiteau paraissait le savoir. Elle leva les yeux vers les lumières scintillantes et les banderoles blanches et roses accrochées au plafond, souhaitant que sa vie soit accompagnée d'un manuel.

Red avait raison : son carton de table était à côté de celui de Bones et ce dernier avait même mis une chaise haute de l'autre côté de sa chaise. Elle installa Lila dedans et plaça Bradley entre Bones et elle, ayant besoin d'une protection. Le simple fait que tout le monde semble considérer cette situation comme naturelle ne signifiait pas qu'elle était du genre à sauter à pieds joints. Elle était du genre à tout juste tremper son pied pour prendre la température de l'eau. Mais à vingt-six ans, elle était encore jeune et elle ne pouvait pas continuer d'ignorer la vérité ou d'essayer de mettre la chaleur torride entre eux sur le compte des hormones de grossesse. Bones réveillait son cœur comme aucun autre homme ne l'avait jamais fait et le commentaire sur « Le Docteur Coquin » de Bullet avait créé une tempête de curiosité qu'elle ne pouvait plus ignorer.

De laides pensées s'immiscèrent en elle. Des pensées qui étaient si profondément enracinées qu'elle n'était pas sûre de pouvoir leur échapper, même si elle le désirait si désespérément. Le sexe avait toujours été synonyme de survie pour Sarah, avec une brève exception quand elle avait *pensé* qu'elle était sur le chemin qui menait à l'amour. Elle serra les dents face à la douleur des souvenirs, luttant pour les enterrer profondément pour la énième fois.

— Salut, ma belle, dit doucement Bones.

Le regard de Sarah se heurta au sien. Il était assis un bras autour du dossier de la chaise de Bradley, observant Sarah dans son moment de tourmente. Elle avait beau ne pas croire aux fins heureuses et avoir du mal à faire confiance aux gens, elle désirait être plus proche de lui, connaître cet homme loyal et attentionné personnellement. Émotionnellement et physiquement. Elle déglutit difficilement, se sentant heureuse et triste, nerveuse et calme, pétrifiée et curieuse. C'était tellement accablant qu'elle était sûre que tout le monde pouvait le sentir. Mais ce fut Bones qui avança un peu plus sa main sur le dossier de la chaise de Bradley jusqu'à ce que ses doigts effleurent son bras, de l'inquiétude dans ses yeux sombres.

— Ça va, chérie ? Tu veux aller te promener ?

Se promener ? Non, elle ne survivrait pas à cette soirée si le docteur Whiskey la regardait comme s'il pouvait soigner toutes ses blessures. Elle avait besoin d'espace pour s'éclaircir les idées.

— Non merci, parvint-elle enfin à dire. Je vais juste aller jusqu'à la maison pour changer Lila.

Il se leva.

— Je vais t'accompagner.

— Non, dit-elle rapidement. Je vais bien, vraiment. J'ai juste besoin de…

Cherchant une excuse, elle décida d'être honnête, car à ce moment-là, elle était tout simplement pathétique.

— De *respirer*, et tu rends ça impossible.

Un lent sourire s'étira sur les lèvres de Bones.

— *Bong sang !* laissa-t-elle échapper avant de pouvoir s'en empêcher. Tu pourrais détourner le regard ?

— Aucune chance, chérie.

L'arrogance de Bones fut douce comme le velours. *Pouah !* Elle se leva, ayant besoin de s'échapper avant qu'il n'utilise sa magie sur elle.

— Viens, Bradley. Allons aux toilettes avant le dîner.

— Je n'ai pas besoin d'y aller, gémit Bradley.

— Je vais le surveiller, proposa Bones, ce sourire à faire fondre sa culotte toujours sur son visage.

Super ! Une autre dose de bonté à faire exploser les ovaires. Exactement ce dont j'avais besoin.

LA FÊTE s'attarda jusque dans la soirée, dans une ambiance joyeuse, avec trop de nourriture et beaucoup d'applaudissements. Bones se tenait près du bar avec son père et ses frères. Les yeux de Bullet étaient rivés sur son épouse, qui se lâchait sur la piste de danse sur *Girls Just Want to Have Fun* avec Dixie, Penny, Isabel et une douzaine d'autres femmes. Bones trouva Sarah assise à côté de Gemma ; elles avaient toutes les deux un bébé sur les genoux. Truman était assis par terre à côté de la chaise de sa femme avec Kennedy et Bradley sur ses genoux. Les deux bambins avaient joué ensemble tout l'après-midi et ils avaient à présent le même regard vitreux d'épuisement. Hawk se déplaçait furtivement dans le chapiteau, capturant des moments précieux. Sarah semblait heureuse et sereine, ce qui était une combinaison incroyable sur une femme aussi belle ; il espérait que Hawk avait capturé ce regard.

— Cassie a vraiment assuré comme traiteur !

Bullet passa un shot à chacun de ses frères.

— Voilà pour toi, vieil homme, dit-il en donnant l'un d'eux à Biggs.

— Je ne pouvais plus avaler une seule bouchée, dit leur père, enroulant ses doigts autour de sa canne tout en acceptant le verre.

À cause de l'AVC, il parlait lentement, la partie gauche de sa bouche étant définitivement immobilisée, et pire encore, il avait perdu de longue date la capacité de monter à moto. Mais cela ne l'empêchait pas de diriger les Dark Knights comme son père l'avait fait avant lui et de porter le blason du club avec fierté. Et cela ne faisait certainement pas moins de lui un homme.

Bones était fier de son père. Il leur avait appris à se battre, à monter à moto et à protéger autrui. Sous cette épaisse barbe grise négligée et sa peau tatouée striée de sillons profonds que lui avaient valus des kilomètres à rouler sous la chaleur du soleil se trouvait l'esprit d'un guerrier. Biggs Whiskey quitterait sans doute ce monde comme il avait éduqué ses enfants : en se battant pour la vie des autres.

— Tu as vu la table des desserts ? demanda Bear. Il se pourrait que je vole quelques fraises enrobées de chocolat pour plus tard.

Il agita les sourcils, son regard se tournant vers Crystal, qui était encore en train de danser de tout son cœur.

Bear était tombé fou amoureux de Crystal presque depuis le moment où il l'avait vue pour la première fois, mais il lui avait fallu plus de huit mois pour enfin la convaincre de sortir avec lui. Bones regarda Sarah, la femme qui éclaircissait toutes ses pensées. Il s'était toujours considéré comme un homme patient, mais cette dernière lui prouvait que c'était faux. Car il avait pris le commentaire de Bear à propos des fraises enrobées de chocolat et l'avait décortiqué, imaginant Sarah allongée nue au lit, ses longs cheveux dorés étalés sur son oreiller tandis qu'il léchait le chocolat de ses beaux seins et son ventre rond avant de la dévorer jusqu'à ce qu'elle crie son nom tant de fois qu'elle ne l'oublierait jamais. Et il était impossible qu'il attende huit mois avant que cela n'arrive !

— Mec !

Bullet lui donna un coup de coude, le sortant brusquement de son fantasme.

— Où tu étais parti, bon sang ?

— Un endroit merveilleux jusqu'à ce que tu gâches tout.

Il baissa les yeux vers le verre dans sa main.

— En quel honneur on lève nos verres ?

— Bon sang Bones ! Tu es vraiment perdu, dit Biggs. On porte un toast en l'honneur de mes fils, mais d'abord, si on ne le fait pas en l'honneur de votre mère et des femmes dans nos vies, on va nous accuser de boire juste pour le plaisir. Alors, en l'honneur des femmes fortes et loyales. Qu'elles veuillent toujours de nos vilaines fesses !

— Bien dit, dirent-ils à l'unisson tout en trinquant avant de boire leurs verres d'un trait.

Le barman était déjà en train de leur servir la tournée suivante.

Biggs caressa sa barbe, les regardant tous les trois. Il leva son verre, sa moustache tressaillant tandis qu'un côté de ses lèvres se soulevait.

— Deux hommes à terre, il n'en reste qu'un, *putain de merde* ! On s'en est bien sortis.

Ils rirent tous et burent leurs shots, mais aussi vite que les rires éclatèrent, l'esprit de Bones retourna à la nuit où il avait dîné chez Sarah, au commentaire de son frère à propos de leur vie chez eux. L'alcool dans son estomac tourna et il posa son verre.

La main de son père s'abattit sur l'épaule de Bones et il dit :

— Cette petite chérie a de la douleur dans le regard. Sois prudent, fiston.

— Merci pour le conseil, P'pa. J'ai été prudent toute ma vie et ça m'a toujours servi.

Bones prit une profonde inspiration. Sarah avait parfaitement réussi à s'entourer de gens et à engager une conversation avec eux chaque fois qu'il s'approchait. Il en avait assez d'attendre. Si elle ne pouvait pas respirer quand il était près d'elle, il devrait être son oxygène.

— Tout ce que tu m'as toujours appris m'a préparé pour ce moment. Ce n'est *pas* le moment d'être prudent.

Biggs hocha la tête, plissant les yeux.

— Eh bien, fiston. Bordel ! Qu'est-ce que tu fais debout là ?

Son père le poussa vers Sarah, mais Bones avait d'autres projets. Il en avait assez de cette musique de filles. Il était temps de faire monter la température – et de jouer de son charme. Il se dirigea directement vers le groupe, puis alla chercher sa femme.

Gemma fit signe dans sa direction et Sarah leva la tête, l'air adorablement nerveuse et dangereusement sexy.

— Les filles, dit-il sans jamais détourner les yeux de celle-ci.

Juste à temps, le groupe commença à jouer la chanson qu'il avait demandée. Il prit la main de Sarah.

— Danse avec moi, chérie.

Les yeux de la jeune femme se tournèrent nerveusement vers Gemma, puis vers Lila et vers Bradley, qui était maintenant assis à côté de Truman. Bones était vaguement conscient que Truman et Gemma était en train de les regarder. Il avait l'impression que presque tout le monde sous le chapiteau retenait sa respiration pour voir si elle allait accepter.

— Je ne peux pas, dit-elle doucement en serrant un peu plus Lila. J'ai les enfants.

— Je peux les surveiller, dirent Truman et Gemma en même temps.

Sarah rougit.

— Non. Je ne peux…

Gemma prit Lila et Truman attira Bradley sur ses genoux, ne lui laissant aucun bébé derrière lequel se cacher.

Bones la leva délicatement.

— Viens, chérie. Cette chanson est pour toi.

Il l'attira sur la piste de danse. Sarah regarda par-dessus son épaule, observant ses enfants pendant que Bones l'attirait dans ses bras. Son ventre rond l'effleura tandis qu'il plaçait les bras de Sarah autour de son propre cou. Elle jeta un autre coup d'œil à ses petits.

— Ils vont bien. Je te le promets, dit-il tandis que le groupe commençait à chanter le souvenir de la première fois où il l'avait vue.

— Je sais. C'est juste que…

— Concentre-toi sur moi, Sarah, rien d'autre. Je ne mettrai jamais tes enfants en danger. Offre-toi juste ce moment.

Il vit la gêne dans ses yeux et dit :

— Donne-*nous* un moment.

Le regard de Sarah balaya la salle et il réalisa qu'elle n'était pas seulement inquiète à propos de ses enfants. Il glissa un bras autour de sa taille, la serrant fermement, et sortit du chapiteau pour l'emmener dans le jardin.

Elle se dépêcha pour suivre son rythme.

— Où tu vas ? Je ne peux pas partir !

— Nous ne partons pas.

Loin des regards des autres, il l'attira à nouveau contre lui, plaça ses bras autour de son cou pour la deuxième fois et dit :

— Je veux danser avec toi et si tu as peur de ce que les autres diront, alors, je vais danser avec toi ici, dehors.

— Pourquoi, Bones ? C'est gênant de danser avec moi.

Elle baissa les yeux vers son ventre qui se trouvait entre eux.

Il leva le menton de Sarah et la regarda dans les yeux.

— C'est beau de danser avec toi. *Tu es* belle, Sarah.

Le visage de cette dernière se plissa en un masque d'incrédulité et elle secoua la tête, mais elle se balançait avec élégance, bougeant *avec* lui, n'essayant pas de fuir en dépit de ce qu'il voyait sur son visage.

— Ne fais pas ça, dit-il fermement. N'ignore pas ce que je dis comme si ça n'avait pas d'importance.

— C'est juste que…

Elle détourna le regard un moment. Puis son regard croisa à nouveau celui de Bones, un peu plus doux, cette fois.

— Tu es fétichiste avec les femmes enceintes ou quelque

chose comme ça ?

Il ricana.

— Pas que je sache, mais je suis un type plutôt observateur.

— C'est ce que j'ai remarqué, dit-elle avec un petit sourire. C'est bizarre d'être ici, en train de *danser*, loin de mes enfants.

— De danser ou de danser avec moi ?

Il voulait connaître toutes ses pensées, même si ce n'était pas ce qu'il avait envie d'entendre.

— Danser en *général*, mais danser avec toi est bizarre aussi. Agréable, clarifia-t-elle avec une étincelle de désir dans les yeux. Mais c'est effrayant et fou. Pourquoi moi, alors que le chapiteau est plein de femmes splendides ?

— Écoute les paroles. C'est une chanson de Maggie Rose intitulée *C'est toi*, et je te le jure, chérie, les mots ont été écrits en pensant à nous.

Il l'observa alors qu'elle intégrait ses paroles. Elles étaient tellement vraies ! Il ne l'avait jamais vue venir et il ne voulait pas qu'elle parte.

— Bones… ? dit-elle, remplie d'émerveillement.

— Depuis le moment où je t'ai vue pour la première fois, j'ai eu besoin de te revoir, et au cours des mois qui se sont écoulés depuis, ce désir s'est intensifié. Je pense à toi et à tes enfants *tout* le temps.

Il baissa les yeux vers son ventre, puis la regarda dans les yeux avant de dire :

— Et à ce petit miracle aussi.

L'air quitta les poumons de la jeune femme.

— Tu recommences. Je ne peux pas respirer quand tu me regardes comme ça.

— Alors, pourquoi lutter ? Tu as passé deux mois à apprendre à me connaître. Tu sais que je ne vais pas te faire de mal.

— Je ne peux pas le savoir, dit-elle avec véhémence. Les gens bien font de mauvaises choses. Tu l'as dit toi-même.

Bones eut mal au cœur en pensant à ce qu'elle avait dû subir pour douter à ce point des gens.

— C'est vrai. Mais après plus de trente ans, je peux honnêtement dire que je n'ai jamais rien fait de mal envers une femme. Ce n'est pas ma manière d'être. J'ai fait des choses que je n'aurais pas dû faire, comme la plupart des gens, mais te faire du mal n'en fera jamais partie. Si tu me laisses entrer dans ton monde, dans ta vie, je te promets que je risquerai ma propre vie avant de laisser quiconque vous faire du mal, à tes enfants ou à toi.

Elle s'étrangla sur un soupir.

— Laisse-moi te le prouver, Sarah. Laisse-moi t'inviter à un vrai rendez-vous. Apprends à mieux me connaître et décide par toi-même.

— Je ne peux pas aller à un rendez-vous. Les enfants…

— J'ai toute une famille qui sera ravie de les garder. Scott a dit qu'il le ferait aussi.

Elle resta bouche bée.

— Tu as demandé à *Scott* ?

— C'est ton frère. Dans mon monde, ça signifie qu'il te protège et qu'il a le droit d'être prévenu.

Il étala sa main sur la partie supérieure de son dos, ses doigts effleurant la pointe de ses cheveux et il sentit son cœur battre rapidement.

La chanson toucha à sa fin, mais ils continuèrent de danser. Quand la chanson suivante commença, il dit :

— Tout le monde nous soutient, chérie. Un rendez-vous. Une soirée pour voir si ce qui existe entre nous est aussi réel pour toi que pour moi.

— Comment tu sais que ça représente *quoi que ce soit* pour moi ?

Pensait-elle vraiment qu'elle cachait aussi bien ses émotions ?

— Tu as dit que tu ne pouvais pas respirer quand je te regardais.

— *Oh, mon Dieu !* murmura-t-elle. Je suis la femme la plus nulle du monde.

— Qu'est-ce que ça fait de moi ? Car chaque fois que tu me regardes, j'ai l'impression que je peux enfin respirer pour la toute première fois. Et quand tu regardes tes enfants ? Seigneur, Sarah ! Ce sourire et l'amour dans tes yeux… ! Après ça, tout le mal du monde ne semble plus si dur. Sors avec moi, Sarah. Fais-moi assez confiance pour un rendez-vous.

Elle fronça les sourcils.

— Est-ce que tu… ? Dixie a dit que tu pouvais être *mortel.*

— Dixie admire tous ses grands frères, mais je te promets qu'elle ne voulait pas le dire comme tu le penses. On nous a éduqués à protéger les nôtres et nos proches. Je prendrais une balle pour n'importe qui dans ce chapiteau. Je prendrais une balle pour toi.

— C'est terrifiant.

Les mains de Sarah glissèrent sur ses épaules, le tenant plus fermement, comme si elle n'aimait pas l'idée qu'il lui arrive quelque chose.

Le cancer était *terrifiant.* L'idée qu'elle ait quitté sa maison à seize ans et que sa sœur l'ait fait à treize ans était *terrifiant.* Le fait qu'elle s'occupe de sa famille sans assurance-maladie était *terrifiant.* Mais il ne lui dit rien de tout cela. Elle avait assez de soucis en tête et il sentit qu'elle baissait sa garde.

— Non, chérie. L'idée que tu refuses ce rendez-vous est terrifiante. Le fait que quelqu'un fasse attention à toi est rassurant.

— Tu as réponse à tout. Alors, dis-moi une chose : que voulait dire Bullet quand il t'a appelé « Médecin Coquin » ? Parce que je ne suis pas une brebis[1]. Je ne veux pas être attachée ou recevoir une fessée ou porter un collier en cuir.

— Tu crois que Dixie et Gemma sont comme ça ? Ou Crystal ? Finlay ?

— Non ! Je voulais juste dire… Que voulait dire Bullet ? Je ne sais pas ce que tu aimes. De toute évidence, tu as quelques goûts sexuels bizarres, parce que *je* te plais.

Il serra la mâchoire.

— Il faut que tu arrêtes de faire ça, s'il te plaît.

— Quoi ?

— Te rabaisser. Tu es une femme splendide, intelligente et forte qui fait passer ses enfants avant elle-même, qui travaille dur et qui prend quand même le temps de faire des choses pour les autres.

— D'accord, mais le simple fait que tu penses que je suis jolie ou intelligente ne veut pas dire que *je* me vois ainsi. Mais je veux bien accepter « forte », dit-elle doucement. Et une mère est censée donner la priorité à ses enfants. Maintenant, si tu veux sortir avec moi, arrête de tourner autour du pot et avoue, *Docteur Coquin.*

— J'aime ton audace, confessa-t-il. Mes frères ont toujours été très ouverts sur leurs conquêtes sexuelles. Aussi loin que je m'en souvienne, ils en riaient. Jusqu'à ce qu'ils tombent amoureux et qu'ils aient enfin une raison d'arrêter. Ils voulaient

---

[1] Nom donné aux femmes qui couchent avec les bikers ou motards.

protéger la vie privée de leurs moitiés. J'ai toujours été réservé. Si j'emmène une femme dans mon lit, c'est entre elle et moi, ce n'est pas un acte qui permet à quelqu'un d'autre de jouir. Je ne leur ai jamais posé la question, mais je suppose qu'ils m'appellent le *Docteur Coquin* parce qu'ils ne savent pas du tout ce qui me plaît. Et comme j'aime le cuir et que les femmes qui portent de la dentelle me plaisent, peut-être qu'ils pensent que j'aime les trucs bizarres.

Il l'attira contre lui et dit :

— Je suis un type réservé, mais ne t'inquiète pas, chérie. Si tu veux quelque chose de coquin, je peux l'être autant que tu le désires.

— Non, je ne voulais pas dire… J'aime ce qui est coquin, mais…

Elle devint toute rouge et laissa échapper un soupir.

— Laisse tomber. Je n'arrive pas à croire que j'ai dit *ça*. Je t'avais dit que j'étais naze.

Elle essaya de s'écarter de lui et il fit glisser sa main le long de ses fesses, plaçant leurs corps pour que le côté de Sarah soit contre lui, approchant suffisamment son oreille pour murmurer :

— Tu es tout sauf naze.

Il déposa un baiser sous le lobe de son oreille, la sentant frémir dans ses bras.

— Que dis-tu de ce rendez-vous ?

Il tourna le visage de Sarah vers le sien, ayant désespérément envie de la goûter pour la première fois. Ses lèvres étaient tellement proches, tellement tentantes ! S'il se penchait en avant…

— Dis-moi, Sarah. Donne une chance à quelque chose de bon.

— J'ai des casseroles.

Il se demanda comment elle avait pu tomber enceinte alors qu'elle luttait à ce point contre la proximité. Des idées troublantes lui vinrent à l'esprit. Il les écarta pour les décortiquer plus tard et dit :

— J'ai le chic pour les casseroles.

— Je ne plaisante pas, dit-elle en lui adressant un regard implorant. Tu n'as vu que mes enfants et ce sont mes meilleurs traits. J'ai de *vraies* casseroles que tu ne vois pas.

— Je *te* vois, Sarah, et tes beaux enfants aussi. Quoi qu'il ait fallu pour que tu sois ici, maintenant, quoi qu'il ait fallu pour rendre ce moment possible, ça ne t'a *pas* détruite.

Elle détourna le regard et dit :

— Tu ne sais pas de quoi tu parles.

— Alors, laisse-moi entrer. Quelle est la pire chose qui puisse arriver ?

Bones avait connu des tueurs, des dealers et des femmes qui avaient été violées et battues. Il pouvait faire face à tout et être utile pour quoi que ce soit.

— Je pourrais te perdre en tant qu'ami.

Elle regarda le chapiteau et dit :

— Mes enfants pourraient te perdre. Nous pourrions perdre *tous* nos amis. Et c'est le premier endroit où j'ai des amis qui ont été gentils non pas parce qu'ils voulaient ou avaient besoin de quelque chose, mais parce que c'étaient des gens bien. J'ai peur de perdre ça.

Sa confession le tua.

— Nous empêcherons que ça arrive, chérie. Et si nous prenions les choses un pas à la fois ? Dis oui, Sarah. Laisse-moi te montrer comment une dame devrait être traitée.

Elle resta silencieuse un long moment. La musique du

groupe s'estompa en bruit de fond, permettant à Bones d'écouter le son des battements de son propre cœur.

— Je n'arrive pas à croire que je vais dire ça, dit-elle d'un ton hésitant, mais d'accord. Un rendez-vous, mais je ne peux pas monter sur ta moto.

Il émit un petit rire, puis fit semblant d'être agacé.

— *Mince !* Que dirais-tu de sauter en parachute ?

— Oh, bien sûr. Pourquoi pas ?

Elle rit légèrement.

— Nous devrions rentrer. Je n'aime pas laisser les enfants trop longtemps.

Ils comparèrent leurs emplois du temps et décidèrent de se voir le jeudi soir pour leur rendez-vous, pour que Scott puisse garder les enfants et les mettre au lit. Il savait que Sarah était encore nerveuse, mais tandis qu'ils entraient, il passa un bras autour de ses épaules et dit :

— Tu sais, certaines personnes ici pourraient penser que je suis un bon parti.

— Tu crois ? dit-elle d'un ton sarcastique.

— Ils auraient tort, chérie. Dans cette équation, c'est toi, le bon parti.

— C'est très charmant, mais ne prends pas trop tes aises. Ce n'est qu'*un* rendez-vous et tu finiras certainement par le regretter.

— Impossible, dit-il plus sèchement qu'il n'en avait eu l'intention.

S'il y avait bien une chose qu'il ferait, c'était rompre son habituelle autodérision.

— Nous avons un rendez-vous, ce qui fait de toi *ma copine* et…

— Je ne savais pas que tu étais aussi possessif, dit-elle. Je devrais peut-être reconsidérer ce rendez-vous.

— Tu ne vas pas le reconsidérer et personne ne parle mal de ma copine. Même pas toi.

Elle grimaça.

— Je suis désolée. Je vais arrêter. Je suis juste nerveuse et…

Tandis qu'ils s'approchaient de l'entrée du chapiteau, il l'attira dans ses bras, la prenant par surprise. En une fraction de seconde, cette surprise se transforma en désir. Il baissa ses lèvres vers les siennes pour faire taire les inquiétudes de Sarah et pour satisfaire ses propres désirs vibrants.

— Vous voilà !

La voix de Dixie fit sursauter Sarah et elle trébucha en arrière en poussant un petit cri avant qu'il ne puisse l'embrasser. Bones maintint un bras autour de la jeune femme, jetant un regard noir à sa sœur.

— Super timing, Dix.

— Merde ! Désolée. Attends. Je croyais… ?

Elle regarda Sarah.

Celle-ci se mordit la lèvre et haussa les épaules.

— Alléluia, bordel ! Il était sacrément temps !

Dixie leva un pouce au-dessus de son épaule, la malice luisant dans ses yeux.

— Je vais rentrer et vous laisser seuls.

— Non ! dit Sarah bien trop vite.

Bones arqua un sourcil, mais l'embarras était visible sur tout le visage de sa compagne. *Eh bien, merde !* Il semblerait qu'il doive être encore plus prudent, après tout.

— Bien, parce qu'il faut que vous voyiez ça.

Dixie saisit le poignet de Sarah et l'attira dans le chapiteau. Celle-ci regarda Bones par-dessus son épaule et articula silencieusement : « Désolée ! »

Il avait pensé qu'il partirait avec elle pour une virée sauvage, mais il avait complètement tort. C'est Sarah qui *le* tenait entre ses mains !

Il entra dans le chapiteau, émerveillé par l'expression émue du visage de la jeune femme tandis qu'elle regardait la piste de danse. Il suivit son regard, ses entrailles fondant en voyant Biggs danser avec Lila sur un bras et sa canne dans l'autre. Le petit ange avait enfoui son poing dans sa barbe et avait posé sa tête sur son épaule. À côté de Biggs, Bradley et Kennedy dansaient, leurs bras enroulés l'un autour de l'autre. Hawk se tenait discrètement sur le côté, prenant tout en photo.

— Elle sait ?

Bones se tourna en distinguant la voix de Bullet. Il ne l'avait même pas entendu s'approcher.

— Quoi ?

— Que tu as payé Hawk pour qu'il prenne des photos des enfants et d'elle toute la nuit ?

Bones sourit dans sa barbe.

— Non, mais nous sortons jeudi soir.

— Le « Docteur Coquin » frappe encore.

Bones posa une main sur l'épaule de Bullet et dit :

— À ce propos, que dirais-tu de te calmer avec ces conneries quand elle est là ?

Son frère émit un petit rire.

— Je détesterais te mettre une raclée avant que tu n'aies l'occasion de consommer ton mariage.

Bullet regarda Finlay de l'autre côté de la piste de danse. Ses cheveux étaient décoiffés, son rouge à lèvres s'était estompé et elle avait une expression satisfaite sur son visage rougi.

— Trop tard.

— Quoi ? Où ? *Comment ?*

Bones ne pouvait pas imaginer la douce petite Finlay partir en douce pour faire l'amour pendant son propre mariage. Cependant, il était évident que son amour pour Bullet n'avait pas de limite.

— Mec, les vrais hommes ne disent rien.

Bullet but une gorgée de sa bière et baissa la voix pour murmurer :

— Fins m'a dit que si je le disais à quelqu'un, je serais privé de sexe pendant très longtemps.

— Je n'aurais jamais imaginé que tu te laisserais marcher dessus par une femme.

— Je n'aurais jamais imaginé que ça me plairait autant.

Bullet poussa Bones vers le bar.

— Allons faire la fête. On dirait qu'on a tous les deux eu de la chance, ce soir.

CHAPITRE SIX

Le jeudi après-midi, Bones était assis dans son bureau au Center of Hope de Peaceful Harbor, un important centre de cancérologie de la côte est. Il écoutait sa patiente Wendy Stockard. Celle-ci parlait du dernier projet musical de son fils de quatorze ans, Ollie, de ses amis, de ses notes et de tout ce qui n'avait rien à voir avec elle ou le cancer du sein agressif contre lequel elle luttait. La maladie était tellement invasive qu'elle s'était considérablement propagée entre le moment de sa biopsie et le jour où elle était censée commencer la chimiothérapie, et ils devaient agir tant qu'il était encore temps. Elle avait immédiatement été opérée pour lui retirer son sein droit, ainsi que plusieurs ganglions lymphatiques dans ses aisselles et son cou. Cela était arrivé dix semaines plus tôt. Elle avait commencé un traitement de chimiothérapie et de radiothérapie deux semaines après l'intervention et tout ce supplice avait laissé des séquelles. Bones la voyait toutes les semaines avant son traitement pour passer en revue les rapports de laboratoire, ajuster les médicaments et évaluer son état psychique. Actuellement, celui-ci n'était pas extraordinaire ; Wendy évitait de parler d'elle et du cancer. Mais il ne s'agissait pas d'un cas de déni. Depuis le début, elle avait été déterminée à vaincre cette foutue maladie. À présent, il comprenait que, comme Sarah, en tant que mère célibataire, elle s'attaquait à tout de cette façon : en donnant la priorité à son fils et en s'occupant ensuite de ses propres problèmes. Elle avait eu du mal à apprendre à donner la priorité à sa santé, mais elle était parvenue à comprendre que son bien-être alimenterait celui de son fils.

Elle toucha le foulard sur sa tête, une expression mal à l'aise s'emparant de son visage. Le cœur de Bones se brisait chaque fois qu'il voyait la gêne familière dans les yeux de ses patients. Il savait que cela était difficile pour certains d'entre eux, car la première fois qu'ils venaient le voir, ils étaient bien coiffés, avaient une peau impeccable et leur vie sous contrôle. Ils pensaient que leur chute de cheveux, leur peau blême, leur fatigue et leur vie complètement incontrôlée les rendaient moins attirants ou donnaient l'impression qu'ils étaient faibles. Mais en réalité, cela prouvait leur force. Bones admirait chaque personne qu'il soignait et tous les membres de leurs familles qui devaient affronter l'enfer qu'était le cancer.

— Ollie veut se raser la tête, dit-elle avec un petit sourire. Il a des cheveux si épais et splendides ! Il tient ça de moi, vous savez, pas de l'homme qui l'a conçu.

Il pensait bien que son fils le ferait. Il avait vu beaucoup d'êtres chers faire ce pas : montrer au monde qu'ils soutenaient le malade et soulager quelque peu les sentiments d'impuissance qui rongeaient ce dernier.

— Je suis surpris qu'il ait attendu si longtemps.

Ollie était aussi fort que sa mère. Bones était présent quand Wendy avait annoncé son diagnostic à son fils. Elle n'avait pas voulu le faire seule. Le garçon n'avait pleuré qu'une minute avant que la tristesse ne se transforme en colère et, plusieurs semaines plus tard, quand Wendy avait été malade et faible à cause des traitements, la colère s'était transformée en rage pure.

Il avait fait une fugue et Bones et ses frères des Dark Knights s'étaient lancés dans les rues pour le chercher. Ollie avait eu besoin de se concentrer sur autre chose que la maladie de sa mère. Quelque chose qui lui donne une raison d'être et l'impression d'être utile. Ils lui avaient trouvé un travail à la marina, où il gagnait assez d'argent pour offrir un petit cadeau à sa mère de temps à autre. Il aurait pu fabriquer les cartes encourageantes qu'il déposait dans son sac les matins de son traitement, mais savoir qu'il avait travaillé pour les acheter le rendait fier.

C'était un bon garçon. L'herbe lui avait été coupée sous le pied, mais il contrôlait les choses, à présent, et son désir de se raser la tête prouvait qu'il avait parcouru un long chemin. Il n'avait plus peur, il agissait et soutenait sa mère de la seule manière qu'il connaissait.

— Ça ne vous inquiète pas ? demanda-t-elle nerveusement. Car je veux qu'il pense aux filles qu'il veut embrasser et à la musique qu'il veut composer. Je veux qu'il se plaigne de ses devoirs et qu'il claque la porte de sa chambre parce que sa mère ne le comprend pas.

Bones était devenu maître dans l'art de garder ses distances avec ses patients pour éviter que ses émotions ne se mélangent à des décisions médicales professionnelles, mais au bout du compte, une fois que ces décisions étaient prises, il continuait de penser à ses patients et à leurs familles.

— Vous voulez qu'il se comporte comme un adolescent normal, dit-il, mais je ne suis pas sûr que ça existe. Tous les adolescents affrontent quelque chose. Il s'avère qu'Ollie affronte votre maladie.

— Mais ce n'est qu'un enfant ! dit-elle d'une voix suppliante.

— Débrouillez-vous pour qu'il ne vous entende pas dire ça ! dit Bones avec un sourire, ce qui lui en valut un en retour de la part de Wendy. Il a presque quinze ans. C'est un âge étrange pour les garçons. Leur corps et leur esprit mûrissent, mais quelque part en eux, ils ont peur des changements autant qu'ils les désirent. Comme vous me l'avez dit le jour où je vous ai annoncé votre diagnostic, Ollie et vous êtes tout l'un pour l'autre. Il se sentait impuissant et à présent, il vous montre qu'il peut faire face. Il veut être dans les tranchées avec vous. Je pense qu'il apprécierait que vous lui donniez l'impression qu'il *fait* quelque chose.

Elle soupira.

— Je suppose que vous avez raison. Je devrais peut-être lui être reconnaissante de m'avoir demandé la permission.

— C'est une façon de voir les choses.

Bones joignit les mains et les posa sur ses genoux.

— Et maintenant, si vous me disiez comment va la *maman* d'Ollie ?

Elle plissa le nez.

— Je suis obligée ?

— Ça me semble être une bonne idée. J'ai entendu dire que votre médecin avait une bonne capacité d'écoute.

— Je me demande encore comment vous pouvez être célibataire.

Bones émit un petit rire. S'il avait reçu un dollar pour chaque patiente qui lui avait dit quelque chose de similaire, il aurait pu acheter un deuxième bateau.

— Belle tentative de changement de sujet.

— Je me pose vraiment la question... *Et* je change vraiment de sujet.

Elle soupira et s'enfonça dans la chaise.

— Je suis fatiguée, mon corps n'a plus de poils et la moitié du temps, je n'ai pas envie de sortir du lit.

— Et vous restez au lit ?

Elle hocha la tête.

— Parfois, mais pas parce que je veux abandonner. Les mères célibataires ne se reposent pas. Nous ne comptons pas sur autrui et nous ne nous apitoyons pas sur notre sort. Nous ne pouvons pas nous le permettre. Quand je reste au lit, c'est parce que je n'ai pas le choix.

Il pensa à Sarah et aux efforts qu'elle faisait pour sa famille.

— Et le reste du temps, quand vous n'êtes pas au lit ?

— Soit je suis mon traitement, soit je remercie le ciel de pouvoir m'inquiéter pour ces choses-là et de ne pas être six pieds sous terre.

Cela avait beau être difficile à entendre, son honnêteté flagrante était rassurante. Elle reconnaissait la valeur des traitements. Ils parlèrent encore un peu et quand Wendy s'en alla, Bones se surprit à repenser à Sarah et à ses enfants. Il était impossible d'échapper aux inquiétudes et aux doutes de la monoparentalité. Il savait que Sarah avait une assurance-maladie grâce au salon et que Scott l'aiderait si quelque chose lui arrivait. *Et elle m'a, moi. Si elle veut de moi.*

Elle veut de moi, songea-t-il. Même si elle ne se l'était pas encore avoué.

La semaine avait été tellement chargée qu'il n'avait pas eu l'occasion de vraiment lui parler. Le dimanche, il était allé faire une promenade à moto avec Bear et plusieurs de leurs amis. Le lundi soir, ils allaient à la *messe*, c'était le nom qu'ils donnaient aux réunions des Dark Knights. Il avait aidé Scott au sous-sol le mardi et le mercredi soir, mais Sarah n'était pas revenue du travail avant vingt heures et elle avait ensuite été occupée avec les enfants. Ils s'étaient écrit plusieurs fois depuis, mais même dans ses messages, il voyait bien qu'elle était nerveuse à propos de leur rendez-vous.

Il sortit son téléphone et lui envoya un court SMS.

Salut, ma belle. Il ne reste que trois petites heures avant que tu n'aies le meilleur rendez-vous de ta vie.

Le téléphone de son bureau sonna. Il décrocha et dit :

— Docteur Whiskey.

— Wayne ? Salut, mec, c'est Jon.

Jon Butterscotch était un oncologue orthopédique qui travaillait dans son bâtiment et c'était un bon ami. Il conduisait une moto, traînait au *Whiskey's* et était un fan avide de sports extrêmes avec une personnalité turbulente. Mais au travail, il était purement professionnel.

— Comment ça va ?

— Ça pourrait aller mieux. J'ai besoin d'une consultation pour une fille de dix-sept ans qui a une tumeur au cerveau.

Après avoir discuté de la patiente et programmé une consultation, il lut le message de Sarah qu'il avait reçu pendant qu'il parlait avec Jon.

Tu es sûr de vouloir sortir ce soir ?

Elle lui avait demandé s'il était *sûr* chaque fois qu'ils avaient parlé. Il était temps de mettre fin à cette question une bonne fois pour toutes. Il prit sa veste et sortit à grands pas de son bureau.

— Je reviens dans vingt minutes, dit-il au réceptionniste en sortant.

Il monta sur sa moto, mit son casque et se dirigea vers le salon de Chicki. Il se gara le long du trottoir et retira son casque en entrant.

— Salut, Bones. Tu as un rend... commença l'hôtesse

d'accueil lorsqu'il posa son casque sur le bureau en passant devant elle pour se diriger vers Sarah.

Celle-ci était en train de mettre une cape autour du cou de Jasmine Carbo, ne remarquant pas qu'il s'approchait. Jasmine le vit dans le miroir. Elle connaissait Bones depuis toujours. Son frère jumeau et elle possédaient un café en ville.

— Salut, bébé ! cria Chicki depuis l'arrière du salon.

Bones lui fit signe, ses yeux ne se détournant à aucun moment de la beauté blonde qui se trouvait devant lui.

Sarah sursauta quand il se plaça à côté d'elle.

— Bones ? Que fais-tu là ?

Ses yeux se tournèrent vers les autres coiffeuses, qui les observaient avec curiosité.

— Sarah, dit-il d'un ton neutre, croisant son regard incertain.

Il jeta un coup d'œil à Jasmine et dit :

— Désolé de vous interrompre, Jazz. On dirait qu'il y a un petit problème de communication entre Sarah et moi. Je veux juste clarifier les choses.

— Vas-y, dit Jasmine. J'ai *tout* l'après-midi.

Il prit la main de Sarah dans la sienne et dit :

— Chérie, je vais être très clair. Je n'ai pas changé d'avis à propos de notre rendez-vous et je ne vais pas le faire, peu importe combien de fois tu me poses la question. Alors, la prochaine fois que tu as envie d'envoyer ce message en particulier, souviens-toi de ça.

Il l'attira dans ses bras, l'emportant dans un long et lent baiser, vaguement conscient de la surprise qui retentissait autour d'eux. En un souffle, il sentit l'étonnement de Sarah laisser la place à une lutte interne et tout aussi rapidement, elle céda à leur baiser torride, fondant contre lui. Il ne put s'empêcher d'approfondir leur baiser pendant une brève seconde et, *bon sang*, quelle seconde merveilleuse !

Lorsqu'il s'écarta d'elle, Sarah tituba. Il passa délicatement ses mains le long de ses bras, la stabilisant. Il savait qu'il l'avait mise dans l'embarras, mais c'était nécessaire. Avec un peu de chance, il avait également effacé ses doutes persistants et lui avait donné un sujet de réflexion jusqu'à leur rendez-vous. Car, *nom d'un chien*, il ne penserait à rien d'autre qu'à l'embrasser de nouveau à partir de ce moment !

— Wouah ! dit l'une des coiffeuses.

— Wouah ! répéta Jasmine. Où je peux trouver un type comme toi ?

Bones émit un petit rire, toujours concentré sur Sarah.

— Tout est clair à propos de notre rendez-vous de ce soir ?

— Non ! cria Chicki. Je crois que tu dois l'embrasser de nouveau.

— Hum, hum, dit Jasmine, approuvée par les autres coiffeuses. Il nous en faut plus.

— Non !

Sarah écarquilla les yeux, surprise, mais il était impossible de cacher le désir qui montait en eux.

— Tout est, euh… *clair.*

— Super. On se voit dans quelques heures, chérie.

Il tourna les talons, prenant son casque en sortant, suivi par des murmures et des gloussements. Une fois qu'il fut sur le trottoir, il vit que Sarah était debout au même endroit, touchant ses lèvres, comme si elle pouvait encore le sentir. Et il avait hâte de la goûter à nouveau !

Sarah fut une loque tout l'après-midi. Bones Whiskey avait le chic pour la déconcentrer, mais l'embrasser ? Cela la faisait partir en vrille. Elle trouvait déjà qu'il était étrange d'aller à un rendez-vous tout en étant enceinte, et encore plus de sortir avec l'homme que Jasmine et toutes les autres femmes qui étaient dans le salon – quand il avait posé ses lèvres incroyables sur elle – appelaient *le bon parti de Peaceful Harbor*.

Pas de pression du tout !

Elle ne savait pas comment une femme enceinte devait s'habiller pour un rendez-vous avec un homme comme lui, mais sur le trajet jusqu'à chez elle, elle s'arrêta dans une boutique de maternité dont Chicki lui avait parlé et elle fit des folies en achetant un jean moulant taille basse et le plus joli kimono bleu sarcelle, rose et noir qu'elle ait jamais vu. Le côté positif était qu'elle n'avait pas à s'inquiéter de porter de la lingerie sexy.

Oh, Mon Dieu ! Ne pense même pas à ça.

Elle se tint devant le miroir, évaluant la tenue. Elle n'avait pas un corps incroyable quand elle n'était pas enceinte : un peu épais au niveau de la taille, des seins qui n'avaient rien de spécial et des jambes un peu trop fines. Dernièrement, c'était une chance si elle pensait à les épiler. Elle passa sa main sur son ventre, se demandant à nouveau pourquoi Bones voulait sortir avec elle. Après deux bébés et avec un troisième grandissant en elle jour après jour, son ventre était une carte de vergetures et quand elle n'était pas enceinte, ses seins étaient deux ballons à moitié dégonflés. Mais elle devait l'admettre, le T-shirt noir à col rond qu'elle portait sous le kimono n'avait pas mauvaise allure et ses jambes semblaient plus longues avec une paire de sandales à talons compensés. Elle se maquilla, se parfuma, mit un collier ras du cou noir en cuir, car non seulement le collier complétait la tenue, mais elle avait remarqué que Bones aimait sa veste en cuir et elle pensa qu'il pourrait l'apprécier.

Et si lui avait prévu quelque chose de chic ? Elle n'était pas de ce genre-là, mais il était médecin. Il était possible qu'il souhaite quelque chose d'élégant. Devait-elle porter une robe ? Elle ne savait même pas vraiment ce que les femmes de son âge portaient pour un rendez-vous. Elle n'avait *jamais* fait partie de ce monde. Pas une seule fois au cours de sa vie. En y réfléchissant, elle n'avait jamais eu un véritable rendez-vous. Pas même avec le père de ses enfants.

Elle entendit la voix de Bradley, même si elle ne parvint pas à distinguer ce qu'il disait.

Oh, mince, qu'est-ce que je suis en train de faire ?

Elle devait passer la soirée avec ses enfants, pas faire semblant d'être une femme célibataire sans responsabilités. Et si les enfants avaient besoin d'elle ? Et si c'était trop dur pour Scott de les surveiller ? Elle s'assit sur le bord du lit, ayant l'impression de ne pas pouvoir respirer.

Un coup sur la porte de sa chambre la fit sursauter.

— Oui ?

Son frère jeta un coup d'œil à l'intérieur de la pièce, l'expression nonchalante de son visage se transformant en inquiétude. Il se précipita à ses côtés avec Lila sur la hanche.

— Qu'est-ce qui ne va pas ? Que s'est-il passé ?

— Rien. C'est juste que…

Elle ferma les yeux une seconde, essayant de reprendre sa respiration.

Scott posa une main sur la sienne.

— Tu es malade ?

Elle secoua la tête et ouvrit les yeux, croisant le regard inquiet de son frère.

— Non, mais on dirait que je le suis ?

— Non. Tu es ravissante.

Elle laissa échapper un soupir bruyant.

— Tu dois m'aider à annuler pour ce soir. Je ne suis jamais allée à un vrai rendez-vous. Je ne sais pas pourquoi j'ai accepté. Je ne peux pas faire ça.

Elle en avait envie, mais en même temps, tandis qu'elle regardait sa douce petite fille en train de s'amuser avec un jouet en caoutchouc, elle voulait être avec elle aussi.

— Tu ne peux pas, tu ne veux pas ou tu as peur ? demanda prudemment Scott. Car si tu ne peux pas ou que tu ne veux pas, je vais appeler Bones immédiatement et lui dire que tu ne peux pas y aller. Mais, Sarah, si tu veux y aller, mais que tu as peur, je crois que tu devrais sortir avec lui. J'ai eu une longue discussion avec lui au mariage. Tu l'intéresses vraiment et, je dois l'admettre, au début, je pensais que c'était sacrément bizarre, bord…

Il jeta un coup d'œil à Lila, qui s'amusait joyeusement avec son jouet.

— Parce que tu es enceinte et que tu as une famille, mais tu sais quoi ? Après lui avoir parlé, je crois sincèrement qu'il…

— Ne me dis pas qu'il voit au-delà de ça…

Elle regarda son ventre d'un regard impassible.

— C'est ça, le truc. Il n'a même pas essayé de faire semblant qu'il voyait au-delà de quoi que ce soit. Il l'a accepté. *Tu* plais vraiment à ce type, Sarah. Et j'ai réalisé que ce n'était pas si étrange, après tout. Tu es une fille super et tu es une mère géniale. C'est vrai, tu es enceinte, mais ça n'y change rien.

Même si elle était suspendue à ses lèvres, elle n'arrivait toujours pas à croire que ce soit vrai et elle secoua la tête.

— Les mères géniales n'abandonnent pas leurs enfants pour aller à un rendez-vous. Ou peut-être que les mères célibataires le font, mais les mères célibataires enceintes ? J'ai l'impression que tout le monde va me regarder d'un air étrange. Je me regarde d'un air étrange.

Elle sursauta en entendant une portière de voiture à l'avant. Scott lui serra la main, puis il regarda par la fenêtre.

— Tu attendais Dixie et Gemma ?

— Non. Et si quelque chose était arrivé à Bones ?

Elle se précipita hors de la chambre.

Son frère la suivit en riant.

— Tu vas aller à ce rendez-vous, sœurette, dit-il tandis qu'elle ouvrait brusquement la porte d'entrée. Ce type te plaît vraiment.

Elle n'eut pas le temps de répondre avant que Dixie et Gemma ne poussent un cri enthousiaste et ne courent vers elle pour la serrer dans leurs bras.

— Salut, bombe sexuelle. Tu es une maman super sexy ! dit Dixie.

— Tu es magnifique ! ajouta Gemma.

— Que faites-vous là ? demanda Sarah. Bones va bien ?

Dixie afficha un sourire en coin.

— Si ce n'est pas le cas, il s'en remettra quand il te verra.

Elle se tourna vers Scott et dit :

— Waouh, mec ! Tu es sexy avec un bébé dans les bras !

Scott afficha un grand sourire.

— Je devrais peut-être garder les enfants plus souvent.

— Mes enfants ne sont pas des compagnons de drague ! dit fermement Sarah.

— Bones va bien, la rassura Gemma. Nous sommes venues aider Scott avec les enfants et nous assurer que tu allais bien.

— Elle ne va pas bien, dit le jeune homme.

Sarah lui jeta un regard noir, étourdie par l'idée qu'elles

étaient venues donner un coup de main sans qu'on le leur demande. Elle ne pouvait plus reculer. Cela la rendit heureuse et nerveuse.

— Nous avons appris ce qui s'était passé au salon, dit Gemma.

Dixie chatouilla le ventre de Lila.

— Je dois féliciter mon frère. Toute la ville parle de vous deux.

— Oh, non ! dit Sarah dans sa barbe en les suivant à l'intérieur, se sentant nauséeuse.

Toute la ville en parlait ?

— Gemma !

Bradley courut vers elles et enroula ses bras autour des jambes de la jeune femme. Puis il cligna des yeux d'un air curieux vers Dixie et dit :

— Maman ne peut pas jouer maintenant. Elle sort.

Dixie le prit dans ses bras.

— Nous sommes venues jouer avec ta sœur et toi, bêta.

— Vraiment ?

Bradley se trémoussa pour qu'elle le lâche et emmena Dixie vers ses jouets.

— Nous jouons à la ferme. Tu peux être le cochon.

— Je crois que nous devrions avoir une petite conversation sur la façon de parler aux femmes.

Dixie adressa un clin d'œil à Sarah.

— Je vais lui apprendre les bonnes manières. Sarah, tu devrais t'asseoir. Tu es pâle comme un linge. Tu es sûre de ne pas être malade ?

— Je suis juste très nerveuse, dit-elle honnêtement.

Gemma lui prit la main.

— Puisque je ne peux pas t'offrir un verre pour te calmer, et si nous allions parler en privé ?

Scott désigna le bout du couloir.

— Sa chambre est par-là.

Tandis que les deux femmes s'y rendaient, Gemma dit :

— Scott était aussi pâle que toi quand nous sommes arrivées. Mais il a meilleure mine maintenant, grâce à Dixie. Elle sait comment attirer l'attention d'un homme.

— Il réussissait très bien à me calmer, mais je ne pense pas qu'il soit habitué à parler à une femme nerveuse.

— Dans ce cas, Dixie et lui vont très bien s'entendre. Je te jure, rien ne la déstabilise.

Gemma s'assit sur le bord du lit et tapota le matelas.

— Je ne peux pas m'asseoir. Je suis trop nerveuse.

Sarah fit les cent pas dans la petite chambre, incapable de réprimer ses inquiétudes.

— Je ne sais pas si je devrais aller à ce rendez-vous. Je suis ravie que vous soyez là, mais quand même. Ce sont *mes* enfants. Je ne veux pas être le genre de mère qui se fait passer avant ses enfants. Et regarde-moi.

Elle posa une main sur son ventre.

— Je ne devrais pas sortir avec un homme. Je devrais être ici, avec Bradley et Lila…

— Et souhaiter être avec Bones ?

Gemma se leva, obligeant Sarah à s'arrêter.

— Tu es mère célibataire et les mères célibataires ont le droit d'avoir une vie, Sarah.

— Les mères célibataires enceintes ? Que diront les gens en ville du fait que je sors avec Bones ? Ils penseront que je suis une croqueuse de diamants ou que je cherche un père pour mon bébé ou quelque chose comme ça.

— Wouah, tu es *vraiment* nerveuse ! Quelqu'un au salon t'a

regardée de cette façon ? Car, d'après ce que j'ai entendu, elles étaient toutes enthousiastes *pour* toi. Il se peut que tu ne le saches pas, mais Bones ne fait pas ce genre de choses. Je veux dire, *jamais*.

— Elles ont applaudi dans le salon, mais j'ai supposé que c'était juste parce que, tu sais, j'étais là, pétrifiée, sidérée.

Sarah se laissa tomber sur le lit.

— Et ne me dis pas qu'il ne fait pas ce genre de choses. Il avait l'air de savoir exactement ce qu'il faisait.

— C'est ça, le truc. Il savait *exactement* ce qu'il faisait. Il ne sort même pas avec les femmes du coin. Il fait très attention à sa réputation. Le fait qu'il t'ait embrassée comme ça devant de nombreux yeux adeptes de ragots veut dire qu'il envoyait un message. Il voulait que tout le monde sache ce qu'il ressentait. Principalement *toi*.

— Je suis censée me sentir moins nerveuse grâce à ça ? Regarde-le, Gemma. Je ne joue même pas dans sa catégorie. Il n'est pas juste sexy. Il est intelligent, drôle et attentionné et tu l'as *vu* avec mes enfants. Je te jure, il n'y a rien de plus sexy…

— Je ne te l'ai pas dit à Halloween ? Si tu veux parler de catégories, tu parles à la mauvaise personne. Les catégories sont des choses que les gens riches inventent pour justifier leur snobisme.

Gemma appuya ses fesses contre la commode et croisa les bras.

— J'ai grandi dans un monde *très* privilégié. Nous avions tout ce que l'argent pouvait acheter et je détestais ça. *Tout* ça. Honnêtement, je ne serais pas l'amie de Bones s'il était comme ça.

— Je ne voulais pas dire qu'il était snob.

— Je sais, mais écoute-moi, s'il te plaît. Le truc à propos de

Tru et des Whiskey, c'est qu'ils sont la famille la plus réelle que j'aie jamais rencontrée. Ils m'ont enseigné la signification de l'acceptation. Ils ne nous jugent pas en fonction de l'endroit d'où nous venons ou de ce que nous avons ou non. Ils ne font attention qu'à la personne que nous sommes à présent, et tu es une mère incroyable et une femme belle et douce. Bones voit ça en toi et tu ne devrais pas t'inquiéter de ce que les autres pensent, seulement de ta propre opinion. Tu *veux* sortir avec lui ?

Sarah soupira en hochant la tête.

— C'est effrayant, mais je suis heureuse quand nous sommes ensemble.

Elle entendit la portière d'une autre voiture se fermer et la panique la submergea. Elle agrippa la main de Gemma.

— Tu es sûre que je suis bien habillée ? Et si les gens me regardent bizarrement ?

— Tu es avec Bones Whiskey. Tu crois vraiment que *qui que ce soit* va te regarder bizarrement ? Il donnera sa vie pour te protéger et crois-moi quand je dis que Bones coupera court aux regards en coin avant que tu n'aies le temps d'y réfléchir à deux fois.

— Sarah ? l'appela Scott depuis le salon.

Celle-ci prit Gemma dans ses bras.

— Merci. Je ne suis pas douée pour ce genre de choses.

— Personne ne croit l'être, mais nos hommes nous ont prouvé que nous avions tort. Viens, allons épater ton mec.

CHAPITRE SEPT

— Ce n'est pas mon...

Sarah s'arrêta net en voyant Bones accroupi à côté de la porte d'entrée, les bras de Bradley autour du cou et Lila titubant vers lui en balbutiant :

— Bababa.

Lila n'avait fait que quelques pas depuis le mariage, mais elle se déplaçait comme si elle s'était entraînée pour ce moment toute la semaine.

— Le meilleur aphrodisiaque pour maman, murmura Gemma.

Bones attrapa Lila lorsqu'elle trébucha contre lui et son rire jovial la rendit toute chaude et troublée. Il la regarda et l'expression amusée de son visage devint sombre et sérieuse.

Pour moi.

Tu parles d'être chaude et troublée ! Elle était soudain très excitée, et à en croire le grand sourire qui s'étira sur les lèvres de Bones, il le sentit. *Prends de profondes inspirations*, se dit-elle. *Dis bonjour.* Son cerveau et son corps étaient déconnectés, car elle resta debout sur place, admirant sa beauté et se souvenant de la façon dont il l'avait prise dans ses bras et l'avait embrassée à lui en couper le souffle.

— Salut, ma belle, dit-il en se levant, un enfant dans chaque bras. Sa veste en cuir moulait ses larges épaules et en dessous de celle-ci, une chemise noire révélait l'ombre des tatouages qu'il avait sur le torse.

Pourquoi cela faisait accélérer le pouls de Sarah ?

— Tu as vu comme ta maman est jolie, petit B ? demanda Bones, le regard rivé sur Sarah.

Bradley hocha la tête.

— Elle est toujours jolie.

Le cœur de Sarah ne pouvait certainement pas supporter plus de douceur.

— D'accord, les mateurs.

Dixie prit Lila et adressa à Scott un regard qui indiquait : « Prends les choses en main ».

— Oh, c'est vrai !

Scott attrapa Bradley dans les bras de Bones, le libérant pour qu'il puisse prendre le bouquet de roses rouges que Sarah n'avait pas remarqué sur la table située à côté de la porte.

Oh mon Dieu ! Oh mon Dieu ! D'après les gloussements étouffés de Gemma et Dixie, elle sut qu'elle cachait très mal sa joie. Personne ne lui avait jamais offert de fleurs auparavant et elle s'était demandé ce qu'elle ressentirait si elle avait assez d'importance aux yeux d'un homme pour qu'il fasse quelque chose d'aussi attentionné. Lorsque Bones s'approcha, elle eut envie de mémoriser tous les détails de ce moment. La manière dont sa poitrine fourmillait et dont la joie bouillonnait en elle la rendait encore plus nerveuse.

— Salut, chérie.

Il posa une main sur la hanche de Sarah et déposa un baiser sur sa joue, s'attardant un moment de plus qu'elle ne s'y était attendue, tout comme il l'avait fait plus tôt.

Même s'ils ne passaient jamais la porte, ces quelques minutes étaient dans la liste des meilleurs moments de sa vie, avec la première fois qu'elle avait tenu ses bébés dans ses bras et la première fois qu'elle les avait vus marcher et qu'elle les avait entendus dire « Maman ».

— Elles sont pour toi, dit-il en lui tendant le bouquet.

— Elles sont magnifiques. Merci.

— Tu veux que je te les mette dans un vase ? demanda Gemma.

— Oui, merci.

Elle resta immobile tandis que son amie prenait les fleurs et que le sourire de Bones s'élargissait. Elle réalisa qu'elle n'avait pas bougé depuis qu'elle l'avait vu à côté de la porte. Obligeant son cerveau à fonctionner, elle dit :

— J'embrasse les enfants et nous pourrons partir.

Sarah s'accroupit à côté de Bradley, qui était occupé à jouer avec Dixie, et dit :

— Je vais sortir un moment. Sois sage avec Oncle Scott, Dixie et Gemma, d'accord ?

Il hocha la tête, lui prêtant à peine attention. Elle l'embrassa, se sentant un peu coupable de partir. Elle chatouilla le ventre de Lila, ce qui lui valut les gloussements de la petite fille, puis elle l'embrassa et dit :

— Je t'aime, mon cœur.

Regardant Scott, elle dit :

— Tu es sûr que tu vas t'en sortir ?

— J'ai des renforts. Vas-y, insista-t-il. Et ne pense pas à nous. C'est exactement comme quand tu vas travailler, sauf qu'ils seront bordés et endormis quand tu reviendras, alors ne te dépêche pas de rentrer.

— Merci à tous.

Elle mit son téléphone dans son sac et quand elle tendit la

main vers son manteau, Bones le prit et le lui tint pour qu'elle l'enfile.

— Merci, dit celui-ci. Appelez-nous si vous avez besoin de quoi que ce soit et nous rentrerons immédiatement.

Elle savait qu'elle ne pouvait pas rentrer sans lui, mais quand même, l'entendre dire « nous rentrerons immédiatement » augmenta sa sensation de chaleur et de trouble.

Lorsque la porte se referma derrière eux, avec l'air frais du soir contre son visage et la main de Bones dans son dos, le frisson de leur premier rendez-vous frappa Sarah. Le bras de Bones remonta et passa autour de son épaule, la tenant plus près de lui.

— Merci d'avoir accepté de sortir avec moi. Tu es splendide.

Elle réprima le réflexe de rejeter le compliment et dit :

— Merci. Toi aussi.

Il déverrouilla la portière de sa voiture de sport racée et elle se glissa sur le siège en cuir.

— Oh, c'est agréable ! Qu'est-ce que c'est ?

— Rien de spécial. Juste une voiture.

Il ferma la portière et elle l'observa faire le tour du véhicule jusqu'au côté conducteur. Lorsqu'il monta, elle admira l'intérieur aux lignes pures et remarqua l'insigne Porsche et *Panamera* sur la console centrale.

La vache ! Elle ignorait qu'il existait des Porsche à quatre portes.

Gemma avait tort. Il y avait bien des catégories et elle était tellement loin de la sienne qu'elle aurait besoin d'une grue pour y ramener sa carrure enceinte.

Tandis qu'il sortait de son lotissement, elle demanda :

— Où on va ?

— Je pensais que nous pourrions aller dîner, apprendre à nous connaître un peu plus.

Elle attendit qu'il ajoute quelque chose, comme *où* ils allaient. Quand elle vit qu'il ne lui donnait aucun indice, sa nervosité s'amplifia. Ayant besoin de combler le silence, elle dit :

— Comment s'est passée ta journée au travail ?

Il lui adressa un sourire légèrement confus et très sexy.

— Je crois que personne ne m'a posé cette question depuis des années.

— Vraiment ? Ton travail est tellement exigeant ! Je suppose que c'est incroyablement éprouvant. Si personne ne te pose la question, comment tu t'en remets ?

Il se concentra sur la route tandis qu'il traversait la ville, fronçant les sourcils.

— Je m'en sors, tu sais.

— Je ne sais pas, mais j'aimerais le savoir, dit-elle sincèrement. Je n'ai aucune idée de la vie d'un médecin, mais j'ai toujours été intriguée par la façon dont ils peuvent voir un patient après l'autre sans se mélanger les pinceaux. Je sais que vous avez des comptes-rendus d'examen, mais du moins avec les praticiens dans le centre médical pour femmes, ils entrent et sortent si vite que je pense que nous devons toutes nous mélanger à leurs yeux. Mais je suppose que ça n'a pas beaucoup d'importance, car il n'y a pas de garantie que nous verrons le même médecin deux fois. C'est un peu gênant. Tes patients ne voient que toi ou ils voient tes collègues dans ton cabinet ?

— En fonction de leur situation, ils peuvent voir une équipe de médecins, mais si je supervise les traitements, je les vois à chaque rendez-vous.

La tension raidit ses traits.

— Tu n'as pas d'obstétricien privé ?

— Non.

Bones resta silencieux un moment avant de dire :

— J'ai un bon ami qui est obstétricien-gynécologue, Damon Rhys, et si tu préfères une femme, son associée, Stéphanie Blair, a aussi une bonne réputation.

Elle savait que les médecins privés étaient plus chers que le centre médical, mais elle appréciait son offre et dit :

— Merci. Il faudra que je voie s'ils acceptent mon assurance. Quel est le nom du cabinet ?

Il le lui donna tandis qu'ils s'approchaient du *Whiskey's* et dit :

— Quand nous nous garerons, je t'enverrai son numéro.

— Nous allons au *Whiskey's* ?

Finlay s'occupait de la nourriture du bar et Sarah savait qu'elle n'aurait pas à s'inquiéter des allergènes.

— Je me disais que nous pourrions boire quelques verres avant… Oh, attends…

Il émit un petit son de désapprobation.

— Tu ne peux pas boire. *Mince !*

Il secoua la tête tandis qu'ils dépassaient le bar, faisant semblant d'être déçu.

— D'abord, je dois apporter quatre roues au lieu de deux, et maintenant, je dois sauter mes bières du soir ?

Elle savait qu'il la taquinait, mais avant qu'elle ne trouve une réplique impertinente, il tendit le bras devant le tableau de bord, lui prenant la main. Puis il la souleva jusqu'à ses lèvres et y déposa un baiser, faisant chanter le cœur de Sarah.

Lorsqu'il quitta la route principale et s'engagea dans une ruelle étroite près de chez Bullet et Finlay, il s'arrêta sur la bande d'arrêt d'urgence et gara la voiture, lui donnant toute son attention.

— Je ne sais pas avec quel genre d'homme tu es habituée à sortir, mais je suis relativement intelligent. Je sais ce que c'est que d'être enceinte et de craindre les allergies alimentaires. Et je sais que même si tu n'es pas inquiète maintenant, dans environ une demi-heure, que tu t'amuses ou pas – et crois-moi, tu vas t'amuser – tu commenceras certainement à t'inquiéter pour tes enfants.

Se sentant soudain timide à cause de sa transparence, elle baissa les yeux.

Il lui leva le menton et dit :

— Tu es en sécurité avec moi, chérie. Et si tu veux appeler pour vérifier que tes enfants vont bien ou t'asseoir dans ton jardin pour notre rendez-vous pour ne pas avoir l'impression d'être si loin d'eux, ça me va. Je veux juste passer du temps avec toi.

Elle ne savait pas quoi répondre à cela. Apparemment, il n'avait pas besoin de réponse, car il retourna son attention vers l'étroite petite rue devant eux et ils conduisirent dans un silence confortable pendant un long moment. Finalement, ils atteignirent une intersection de trois routes. Bones tourna dans la plus à droite et quelques minutes plus tard, les bois cédèrent la place à une belle vue sur une petite marina.

— Où sommes-nous ? demanda-t-elle lorsqu'il se gara.

— La marina de Harborview. Elle dessert les maisons de mon lotissement. Elle est vide à cette époque de l'année. Presque tout le monde met son bateau à l'abri pour l'hiver.

Il sortit de la voiture et fit le tour du véhicule pour l'aider à sortir. Elle admira la lune qui se reflétait dans l'eau noire d'encre et les bateaux qui se balançaient doucement dans la marina. Bones repassa son bras sur l'épaule de la jeune femme. Elle ignorait pourquoi il avait déplacé la main qu'il avait posée sur son dos pour la tenir plus près, mais tandis qu'ils se dirigeaient vers les quais, un vent froid souffla et elle fut reconnaissante de profiter de sa chaleur.

— Tu as dit que tu venais de Floride. Tu passais beaucoup de temps sur l'eau ? demanda-t-il tandis qu'ils montaient sur le quai et qu'il la guidait vers le dernier bateau.

— Pas vraiment. La vie était un peu folle à l'époque.

Elle vit l'inquiétude monter dans les yeux de Bones et essaya de le dissuader de lui poser plus de questions.

— Tu sais ce que c'est, quand on vit près de l'eau. On ne l'apprécie pas à sa juste valeur.

— C'est dommage. L'eau me procure un sentiment de paix. Donne-moi une seconde.

Il monta dans le luxueux bateau, qui avait un énorme espace intérieur avec plusieurs grandes fenêtres à l'avant et d'autres sur les côtés. Un pont surmontait cette zone, couvert par un auvent. L'arrière du bateau était constitué de nombreux bancs capitonnés qui semblaient confortables. Elle était presque sûre qu'on pouvait le considérer comme un yacht. Il était magnifique, comme s'il venait d'un magazine de voyages.

Bones baissa une rampe jusqu'au quai, puis il monta sur le bateau avec Sarah, un bras autour de son dos.

— Il est à *toi* ? demanda-t-elle.

— Oui. Sarah, je te présente *Edison. Eddy*, dit-il au bateau, sois gentil avec ma copine.

— Nous allons faire un tour en bateau ? demanda-t-elle nerveusement. Je n'en ai jamais fait et je ne sais pas si je vais avoir le mal de mer.

— Ne t'inquiète pas, chérie. Nous n'allons pas sortir le bateau. J'ai pensé que tu ne voudrais pas être aussi loin des enfants au cas où ils auraient besoin de toi.

Elle le suivit jusqu'au coin détente et il souleva l'un des coussins, révélant un compartiment secret. Il en sortit plusieurs couvertures et dit :

— Je suis désolé, mais il me faut quelques minutes pour nous installer. Tu veux t'asseoir et te détendre ? Tu veux un peu de limonade ? Du thé glacé ? Du thé chaud ?

— Du thé chaud sur un bateau ? Ça semble élégant.

— Alors, un thé chaud.

Elle s'assit et il posa une couverture sur ses jambes.

— Je n'ai pas froid, mais merci. Tu es sûr que tu ne veux pas que je t'aide ?

— Non, je vais m'en sortir. Assieds-toi et détends-toi.

Il disparut dans la cabine et quelques secondes plus tard, des fils de petites lumières couleur ambre prirent vie le long de la rambarde du bateau et du mât, rendant la soirée encore plus romantique. De la musique country commença à retentir doucement dans les haut-parleurs près de l'entrée de la cabine, puis Bones apparut avec une lanterne vieillotte qu'il alluma et plaça sur la table. Il disparut à nouveau et revint une minute plus tard avec un grand engin en argent. Il le tritura et un moment plus tard, l'objet irradia d'une lueur orange, révélant à Sarah qu'il s'agissait d'un radiateur. Il avait pensé à tout. Il entra à nouveau, plus longtemps cette fois, et quand il revint, il mit la table pour deux et retourna dans la cabine une minute de plus pour lui apporter une tasse de thé et une assiette de citron coupé en tranches, du miel et des boîtes de sucre et de substituts au sucre.

— Tu as un sacré système, dit-elle, se demandant s'il faisait cela pour tous ses rendez-vous.

— Si seulement j'avais un système ! dit-il en secouant la tête. Je n'ai jamais préparé le dîner pour qui que ce soit auparavant.

D'habitude, il n'y a que la mer et moi, ou ma famille, bien entendu. J'ai acheté le radiateur *aujourd'hui* et Scott m'a aidé à installer les lumières. J'improvise, Sarah, et je suis sûr que ça se voit. Je voulais que tout soit parfait pour toi.

Il leva un doigt et dit :

— Il ne me faut qu'une minute ou deux. Je suppose que si j'avais été plus intelligent, j'aurais fait appel à un traiteur pour la nourriture pour ne pas faire des allers-retours, mais je ne voulais pas prendre de risque avec tes allergies.

Il retourna dans la cabine, la laissant bouche bée. Il avait *cuisiné* pour elle et il avait *acheté* un radiateur juste pour ce soir-là ? Tous ses instincts de base voulaient démonter sa gentillesse et découvrir ce qu'il souhaitait en retour. Mais quand il sortit de la cabine en portant un plateau en argent avec trois plats dessus et qu'il croisa son regard, elle vit tout ce qu'elle avait besoin de savoir. Il ne la regardait pas comme s'il voulait lui prendre quoi que ce soit. Non, elle sentait tout le contraire, il voulait *donner*. Passer du temps ensemble, comme il l'avait dit.

Il posa la nourriture sur la table et s'assit à côté d'elle.

— J'espère que ça ira. Poulet crémeux à la toscane avec des tomates séchées et de la coriandre et des patates douces au citron vert. Finlay m'a donné la recette avant sa lune de miel. Elle m'a assuré qu'il n'y avait pas de gluten, de produits laitiers, de soja, d'œufs, de noix ou de cacahuètes.

Sarah sentit les larmes lui monter aux yeux.

— Oh non ! Je me suis loupé, c'est ça ? Tu es allergique à quelque chose qu'il y a dans ce plat ? Tu es allergique à autre chose que la nourriture ? J'aurais dû te poser la question. Je peux mettre ça de côté et nous pouvons aller au restaurant.

Il se leva, mais elle toucha son bras et secoua la tête, le rasseyant à côté d'elle.

— Non, tu n'a rien raté, Bones. C'est plus que parfait.

Les hormones de grossesse la rendaient toujours plus émotive, mais elle avait l'impression que même sans elles, elle aurait eu les larmes aux yeux.

— Je suis désolée. Mis à part quand Finlay m'a apporté des repas juste après l'accident, personne n'a jamais cuisiné pour moi, encore moins quelque chose comme ça.

Même ses parents n'avaient pas fait d'efforts pour lui donner des choses qu'elle pouvait manger. Elle avait passé des semaines à ne se nourrir que de sandwichs de confiture sur du pain sans gluten et des tacos de viande sans coquille.

— C'est dommage, car une femme comme toi mérite un traitement spécial.

SARAH FAISAIT tout son possible pour cacher ses émotions. A vrai dire, elle avait de plus en plus conscience de la profondeur des sentiments qu'il lui faisait ressentir rien qu'en la touchant. Bones avait beau détester le voir et le reconnaître, il décelait aussi quelque chose de bien plus sombre dans ces yeux splendides. Du chagrin, peut-être. Il avait toujours eu un sixième sens pour repérer le désespoir d'autrui. Cela l'aidait dans le domaine médical et dans celui des relations, lui disant quelles femmes pourraient potentiellement lui attirer des problèmes avant qu'il ne s'engage avec elles. Mais avec Sarah, cela semblait différent. Ses sentiments pour elle au cours des deux derniers mois étaient devenus trop profonds pour qu'il écoute les signaux d'alarme à propos desquels elle avait essayé de le prévenir.

— Je crois que tu as une deuxième vocation en tant que chef

cuisinier, si tu ne réussis pas dans la médecine, dit-elle pendant qu'ils mangeaient. C'est délicieux.

— Ah oui ? Je le dirai au refuge pour femmes où je suis volontaire. Je suis sûr qu'un autre cuisinier serait utile.

— Je ne savais pas qu'il y avait un refuge pour femmes ici.

Elle prit une bouchée de patates douces et ferma les yeux.

— Hmm ! J'*adore* les patates douces.

Il en saisit un morceau de son assiette et lui tendit la fourchette. Le sourire adorablement timide de Sarah lui donna un pincement au cœur lorsqu'elle se pencha pour le manger.

— Le refuge est à Parkvale, à environ trente minutes de la ville. Il est géré par Eva Yeun, la femme d'un membre des Dark Knights. C'est un quartier difficile, mais ils donnent accès à un logement et à une thérapie pour des femmes et des enfants qui ont été victimes de maltraitance ou qui risquent de l'être. Je suis volontaire quand je peux. Généralement, une ou deux fois par mois, pour examiner les résidentes et les enfants, mais bien souvent, ils ont besoin de quelqu'un qui les écoute plus que de soins médicaux.

Sarah agrippa plus fermement sa fourchette et bougea inconfortablement sur sa chaise, mettant un peu plus de distance entre eux.

— Ça ne les dérange pas qu'un homme les examine ?

— Trouver des volontaires peut être difficile, c'est pourquoi un oncologue se charge des examens classiques, et non pas un généraliste. Je ne te dirai pas que toutes les femmes acceptent que je les examine, mais je fais ce que je peux.

Elle hocha la tête, triturant la couture de son jean.

— Tu as un peu évité ma question tout à l'heure, quand je t'ai demandé à quoi ressemblait une journée en tant que médecin. Je comprendrai si tu ne veux pas en parler…

Il remarqua le rapide changement de sujet et la gêne de Sarah, mais Bones n'insista pas.

— Ce n'est pas que je n'aime pas parler de ma journée. Personne ne pose la question. Je suis ravi que tu l'aies fait, mais je suppose que j'ai appris à compartimenter mon travail, les affaires des Dark Knights et tous les autres aspects de ma vie. Ma famille dit que je suis le roi quand il s'agit de garder mes distances avec les gens et les situations et ils ont probablement raison.

Il avait appris à le faire quand il avait perdu un ami d'enfance qui avait fait naître son choix d'entrer à la faculté de médecine. Un pincement au cœur familier le traversa.

— Je le fais depuis très longtemps, mais on dirait que je n'y parviens pas avec toi.

Un doux sourire apparut un moment sur les lèvres de Sarah avant qu'elle ne redevienne sérieuse et dise :

— Je suis très forte pour garder mes distances avec les gens et les situations et je veux sincèrement savoir comment s'est passée ta journée. Je veux apprendre à mieux te connaître. Le *vrai* toi, pas juste la personne que tu veux que tout le monde voie. Je veux dire, j'aime vraiment la personne que tu es, mais on passe tellement d'heures à être *quelque chose* : un médecin, une coiffeuse, une mère, un barman, *n'importe quoi*. Ça nous transforme en ce que nous sommes dans d'autres parties de nos vies. Mais l'*oncologie* est un domaine tellement effrayant. Même le mot « cancer » me donne mal au ventre et tu y fais face tous les jours. Je suppose que ce que je veux dire, c'est que si tu veux parler, je sais bien écouter.

Bones était sorti avec beaucoup de femmes au fil des ans et aucune d'elles n'avait jamais prêté attention à ces aspects. Il aimait le fait que Sarah veuille en savoir plus sur lui et sur les parties les plus importantes de sa vie, mais il se posa à nouveau des questions sur son passé. Quelqu'un ou quelque chose l'avait transformée en une mère incroyable et en une femme empathique, alors que d'après ce qu'il avait compris, ses parents n'avaient été ni l'un ni l'autre.

Il savait qu'elle se refermerait s'il posait la question. Par conséquent, il dit :

— J'aimerais te dire comment c'est. En réalité, le cancer a beau être triste en général, mes journées tournent autour de l'*espoir*. Quand une personne découvre le diagnostic du cancer, elle passe soudain de *vivre* sa vie à *lutter* pour elle. Personne n'est prêt pour ça. Ce n'est pas quelque chose que l'on enseigne à nos enfants, comme ne pas faire confiance aux inconnus ou comment se comporter pendant un entretien d'embauche. C'est comme être soudain lâché sur un iceberg, où le paysage qu'ils ont toujours connu est soudain différent. Même les patients vraiment soutenus par leur entourage peuvent avoir l'impression de lutter seuls contre la maladie. En plus de faire tout ce que je peux médicalement parlant pour mes patients, j'essaye de leur donner ce dont ils ont parfois besoin en plus des médicaments. J'écoute et je ne surbooke pas mon emploi du temps pour cette raison. Je ne sais jamais si un couple aura une heure de questions à me poser, si un parent célibataire aura besoin de parler de ses enfants ou si un patient âgé deviendra nostalgique ou aura simplement *besoin* de raconter une histoire. Je leur donne les meilleurs soins possibles et le plus de temps possible.

— C'est pour ça que tu m'as proposé de m'adresser au docteur Rhys. Parce que les patients te tiennent tellement à cœur que tu penses que ça devrait être le cas pour tous les médecins.

Il savait que c'était le cas de la plupart d'entre eux, mais il en connaissait aussi certains qui manquaient de respect à leurs patients, en casant autant que possible pour gagner plus d'argent.

— Tu vas avoir un bébé. Ton médecin ne regarde pas juste tes parties les plus intimes, ce qui d'après moi doit déjà être assez gênant, mais il prend soin du cadeau le plus précieux. Je suppose que je considère que ton état émotionnel est tout aussi important que ton état physique. Si tu consultes le même médecin régulièrement, il pourra l'évaluer à un niveau plus personnel et détecter des nuances qu'un médecin qui ne te connaît pas pourrait ne pas remarquer.

— Je vois ce que tu veux dire. Ton métier est tellement différent de ce que les autres membres de ta famille font ! Tu as toujours su que tu voulais l'être ?

— Pas toujours, dit-il sincèrement. Pour me comprendre, il faut que tu comprennes toutes les parties de ma vie. Je ne sais pas ce que tu sais sur les Dark Knights, mis à part le fait que nous sommes un club, pas un gang, que nous aidons les gens dans le besoin et que nous protégeons la communauté.

— Je l'ai vu de mes propres yeux, dit-elle en souriant. Je ne sais pas si l'un d'entre nous serait encore en vie sans le courage de Bullet. Il s'est littéralement lancé dans une voiture en flammes et nous a tous sauvés, puis il est resté avec moi à l'hôpital. C'est… Eh bien, tu sais à quel point c'est incroyable. Je serais endettée jusqu'au cou sans vous. Je n'ai jamais rencontré qui que ce soit comme toi, ta famille et tes amis. C'est tellement différent de ma vie qu'on dirait un rêve.

— Eh bien, c'est comme ça qu'on nous a éduqués dans le club et en dehors. Mon arrière-grand-père a fondé les Dark Knights et notre entreprise familiale. C'était un motard dur à cuire et il a élevé ses enfants pour qu'ils le soient aussi. C'est pour ça que Biggs, mon père, se sent responsable de tout le monde autour de lui, y compris des habitants de cette ville. Il nous a élevés de la même manière. Depuis notre plus jeune âge, on nous a appris à aider et à protéger *tout le monde*.

— C'est pour ça que tu es devenu médecin ? Tu voulais aider et protéger ? Ça a du sens.

— Ça a du sens, mais ce n'est pas la raison pour laquelle je suis devenu médecin.

Il n'avait jamais parlé de Thomas à qui que ce soit, mais il voulait dire la vérité à Sarah et s'il voulait un jour comprendre les ombres derrière ses yeux, il devait dévoiler les siennes.

— Quand j'étais en cinquième, un garçon qui s'appelait Thomas a emménagé en ville. Il était sacrément intelligent. Le genre d'intelligence qui t'épate, mais c'était un gamin maigre et timide qui portait des lunettes et qui était réservé. La seule manière de savoir qu'il était intelligent, c'était d'écouter ses réponses en classe. Il n'agissait jamais comme s'il était meilleur que qui que ce soit. Un jour, après l'école, j'ai vu un gosse s'en prendre à lui et j'ai pris sa défense. La brute était un vrai salaud et j'ai fini par lui coller un œil au beurre noir. C'était juste un voyou qui séchait les cours plus souvent qu'il n'y assistait. J'ai commencé à traîner avec Thomas après ça, sachant que l'autre essayerait de trouver un moment où il serait seul juste pour montrer qu'il était le patron. Bref, Thomas avait peur de moi, au début. Il essayait de m'éviter parce que je m'étais battu avec l'autre mec. Mais j'étais implacable, dit-il, se remémorant ces premiers jours avec clarté et tendresse. Je vois encore Thomas regarder par-dessus son épaule en rentrant chez lui après l'école, me disant que je n'étais pas obligé de veiller sur lui.

— Oh, le pauvre était probablement gêné !

— Il vaut mieux être gêné que d'avoir un œil au beurre noir. Finalement, il a arrêté de me dire de partir et nous sommes devenus amis. De très bons amis. Nous allions sur les quais de la grande marina, où son père avait son bateau, et nous traînions ensemble pendant des heures. L'été de notre année de troisième, Thomas est tombé malade.

Il déglutit face à l'émotion qui lui serrait la gorge et dit :

— Au début, ils pensaient que c'était juste un virus. Il avait des maux de tête et il était souvent fatigué. Mais ensuite, il a eu d'autres symptômes : les jambes engourdies, la vue qui se troublait.

Sarah posa sa main sur la sienne.

— Il avait un cancer ?

Bones hocha la tête.

— Une tumeur au cerveau. Ils l'ont trouvée trop tard. J'ai passé autant de temps que possible avec lui, que ce soit à l'hôpital pendant qu'il effectuait son traitement ou chez lui. J'ai vu la manière dont il regardait ces médecins, espérant un miracle. Il n'a jamais eu son miracle. Après sa mort, j'ai voulu lui donner des miracles. J'ai voulu donner des miracles à tous les enfants, à tous les parents, à toutes les personnes touchées par le cancer.

La tension augmenta subitement dans les épaules de Bones sous le poids des souvenirs et il détourna le regard pour que Sarah ne voie pas sa douleur.

— Je l'appelais *Edison* tellement il était intelligent. Tu sais, comme Thomas Edison ? Il m'appelait *crétin*, parce que le type que j'avais frappé faisait deux fois ma taille et il pensait que j'étais stupide de m'en être pris à lui. Après sa mort, j'avais l'impression que les cours allaient trop lentement. Je voulais avancer, aller à la faculté de médecine et faire la différence. C'est pour ça que j'ai eu mon diplôme à seize ans. Quand j'ai dit à mon père que je voulais étudier la médecine, je lui ai aussi dit que j'avais choisi mon nom de motard. *Bones.*

— Parce que c'est comme ça que Thomas t'appelait ?

Sarah essaya de retenir ses larmes, mais son cœur était trop plein et elles coulèrent sur ses joues.

— Je suis désolée que tu aies perdu ton ami. Ça a dû être horrible. Mais je suis sûre qu'il sourit en te regardant pendant que tu offres des miracles aux gens.

Il lui toucha la joue, essuyant ses larmes à l'aide de son pouce. Les yeux de Sarah s'assombrirent, mais ils reflétaient aussi de l'appréhension.

— Je te fais peur, Sarah ?

Elle secoua la tête.

— Ce que je ressens pour toi me fait peur.

Cela le fit sourire. Il passa sa main dans la nuque de la jeune femme, l'attirant plus près de lui.

— Pourquoi ?

— Parce que j'ai des enfants et que je ne peux pas me permettre de les mettre en danger en commettant une erreur.

Il posa son front sur le sien, inhalant son odeur.

— Pourquoi serions-nous une erreur ?

— Parce que d'habitude, je suis très douée pour garder mes distances avec les gens, mais être avec toi…

Elle secoua la tête et il recula, cherchant un indice de ce qui se passait dans son esprit.

— Tu as peur que je leur fasse du mal ?

Elle secoua la tête.

— Que je *te* fasse du mal ?

Elle resta silencieuse un long moment avant de dire :

— Pas intentionnellement.

— Oh, ma douce Sarah ! murmura-t-il, la douleur le traversant. Qu'as-tu subi pour avoir aussi peur ?

De nouvelles larmes coulèrent sur les joues de la jeune femme.

— Si tu connaissais mes secrets, tu ne voudrais pas avoir affaire à moi.

— Tu as tort, Sarah. Donne-moi une chance et tu verras la vérité.

Elle essuya ses larmes et se détourna de lui.

— Je suis désolée. Tu viens de m'offrir la meilleure soirée de ma vie et je me suis transformée en une épave pleurnicheuse.

Il l'attira dans ses bras, la regardant profondément dans les yeux et il posa délicatement ses lèvres sur ses joues humides, goûtant les larmes salées.

— Tu n'es pas une épave. Nous avons tous un passé. J'ai fait des choses dont je ne suis pas fier.

— Oui, c'est ça ! Le type qui a été élevé pour aider et protéger ? Qu'as-tu fait ? Tu as *traversé en dehors des clous* ?

— Oui. Mais d'autres choses aussi. J'ai volé une voiture, une fois.

— Je ne peux même pas l'imaginer, dit-elle en affichant un sourire qui s'estompa si vite qu'il eut mal au cœur. Nous venons de mondes différents.

— Vraiment ? Parce que j'ai grandi avec *rien* d'autre que ma famille. Nous n'avions pas beaucoup d'argent. Mes parents étaient des durs à cuire qui portaient du cuir et montaient à moto. On leur jetait des regards en coin quand nous sortions de Peaceful Harbor. J'ai grandi avec des hommes brusques qui venaient chez nous à n'importe quelle heure et mon père partait avec eux pour aller tabasser un type qui avait violé une femme et le livrer à la police, ou pour monter la garde devant la maison d'une pauvre femme battue pour la protéger. Quand j'étais enfant, il se passait toujours quelque chose d'effrayant, des choses que je n'étais pas censé remarquer et dont je ne devais pas parler.

— Ça semble vraiment terrifiant.

— Ce genre de chose a un grand impact sur un enfant, dit-il. Une partie de moi voulait être comme mon père et une autre partie en avait peur, car même si Biggs a des déficiences physiques à cause de son AVC, c'est *encore* le genre d'homme qui jettera sa canne et qui se mettra sur le chemin d'un train en marche pour sauver quelqu'un d'autre. Quand j'étais enfant, je n'étais pas sûr de pouvoir être aussi téméraire. Et suivre les pas de Biggs ? Cet homme est une bête ! Être à la hauteur des attentes d'un homme qui ferait tout pour protéger un inconnu te fait creuser plus profondément que tu ne le pensais possible. Je risquerais ma vie pour presque n'importe qui, mais atteindre ce niveau ? Pour un enfant dont l'esprit suivait un processus méthodique avant de prendre la plus infime décision, il m'a fallu plus qu'un acte de foi pour comprendre ce qu'être un Whiskey signifiait *vraiment*.

— Je ne peux pas l'imaginer. Ton père s'en prendrait vraiment à des voyous pour sauver des innocents ?

— Nous le ferions tous. Je ne suis pas le type irréprochable que tu penses que je suis, mais je ne suis pas un fou qui vous ferait du mal, à tes enfants ou à toi. Tu dois me faire confiance, maintenant, Sarah, mais je n'avais jamais parlé de Thomas à personne avant ce soir. Ma famille est au courant et ceux qui vivent ici depuis assez longtemps pour se souvenir de lui savent que nous étions amis. Mais sa famille est partie vivre ailleurs, il y a longtemps. Je te fais confiance et je veux m'ouvrir à toi. J'espère qu'un jour, tu feras la même chose.

Elle prit une inspiration tremblante, baissant les yeux vers son ventre.

— Une partie de moi veut juste profiter de cette soirée sans révéler mon passé. Une soirée avec toi qui me regardes comme personne ne m'a jamais regardée auparavant, pour que je puisse faire semblant d'être une femme célibataire normale juste un petit moment.

Il savait qu'il ne cesserait jamais de la regarder ainsi, peu importe ce qu'elle lui révélerait.

— Une soirée ne sera jamais suffisante.

Il prit tendrement son beau visage dans ses mains, leur connexion l'attirant plus près. Les yeux de Sarah étaient tellement sombres et séduisants qu'il ne put s'empêcher de poser ses lèvres sur les siennes. Celles-ci étaient douces et sucrées. Elle s'ouvrit pour lui, avec un peu d'hésitation au début, mais tandis qu'il approfondissait leur baiser, elle céda à leur passion, lui rendant chacun de ses coups de sa langue. Il emmêla ses doigts dans ses cheveux et elle avait attendu cela depuis si longtemps que tout son corps s'appuya en avant, en désirant davantage.

— Sarah ! dit-il d'une voix rauque contre ses lèvres. S'il te plaît, n'aie pas peur de moi.

Il réclama sa bouche, faisant glisser sa langue sur la sienne, le long de ses dents et de son palais, tous les endroits qu'il pouvait atteindre. Il voulait posséder chaque centimètre d'elle, enrouler ses bras autour d'elle et lui *montrer* qu'il la protégerait. Le baiser se prolongea encore et encore, sans début et il n'avait certainement pas envie qu'il ait une fin. Mais il lui en fallait davantage. Il embrassa le coin de sa bouche et la longueur de son cou. Elle se tourna, lui donnant un meilleur accès, et *bon sang*, comme il aimait cela !

— C'est ça, chérie. Montre-moi ce qui te plaît.

— Toi, haleta-t-elle. Tu me plais.

Il posa ses lèvres sur le cou de Sarah, déposant une série de baisers lents, la bouche ouverte, tenant tendrement sa tête d'une main, *sentant* ses petits gémissements sexy, ses supplications et ses halètements. Chacun d'eux faisait vibrer son corps de chaleur. Tandis qu'il l'embrassait et la mordillait jusqu'à son oreille, elle tourna son visage, plaçant le pouce de Bones contre ses lèvres. Elle passa sa langue sur toute sa longueur et il aurait juré la sentir sur son sexe. Un grognement lui échappa avant qu'il ne puisse le retenir et elle frémit dans ses bras.

— J'ai envie de t'embrasser comme ça depuis des semaines.

Il embrassa son oreille et murmura :

— J'adore ta bouche sexy.

Elle fit à nouveau glisser sa langue le long de son pouce et il ne put s'empêcher de le passer entre ses lèvres. Elle referma sa bouche autour, le surprenant profondément et le poussant à dévorer son cou. La langue de Sarah tourna autour du pouce de Bones, puis elle le suça *fortement*, le faisant grogner. Il passa deux doigts dans le col de son chemisier pour l'écarter et il posa sa bouche sur son épaule nue. Sa peau était chaude et sentait le lilas. Elle sentait si bon qu'il voulait disparaître en elle. Lorsqu'elle s'arc-bouta en avant, il se baissa davantage, embrassant la courbe de ses seins. Sa main se déplaça le long de sa cuisse, sous son chemisier et le long de son flanc, sentant la rondeur de son ventre et le dessous de son sein. Il caressa celui-ci et le téton de Sarah s'éleva en un pic attirant contre la paume de Bones.

Elle laissa échapper un halètement léger et coincé.

La différence entre le désir et l'hésitation le frappèrent comme un camion.

Il fit glisser une main jusqu'à la nuque de Sarah, la regardant profondément dans les yeux. Les avertissements silencieux de la jeune femme furent clairs et nets : *Sois prudent avec moi. J'en ai envie, mais j'ai peur.* Prenant ses peurs à cœur, il plaça sa bouche à côté de son oreille et dit :

— Ne t'inquiète pas, chérie. Je ne suis pas pressé.

— Mais je veux t'embrasser, supplia-t-elle, le désir et l'hésitation luttant encore dans ses yeux.

Il posa sa main sur sa joue, l'embrassant délicatement, lui donnant une possibilité de reculer, mais elle intensifia leurs baisers. Elle était tellement passionnée et tellement vulnérable que tout ce qu'elle faisait le rendait plus amoureux d'elle. Il recula à nouveau, ayant besoin de vérifier où elle en était, et il passa son pouce sur les lèvres de Sarah. Il inhala un autre halètement sexy, sans la moindre hésitation cette fois. Il suivit le même chemin avec sa langue et elle s'appuya contre lui, joignant sa bouche à la sienne avidement tandis qu'il l'emportait dans un autre baiser pénétrant. Sa bouche était chaude et douce et son corps était sensuel et sexy. *Divin.* Elle se trémoussa contre lui, son ventre et ses seins contre sa poitrine et ses abdominaux. Il saisit ses fesses, l'attirant plus près de lui sans rompre leur connexion.

Depuis si longtemps, il rêvait de l'embrasser, il imaginait la sensation des mains de Sarah sur son corps, de sa bouche sur sa chair. Mais rien ne l'avait préparé à la douceur de Sarah Beckley. Elle embrassait de la même manière qu'elle protégeait ses enfants : véhémente et aimante à la fois. C'était l'étreinte la plus sexy qu'il ait jamais vécue.

Elle voulait passer une nuit sans questions, une nuit à se sentir normale. Elle était tellement *au-delà* de la normalité ! Pas une seule femme ne pouvait rivaliser avec elle et Bones jura non seulement de le lui montrer, mais de l'en convaincre.

CHAPITRE HUIT

Lorsque leurs lèvres se séparèrent enfin, Sarah se détourna de lui et rajusta son chemisier, évitant son regard. Bones tendit la main vers elle et elle se raidit.

Il passa sa main le long de son dos et dit :

— Sarah, tu n'as pas de raison d'être mal à l'aise.

— C'est facile à dire pour toi. Tu ne viens pas de sucer le pouce d'un homme pendant un premier rendez-vous.

Il rassembla ses cheveux sur une épaule, essayant de voir son visage, mais elle n'avait de cesse de se détourner de lui.

— Attends, chérie, laisse-moi arranger ça.

Il souleva sa main et suça son pouce.

Elle l'écarta brusquement avec un rire sexy.

— C'est différent pour vous. On s'attend à ce que vous le fassiez. Je ne suis pas le genre de femme qui fait ça et je ne veux pas être cette personne à tes yeux. Je me suis juste laissé emporter par le moment.

— Tout d'abord, tu as raison à propos des perceptions et ça doit être nul du point de vue d'une femme. Mais tous les mecs ne sont pas comme ça. Je te vois uniquement comme une femme forte et méfiante et une mère qui s'avère aussi être sexy et belle. Ce que nous avons fait ne change rien à ça. Au contraire, je me sens plus proche de toi parce que tu m'as laissé entrer.

Elle lui fit face à ce moment-là, ses yeux prudents balayant son visage du regard. Pouvait-elle voir qu'il était complètement sincère ? Voulait-elle le voir ou avait-elle trop peur ? Ou pire, avait-il mal interprété la situation, d'une manière ou d'une autre ?

— Tu t'es sentie obligée à cette intimité avec moi ? Parce que si c'est le cas, je…

— Non, l'interrompit-elle. Ce n'est pas ça. J'avais envie de t'embrasser. J'avais envie de faire *plus* que t'embrasser. Je suis juste… Je t'ai dit que j'avais des casseroles. Je suis plus douée pour être une amie que pour faire ça et je ne suis même pas très douée pour être une amie. Je m'attends toujours à ce que le sourire que les gens affichent, à ce que la gentillesse qu'ils montrent tombe comme un masque, révélant les monstres que je ne veux pas que mes enfants voient.

Il serra la mâchoire face à la colère qui bouillonnait en lui envers ce qu'elle avait subi pour être aussi blessée. Il étala ses paumes sur ses cuisses pour s'empêcher de serrer les poings.

— À cause de la situation dans laquelle tu as grandi ? Ou du père, ou des pères, de tes enfants ?

Elle pinça les lèvres, ses bras s'enroulant autour de son ventre, comme pour empêcher son enfant à naître d'entendre ce qu'elle avait à dire. Puis elle leva le menton, redressa les épaules et dit :

— Les deux.

Ces mots le dévastèrent comme une balle dans la poitrine.

— Sarah… ?

— Mon père était violent avec Scott et moi, psychologiquement et physiquement, mais heureusement, pas sexuellement.

Elle ne détourna pas le regard, elle ne tressaillit pas et ne ralentit pas, comme si elle parlait de quelqu'un d'autre.

— Grâce au ciel, il n'a pas touché Josie. Mais pour une raison ou pour une autre, Scott et moi étions des cibles. Quand j'y repense, je me demande pourquoi je ne l'ai jamais dit à un professeur ou à la police. *À quelqu'un.* Mais quand tu es en train de le vivre, tu ne penses qu'à survivre d'une minute à l'autre. Tu marches sur des œufs. Tu essayes de comprendre ce que tu as fait de mal chaque fois qu'on te frappe ou qu'on te crie dessus. Je voyais des enfants à l'école, des filles qui tenaient la main d'un garçon, qui s'embrassaient dans les couloirs, qui se passaient des petits mots et je me demandais comme c'était. Pourquoi leurs parents ne les traitaient-ils pas de salopes ? Ou le faisaient-ils ? Avaient-elles aussi des bleus sur le corps ?

Le cœur de Bones se brisa et sa colère monta à chaque mot qu'elle prononçait. Il s'approcha, prenant sa main dans la sienne. Il la tint fermement, regrettant de ne pas avoir été là pour la protéger.

— Je me cachais dans les buissons et j'écrivais des histoires à propos d'une fille de mon âge qui tombait amoureuse d'un garçon et qui s'enfuyait. C'étaient des histoires bêtes, mais c'étaient *mes* histoires d'espoir. Elles me donnaient un endroit où disparaître dans mon monde imaginaire, où un garçon voudrait me tenir la main, porter mes livres. Où mes parents me liraient une histoire ou me souriraient et me diraient que j'avais fait du bon travail plutôt que de dire que j'étais une traînée ou une putain juste parce que j'avais eu mes règles.

Elle détourna le regard avec une lueur mélancolique dans les yeux qui impressionna Bones. Elle avait dû être tellement forte pour survivre à un tel environnement ! Pour créer un soupçon d'espoir et pour devenir la femme qu'elle était à présent.

L'expression de son visage s'assombrit et elle dit :

— Quand Scott a grandi, il s'est défendu. Ce qu'il n'a pas mentionné l'autre soir, au dîner, c'est que mon père l'avait violemment battu le soir où il est parti. Je ne l'oublierai jamais. Je croyais qu'ils allaient se tuer. Scott l'a bien frappé aussi, mais mon père est un homme imposant et même s'il mesurait presque un mètre quatre-vingts, Scott n'était qu'un adolescent. Josie et moi étions à ramasser à la petite cuillère, pleurant et criant, le suppliant d'arrêter. Ma mère nous criait après, me giflant tandis que j'essayais d'écarter mon père de Scott. Josie s'était blottie dans un coin. Mince ! Elle était tellement petite à treize ans que je me souviens d'avoir pensé que s'il la frappait un jour, elle se briserait.

Elle déglutit difficilement, luttant contre les larmes. Bones tendit la main vers elle, mais elle s'écarta.

— S'il te plaît, ne fais pas ça, supplia-t-elle. Laisse-moi finir ou je ne le dirai jamais.

Il fallut au jeune homme tout son self-control pour ne pas l'attirer dans ses bras. Il hocha la tête, la mâchoire et les poings serrés.

— J'ai essayé de mettre un terme à la bagarre, dit-elle doucement. Mais mon père s'en est pris à moi, alors Scott m'a dit d'emmener Josie à l'étage inférieur. C'est là qu'étaient nos chambres. Quelques minutes plus tard, il a descendu l'escalier à toute vitesse et est entré dans sa chambre, essoufflé et ensanglanté. Il a pris un sac en toile qu'il avait dû préparer plus tôt. Il nous a dit, à Josie et à moi, de ne pas aller à l'étage avant le lendemain quoi qu'il arrive. Je suppose qu'il avait l'intention de partir depuis un moment parce qu'il avait une fausse carte d'identité et qu'il m'a donné une carte bancaire en me disant de la garder comme si ma vie en dépendait. Il avait demandé à un ami d'ouvrir un compte pour moi. Il a dit qu'il trouverait un travail et qu'il déposerait de l'argent dessus pour que mes parents ne le sachent pas. Je voulais partir avec lui, mais mon père a menacé de faire arrêter Scott et de l'envoyer en centre de détention pour mineurs.

— Merde, Sarah ! Et ta mère ?

Elle secoua la tête.

— Elle ne servait à rien. Elle était tout aussi mauvaise. Elle nous frappait, Scott et moi, elle m'insultait, me disait que j'étais *une salope, une pute, une traînée.* Je n'avais même pas encore embrassé un garçon. Avant, je me demandais si Scott et moi étions adoptés ou quelque chose comme ça, mais...

Elle secoua la tête.

— Je sais que Bradley t'a dit qu'elle était morte. C'est ce que je lui ai dit, mais je ne sais pas si c'est vrai ou pas. Je ne veux pas qu'ils s'approchent de mes enfants.

Elle prit une inspiration tremblante et dit :

— Les choses se sont améliorées pendant un moment après le départ de Scott et je pensais que mes parents avaient compris qu'ils l'avaient poussé à partir et qu'ils essayaient de changer. Mais un jour, je suis rentrée à la maison et j'ai surpris mon père dans ma chambre. Il l'avait mise sens dessus dessous et il tenait l'un de mes cahiers. Les autres étaient tous en mille morceaux par terre. Ma mère et Josie n'étaient pas là. Ce jour-là, j'ai reçu la pire raclée de ma vie. Voyant que ma mère et Josie ne rentraient pas ce soir-là, j'ai pensé que ma mère avait retrouvé la raison et qu'elle avait essayé de sauver ma sœur. Je savais qu'elle ne me sauverait jamais. Le lendemain matin, j'ai mis tout ce que je pouvais dans mon sac à dos, comme si j'allais à l'école. Mon père travaillait dans des restaurants. Il était cuisinier, mais il était aussi employé comme gardien pour une entreprise, alors il avait des horaires de travail un peu spéciaux. Il dormait encore le matin où je suis parti. Je suis allée directement à la banque, j'ai vidé le compte, sur lequel il y avait quatre mille dollars. Je ne sais pas comment Scott a obtenu autant d'argent aussi vite. Il ne veut toujours pas me le dire. J'en ai pris la moitié et j'ai laissé l'autre à Josie avec un mot lui disant que je reviendrais dès que j'aurais un endroit où vivre. Nous avions une cachette secrète où nous nous déposions des mots, dans une fissure dans les fondations à l'arrière de la maison, derrière la pompe à chaleur. Je savais que je devais partir tant que je le pouvais, je suis donc allée sur la route principale et j'ai fait du stop.

C'est tout ce que Bones put la laisser dire sans libérer sa rage.

— J'ai dû avoir un ange gardien ce jour-là, car une fille appelée Susan m'a prise en voiture à la sortie de la ville. Elle avait couché avec un type de la base militaire et elle rentrait chez elle à Orlando. Elle avait dix-neuf ans et elle travaillait dans un salon de coiffure. Elle m'a emmenée dormir chez elle et après une semaine, quand mes bleus ont disparu, elle m'a donné du travail en tant que shampooineuse. Ils me payaient sous la table en liquide. J'étais folle d'inquiétude pour Josie, alors, la semaine suivante, quand Susan a été de repos, elle m'a ramenée et nous avons attendu ma sœur après l'école, mais elle n'est jamais sortie. J'ai vu une fille qu'elle connaissait et elle a dit qu'elle l'avait vue partir en voiture avec un mec deux jours plus tôt et qu'elle ne l'avait pas vue depuis. Elle pensait que la voiture était bleue ou peut-être grise ; elle n'était pas sûre. Susan et moi sommes retournées à la maison et je me suis faufilée pour vérifier la cachette. Josie m'avait laissé un mot disant qu'elle avait peur d'attendre plus longtemps. Elle avait trouvé un moyen de s'échapper et elle l'avait saisi.

Bones se sentait fou de rage. Il voulait pourchasser ses parents et les massacrer.

— Elle avait treize ans ? Tu as découvert avec qui elle était partie ?

Sarah secoua la tête.

— Susan et moi avons roulé toute la nuit, mais…

Elle haussa les épaules.

— Je pensais que je l'avais perdue pour toujours et je ne savais pas comment contacter Scott. Je ne connaissais pas son ami, celui qui avait ouvert le compte bancaire et je me sentais perdue et effrayée.

— Mais tu avais Susan, c'est déjà quelque chose.

— Pas vraiment. Elle m'a aidée à chercher Josie autant que possible pendant les deux semaines suivantes, mais ensuite, elle a eu peur d'avoir des ennuis. Elle m'a emmenée au refuge pour sans-abri le lendemain soir, mais j'avais peur qu'ils me renvoient chez mes parents. Je suppose qu'elle s'en voulait, alors elle m'a donné deux cents dollars et son permis de conduire, puis elle m'a déposée à l'arrêt de bus. J'ai acheté un billet de train pour aller à Baltimore. J'ai trouvé un autre travail de shampooineuse dans un salon de coiffure et je dormais derrière le salon, dans les buissons. Un jour, j'ai été réveillée par un mec qui me touchait, alors je suis partie et je suis finalement allée à un refuge. Comme j'avais la carte d'identité de Susan, j'ai utilisé son nom là-bas juste au cas où. Je ne savais pas comment les refuges prenaient les mineurs en charge et je ne voulais pas courir de risque. Après quelques semaines, j'y ai rencontré une fille du nom de Reagan. Nous nous entendions bien et nous avons loué une chambre ensemble. Finalement, j'ai rencontré Lewis Warsaw, le père de mes enfants. Je suis allée à l'école de cosmétologie et quelques années plus tard, lui aussi m'a montré son vrai visage.

Bones laissa échapper un juron et attira Sarah dans ses bras. Cette fois, elle se laissa volontiers faire, lui permettant de déplacer leurs corps pour qu'il puisse la serrer davantage contre lui. Il plaça les jambes de Sarah par-dessus la sienne, la serrant contre sa poitrine, et il déposa un baiser sur son front, voulant la venger et la protéger tout autant.

— Personne ne te fera plus *jamais* de mal. Et avant que tu me dises que tu n'as pas besoin d'être sauvée, tu as raison. Tu l'as prouvé plusieurs fois, mais c'est toujours bien d'avoir des renforts.

— C'EST COMME ÇA que tu as convaincu Thomas de te laisser traîner dans les parages ? Comme *renforts* ?

La piètre tentative de Sarah à faire de l'humour ne fonctionna pas. Bones avait l'air de vouloir tuer quelqu'un, il ne connaissait même pas la moitié de l'histoire. Elle voulait lui raconter le reste, mais en parler l'avait ramenée dans cette horrible maison. Elle était exténuée et même enlacée dans les bras de Bones, son estomac était noué.

— Je le suivais comme un pot de colle, dit Bones. Tout comme je l'ai fait depuis que je t'ai rencontrée.

Il la serra plus fort, la faisant sourire en dépit des horreurs qu'elle venait de révéler.

— Tu es plutôt collant, dit-elle, respirant un peu plus facilement. Je vais bien, Bones. J'ai survécu et finalement, avec l'aide du frère de Reagan et de son ami Reggie Steele, un détective privé, j'ai pu retrouver Scott. Et ensuite, avec l'aide de Reggie, nous avons pu retrouver Josie.

— C'est une bonne chose, Sarah.

— En quelque sorte. Elle était barmaid à quarante-cinq minutes de là. Nous avons dû téléphoner et envoyer des messages à son lieu de travail parce que nous n'avions pas son numéro ou son adresse. Reggie a cherché, mais je suppose qu'elle bougeait beaucoup. Elle n'était pas très réceptive à nos appels, mais nous avons continué d'essayer. Le quartier où elle travaillait était plutôt effrayant, alors Scott et moi avons décidé de tenter de repartir à zéro en tant que famille, dans l'espoir de la retrouver un jour. La nuit de l'accident, j'ai appelé le bar où elle travaillait depuis l'hôpital et elle a dû entendre à quel point j'étais bouleversée parce qu'elle ne m'a pas raccroché au nez. Mais quand elle est venue nous voir ce soir-là, elle n'était pas la personne dont je me souvenais. Aucun de nous ne l'était. Elle était tellement haineuse et en colère. Je ne sais pas pourquoi elle ressent ça envers nous, mais nous avons tous vécu tellement de choses ! Je suppose que je peux comprendre qu'elle soit en colère contre le monde entier. Elle n'est restée que quelques minutes à l'hôpital et elle n'a pas répondu à nos appels depuis. Je suis ravie d'être en vie et j'espère qu'un jour, peut-être, elle acceptera d'avoir une sorte de relation avec nous.

— Tu es allée là-bas pour la voir ?

Elle hocha la tête.

— Une fois, juste après que Scott est sorti de l'hôpital. Elle n'était plus employée au bar et ils ne savaient pas où elle vivait ni où elle travaillait.

— Ils avaient son numéro de téléphone portable ? demanda Bones.

— Je sais que ça semble bizarre dans le monde actuel, mais ils ont dit qu'elle n'en avait pas. Il m'est arrivé de ne rien avoir, Bones. Je sais ce que c'est que de se demander d'où viendra ton prochain repas. Crois-le ou non, mais les téléphones portables sont un luxe.

— Je comprends. Ça te dérangerait si j'essayais de la retrouver ?

— Je ne crois pas qu'elle veuille être trouvée. Elle sait que nous vivons ici et elle ne nous a pas contactés.

Bones n'insista pas pour avoir une réponse à propos de Josie, ce qui était une bonne chose, car elle n'était pas sûre qu'il doive essayer de retrouver sa trace. Elle savait ce que cela signifiait d'abandonner sa vie et si Josie avait besoin de se séparer de Sarah et de Scott, peut-être qu'elle devrait la laisser faire même si cela la blessait.

— Merci de me faire assez confiance pour me raconter ton passé, dit-il en enroulant une couverture autour d'elle. Je suis désolé que tu aies subi tout ça. Je regrette de ne pas avoir été là pour vous protéger, mais je suis là, maintenant. Je sais que nous devons repartir bientôt, mais je veux juste te serrer dans mes bras quelques minutes.

Elle n'essaya pas d'être sa propre héroïne ou de prouver qu'elle n'avait pas besoin de lui, car à ce moment-là, même si ses enfants lui manquaient, c'était exactement ce dont elle avait besoin. *Il* était exactement ce dont elle avait besoin. Tandis qu'il la serrait dans ses bras, n'attendant rien en retour, la tension en elle s'atténua et elle se concentra sur les sons apaisants de l'eau clapotant contre le bateau. Les lumières ambrées scintillèrent contre le ciel sombre et elle ferma les yeux, se laissant porter par le confort.

Son bébé donna un coup de pied ; elle guida les mains de Bones plus bas sur son ventre et plaça les siennes dessus. Elle sentit un autre coup de pied.

— Oh, mince ! C'est incroyable, chérie ! Ce bébé est aussi

fort que sa maman.

— Je ne crois pas que je me lasserai un jour de cette sensation.

Elle parlait des coups de pied du bébé *et* du réconfort de Bones.

— Le miracle de la vie est une très belle chose.

Sa grande main bougea sur son ventre.

— Eh, j'ai une idée ! Que fais-tu, samedi ?

— Je dois être au travail à quinze heures. Pourquoi ?

— Mon ami Nick Braden a un élevage de chevaux à Pleasant Hill. Sa chienne a eu des petits il y a quelques semaines et il a des chèvres pygmées et des poules. Ça pourrait être amusant d'y emmener les enfants avant qu'il ne fasse trop froid.

Sarah jeta un coup d'œil par-dessus son épaule. Il semblait encore un peu torturé par ce qu'elle lui avait raconté, mais sous l'ombre se trouvait la compassion et la virilité qui faisaient s'envoler des papillons en elle. Son masque tomberait-il un jour aussi ?

Est-ce que j'arrêterai un jour de m'attendre à ce que les choses tournent mal ?

— Tu m'invites à un rendez-vous avec les enfants ? demanda-t-elle doucement.

— Je suis sorti avec les enfants et toi avant de t'inviter à un vrai rendez-vous. Tu te souviens de la collecte de fonds ?

C'était une journée qu'elle n'oublierait jamais. Non seulement parce qu'il était resté collé à elle ce jour-là aussi, mais parce que la communauté s'était rassemblée pour aider sa famille.

— En y repensant, dit-il avec un sourire espiègle, je suis passé vous chercher, j'ai passé du temps avec vous, j'ai pansé le genou écorché de Bradley et j'ai changé des couches. Je crois que ça compte comme un rendez-vous avec les enfants. Et j'ai déjeuné avec Bradley et toi la première semaine après notre rencontre, tu te souviens ? À l'hôpital.

Elle n'oublierait jamais ce jour-là non plus. Il était venu voir si les enfants et elle allaient bien plusieurs fois même s'il n'était pas leur médecin. Au début, il avait dit qu'il était venu parce que Bullet voulait s'assurer qu'ils allaient bien. Mais elle s'était demandé pourquoi il avait continué à venir les voir ensuite. C'était au cours de ces premiers jours que sa famille avait passés à l'hôpital qu'elle avait senti pour la première fois une connexion avec lui plus importante qu'avec une simple connaissance. Il s'était assis pendant quinze ou vingt minutes et il avait parlé, lui posant autant de questions sur ce qu'elle ressentait que sur la guérison de sa famille.

— Tu veux dire quand tu es venu quand j'étais en train de manger la nourriture que Finlay avait apportée ? demanda-t-elle, même si elle savait que c'était exactement ce dont il parlait.

Il n'avait pas mangé, mais il était resté pendant qu'elle le faisait.

— Oui. Tu étais assise sur le bord du lit de Bradley et tu portais un joli chemisier bleu pâle et un pantalon blanc. Tes cheveux étaient relevés au-dessus de ta tête en chignon décoiffé, comme si tu n'avais pas dormi depuis des jours, et je savais que tu n'avais pas dormi parce que tu étais très inquiète à propos de tes bébés et de ton frère. Je voulais au moins m'assurer que tu manges. Tu nourrissais Bradley.

— Tu m'as dit de m'assurer que maman mangeait aussi, se souvint-elle avec tendresse.

Quand ses enfants étaient sortis de l'hôpital, il était passé chez elle avec des sacs d'aliments et des petites surprises pour les enfants. Il était resté un moment, parlant de tout et de rien, devenant lentement une partie tellement importante de leur vie que ses enfants avaient hâte de le voir. Elle aussi, mais jusqu'à cet instant précis, elle ne se l'était même pas avoué à elle-même. Il avait pris soin d'elle comme personne ne l'avait jamais fait. Comment pouvait-elle considérer que c'était parce qu'il était juste un ami attentionné ou un médecin curieux ? Elle commençait à réaliser que sa vision était faussée et elle se demanda si pour avoir maintenu sa garde en place pendant tant d'années, elle n'était pas passée à côté d'autres gestes de gentillesse.

— Exactement, dit-il. Ça pourrait compter comme un rendez-vous avec les enfants aussi. Et Bradley était mon partenaire de moto pendant la parade d'Halloween. *Rendez-vous avec les enfants.* Nous avons aussi retrouvé Bear et Crystal pour le dîner avec les enfants et Scott il y a deux semaines au *Woody's Burgers*. Un autre rendez-vous avec les enfants. Je crois que nous en avons depuis un moment déjà.

Bon sang, il avait raison ! De plus, ce soir-là était la soirée la plus intime et la plus révélatrice qu'elle ait passée avec quelqu'un. Et oui, ses désirs avaient pris le dessus et cela avait été un peu gênant ensuite – et très excitant sur le moment –, mais il y avait tellement plus entre eux !

Elle connaissait les risques de trop s'attacher et elle savait aussi que peu importe à quel point elle lutterait, à quel point elle le nierait, Bones mettait déjà son cœur en danger. Mais elle ne voulait pas monopoliser son temps et devenir un fardeau.

— D'habitude, tu ne vas pas faire un tour à moto avec Bear et tes amis le week-end ?

— Parfois, mais il faut avoir des priorités dans la vie.

Il passa son pouce sur la joue de Sarah et dit :

— Dis *oui*, Sarah. Continue de me permettre de te connaître.

Mince ! Il la regardait de nouveau de *cette* manière, comme si l'entendre donner son accord était tout ce qu'il avait toujours voulu. Un frisson de joie parcourut la peau de Sarah, lui donnant la chair de poule. Elle avait peur de croire que ce qui se passait entre eux était réel, mais chaque fois qu'elle le regardait dans les yeux, cela semblait trop vrai pour qu'elle puisse le nier.

— D'accord, dit-elle, se délectant de la manière dont le bonheur illumina les yeux de Bones.

Elle ne s'était jamais vraiment considérée comme bénie des dieux, mais à ce moment précis, dans ses bras et en pensant à la manière dont la famille Whiskey avait accueilli la sienne, elle avait l'impression d'être gourmande.

— Je n'ai jamais eu beaucoup de chance, mais mes bébés sont mes miracles. Retrouver Scott a été un miracle. Le fait que Bullet nous ait trouvés après l'accident et tout ce qui a suivi a été un miracle. Et pour une femme comme moi, qui n'était pas sûre de fêter ses dix-sept ans en vie, être ici avec toi ressemble à un miracle aussi.

— Ce n'est pas un miracle, chérie. C'est le destin.

Il l'embrassa tendrement et dit :

— Et un jour, avec un peu de chance, Josie reviendra et elle sera sur ta liste de miracles aussi.

CHAPITRE NEUF

— Tu as le pas particulièrement joyeux, ce matin, dit Scott à Sarah quand elle porta Lila jusqu'à la cuisine à l'aube, le lendemain matin.

Il était appuyé contre le plan de travail, portant un pantalon de survêtement et un T-shirt blanc, une tasse de café à la main. Ses cheveux étaient mouillés parce qu'il venait de prendre une douche.

— J'en déduis que ton rendez-vous s'est bien passé ?

— Hum hum. Très bien, dit-elle, essayant de ne pas avoir l'air d'une écolière amoureuse.

C'était difficile étant donné qu'elle n'avait pas cessé de penser à Bones depuis qu'il l'avait embrassée pour lui souhaiter une bonne nuit la veille. Leurs baisers s'étaient éternisés, encore meilleurs que dans les rêves éveillés qu'elle faisait quand elle était plus jeune, lorsqu'elle regardait les moments magiques d'autres personnes et qu'elle écrivait à propos des siens. Elle posa Lila dans la chaise haute et mit une poignée de Cheerios dans son plateau.

— J'ai entendu dire que tu étais cachottier et que tu l'avais aidé à installer les lumières sur son bateau.

Elle n'arrivait toujours pas à croire que Bones *avait* un bateau.

Scott sirota son café, la regardant d'un air étrange.

— C'est un type plutôt romantique.

— Je ne te le fais pas dire.

Elle donna du jus de fruits à Lila et commença à mélanger les ingrédients pour préparer des pancakes aux myrtilles. *Romantique, attentionné, ses baisers sont bouleversants et plus encore...*

— Encore merci d'avoir surveillé les enfants. Tu as épuisé Bradley. Il dort encore comme un loir.

— J'avais de l'aide. Les filles et moi les avons emmenés faire un tour.

Il lui prépara une tasse de café, jetant un œil aux pancakes.

— Je vais chez le kiné dans quarante minutes. Tu crois que tu peux en ajouter quelques-uns pour moi ?

— Toujours.

Elle versa de la pâte dans la poêle.

Scott déposa un baiser sur la tête de Lila.

— Bonjour, ma puce.

La fillette tendit la main, lui offrant une poignée de céréales collantes. Il ricana.

— Non merci. C'est pour toi. Je vais attendre les délicieux pancakes de ta maman.

— Je ne sais pas s'ils sont *délicieux*. Cela dit, je ne me souviens pas du goût des aliments qui ne sont pas sans allergènes.

— Tu ne rates pas grand-chose, dit-il tandis qu'elle coupait un pancake pour Lila et qu'elle tendait une assiette à Scott avec sa part.

Il lui toucha la main, ce qu'il faisait quand il voulait qu'elle ralentisse.

— Tu as dit la vérité à Bones ?

Après qu'il avait débité les informations qu'elle aurait préféré donner à Bones elle-même, elle avait demandé à Scott de ne pas évoquer leur passé avant qu'elle n'ait l'occasion de lui parler.

— En grande partie.

Elle se tourna vers la cuisinière pour retourner les pancakes. Elle n'avait même pas raconté tout ce qu'elle avait subi à Scott. Il valait mieux ne pas déterrer certains fantômes.

— Sarah, personne ne va te juger parce que nous avions des parents merdiques.

Elle savait que ce n'était pas vrai. Elle s'assit à côté de Lila avec son café et ses pancakes.

— Je suppose que tu ne te souviens pas que je n'avais jamais le droit d'aller aux fêtes d'anniversaire ou de jouer chez des amis. Si bien que les enfants ont fini par arrêter de m'inviter. Les autres familles n'avaient peut-être pas envie d'être impliquées et elles fermaient les yeux, mais je ne crois pas une seconde qu'elles ne nous jugeaient pas. Du moins, moi.

Il piqua un morceau de pancake avec sa fourchette et le pointa vers elle.

— Ils ignoraient la situation. Bones la connaît.

— Je sais. Je lui ai parlé de maman et papa. Je lui ai dit comment nous étions tous partis.

Elle prit une bouchée et regarda sa fille mettre une minuscule poignée de pancakes dans sa bouche. Elle ne pouvait pas imaginer quoi que ce soit d'autre que de l'amour pour ses enfants.

— Tu te souviens de l'âge que nous avions quand les choses ont mal tourné ? Y a-t-il un jour eu une époque heureuse ? Je me suis toujours demandé s'il y avait peut-être eu un incident, quelque chose qui a changé la manière dont ils nous traitaient.

— Papa a toujours été un connard et maman a toujours été une salope. C'est un miracle que nous n'ayons pas tous les deux fini plus amochés.

Il termina son assiette et s'appuya sur le dossier de sa chaise.

— Ce que je veux savoir, c'est si Josie s'en est mieux sortie que nous.

Scott avait subi tellement de choses après l'accident qu'ils n'avaient pas parlé en détails de l'étrange visite de Josie. Sarah en avait eu envie dernièrement, mais c'était comme sauter dans un volcan de terribles possibilités.

— Tu as découvert où elle était allée après être partie ? Ou avec qui elle s'était enfuie ?

— Non. Nous avons eu de la chance de retrouver sa trace. Je vous ai cherchées pendant si longtemps, mais je ne savais pas dans quel État vous étiez, encore moins dans quelle ville. Je me fiais au bouche-à-oreille parce que, tu sais, je ne pouvais pas engager un détective privé à l'époque. Tu utilisais le permis de cette fille, alors maintenant, je sais comment tu as fait pour devenir invisible. Je suppose que Josie a fait la même chose. Elle a payé en liquide, vécu dans des refuges, elle s'est frayé un chemin comme elle pouvait. Je l'ai déjà dit et je le dirai probablement jusqu'à ma mort. Je souhaiterais ne jamais vous avoir abandonnées ce soir-là.

Sarah le regarda par-dessus la table, la douleur et l'amour montant en elle.

— J'ai pensé la même chose parce que j'ai abandonné Josie. Mais si j'ai appris une chose, c'est que souhaiter que quelque chose ne soit pas arrivé ne va pas l'effacer. Tu nous as aidées avec l'argent que tu as mis sur le compte. Et tu sais que papa t'aurait fait arrêter si tu étais revenu ou si tu avais essayé de nous emmener. Je ne doute pas un instant qu'il en aurait fait autant pour moi si j'avais emmené Josie.

— Oui, mais maintenant, nous savons qu'il y avait d'autres

options. Nous aurions pu aller voir les services sociaux ou la police.

Sarah termina ses pancakes et mit sa vaisselle dans l'évier. Puis elle humidifia un gant de toilette et lava les mains de Lila.

— C'est vrai, mais même si quelqu'un nous avait dit de le faire, tu l'aurais fait ? Parce que je suis sûre que moi, non. J'aurais eu trop peur qu'ils ne nous croient pas et que l'on souffre encore plus ensuite.

Elle souleva Lila de sa chaise haute et la posa à côté de son seau à jouets, près des portes vitrées, pour pouvoir débarrasser la table du petit déjeuner. Scott commença à laver la vaisselle pendant qu'elle nettoyait le plateau de la petite.

— Tu lui as parlé de Lewis ? demanda Scott.

— Pas en détails, mais il sait qu'il existe et que les choses ne se passaient pas bien. Je suis beaucoup de choses à accepter, Scott. Je sais que tu penses que ce n'est pas le cas, mais j'ai deux enfants, j'en attends un autre, j'ai un passé qui devrait effrayer toute personne saine d'esprit et j'ai des problèmes avec la confiance et l'intimité. J'ai beau apprécier Bones et lui faire confiance, et c'est le cas, c'est effrayant pour moi de croire qu'il n'a pas une sorte de fausse personnalité, parce que c'est tout ce que je connais.

Son frère lui adressa un regard compatissant qui devint rapidement incrédule.

— Ce n'est pas *tout* ce que tu connais. Je n'ai jamais été malhonnête de ma vie.

— Tu sais ce que je veux dire. J'essaye d'arrêter de penser de cette façon, du moins en ce qui concerne Bones et sa famille. Mais quand quelque chose a assombri une si grande partie de ta vie, c'est difficile d'agir contre ta propre nature.

— Efforce-toi plus, Sarah. Je fais complètement confiance à

ce type. Sinon, il ne s'approcherait pas de tes enfants ou de toi.

Il recommença à laver la vaisselle.

— Dixie m'a demandé si les enfants voyaient leur père.

Un frisson glacé passa le long de la colonne vertébrale de Sarah.

— Il devra me passer sur le corps !

— N'y pensons pas.

Il lui tendit un torchon pour qu'elle essuie la poêle qu'il avait lavée.

— Tu penses que Josie changera un jour d'avis ?

Il haussa les épaules.

— D'après ce que tu as dit, c'était une épave.

— Je sais. Je voulais te demander quelque chose.

Chaque fois qu'elle lui posait une question sur sa vie personnelle, il l'ignorait, mais après la nuit précédente, elle voulait des réponses.

— Pourquoi tu as quitté ton travail sur les plateformes pétrolières et tu m'as proposé d'emménager avec toi ? Je sais que tu as dit que tu voulais déménager ici à cause de Josie, mais tu n'as jamais hésité à tout recommencer de zéro. Avant hier soir, je ne me suis jamais demandé pourquoi. Je l'ai juste accepté. J'ai supposé que nous voulions tous les deux reconstruire la famille autant que possible. Tu sais, deux personnes brisées qui essayent de recoller les morceaux. Mais quand Dixie flirtait avec toi, j'ai réalisé que tu étais plus que mon frère, Scott, et que tu n'es pas aussi brisé que moi. Tu es parles ouvertement de ce que nous avons subi et tu n'as pas l'air d'avoir beaucoup de mal à laisser les gens entrer dans ta vie. Tu es un homme séduisant et intelligent qui avait un très bon travail. Pourquoi tu as renoncé à tout ça pour un emploi dans la marina et pourquoi tu es encore seul, Scott ?

Lila couina, attirant leur attention. Elle s'était levée en s'aidant de la porte du patio, observant un écureuil qui se nourrissait dans la mangeoire. Quand ils avaient emménagé, la fillette était tombée amoureuse des écureuils qui se trouvaient dans le jardin. Ils avaient accroché une mangeoire pour ces rongeurs dans l'arbre le plus proche de la maison et à présent, elle les observait presque tous les matins.

— C'est un *écureuil*, Lila, dit Sarah même si elle savait qu'il était impossible que sa petite fille prononce un mot aussi compliqué.

Elle attendit la réponse de Scott, mais il resta silencieux si longtemps qu'elle eut l'impression qu'il n'allait pas la lui donner.

Bradley entra dans la cuisine en titubant, frottant ses yeux pour se réveiller, et s'appuya contre les jambes de sa mère.

Elle le prit dans ses bras et l'embrassa sur la joue.

— Bonjour, petite marmotte.

— Je peux avoir des pancakes ? demanda le bambin en bâillant.

Scott posa à nouveau la poêle sur la cuisinière, un air amusé sur le visage.

— Je ne suis pas seul. J'ai une nièce qui adore les écureuils et un neveu mangeur de pancakes. La vie est belle, sœurette. Je ne me plains pas.

Il déposa un baiser sur la tête de Bradley et dit :

— Tu travailles tard, ce soir ?

Elle se demanda si son fils et sa fille avaient sauvé Scott de ce dont il ne voulait pas parler et cette pensée la réconforta.

— Je prends mon service tôt dans la journée, répondit-elle, se demandant si Bones devait aider Scott au sous-sol ce soir-là.

Elle se réprimanda rapidement pour avoir autant besoin

d'affection d'un jour à l'autre. Bones avait sa propre vie et elle aussi.

— De neuf heures à dix-sept heures. Je me disais que nous pourrions faire un barbecue, ce soir. Bradley adore les brochettes de poulet.

Celui-ci le confirma en hochant la tête.

— Alors, on fera des brochettes. Je dois passer au magasin pour prendre de la peinture pour le sous-sol et je dois aller au magasin de moquette pour terminer l'installation la semaine prochaine, mais je devrais rentrer vers dix-huit heures.

Il haussa les sourcils comme s'il s'attendait à ce qu'elle dise quelque chose.

— Quoi… ?

— J'essaye juste de décider si j'ai commis une erreur ou non, dit-il trop nonchalamment.

Elle posa Bradley.

— Va jouer, chéri. Il va me falloir une minute pour préparer les pancakes.

Le garçonnet rejoignit Lila près des jouets. Sarah agrippa le saladier et dit :

— Qu'as-tu fait ?

— Hier, j'ai dit à Bones que je n'avais pas besoin de son aide au sous-sol ce soir, au cas où votre rendez-vous ne se passerait pas bien.

— Oh ! dit-elle, essayant de cacher sa déception.

— Je peux lui envoyer un message.

Scott mit la main dans sa poche arrière.

— Non. C'est bon. Je veux finir les rideaux ce soir, de toute façon. Et puis, nous avons un rendez-vous demain. Nous emmenons les enfants à la ferme de son ami pour voir les animaux avant que je n'aille travailler.

— Super ! Les rendez-vous avec les enfants sont un prétexte à la rencontre des parents.

Elle leva les yeux au ciel.

— Tu n'es pas censé aller à ta séance de kiné ? Ou tu vas rester debout là à me stresser toute la matinée ?

— C'est plutôt drôle de te voir comme ça.

Il fit la moue, puis parla d'une voix aiguë en disant :

— *Je ne souhaite pas secrètement que Bones soit là.*

Elle le poussa vers le salon en riant.

— Va-t'en. *S'il te plaît.* J'avais oublié à quel point un grand frère pouvait être casse-pieds.

Quand Scott partit, Sarah nourrit Bradley et prépara les enfants à aller chez Babs. *Nana Babs,* se corrigea-t-elle. Ce n'était pas la première fois qu'elle se posait des questions sur ses grands-parents. Elle ne se souvenait pas de les avoir rencontrés. Ses parents n'avaient jamais parlé d'eux. Ils avaient simplement agi comme s'ils n'existaient pas. Elle s'était toujours demandé si c'était parce qu'ils étaient des gens normaux et gentils qui n'auraient pas approuvé la manière dont ils traitaient Sarah et Scott ou s'ils avaient été tout aussi mauvais que ses propres parents. Elle écarta ces pensées, ravie que ses enfants aient des femmes gentilles qui s'occupaient d'eux et les traitaient comme des membres de leur famille.

Tandis qu'elle prenait son sac à main et ses clés, elle réalisa qu'elle n'avait pas peur que Babs, Red ou Chicki montrent leur vrai visage et elle se demanda ce que cela disait d'elle. Désirait-elle tellement avoir une figure maternelle qu'elle acceptait d'elles ce qu'elle avait tant de mal à accepter de la part de Bones ?

Elle verrouilla la porte derrière eux et sortit sur le porche.

— Regarde, maman ! Des cadeaux !

Bradley courut vers la voiture, sur laquelle se trouvaient des paquets-cadeaux, deux roses et un bleu.

Il bondit, essayant de les atteindre.

— Dépêche-toi !

— Du calme, mon chou.

Maman doit remettre sa mâchoire en place.

Elle n'avait pas besoin de voir les cartes pour savoir qu'ils venaient de Bones. Elle prit le sac bleu. Une petite étiquette blanche pendait de l'anse et disait « Pour petit B, Bisous, Bones » en lettres minutieusement tracées. Son cœur se serra quand elle regarda à l'intérieur et qu'elle vit deux livres sur les animaux de la ferme.

— C'est pour moi ? demanda Bradley.

— Oui. C'est de la part de Bones.

Elle ne lui avait pas encore parlé de leur rendez-vous du lendemain, juste au cas où il se passerait quelque chose et que le jeune homme doive annuler. Mais elle aurait dû savoir que ce ne serait pas le cas. Cet homme était vraiment tenace.

— Des livres !

Bradley se laissa tomber dans l'herbe et commença à feuilleter l'un des ouvrages, parlant de chacun des animaux. Elle réalisa que Bones avait vu Bradley jouer si souvent avec ses animaux en plastique que la sortie du samedi n'était peut-être pas une idée de dernière minute, après tout.

Lila couina, tendant les bras vers les sacs.

— Mamama !

— Il y en a un pour toi aussi, Lila chérie.

Elle mit la main dans le plus petit des deux sacs roses et donna à sa fille l'un des livres en tissu qu'il contenait. Il s'agissait aussi d'ouvrages sur les animaux de la ferme et elle fut touchée que Bones ait pensé à acheter celui de Lila en tissu, étant donné qu'elle faisait ses dents sur tout, ces derniers temps.

Elle installa les enfants dans leurs sièges auto, puis prit le dernier sac rose et lut l'étiquette. *Pour toi, chérie. Que tes rêves ne meurent jamais. Bisous, B.*

Elle s'assit sur le siège conducteur et jeta un coup d'œil dans le sac. Son cœur battit plus fort quand elle vit plusieurs cahiers. Elle les sortit un à un et les admira. Le premier était blanc avec « Elle croyait qu'elle pouvait le faire, alors elle le fit » écrit en rose sur la couverture. Le deuxième était vert clair et blanc, avec des lettres bleues qui disaient « Que tes rêves soient plus grands que tes peurs ». Le troisième était un cahier rectangulaire rouge à spirale comme ceux qu'elle utilisait à l'école. Elle y vit trois grandes étoiles irrégulières de tailles différentes au-dessus des mots « Les histoires d'espoir de Sarah » écrits au marqueur doré. En dessous, en plus petit et en noir : *Nous allons tous les réaliser. Xox, B.* Sa poitrine se serra lorsqu'elle vit des marqueurs dorés et noirs au fond du sac, ainsi qu'un paquet de stylos noirs et sophistiqués. Elle avait envie de pleurer et de rire en même temps. De tout ce qu'elle lui avait dit la veille, il s'était accroché à la partie qui avait été la plus importante pour elle.

— Allez, maman ! Je veux montrer mes livres à Nana Babs, la pressa Bradley.

— D'accord, chéri.

Elle posa les cadeaux sur le siège passager et jura de ne pas laisser l'obscurité et la douleur que Lewis avait provoquées éclipser la beauté de Bones.

PLUS TARD CE soir-là, Sarah s'assit dans la cour derrière le salon avec ses cahiers et ses stylos, mangeant son dîner et pensant aux histoires qu'elle écrivait dans le passé. Elle n'avait été qu'une jeune fille qui échappait à sa terrible vie en disparaissant dans des fantasmes d'enfant. À présent, l'idée d'écrire des histoires pour elle-même semblait bête, car elle connaissait la vérité. En tant que petite fille, elle ne capturait que des moments, des aperçus de la vie des gens. En tant qu'adulte, elle savait que les aperçus étaient comme des photographies postées sur les réseaux sociaux : posées et choisies minutieusement. C'était juste une propagande. Exactement comme ses histoires de jeune fille. À l'époque, c'était Sarah qui avait sélectionné les images capturées, comme si elle était naufragée sur une île et qu'elle rassemblait des pièces pour construire un radeau. Elle avait détourné le regard des garçons qui parlaient avec arrogance et des bagarres de jeunes couples, choisissant de se souvenir uniquement des images les plus stables et les plus optimistes.

Elle n'était plus dans une maison dangereuse. Ses bébés étaient en sécurité, elle avait retrouvé au moins son frère, elle avait des amis et elle se rapprochait un peu plus de Bones tous les jours. Sa vie était incroyablement heureuse à ce moment-là. Que pouvait-elle souhaiter de plus ?

Lorsqu'elle posa le stylo sur le papier, les images de son père déchirant ses cahiers en mille morceaux, le visage rouge, les veines gonflées comme des serpents sur son cou et ses bras tandis qu'il lui criait après firent trembler ses mains et ralentir sa respiration. Elle posa le stylo tandis qu'elle comprenait quelque chose.

Elle ne voulait qu'une chose. Une chose qu'elle désirait plus que tout au monde. Mais comment écrire une histoire à propos de quelque chose d'aussi intangible que la *tranquillité d'esprit* ?

BONES SE TENAIT au milieu de *Got Toys?*, le plus grand magasin de jouets de Peaceful Harbor, son casque de moto sous un bras, examinant un article sur son téléphone à propos des effets qu'avaient les jouets sur les enfants et essayant d'ignorer Dixie, qui tapait du pied.

— Ce n'est pas si difficile ! dit-elle sèchement en passant son casque à son autre bras et en poussant sa hanche sur le côté. Prends juste un animal en peluche et un hochet bruyant.

Bones secoua la tête.

— Les bons jouets stimulent le développement cognitif.

Elle jeta un coup d'œil à son téléphone par-dessus son épaule.

— Tu es sérieux ? Tu lis à ce sujet maintenant ? Tu n'aurais pas dû chercher avant ?

Il mit son téléphone dans sa poche et retourna vers l'entrée à grands pas, obligeant Dixie à essayer de le rattraper.

— Où tu vas ? cria-t-elle.

— Il nous faut un caddie.

— Un caddie ?

Dixie se précipita à ses côtés.

— Que vas-tu lui acheter ? Une maison pour enfants ?

Bones arrêta de marcher et sortit son téléphone.

— Une maison pour un jardin ou pour des poupées ?

— Tu te fous de moi ?

Elle agrippa son bras et le tira vers l'entrée du magasin alors qu'il cliquait sur un article à propos des maisons pour enfants.

— Elle a *un* an. Ne lui achète pas une maison pour enfants.

— On dirait que c'est mieux pour les enfants de trois ou

quatre ans.

Il remit son téléphone dans sa poche et posa son casque dans un panier.

— Il nous faut des petits cubes, des balles, des tasses empilables, des poupées, des peluches et des figurines.

— Autre chose, Père Noël Whiskey ?

Il lui jeta un regard noir tandis qu'elle posait son casque à côté du sien en gloussant.

— C'est une *fille*. Tu le sais, pas vrai ? demanda-t-elle en poussant le caddie vers le rayon des balles.

Ignorant son commentaire impertinent, il choisit une grosse balle en caoutchouc, une autre de la taille d'un pamplemousse et une plus petite en tissu.

— Viens, les peluches sont deux rayons plus loin.

Tout en poussant le caddie, il dit :

— Quand elle fait semblant de baigner ses amis ou de les nourrir, elle exerce les choses qui l'aident à donner du sens au monde.

— Et bien entendu, toutes les petites filles ont besoin d'amis figurines parce qu'elles pourraient bien finir avec une meilleure amie des Forces spéciales à la maternelle.

— C'est une bonne chose que tu n'aies pas d'enfants.

Il prit deux animaux en peluche, puis jeta un œil à la liste des rayons.

— Ah, les *poussettes* ! Il lui en faut une pour sa poupée.

— Sa *poupée* ?

Dixie rit d'un air narquois.

— Cette femme te tient par les couilles.

— Ma petite sœur parle tellement bien ! Et non, ce n'est pas le cas. Sarah n'est pas comme ça. C'est la femme la moins exigeante et la plus attentionnée et altruiste que je connaisse.

Elle ne me tient pas par les couilles, Dix. Je suis…

— En train de tomber amoureux d'elle, suggéra Dixie.

Tomber ? Bon sang, il était tombé de cette falaise le jour où il l'avait rencontrée !

— Quelque chose comme ça.

Il choisit une petite poussette rose et tandis qu'ils se dirigeaient vers le rayon des poupées, il s'arrêta pour prendre une trousse de médecin.

— Et maintenant, il lui faut du matériel médical ?

— C'est pour B.

— Bullet ? dit Dixie distraitement, jetant un coup d'œil à un homme barbu qui regardait des vélos au bout du rayon.

— Tu crois que Bullet a besoin d'une trousse de médecin en plastique ?

Bones la tira dans la direction opposée, saisissant le caddie au passage.

— *Aïe !* Je voulais dire *Bradley*. Désolée.

— Remets tes yeux dans leurs orbites.

Lorsqu'ils atteignirent le rayon suivant, il la lâcha.

— Flash spécial, Bones. Si je veux regarder un mec sexy, je le fais.

— Flash spécial, Dix. Pas sous ma surveillance. Il n'en sort jamais rien de bon.

— Que veux-tu que je fasse ? Que je mette une robe à volants et que j'attende qu'un type demande ma main à mon papa ?

— Ça me semble bien.

Il rit et se dirigea vers le rayon des petits cubes.

— Ou peut-être que je vais avoir un accident à moto dans une autre ville et que je vais voir qui vient me secourir. Peut-être que j'aurai de la chance et que je rencontrerai le frère de quelqu'un qui deviendra fou de moi.

— Ce sera avant ou après que tu leur dises que tout ce qu'ils font est mal ?

CHAPITRE DIX

Bones suivit la longue et paisible voie privée menant au ranch de Nick Braden le samedi matin, se demandant s'il existait un son plus agréable que des rires d'enfants. Il avait vécu de nombreux bons moments au cours de sa vie. Le jour où ses parents avaient obtenu le feu vert après l'AVC de son père et les occasions où sa famille s'était réunie et où il se sentait entouré d'amour. Mais s'il devait choisir un seul jour, un seul moment de bonheur complet, il en était actuellement au cœur : entouré d'érables splendides qui embrassaient le ciel avec des feuilles rouge et orange vif, la main de sa copine dans la sienne et les deux enfants qui avaient volé son cœur gloussant à l'arrière tandis que des chevaux gambadaient dans les pâturages à proximité.

Il se gara devant l'une des granges couleur crème et vit Nick au loin, sortant d'une autre grange. Un chapeau de cowboy était enfoncé sur son front tandis qu'il levait la main pour les saluer.

— Des chevaux, maman ! cria Bradley. Je les sens.

Lila couina, ses bras s'agitant dans tous les sens et ses jambes donnant des coups de pied d'excitation.

— Meuh !

— Non, Lila, la corrigea Bradley. Ce sont des *chevaux*, pas des vaches.

Lila gloussa.

— Meuh !

Bones serra la main de Sarah, attirant son regard tandis que le bambin corrigeait à nouveau sa sœur. Il n'avait jamais vu de femme aussi belle avec un simple T-shirt à longues manches blanc, un gilet épais et un jean. Sarah avait attaché une ceinture rose juste au-dessus de son ventre rond. Ses bottes avaient connu des jours meilleurs, mais elles étaient ravissantes sur elle.

— Comment tu supportes ça tous les jours ? demanda-t-il en souriant.

— Je suis désolée. Je sais qu'ils sont bruyants.

— Non, chérie. Ils sont *incroyables* et toi aussi.

Il déposa un baiser sur le dos de sa main et dit :

— N'aie pas l'air aussi surprise. Tu sais à quel point tes enfants sont fantastiques.

Il savait que son regard incrédule était probablement dû à ce qu'il avait dit à propos d'elle et non pas à propos de ses enfants, mais il n'allait y donner aucun crédit. Elle était radieuse et il espérait qu'elle lui ferait bientôt suffisamment confiance pour ne pas douter de ce qu'il disait.

Il sortit de la voiture et se dirigea vers la portière de Sarah tandis que Nick s'approchait.

— Comment ça va ?

Nick le serra rapidement dans ses bras dans une étreinte virile.

— Ça ne pourrait pas mieux aller.

Bones ouvrit la portière de Sarah et l'aida à descendre.

— Sarah, je te présente mon ami, Nick Braden. Nick, je te présente ma petite amie, Sarah.

Une nouvelle lueur de surprise apparut sur le visage de la jeune femme. *Il va falloir t'y habituer, chérie.* Bones alla aider Bradley à descendre de son siège auto.

Nick toucha son chapeau.

— Ravi de te rencontrer, ma belle.

— Enchantée. Merci de nous permettre de venir ici aujourd'hui, dit-elle.

— Tout le plaisir est pour moi, dit Nick. Les enfants et les animaux vont ensemble comme le beurre de cacahuète et la confiture.

— Ou, dans notre cas, le Wowbutter[1] et la confiture, dit Bones, ce qui lui valut un autre regard surpris de Sarah. Nick, *lui*, c'est Bradley. Tu dois l'avoir à l'œil. Il a étudié les animaux de la ferme et comparé à lui, je ne sais rien.

Bradley leva le visage vers Nick, plissant les yeux face au soleil, et dit :

— Tu es un vrai cowboy ?

Bones prit son sac à dos, dans lequel il avait rangé toutes les affaires que Sarah portait habituellement dans son sac pour bébé. Le sac à dos était plus facile à passer sur les deux épaules si nécessaires. Il prit Lila dans ses bras et se joignit aux autres, entendant la fin de la réponse de Nick.

— Lila ! C'est un *vrai* cowboy ! s'extasia Bradley, déclenchant des cris enthousiastes et des applaudissements de la part de sa petite sœur.

— Je crois que nous devrions l'éloigner des ranchs quand elle sera adolescente.

Bones déposa un baiser sur la joue de Lila.

— La petite a bon goût, dit Nick. Elle pourrait finir avec un médecin.

Il frémit d'un geste théâtral, faisant rire Sarah.

---

[1] Produit américain qui ressemble au beurre de cacahuète mais qui est destiné aux personnes allergiques : il est fait à base de soja.

Nick donna à Bradley une rapide leçon de sécurité avec les animaux adaptée aux enfants et Bradley l'écouta comme un pro, hochant la tête et répétant les points importants à Lila. C'était la chose la plus adorable que Bones ait jamais vue.

— Qu'en dis-tu, partenaire ? dit Nick à Bradley. Tu crois que tu es prêt à dire bonjour aux chevaux ? J'en ai qui sont tout juste à ta taille.

Bradley hocha la tête et prit la main tendue de Nick.

— On devrait prendre la poussette ? demanda Sarah.

— Non, je la porte, dit Bones tandis qu'ils suivaient Nick et Bradley, contournant la grange pour atteindre un autre enclos.

Il prit la main de Sarah, appréciant son sourire timide, et dit :

— Mais si tu es fatiguée, dis-le et nous nous assiérons pour nous reposer.

— Ne sois pas bête, dit-elle. Je suis comme la Dame de fer enceinte. Je vais plus vite qu'un enfant de trois ans courant à toute vitesse, capable de passer au-dessus de constructions en Lego d'un seul bond.

Bones émit un petit rire.

— Alors, quelle est ta kryptonite ?

Elle lui sourit, de la chaleur émanant de ses yeux lorsqu'elle dit :

— Toi.

Bon sang, il adorait ça ! Il se pencha pour l'embrasser, puis il se ravisa en pensant que les enfants étaient là. Un baiser sur la main ou un petit bisou sur la joue étaient une chose. Mais quelque chose lui disait qu'un enfant comprendrait ses sentiments pour elle s'il l'embrassait sur la bouche à ce moment-là. Au lieu de cela, il murmura :

— Fais attention quand tu utilises ta vision laser devant les enfants. Mieux vaut éviter que je prenne feu.

Elle rit et se couvrit rapidement la bouche.

— Désolée, mais cette technique de drague marche ?

— Apparemment pas, marmonna-t-il.

— C'est un *petit* cheval ! cria Bradley, les sortant de leurs secrets et transformant Lila en une boule d'excitation qui se tortillait et couinait.

— Meuh ! cria la fillette en se poussant pour sortir des bras de Bones. Meuh !

— *Cheval*, dit Bradley, comme si sa sœur était censée déjà le savoir.

— Il va lui falloir un peu de temps pour apprendre, petit B.

Bones posa Lila par terre, tenant fermement sa petite main tandis qu'ils s'approchaient de la zone clôturée où un cheval miniature broutait.

— Regarde comme il est gentil, dit Sarah. Va doucement, Bradley. Souviens-toi de ce que Nick t'a dit.

Bradley plissa les yeux en regardant le rancher.

— Je lève la main ?

— Lève la paume, dit celui-ci en lui montrant la bonne manière de tendre la main. Laisse-la sentir ta main et s'habituer à toi.

Bones s'accroupit à côté des enfants, un bras autour de la taille de chacun d'eux au cas où le cheval s'emballerait.

— C'est ma vieille jument la plus apprivoisée, le rassura Nick. Elle a grandi avec des enfants et il n'y a jamais eu d'incident. Des bébés plus petits que Lila l'ont caressée.

C'est bon à savoir, mais je ne veux pas prendre de risques.

Bradley fit renifler sa main au cheval, puis il la retira rapidement en gloussant.

— Ça *chatouille* !

Lila couina, tendant la main vers le museau de la jument tandis que Bradley recommençait. L'animal poussa la paume de Bradley et ils trébuchèrent tous les deux en arrière tout en gloussant. Bones attira Lila contre lui pour l'empêcher d'atterrir sur les fesses.

— Doucement, leur rappela Sarah en se plaçant de l'autre côté de Bradley.

Elle sortit son téléphone de sa poche arrière et prit quelques photographies.

— Essaye, maman ! l'incita Bradley.

Nick tendit la main.

— Et si je prenais quelques photos de ta famille ?

— Merci.

Sarah lui donna le téléphone et tendit la main vers le cheval, qui fit glisser ses lèvres contre celle-ci.

— Elle est tellement douce ! Comment s'appelle-t-elle ?

— Snickers, dit Nick. Mais je l'appelle Charmante parce qu'elle peut même charmer la personne la plus grincheuse.

Sarah jeta un coup d'œil à Bones.

— On dirait que vous avez quelque chose en commun.

Bones lui adressa un clin d'œil, maintenant son bras autour de Lila tandis qu'elle faisait un pas chancelant en avant.

— Doucement, chérie. Fais attention.

Lila tendit un doigt vers Snickers et le cheval le toucha du bout du nez. La fillette couina, ses petites jambes faisant marche arrière tandis que les gloussements la consumaient. Elle recommença immédiatement et d'autres couinements et gloussements résonnèrent.

SARAH AURAIT PU regarder Bones avec ses enfants toute la journée. Il était aussi patient que sexy et il était plus qu'attentif, lui demandant si elle avait besoin de boire, de se reposer ou d'aller aux toilettes. Elle n'avait pas l'habitude qu'on prenne soin d'elle et elle fut surprise de voir à quel point elle aimait savoir qu'il tenait suffisamment à ses enfants et à elle pour le faire.

Nick les emmena jouer avec les chèvres pygmées, qui avaient la taille idéale pour que Bradley coure après elles et les nourrisse à la main. Lila tituba derrière elles, tombant sur les fesses si souvent qu'elle finit par rester assise en attendant que les chèvres viennent à elle. Le garçonnet posa tant de questions que Nick lui dit qu'il devrait les écrire pour qu'il puisse créer un formulaire de réponses, ce qui poussa le petit garçon curieux à poser une litanie d'autres questions. En commençant par : *C'est quoi, un formulaire de réponses ?*

Nick était l'hôte idéal, enseignant des choses aux enfants et ne les pressant jamais. Il les emmena voir des poussins et quand ils furent enfin prêts à découvrir les chiots, les enfants étaient sales, affamés et fatigués.

— Et si nous nous lavions et que nous faisions une pause pour que les enfants déjeunent avant d'aller voir les c-h-i-o-t-s, suggéra Bones.

Sarah se demanda comment il savait qu'il devait l'épeler plutôt que d'affronter les supplications de Bradley.

— Ça me semble parfait.

Après qu'ils se furent lavés, Nick fut appelé pour voir un cheval. Bones, Sarah et les enfants s'assirent sous un grand chêne pour déguster le déjeuner qu'ils avaient apporté. Bradley mangea et parla des animaux, mais Lila s'assit dans le creux des genoux de Bones, ne mordillant que quelques biscuits salés. L'homme l'incita à boire un peu de jus de fruits, mais après une petite gorgée, elle refusa.

— Allez, ma jolie, l'amadoua Bones. Que dirais-tu d'un fruit ?

Lila secoua la tête, repoussant sa main.

— C'est juste l'excitation de la journée, le rassura Sarah.

— J'*adore* cette journée ! dit Bradley entre deux bouchées. Lila est beaucoup tombée, mais pas moi.

— C'est parce que ta sœur apprend encore à marcher, dit Bones tandis que celle-ci se blottissait contre son torse.

Il passa délicatement sa main sur son dos.

— Il lui faut toute son énergie pour suivre le rythme de son grand frère.

Bradley sembla y réfléchir tandis qu'il prenait une autre bouchée.

— Je lui ai appris à marcher.

Bones ébouriffa ses cheveux.

— Exactement. Elle observe tout ce que tu fais. Tu sais, Dixie est ma petite sœur.

— Dixie est grande, fit remarquer Bradley.

— Tu as raison, mais c'est quand même ma *plus jeune* sœur, comme Lila l'est pour toi, et elle voulait suivre le rythme de ses grands frères. Elle nous suivait partout et elle nous courait après dans le jardin.

— Elle tombait sur les fesses ? demanda Bradley.

Bones sourit et dit :

— Oui, mais tu sais ce que ça lui faisait de tomber ?

— Ça lui faisait un *bobo* ? demanda-t-il.

— Peut-être, mais ça la rendait aussi plus forte, plus déter-minée à continuer. Alors, continue d'apprendre et de grandir et plus tu accompliras de choses, plus Lila le fera aussi. Car elle va vouloir être tout aussi cool que son grand frère.

Une lueur de fierté illumina les yeux de Bradley.

— Je suis cool ?

— Le plus cool, dit Bones. Et Lila le sera aussi.

Les entrailles de Sarah se transformèrent en bouillie.

— Tu es plutôt cool aussi, docteur Whiskey.

Il lui toucha la main, mais son regard se baissa vers Lila et il déposa un doux baiser sur le sommet de sa tête.

Bradley bondit sur ses pieds.

— J'ai fini ! On peut voir plus d'animaux maintenant ?

Lila se redressa, puis s'affala à nouveau contre Bones.

Celui-ci toucha sa joue.

— Elle est un peu chaude.

Sarah commença à rassembler leurs déchets.

— C'est probablement parce qu'elle a beaucoup couru.

Bones ne sembla pas convaincu lorsqu'il déposa un baiser sur son front.

Ils se dirigèrent vers la grange pour voir les chiots. Tandis qu'ils s'approchaient, l'odeur âcre du cuir et des chevaux leur parvint depuis les portes ouvertes. Sarah n'avait jamais vu une grange à deux étages aussi grande et belle. Tout le bâtiment était peint couleur crème, même si la peinture était poussiéreuse et tachée autour des box. Deux beaux chevaux, un brun clair et l'autre foncé, sortirent la tête de leurs box d'un air curieux.

— Rassasiés ? demanda Nick en sortant d'une pièce de l'autre côté de la grange.

Le cheval marron hennit, agitant la tête lorsque l'homme s'approcha. L'animal appuya sa tête contre son torse et Nick déposa un baiser sur son front.

— La plupart d'entre nous, oui, dit Bones en jetant un œil à Lila, qui était presque endormie sur son épaule.

Un vieux carlin sortit en se dandinant de la pièce d'où Nick était venu, émettant de petits grognements.

Lila leva la tête, puis s'appuya à nouveau contre l'épaule de Bones.

— Viens, Pugsly.

Nick s'accroupit pour caresser le chien.

— Je peux le caresser ? demanda Bradley.

— Bien sûr, mais sois encore plus doux, l'avertit Nick. Pugsly est vieux et il est aveugle d'un œil.

— *Hien.*

Lila tendit le bras, ouvrant et refermant son poing.

Bones s'agenouilla à côté de Bradley.

— C'est ça, bébé. *Chien.*

— Il ne voit pas ?

Bradley se mit à quatre pattes à côté de Nick et observa le visage de l'animal.

Nick passa une main sur le dos du chien.

— Il voit, mais pas très bien.

— Ferme un œil, petit B.

Bones attendit que Bradley s'exécute avant de dire :

— C'est comme ça que Pugsly voit.

Lila commença à fermer et ouvrir les yeux, plaçant son visage devant le sien.

— Babababa.

— Je crois que tu es *Ba*, dit Sarah, émerveillée par le fait que sa petite fille essaye de dire « Bones ».

La fierté dans le regard de ce dernier était évidente. Tout comme le sourire suffisant sur ses lèvres lorsqu'il dit :

— C'est mieux que la plupart des noms qu'on me donne.

— Je vois ce que tu veux dire, mec.

Nick se leva.

— Pugsly est le père de la portée ? demanda Sarah.

Nick secoua la tête.

— Le bon vieux Pugs peut à peine encore chasser quelques papillons. Le berger australien de mon voisin a été trop fringant avec mon golden retriever. Maintenant, je dois m'occuper de six chiots. Qui veut voir des *chiots* ?

— Moi !

Bradley bondit sur ses pieds, saisit la main de Nick et se dirigea avec lui vers l'autre côté de la grange.

— *Ba, hien* ?

Bones passa un bras autour de Sarah et Lila posa sa tête sur son épaule.

— Ça m'a rendue toute chaude et émoustillée à l'intérieur, admit la jeune femme.

Un lent sourire s'étira sur les lèvres de Bones.

Sarah lui donna un léger coup.

— Ne sois pas prétentieux. C'était probablement juste le bébé qui bougeait. Tu as beau être sexy et plus doux que le miel avec mes enfants, tu es quand même un homme. Et d'après mon expérience, ça ne finit jamais bien pour moi.

Il jeta un œil à Lila, dont les yeux étaient fermés, puis il regarda Bradley, qui sautillait joyeusement à côté de Nick. Son regard s'assombrit et se remplit de désir lorsqu'il dit :

— Tu veux parier ?

Avant qu'elle ne puisse répondre, il posa ses lèvres sur les siennes. Sa langue se glissa délicieusement sur celle de la jeune femme dans un baiser rapide et absolument excitant qui lui coupa le souffle. Avec un air présomptueux qui chauffa encore plus le corps de Sarah, il la poussa en avant comme s'il ne venait pas juste de tirer profit des trente secondes qu'ils avaient eues à l'abri des petits yeux.

— C'était furtif, murmura-t-elle.

— C'était intelligent. Nous ne faisons que commencer, chérie. Et si tu commençais à arrêter de t'attendre à une *fin* et à me faire confiance pour ne pas te décevoir ?

Elle trouvait que c'était une bonne idée. Si seulement elle pouvait découvrir comment le faire.

Elle entendit son fils glousser et les chiots japper avant qu'ils n'entrent dans la pièce.

Bradley était assis sur le sol, entouré par cinq bébés adorablement poilus. Il ricana tandis qu'ils s'allongeaient sur lui, jappant et le léchant, tirant sur son T-shirt avec leurs petites dents. Nick était assis à côté de lui, les attrapant quand ils commençaient à trop mordiller. Un beau golden retriever était allongé dans le coin, observant le chaos.

— Ne mordez pas, dit Bradley entre deux éclats de rire.

Un chiot monta sur sa poitrine et lui lécha la joue.

— Ça chatouille !

Lila se réveilla en gémissant.

— Regarde les chiots, Lila chérie, s'exclama Sarah.

Bones s'agenouilla et essaya de repositionner la fillette sur ses genoux pour qu'elle puisse mieux voir les chiots, mais elle leva les jambes contre son torse, s'accrochant à lui.

— Tout va bien, chérie. Je ne vais pas les laisser te faire de mal.

Bones réessaya, mais Lila pleura. Il se leva et posa ses lèvres sur son front.

— Elle est vraiment chaude, Sarah. Je ne pense pas que ce soit de la fatigue.

La jeune mère contourna deux chiots qui se roulaient à ses pieds et posa une main sur le front de Lila. Elle avait effectivement de la fièvre. Le bébé enfouit son visage dans le cou de

Bones, pleurant encore plus fort.

— Nous devrions partir, dit celui-ci. Une minute de plus, petit B, et nous devrons ramener ta sœur à la maison.

— Non !

Bradley roula sur le ventre, laissant les chiots grimper sur son dos.

Sarah s'accroupit à côté de lui et vérifia la température de Bradley, soulagée qu'il ne soit pas chaud. Après l'avoir laissé jouer pendant une minute, elle dit :

— Lila ne se sent pas bien, Bradley. Dis merci à Nick et allons-y.

— Le bébé est malade ?

Nick prit un chiot dans chaque main et les plaça dans la zone clôturée.

— Viens, petit, dit-il à Bradley. Peut-être que tu pourras revenir un autre jour.

— Non !

Bradley s'assit sur les fesses et prit un chiot.

— Je veux jouer !

— Nous avons joué, mais Lila a de la fièvre, dit sa mère plus fermement. Nous devons partir *maintenant*, Bradley.

Des larmes montèrent aux yeux du petit garçon.

— Je ne veux pas partir !

Utilisant ses talons à son avantage et s'accrochant à un chiot, il recula.

— Je reste. Elle n'a qu'à s'en aller.

Nick se mit à rassembler les chiots et Sarah alla chercher Bradley.

Bones passa son bras autour d'eux.

— Prends le bébé. Tu ne devrais pas le porter.

Il essaya de décoller Lila, mais elle s'accrochait à lui comme si sa vie en dépendait, poussant un cri strident de toutes ses forces, ce qui incita son frère à piquer une crise en pleurant et en donnant des coups de pied.

— Bradley, ça suffit ! dit sèchement Sarah, à la fois mal à l'aise à cause du comportement de son enfant et chagrinée pour lui.

Elle lui prit la main et le mit sur pied.

— Ta sœur est malade. Nous devons partir.

Bradley tira dans la direction opposée en criant et en pleurant comme un hystérique, poussant Lila à pleurer encore plus fort. Nick, voulant leur offrir un peu d'intimité, les laissa seuls pour s'occuper des enfants incontrôlables.

Bones regarda Bradley et Lila d'un air accablé.

Et voilà. C'était la fin.

Pourquoi avait-elle imaginé qu'elle avait une chance avec lui ? Les enfants étaient amusants quand ils étaient doux et obéissants, mais quel homme sensé voudrait être au milieu d'une situation pareille avec des enfants qui n'étaient même pas les siens ?

Bradley tomba sur les fesses, Sarah lui tenant la main tandis qu'il donnait des coups de pied et qu'il pleurait. Elle ne put que regarder Bones et dire :

— Bienvenue du côté obscur de ma vie.

Le jeune homme serra la mâchoire. Il plissa les yeux, comme s'il se préparait mentalement à apporter la paix dans le monde, ou peut-être à la disputer. Quelques secondes plus tard, ce regard se remplit d'une détermination évidente. Il passa Lila sur un bras tandis qu'elle hurlait, les bras si fermement enroulés autour de son cou que la peau en était rouge. Puis il s'accroupit à côté de Bradley, parlant d'une voix aussi calme que la journée était longue, et elle avait l'impression que la journée allait être *très* longue.

— Petit B, je sais que tu es déçu. Je suis sûr que Lila l'est aussi. Mais ta petite sœur est malade et nous devons nous occuper d'elle, ce qui veut dire que nous devons rentrer à la maison pour qu'elle se sente mieux.

Bradley pleura plus fort.

— Je veux rester !

Bones prit le garçonnet en colère et incontrôlable dans ses bras, le plaça contre lui et dit :

— Allons-y, chérie.

Elle se dépêcha pour suivre son rythme rapide.

— Tu gères, *papa Whiskey* ? demanda Nick lorsqu'ils passèrent à côté de lui, près des chevaux.

La vache ! Si cette journée ne le fait pas fuir, rien ne le fera.

Bones ne ralentit pas lorsqu'il dit :

— Oh oui, je gère ! Merci, mec. Je t'appellerai.

Lorsqu'ils sortirent sous le soleil de l'après-midi et qu'ils se dirigèrent vers la voiture, les crises de nerfs des enfants se calmèrent en gémissements et en respirations irrégulières.

— Donne-m'en un, demanda Sarah. J'ai l'habitude.

Bones fit un signe de tête vers Lila sans ralentir et dit :

— Elle, elle me ressemble. Un vrai pot de colle !

Puis il leva le menton en direction de Bradley et dit :

— Et lui doit être collé. Et si tu mettais la main dans ma poche et que tu sortais mes clés ?

Même au sein de cette folie, ses yeux s'assombrirent et le sourire faussement timide qui faisait palpiter le cœur de Sarah apparut.

Il s'arrêta quand ils atteignirent la voiture et il dit :

— Tu ferais mieux de te dépêcher avant que leurs alarmes ne retentissent de nouveau, chérie.

Son regard plein de désir jurait avec la scène qui se calmait enfin. N'y avait-il rien qui lui fasse perdre son sang-froid ? Elle mit délicatement sa main dans sa poche, cherchant ses clés.

— Un peu plus bas, l'incita-t-il tandis qu'elle enfonçait davantage ses doigts. À gauche. Ne sois pas timide, murmura-t-il d'un air coquin.

Elle lui adressa son regard le plus impassible, sentant ses joues brûler. Elle n'arrivait pas à croire qu'il ne s'enfuyait pas.

— Tu es tellement *vilain*!

Elle enfonça davantage ses doigts dans sa poche.

— Je ne peux pas…

— Tu ne sais à quel point c'est si *bon* d'être vilain.

Son regard se remplit davantage de désir en dépit des enfants qu'il tenait dans ses bras et il dit :

— Les clés sont dans le sac à dos.

Elle rit et retira brusquement sa main de sa poche, incapable de réprimer un son à moitié rieur et à moitié surpris.

— Tu es *incroyable*.

— Un jour, chérie, tu n'auras aucun doute à mon sujet.

Il se pencha en avant pour l'embrasser et s'arrêta net, comme il l'avait fait plus tôt.

Elle savait qu'il avait de nouveau hésité à cause des enfants. Elle était reconnaissante qu'il la laisse décider quand et s'ils les voyaient s'embrasser. À bout de nerfs et espérant plus fort que la vie elle-même qu'elle ne commettait pas une erreur, elle se mit sur la pointe des pieds et dit :

— J'ai l'impression que tu aimes essayer de me convaincre.

Puis elle déposa un baiser sur ses lèvres, alors même que Lila levait la tête et vomissait sur le torse de Bones.

CHAPITRE ONZE

— Scott est à la marina, aujourd'hui. Je dois appeler le salon et reporter mes rendez-vous, dit Sarah tandis que Bones et elle portaient les enfants à l'intérieur. Je ne peux pas demander à Babs de garder Lila quand elle est malade. Je ne veux pas prendre le risque qu'elle attrape quelque chose et qu'ensuite, elle le passe à Kennedy et Lincoln.

Babs les gardait aussi.

— Je vais rester avec les enfants pendant que tu travailles.

Il ne voulait pas les quitter, de toute façon. Pas quand Lila était malade et après que Bradley avait eu tant de chagrin au ranch. Les deux enfants s'étaient endormis quelques minutes après qu'ils avaient quitté la propriété de Nick. Bones s'était arrêté en chemin pour acheter du Tylenol et du Pedialyte pour bébés et il avait réveillé Lila assez longtemps pour lui donner les médicaments. Sa température commençait à descendre, mais le médecin savait que les enfants pouvaient rapidement prendre un mauvais tournant.

— Hors de question, murmura Sarah en allongeant sa fille dans le lit de bébé et en couchant Bradley.

Elle prit la main de Bones, l'emmenant au bout du couloir dans la salle de bains. Puis elle humidifia un gant de toilette et commença à frotter la tache de vomi sur le T-shirt du jeune homme.

— J'apprécie l'offre, mais ce n'est pas ta responsabilité. Ils ont pleuré, crié et Lila t'a vomi dessus. Tu as fait plus que ton devoir en tant que petit…

Elle ferma la bouche, la surprise montant dans son regard.

— Petit ami ?

Il toucha sa main pour la faire arrêter de frotter la tache.

— Enfin, tu le vois aussi. C'est exactement ce que font les petits amis. Au cours des dernières semaines, je t'ai observée apprendre à accepter que d'autres personnes surveillent tes enfants. Tu montais la garde devant eux et appelais plusieurs fois quand tu n'étais pas là, et maintenant, tu parviens à faire confiance aux gens pour qu'ils s'occupent bien d'eux. C'est un autre pas sur l'échelle de la confiance. Je veux être utile. Fais ce pas, Sarah.

— Ce sont mes enfants. Je suis habituée à cette situation. Je peux la gérer.

— Je sais que tu peux le faire, mais tu n'y es pas obligée. Tu n'es plus seule, Sarah. Je sais que tu es consciente que je prendrai bien soin d'eux. Si ce n'était pas le cas, tu n'aurais pas accepté que Bradley monte dans mon side-car pendant le défilé.

— Bien sûr que je le sais.

— Alors, quel est le problème ? Tu as peur que je veuille quelque chose en échange ? Que je m'attende à ce que tu couches avec moi ? Parce que ce n'est pas le cas et je ne te le réclamerai pas. Tu sais que j'ai envie de toi, et je sais que tu as envie de moi, mais pas en échange d'une faveur ou parce que c'est attendu.

— Je sais que tu n'es pas comme ça, dit-elle.

— Je te crois, mais nous savons tous les deux que tu t'attends à ce que je révèle une facette horrible de moi qui n'existe tout simplement pas.

Elle fit un pas en arrière, poussant un grand soupir.

— Bon sang, je déteste mon passé ! Je ne pense pas que tu vas te transformer en monstre et je te fais confiance. J'ai juste du mal à accepter que toi ou qui que ce soit d'autre puisse être aussi gentil. Tu m'as montré à plusieurs reprises que je pouvais baisser ma garde, tout comme ta famille et presque tout le monde dans cette ville me l'a montré. Mais quand je commence à céder, je me souviens…

— Tu te souviens de quoi, Sarah ? De ton père ? De ton ex ? Je ne suis pas comme eux et je ne lèverai jamais, *jamais* la main sur toi.

Elle émit un son affligé, comme si elle détestait être dans sa propre tête.

— Je le sais. Ou du moins je veux y croire. Mais t'occuper de mes enfants alors que Lila est malade ? Tu vas t'arracher les cheveux avant ce soir et ensuite, les choses entre nous se termineront avant même d'avoir pu commencer. Je ne serai jamais la femme insouciante avec qui tu devrais être, Bones. Je viens avec tout le lot.

— Je vous adore, toi et tes *lots*. Ces deux derniers mois m'ont montré à quel point nous allions bien ensemble et à quel point nous étions faits l'un pour l'autre.

— Nous venons à peine de commencer à sortir ensemble et il y a tant de choses que tu ne sais pas sur moi !

— Nous avons tout le temps qu'il faut pour que j'apprenne. Et au fait, pour une femme brillante, tu as la mémoire très courte.

Il retira son T-shirt sale et lava rapidement son torse à l'endroit où Lila avait vomi.

Tandis qu'il prenait Sarah dans ses bras, les yeux de celle-ci parcoururent rapidement les tatouages de son torse et les piercings de ses tétons.

— Oh !

Les pupilles de la jeune femme s'assombrirent et elle les leva vers ceux de Bones.

— Tu en as d'autres ?

Il la serra dans ses bras et dit :

— Des tatouages, oui. Des piercings, non. Et j'ai hâte que tu joues avec eux, mais nous devons d'abord parler de tes inquiétudes. On n'avait pas déjà établi qu'on avait des semi-rendez-vous depuis maintenant des semaines ?

— Si, mais ça ne veut pas dire que je peux profiter de toi.

— Chérie, c'est exactement ce que ça veut dire, de toutes les manières possible. En réalité, j'ai *hâte* que tu profites de moi.

— Tu sais ce que je veux dire.

Elle passa ses doigts sur la nuque de Bones.

— J'adore la manière dont tu parles des enfants, puis de choses coquines. Il existe quelque chose qui te déroute ?

— Oui, mais pas ça. La principale priorité est de prendre soin de tes enfants.

Il l'embrassa tendrement dans le cou.

— Mais tu es splendide, drôle, intelligente et la *seule* femme que je veuille toucher. Parler des enfants n'effacera jamais ce que je ressens pour toi.

Les yeux de Sarah s'assombrirent et elle déglutit difficilement, mais ce ne fut pas de la gêne qu'il vit. C'était un désir pur et débridé.

— Tu es en train de me dire que tu ne penses pas à m'embrasser, là, maintenant ? murmura-t-il contre ses lèvres.

Elle ferma les paupières.

— Non, dit-elle doucement.

Il passa une main le long du dos de Sarah et saisit ses fesses, ce qui lui valut un gémissement guttural.

— Ou à me toucher ?

Elle ouvrit les lèvres, mais aucun son ne sortit tandis qu'il continuait d'embrasser son cou et de passer ses mains sur ses douces courbes. Elle se pencha contre lui, tendant le cou pour qu'il puisse continuer ses baisers. Il l'embrassa, la lécha et quand les ongles de Sarah s'enfoncèrent dans sa chair, il s'arrêta.

— N'arrête pas, murmura-t-elle, augmentant l'excitation de Bones.

Il posa ses lèvres sur son cou et le suça, provoquant d'autres gémissements pleins de plaisir.

— Le fait d'être mère tue le désir ?

— Pas quand je suis avec toi, dit-elle désespérément.

Il écarta le T-shirt de la jeune femme de son épaule et enfonça ses dents dans la chair chaude, la suçant fortement.

Les yeux de Sarah s'illuminèrent de désir et elle dit :

— Recommence.

Oh oui, bébé ! Il posa sa bouche sur son cou, l'embrassant et le suçant jusqu'à ce qu'elle se frotte contre lui, haletant avec insistance. Il fit pleuvoir les baisers sur sa poitrine, se disant de ne pas aller trop vite et de ne pas trop insister. Il réclama sa bouche, plus exigeant, cherchant et explorant, voulant se fondre en elle. Il passa un bras autour de sa taille et l'autre dériva vers ses fesses. Elle gémit dans son baiser et ce son sexy envoya des éclairs de chaleur directement dans son membre. Embrasser Sarah était exquis ; s'empêcher d'en prendre davantage était une torture.

— *Bones*, dit-elle avec une passion tellement crue qu'il aurait pu se noyer dedans. Comment tu fais ça ?

— Faire quoi ? demanda-t-il entre deux baisers.

— *Oh, Mon Dieu !* Oublie ça. Je ne peux pas réfléchir. Contente-toi de m'embrasser encore.

Leurs bouches s'écrasèrent l'une contre l'autre, leurs dents claquèrent, leurs langues s'emmêlèrent. Il l'embrassa plus profondément, prenant avidement tout ce qu'elle voulait bien lui donner. Elle en faisait tout autant, gémissant et enfonçant ses doigts dans sa nuque. Il plaça son genou entre les jambes de Sarah et agrippa ses fesses, bloquant son sexe dur contre sa cuisse. Elle se rapprocha de lui, son ventre s'appuyant contre lui tandis qu'ils se caressaient et qu'ils se frottaient l'un contre l'autre.

Meeerde !

Elle écarta sa bouche de celle de Bones et dit :

— Tu me donnes envie de te toucher et que tu me touches.

Elle guida à nouveau sa bouche vers son cou et passa ses mains sur ses piercings, envoyant des éclairs dans son sexe.

— Embrasse-moi là. J'adore ça quand tu m'embrasses là.

— Chérie, tu n'imagines pas ce que tu es en train de me faire.

Il la mordilla et la suça, passant ses dents le long de son cou, provoquant un gémissement coquin après l'autre tandis qu'elle chevauchait sa cuisse, détruisant le dernier soupçon de self-control qu'il lui restait. Il l'appuya contre le mur. L'embrassant passionnément, il ferma la porte de la salle de bains du pied. Elle joua avec ses piercings. Il avait envie de la déshabiller et d'aimer chaque centimètre d'elle, mais ce n'était pas le bon moment. Pas quand les enfants pouvaient se réveiller et qu'elle devait aller travailler. Pas avant qu'il ne gagne chaque once de sa confiance.

— Tu veux les lécher ? demanda-t-il d'une voix rauque pleine de retenue qu'il reconnut à peine.

— Oui.

Les joues de Sarah rougirent tandis qu'elle approchait sa bouche de l'anneau du mamelon. Elle le lécha prudemment dans un premier temps. Elle passa lentement sa langue autour du piercing, puis dessus, le suçant plus fort. Elle s'accrocha à son dos et recommença à chevaucher sa cuisse tout en suçant et en tirant sur le piercing. Elle était un rêve devenu réalité, bordel ! Elle déposa des baisers le long de son torse, sur ses tatouages, et posa sa bouche sur son autre piercing, une barre, le tirant à l'aide de ses dents, puis le suçant fermement.

— *Bordel...*, dit-il d'une voix rauque avant de saisir son visage, terrassé par le désir dans son regard. Tu m'achèves, Sarah !

Il écrasa sa bouche sur la sienne, l'embrassa à grands coups de langue, comme il avait envie de lui faire l'amour. Elle gémit et le caressa tout en poussant les mains de Bones sous sa jupe. Il saisit sa lèvre inférieure entre ses dents et tira dessus. Puis, tout en soutenant son regard, il agrippa le bout de la ceinture attachée sous ses seins. Il la tint un long moment, cherchant silencieusement son approbation. Son hochement de tête fut comme un cadeau et il la détacha, l'embrassant tandis qu'il passait ses mains sous son T-shirt, caressant la peau douce en soulevant le tissu au-dessus de son ventre. Il recula, admirant ses belles courbes. Son jean lui arrivait en dessous du ventre et elle étala rapidement ses mains sur la bande douce.

Il enlaça ses doigts avec les siens et dit :

— Ne te cache pas de moi, ma belle.

— Les vergetures ne sont pas jolies, dit-elle.

— Toutes les parties de toi sont splendides. Tu dois comprendre combien tu es belle, pour que tu ne veuilles plus jamais te couvrir devant moi.

Il scella sa promesse d'un baiser, puis mit un genou à terre, couvrant son ventre de baisers. Quand il atteignit les endroits qu'elle essayait de recouvrir, il traça chaque fine vergeture avec de tendres baisers et des coups de langue.

— Tu es belle, dit-il.

Elle enfonça ses doigts dans ses cheveux, le tenant si fort que cela lui fit mal. C'était carrément fantastique. Elle avait les yeux fermés, les lèvres entrouvertes, brillantes à cause de leurs baisers. Elle était splendide et elle murmurait des sons de plaisir chaque fois qu'il appuyait ses lèvres sur elle tandis qu'il aimait chaque centimètre de son ventre, depuis le doux tissu de son jean, longeant ses courbes jusqu'au-dessous de ses seins. Il souleva davantage son T-shirt, révélant ses seins ronds qui tendaient la jolie dentelle blanche. Il prit un moment pour apprécier la confiance qu'elle lui donnait, puis il prit son visage entre ses mains, l'emportant dans un baiser lent et enivrant.

Lorsque leurs lèvres se séparèrent, Sarah ouvrit les yeux et murmura :

— S'il te plaît, n'arrête pas.

Il dégrafa le fermoir à l'avant de son soutien-gorge, libérant ses seins splendides, et il passa sa langue autour d'un téton. La nervosité glissa sur elle aussi fort que le désir entre eux. Il écarta son visage, cherchant le sien pour s'assurer qu'ils étaient sur la même longueur d'onde.

— C'est tellement bon ! dit-elle, haletante.

Il baissa sa bouche sur l'un des pics durs, le suçant et le taquinant à parts égales. Elle agrippa ses bras comme si elle avait besoin de lui pour rester debout. Une série de sons érotiques sortit des poumons de Sarah lorsque Bones saisit ses seins, les vénérant lentement et sensuellement. Sa peau était chaude, son odeur fortement féminine, et lorsqu'elle se cambra et qu'elle murmura quelque chose, sa douceur lui fit perdre la tête. Il avait besoin de lui donner du plaisir, de la sentir tomber en miettes pour lui et il voulait retirer son jean, enfouir sa bouche entre ses jambes et lui donner un orgasme qui ressemblerait à une avalanche, mais cela devrait attendre. Elle n'était pas prête à s'ouvrir à lui ainsi. Elle avait besoin d'être vénérée, de savoir qu'il s'engageait à long terme et qu'il en apprécierait chaque seconde.

Il continua de la taquiner avec des petits coups de langue, puis par des suçons profonds et fermes ; elle eut du mal à respirer, puis y parvint à peine. Il pinça son autre téton entre son doigt et son pouce. Elle gémit, se cambrant contre le mur, et il plaça à nouveau sa cuisse entre ses jambes, créant le frottement dont il savait qu'elle avait besoin. Elle se mordit la lèvre et ferma brusquement les yeux. Elle était sacrément belle, à tel point qu'il lui fallut tout son self-control pour ne pas en prendre davantage, pour ne pas au moins glisser sa main dans son jean et dans son intimité chaude et étroite. Mais cela devrait attendre aussi. Au lieu de cela, il dévora sa bouche, puis ses seins, son cou et son ventre, jusqu'à ce qu'elle se cambre et qu'elle gémisse. La main de Sarah glissa le long du bras de Bones et elle empoigna son sexe, le serrant si fermement, si parfaitement qu'il se laissa emporter et qu'il serra les dents. Elle poussa un cri de plaisir pur et débridé et il posa sa bouche sur la sienne, capturant les sons qu'elle émettait tandis que son corps frémissait et tremblait. Puis il continua de l'embrasser bien après la fin de son feu d'artifice.

L'alarme du téléphone de la jeune femme sonna, les tirant de leur parenthèse hors du temps, et elle se dépêcha de le sortir de sa poche arrière avant qu'il ne réveille les enfants. Elle fit taire l'alarme, adressant à Bones le beau sourire qui l'achevait toujours.

— Je n'arrive pas à croire que nous sommes restés ici aussi longtemps, dit-elle, les yeux écarquillés et les joues rouges tandis qu'il agrafait à nouveau son soutien-gorge et qu'il l'aidait à replacer son T-shirt.

Il l'attira dans ses bras et dit :

— J'ai aimé prendre du temps.

— Je n'arrive pas à croire que tu m'as fait…, dit-elle timidement. Sans me toucher plus bas.

— Je vais te faire… de tant de façons, chérie, que tu jouiras depuis l'autre côté de la pièce quand tu me verras.

Les joues de Sarah s'empourprèrent incroyablement plus.

— Un peu arrogant, tu ne crois pas ?

Elle enroula ses bras autour de son cou et appuya ses lèvres sur les siennes.

— Ce n'est pas de l'arrogance. Je sais que ce sera vrai. Notre connexion est forte à ce point. Il se peut que tu ne sois pas encore prête à l'admettre, mais moi, si. Une fois que nous jouirons ensemble, tu ne pourras plus jamais sortir de mon lit.

Elle ne répondit pas à cela, mais le désir dans ses yeux, suivi par une ombre qu'il aurait voulu ne pas voir, lui indiqua tout ce qu'il avait besoin de savoir.

— Quand tu seras prête, dit-il d'une voix rassurante. Et non, je ne dis pas ça à toutes les femmes.

— Comment tu as su… ?

— Parce que quelqu'un t'a fait du mal et chaque fois que tu me laisses m'approcher de toi, j'en apprends un peu plus sur toi. Un jour, tu verras que l'homme qui est devant toi, *ton* homme, ne porte pas de masque.

— Tu ne me facilites pas la tâche pour me retenir.

— Je mentirais si je disais que ce n'est pas mon intention.

Elle jeta un œil à son téléphone et soupira.

— Je vais être en retard si je ne pars pas. Tu es un maître dans l'art de la distraction. Il est trop tard pour appeler et dire que je n'irai pas travailler, maintenant. Ma première cliente arrive bientôt.

Il posa ses lèvres sur les siennes, puis il se pencha et embrassa son ventre.

— Ne t'inquiète pas. Je m'occupe des enfants.

— Tu es sûr que ça ne te dérange pas de les garder ?

Elle renifla l'air. Puis elle leva son bras et renifla sa manche.

— Je sens un peu la ferme. Je crois que je ferais mieux de prendre une douche rapide et de me rincer.

Elle tendit le bras dans la douche et ouvrit l'eau.

— Et si Lila a besoin de moi quand elle se réveillera ?

Faisant semblant de s'inquiéter, il dit :

— Mince, si seulement il existait un appareil qui me permettait de te parler si je ne m'en sors pas !

— On t'a déjà dit que tu es pénible ?

— Je crois que je préfère quand tu me dis que je suis *sexy*. Je vais bien prendre soin des enfants pendant que tu seras au travail.

Il lui donna une tape sur la fesse et dit :

— Maintenant, prépare-toi. Je dois aller lire Docteur Spock ou regarder une émission pour bébé ou quelque chose comme ça. Car si je pose mes mains sur ton corps nu, tu vas sentir autre chose que le foin.

BONES NE SE souvenait pas de la dernière fois où il avait été seul chez une femme. Non pas qu'il soit seul à ce moment-là, mais il était bien le seul adulte dans la maison et il sentait encore la présence de Sarah partout : dans les rideaux qu'elle avait confectionnés pour la porte arrière et qui étaient couverts d'écureuils, dans les dessins de Bradley accrochés sur le côté du réfrigérateur et même dans les lettres en plastique collées sur la porte de celui-ci. Il jeta un œil au salon confortable, plein de jouets, de couvertures, de peluches et d'autres affaires d'enfants. Il se dirigea vers la bibliothèque, remarquant quelques romans d'amour écrits par des auteurs qu'il reconnaissait parce qu'il les avait vus dans le rayon des livres du magasin. *Même si tu n'écris pas tes histoires optimistes, au moins, tu n'as pas fermé ton cœur au romantisme.* Un grand nombre d'ouvrages sur l'éducation des enfants, le développement personnel et, ce qui n'était pas étonnant, des douzaines de livres d'enfants remplissaient les étagères. Il balaya du regard le dos des livres d'adultes. Le nombre d'ouvrages parlant de surmonter ses peurs, de devenir plus fort émotionnellement et d'apprendre à un enfant à aimer et à être aimé lui fit mal au cœur.

Il sortit l'un des volumes sur l'éducation des enfants et feuilleta les pages usées et cornées. Il ne fut pas surpris de trouver des passages soulignés et des notes écrites dans les marges. Il examina plusieurs autres livres, trouvant la même preuve qu'ils avaient été étudiés.

Il choisit quelques titres à consulter pendant que Sarah était au travail et les posa sur la table basse. Son téléphone vibra lorsqu'il reçut un message et il n'eut pas besoin de regarder pour savoir qu'il provenait de la jeune mère.

Est-ce qu'ils dorment encore ?

Il lui envoya une réponse rapide en entrant dans la chambre.

Tu ne devrais pas être en train d'embellir quelqu'un ?

Il prit une photographie de Lila, profondément endormie,

en plein câlin avec son hérisson. Elle tétait, même si son pouce n'était pas dans sa bouche. Il lutta contre l'envie de la prendre dans ses bras, souhaitant désespérément faire disparaître la maladie qui faisait rougir ses joues, et il se tourna vers le lit.

Il reçut la réponse de Sarah au moment où il remarqua que Bradley semblait petit dans le grand lit. Bones sourit dans sa barbe en pensant à la force avec laquelle l'enfant avait lutté pour rester à la ferme. Son instinct l'avait poussé à lui dire qu'il était le grand frère et qu'il devait protéger sa petite sœur, comme on le lui avait appris. Mais cela semblait être une trop grande responsabilité pour les épaules d'un si petit garçon et cette pensée avait été accompagnée d'une grande dose de culpabilité.

Il prit une photographie du fils de la jeune femme endormi et sortit silencieusement de la pièce en lisant le message de Sarah. *Elle se fait laver les cheveux. Ça va ? Je me sens tellement coupable de partir alors que Lila est malade, et encore plus coupable de te laisser avec eux. Je suis désolée.*

Il lui envoya les photographies de ses enfants même s'il savait qu'elles pouvaient momentanément apaiser ses inquiétudes, mais que rien ne pourrait les faire complètement disparaître. Il lui écrivit : *Tout le monde va bien. Éteins ton cerveau de maman et allume ton cerveau de coiffeuse. Je te promets que nous allons bien.*

Elle répondit immédiatement. *Ce sont vraiment des anges quand ils dorment. Merci. Je te le revaudrai.*

Il commença à écrire une allusion sexy, puis il laissa échapper un juron et la supprima. Il ne voulait pas qu'elle pense qu'il attendait quoi que ce soit en retour parce qu'il gardait ses enfants. Au lieu de cela, il écrivit : *Tu ne me dois rien, mais j'accepterai volontiers tout ce que tu m'offres.* Après avoir envoyé le message, il ne parvint pas à arrêter de penser au moment qu'ils avaient passé dans la salle de bains. Il ne l'avait même pas touchée sous la ceinture et il était dur rien qu'en pensant à la caresser. Un sourire se glissa sur ses lèvres et il lui envoya un autre message, espérant l'exciter un peu aussi.

PS : Je sens encore ton goût sur ma langue…

Son téléphone vibra quelques secondes plus tard. *Comment je suis censée penser à couper des cheveux avec ÇA en tête ?* Elle ajouta un émoji avec les yeux écarquillés, les joues rouges et une bouche représentée par une ligne droite.

— Chérie, tu es trop mignonne, dit-il doucement.

Il lui envoya un émoji qui se léchait les lèvres et un autre avec des cœurs à la place des yeux. Puis il se gratta la poitrine et se souvint qu'il était torse nu. Il avait besoin de vêtements propres et d'une douche. Il appela Bear.

— Salut, Bones. Que se passe-t-il ?

— Tu es occupé ?

— Je ne suis pas *nu*, si c'est ce que tu veux dire. Qu'est-ce qu'il te faut ?

Bones entendit un sourire suffisant dans sa voix.

— Tu peux passer chez moi pour me prendre des vêtements propres et les déposer chez Sarah ?

Il lui expliqua qu'il gardait les enfants pendant que leur mère était au travail.

— Tu devrais prendre quelques T-shirts, au cas où Lila vomirait de nouveau. En fait, tu peux aussi rester ici le temps que je me douche ? Tu sais quoi ? Oublie ça. Je devrais plutôt demander à Tru.

— Quoi ? Pourquoi ?

Bear semblait offensé.

— Lila est malade, mec ! Tu ne t'es jamais occupé d'un enfant malade.

— Mec, tu vas te doucher, pas faire une balade à moto de trois heures. Je serai là dans une demi-heure. Essaye de ne pas paniquer entre-temps.

Bear arriva avec un sac en toile et le mit dans la main de Bones en passant la porte.

— Comment se passe la garderie de papa ?

— Ils dorment encore. Merci d'être venu.

Il ouvrit la fermeture éclair du sac et fouilla dans les vête-ments. Il y trouva plusieurs T-shirts, quelques jeans, des pantalons de survêtement, des caleçons et des chaussettes.

— Qu'as-tu fait ? Tu as vidé mes tiroirs ?

— Tu as un bébé qui vomit. Crois-moi, tu en auras besoin. Crystal a vomi hier. Il doit y avoir quelque chose dans l'air. Maintenant, mets tes fesses dans la douche pour que je puisse retourner aux côtés de ma femme.

— Merci, mec.

Bones alla se laver.

La buée amplifia l'odeur de gel douche au lilas de Sarah, lui rappelant à quel point il avait aimé la toucher et tous les gémissements sensuels qu'elle avait émis. Il ne lui fallut pas grand-chose pour l'imaginer nue dans la douche avec lui, sa bouche sur ses piercings, puis plus bas. Et voilà, une nouvelle érection. Il fit couler de l'eau froide. À présent, il avait froid et il avait une érection. Il serra les dents, s'obligeant à penser à Bear qui l'attendait dans le salon.

Mission accomplie.

Dix minutes plus tard, il était propre, habillé, et il remerciait son frère.

— Merci beaucoup d'être resté.

— Tu es vraiment surprotecteur, tu le sais ? Comment tu crois que Sarah se douche ?

— Nue, dit-il pour le faire taire.

Bear émit un petit rire.

— Je ne sais pas comment elle fait ce qu'elle fait, admit Bones. Elle donne l'impression que c'est facile. Mais eh, elle me fait confiance pour m'occuper des deux personnes les plus importantes de sa vie. Je ne veux pas tout faire foirer.

Bear rit.

— Mec, tu n'as jamais foiré quoi que ce soit de ta vie.

— Bien sûr que si !

La capacité de dissociation était pratique de plus d'une façon. Non seulement il n'avait pas été là pour se rendre utile quand son père avait eu un AVC, mais même s'il était un partenaire à part entière dans les deux entreprises familiales, il ne s'était jamais sali les mains dans l'une d'entre elles. Il apportait du capital quand ils voulaient s'agrandir ou qu'ils avaient besoin de faire des rénovations, mais il était passé directement de la faculté de médecine à l'exercice de sa profession. Il éprouvait une certaine culpabilité proportionnelle à son absence dans les tranchées avec sa famille, qui redoublait à propos de la mort de Thomas.

— Tu as eu ta part d'ennuis quand tu étais jeune et entêté, comme nous tous, dit Bear. Mais tu ne rates jamais rien. Je suis sûr que tu as déjà trouvé quels sites tu devais regarder pour t'assurer que tu changeras bien la couche de Lila ou pour lire la bonne histoire.

Un rire grave sortit de la poitrine de Bones.

— Tu es un imbécile.

— Je vais considérer ça comme une preuve que j'ai raison. Tu viens faire de la moto avec nous, demain ? Nous allons à Capshaw Island.

Capshaw Island était une petite ville de pêcheurs à environ

une heure de là, connue pour ses chevaux sauvages qui habitaient l'île depuis des centaines d'années.

Pensant à Sarah, il dit :

— Pas cette fois. Merci.

Les coins des lèvres de Bear s'élevèrent. Il passa une main dans ses épais cheveux sombres, une lueur de malice brillant dans ses yeux.

— Tu espères avoir un peu d'action avec maman ?

— Mec, fais attention !

— Quoi ? Tu crois que c'est un secret que vous vous plaisez ?

— Non, mais quand même. *De l'action avec maman ?*

— Elle est sexy, ça ne fait aucun doute. Mais c'est aussi une mère et elle porte le bébé d'un autre mec. Tu es sûr de vouloir te lancer là-dedans ?

Bones serra la mâchoire. Il se fichait de ce que les autres pensaient.

— Je n'ai jamais été plus sûr de quoi que ce soit.

— C'est ce que je pensais, mais tu sais, tu as l'habitude de ne voir une fille que de temps en temps. Ça, ça veut dire faire directement partie d'une famille.

Les cheveux dans la nuque de Bones se hérissèrent. Il regarda son frère directement dans les yeux et dit :

— Tu es en train de dire que j'aime éviter les responsabilités ? Tu vois un autre type ici, maintenant ? Non. *Je* suis là, mec. Et je n'irai nulle part.

— Wouah, mec !

Bear fit un pas en arrière en levant les mains.

— Qu'est-ce qui vient de se passer, *là* ?

Bones se détourna de lui, frottant un nœud dans sa nuque. Il n'avait pas eu l'intention de s'en prendre à son frère, mais parfois, la culpabilité le dévorait.

— Désolé.

— Non, vraiment, qu'est-ce qui t'a pris ?

Bones lui fit à nouveau face.

— De la colère déplacée. Je n'étais pas là quand vous aviez besoin de moi quand papa a eu son AVC. Je croyais que tu te foutais de moi pour ça.

— Tu déconnes ?

Bear recula de quelques pas, un rire incrédule sortant de ses lèvres.

— Mec, tu m'as demandé si je voulais que tu reviennes. Je t'ai dit de rester à la fac. Affaire conclue. La seule raison pour laquelle j'ai posé la question à propos de Sarah, c'est que tu es le genre de mec qui fait toutes les recherches possibles avant de prendre des décisions. Tu te souviens de l'époque où tu voulais acheter une nouvelle moto ? Tu as mis presque neuf mois à comparer tous les modèles. Tu m'as presque rendu fou. Je gagne ma vie en concevant et en réparant des motos et tu ne pouvais pas te fier à mon opinion ? Et quand tu as acheté chacun de tes autres véhicules ? Des *mois*, mec ! Une satanée voiture et un pick-up et tu agis comme si tu allais t'introduire dans Fort Knox. Tu n'as eu un canapé chez toi qu'un an et demi après avoir emménagé. Tout ce que je veux dire, c'est que tu n'es pas du genre à prendre des décisions rapidement. Et avec Sarah, tu t'es engagé dès le premier jour. Que tu le saches ou pas, nous, on le savait. Tu n'avais pas la moindre information sur elle. Tu l'as vue et *boum*. Affaire conclue. Tout le monde s'attend à ça de ma part, mais pas de la tienne.

Bones serra la mâchoire. Il n'allait pas nier la vérité ou trouver des excuses pour ses sentiments.

— Je veux juste que tu sois prudent, dit Bear d'une voix un

peu plus douce. J'aime beaucoup Sarah et ses enfants sont super. Mais tu es ma famille et d'après mes principes, c'est ce qui est prioritaire. Tu te donnes entièrement à ce que tu veux vraiment. Tu es comme ça au plus profond de toi-même. Quand tu mourras, tu l'auras recherché et planifié jusqu'à la dernière seconde.

Bones émit un petit rire.

— Tu ris, mais crois-moi, frérot, si quelqu'un peut le faire, c'est toi. Je ne veux pas que tu sois celui qui donne tout ce qu'il a et qui planifie une vie qui pourrait lui être retirée d'un moment à l'autre. Que sait-on sur le père de ses enfants ? Hein ? Et s'il revenait les chercher ?

— On sait que c'est un sacré connard et que s'il ose montrer son visage par ici, il aura affaire à moi.

Bear prit un livre sur l'éducation des enfants qui était posé sur la table basse et l'agita devant Bones.

— Non. Il aura affaire à *nous*.

À la manière des Whiskey.

Il jeta le livre sur la table et dit :

— Tout va bien ou tu veux me botter les fesses ? Parce que…

Il agrippa ses propres fesses et afficha un sourire satisfait.

— Je n'ai pas besoin de bleus avant de rentrer à la maison et de montrer à ma femme super sexy à quel point elle m'a manqué.

— Tout va bien. Merci d'être venu.

Il tendit une main et quand Bear la prit, il l'attira dans ses bras.

— Merci de me soutenir.

— Vraiment, mec. Je te soutiens à cent pour cent. Mais je dois te poser la question. C'est vrai, ce qu'ils disent à propos des hormones de grossesse ?

— Bear ! le prévint Bones.

— Quoi ? J'ai entendu dire que les femmes enceintes ne lâchent jamais rien…

Bones lui donna une tape sur le sommet de la tête.

— Rentre chez toi, Bear.

— Fais attention ou le bébé va naître avec un creux dans la tête.

Bones le frappa et Bear esquiva, riant en se dirigeant vers la porte.

— D'accord, d'accord. Je pars.

Il ouvrit la porte et tourna un sourire idiot vers son aîné.

— Eh, étant donné qu'elle est enceinte, ça veut dire que tu peux la dévorer deux fois plus longtemps ?

Bones donna un coup de poing dans le bras de Bear et le poursuivit à l'extérieur, s'arrêtant au milieu de l'allée.

— Tu es allé trop loin, mec. *Trop loin.*

Bear monta sur sa moto et cria :

— Je t'aime, frérot. Et ne t'imagine pas que je ne sais pas que la seule raison pour laquelle tu ne m'as pas frappé, c'est que tu n'entendrais pas les enfants en le faisant.

— Exactement. Maintenant, tire-toi et embrasse Crystal pour moi.

— Ne mets pas ma femme dans tes fantasmes ou je t'éclate la tête.

Bear mit son casque et s'éloigna.

— Imbécile ! marmonna Bones en retournant vers la maison.

Merde, cette moto pourrait réveiller les enfants !

L'idée l'arrêta sur place. *Oh, ouais, je suis à fond !*

CHAPITRE DOUZE

Red passa par la porte d'entrée du salon alors même que Chicki fermait pour la nuit. Elle se pavana dans ses bottes noires et sa veste en cuir, regardant Sarah d'un air sérieux.

— S'il te plaît, dis-moi que tu as un babyphone.

Le pouls de Sarah accéléra.

— Pourquoi ? Que s'est-il passé ?

Elle prit son téléphone pour voir si elle avait un message de Bones. Elle n'avait pas eu de nouvelles de lui depuis presque deux heures.

Red lui toucha la main, un sourire réchauffant ses yeux verts.

— Rien de mal, ma belle. Je ne pensais juste jamais entendre mon fils le plus raisonnable aussi éreinté.

— Oh, non !

Les épaules de Sarah s'affaissèrent.

— Je savais que mes enfants seraient trop difficiles à gérer.

Elle avait même appelé Scott plus tôt pour lui demander s'il pourrait relayer Bones si elle recevait un SOS, mais avant qu'elle ne puisse poser la question, son frère lui avait dit qu'il allait à une fête avec Quincy et qu'il reviendrait tard, s'il revenait.

— Non, chérie. Ils sont exactement comme il faut, la rassura Red. Tu as trouvé le talon d'Achille de mon fils. Il m'a appelée tout à l'heure à propos de Lila et je te jure qu'on dirait que mon fils n'a jamais vu un enfant malade et qu'il n'est jamais allé à la faculté de médecine.

Elle baissa la voix d'une octave et dit :

— Maman, comment tu sais si elle dort trop longtemps ? Elle est encore chaude. Je devrais lui donner un bain froid ? Wayne navigue entre la vie et la mort tous les jours, mais quand il s'agit de tes bébés…

Red souffla et passa sa main au-dessus de sa tête.

— Il oublie tout.

Sarah laissa échapper un soupir de soulagement et de *surprise* à l'idée que Bones ait appelé sa mère.

— L'état de Lila a empiré ? Je n'ai pas eu de nouvelles de lui depuis environ dix-neuf heures.

— Oh, chérie ! Lila va bien et Bones était très occupé quand nous avons parlé. Pendant que nous étions au téléphone, Bradley était en train de porter des couvertures vers l'escalier et voulait le descendre en glissant.

— Oh, mince ! marmonna Sarah. Il essaye toujours de faire ça quand je suis occupée. Il sait qu'il n'a pas le droit.

Red grimaça.

— Oui, on peut dire que Bones l'a appris un peu trop tard. Ce n'est que quand Bradley est descendu pour la troisième fois et qu'il a crié « Maman ne me laisse jamais faire ça ! » qu'il a compris son erreur.

— Il l'a *laissé* faire ?

Bradley risque d'être bien excité quand je vais rentrer à la maison !

— Oh, ne t'inquiète pas ! dit Red. Il a mis des coussins en bas de l'escalier et il l'a rattrapé à chaque fois.

Sarah agrippa son sac à main.

— Je ferais mieux d'aller secourir Bones. Le pauvre ne sait pas dans quoi il s'embarque. J'espère qu'il a ses chaussures de course, dit-elle en se dirigeant vers la porte d'entrée.

— Pourquoi ? demanda Red.

— Parce que courir pour sauver sa peau sera difficile en bottes de motard.

Elle quitta le salon et conduisit jusqu'à chez elle en préparant mentalement une litanie d'excuses pour Bones.

Lorsqu'elle arriva à destination, elle écouta à travers la porte d'entrée, mais elle n'entendit rien. Se préparant au pire, elle ouvrit silencieusement la porte et entra. Des jouets et des livres pour enfants étaient étalés sur le sol, ainsi que quelques couches propres et une boîte de lingettes pour bébé ouverte. Deux gobelets et un bol de biscuits salés étaient posés sur la table basse à côté du téléphone de Bones. Elle entendit la machine à laver fonctionner et elle jeta un œil dans la cuisine. Elle ne fut pas surprise de trouver de la vaisselle sale dans l'évier.

Elle n'accordait pas d'importance au désordre et à la vaisselle, mais elle savait que c'était une mauvaise idée et tous ces signes de *surcharge* pour un homme célibataire le prouvaient.

Elle déglutit difficilement avant de s'aventurer le long du couloir, se préparant à la colère qui viendrait sûrement après une soirée de frustration avec un bébé malade et un enfant de trois ans agité. Pourquoi avait-elle accepté que Bones les garde ?

Elle jeta un œil en bas de l'escalier, apercevant une pile de couvertures au pied de ce dernier et se demandant quelle autre bêtise son petit chenapan avait convaincu Bones de le laisser faire.

Priant silencieusement l'univers et espérant que son petit ami ne la détesterait pas complètement, elle jeta un regard nerveux dans la chambre. Celui-ci était allongé sur le lit, portant un pantalon de survêtement et un T-shirt blanc. Lila était étalée sur son torse, profondément endormie, une petite main posée sur la joue de son baby-sitter du jour et l'autre câlinant son hérisson. Bradley dormait sur les jambes du jeune homme. Ce dernier avait enroulé un bras épais autour de Lila et l'autre tenait l'un de ses livres sur l'éducation des enfants, qu'il était en train de lire. La poitrine de Sarah se serra lorsqu'il posa l'ouvrage sur le matelas et qu'il plaça un doigt sur ses lèvres. Que le Ciel lui vienne en aide, car son cœur martelait encore plus fort lorsqu'elle vit le regard aimant dans ses yeux tandis qu'il posait cette main sur les cheveux de Bradley et qu'il passait ses doigts dedans. Était-il possible de figer un moment ? De prendre une photographie et de le revivre un million de fois ?

— J'avais peur de bouger, murmura-t-il avec un sourire chaleureux.

Luttant contre les émotions qui lui serraient la gorge, Sarah posa son sac sur la commode et alla mettre Lila dans son lit de bébé. Lorsqu'elle tendit les bras vers la petite fille, Bones lui toucha la main.

— Tu ne devrais peut-être pas la toucher. Elle était chaude après sa sieste. J'ai demandé à mon ami Jonas, un pédiatre, de venir et de l'ausculter. Il pense qu'elle a un virus, mais elle doit dormir et chaque fois que je la mets dans son lit, elle pleure.

— Tu as demandé à un médecin de faire une visite à domicile ? Elle a juste de la fièvre…

Boom, boom, boom. Elle était sûre de pouvoir aussi s'entendre tomber amoureuse de lui.

— On n'est jamais trop prudent.

Il l'attira si près de lui qu'elle sentit l'odeur de jus de pomme dans son haleine, ce qui la rendit chaude et molle à l'intérieur.

Il la tira un peu plus fort, approchant ses lèvres des siennes pour lui donner un tendre baiser. Puis il l'embrassa un peu plus longtemps, transformant cette mollesse chaude en un désir ardent.

— Va faire ce que tu as à faire, murmura-t-il. Sauf la vaisselle et ranger le salon. Je ferai ça demain matin. Ensuite, reviens.

Il tapota l'espace à côté de lui.

— On t'attend ici.

— Tu vas… *rester* ?

Le sourire de Bones s'estompa.

— À moins que tu ne veuilles que je parte ?

— Non, dit-elle rapidement, ne pouvant pas en croire ses oreilles. Je pensais juste que…

Tu en aurais assez de nous.

Il ne fuyait pas.

Elle essaya de comprendre la situation et l'homme qui bouleversait ses croyances à chaque instant.

— Qu'y a-t'il, chérie ?

Un filet d'inquiétude se fraya un chemin dans l'esprit de Sarah, insistant pour qu'elle prenne du recul. Elle baissa les yeux vers ses bébés endormis, les bras forts de Bones maintenant enroulés d'un geste protecteur autour d'eux. Il voulait rester et s'occuper des bébés, pas rester et essayer de lui retirer sa culotte. Quelle arrière-pensée pouvait-il bien avoir, au-delà d'être un psychopathe désireux de devenir complètement fou à cause des pleurs de bébé à trois heures du matin ?

Comme s'il avait lu dans ses pensées, il lui prit à nouveau la main, traçant des cercles lents sur le dos de celle-ci à l'aide de son pouce, ce qui donna envie à Sarah de sentir ses mains sur elle encore une fois lorsqu'il dit :

— Je suis là parce que je veux être là avec toi *et* avec eux. Je sais que c'est difficile, mais essaye de regarder l'avenir avec moi, pas par-dessus ton épaule pour que ton passé devienne ton présent.

Elle hocha la tête, réprimant un autre accès d'émotions. Il la comprenait si bien qu'elle n'avait même pas à prononcer un seul mot.

— C'est à toi de décider, Sarah. Je peux partir ou tu peux te lancer et avoir confiance en moi pour te rattraper.

Elle ne voyait pas comment répondre à une telle requête.

Après s'être préparée à aller se coucher, le cœur battant et la tête juste derrière, elle se glissa à côté d'eux.

Bones la serra contre son flanc et appuya ses lèvres contre sa tempe.

— Merci de me faire confiance.

— Promets-moi juste que si tu commences à te sentir coincé ou submergé, tu arrêteras tout avant que ça ne devienne effrayant. Je ne veux pas que mes enfants connaissent une situation effrayante.

Il l'embrassa à nouveau et ferma les yeux. Il resta silencieux si longtemps que sans la caresse de son pouce sur son épaule, elle aurait pensé qu'il s'était endormi. Puis elle sentit sa respiration chaude sur sa peau et il chuchota :

— Si les choses se passent comme je le veux, ils n'en connaîtront jamais.

SARAH SE RÉVEILLA le lendemain matin en sentant le matelas bouger et elle vit Bones descendre silencieusement du lit avec Lila dans les bras. Bradley était étalé sur les couvertures entre eux. Elle avait été réveillée la moitié de la nuit, essayant de se calmer. Cela faisait longtemps qu'aucun homme n'était venu dans son lit et elle n'était vraiment pas habituée à en avoir un qui était ravi de tenir ses bébés dans ses bras plutôt que de la caresser. Son ex n'avait jamais accepté que les enfants soient au lit avec eux. Il avait même insisté pour qu'elle ne les allaite même pas et voilà que Bones les couvrait d'amour comme s'ils étaient une extension de lui. La culpabilité la travaillait. Elle avait espéré pouvoir lui en dire davantage à propos de son passé la nuit précédente et à présent, elle avait peur de sa réaction après qu'ils avaient fait ce *pas*, qui semblait plus important et plus intime que n'importe quel acte sexuel.

— Je vais m'occuper d'elle.

Sarah se déplaça sur le bord du lit.

— Je m'en charge.

Bones se tourna, l'air incroyablement séduisant avec ses cheveux sombres ébouriffés, une barbe épaisse recouvrant sa mâchoire et son cher bébé étalé sur son torse comme si c'était sa place.

Elle remarqua la bosse de son piercing à travers son T-shirt. Comment avait-elle pu ne pas le voir avant ? C'était embarrassant, mais elle avait passé l'autre moitié de la nuit à essayer de ne pas penser à la manière dont il avait réagi en sentant sa bouche sur ses tétons, tirant ses piercings. Elle avait été surprise de voir ces petits bijoux brillants sur son corps dur, mais ils avaient augmenté son désir. Ses réactions l'avaient excitée encore plus. Les piercings lui donnaient tant d'informations sur lui ! Elle avait connu des strip-teaseuses qui avaient des anneaux aux tétons et elles lui avaient parlé de tous les bénéfices. Savoir que Bones n'avait pas peur de souffrir un peu pour prendre du plaisir aurait été effrayant s'il avait été qui que ce soit d'autre.

Mais il avait montré à quel point il était prudent, pas seulement avec elle et ses enfants, mais dans la vie en général. Elle sentait qu'il s'agissait de son petit secret érotique et elle aimait en faire partie. Son esprit retourna au souvenir de la sensation de son sexe épais et dur contre sa cuisse et sa paume. Elle avait senti sa taille même à travers son jean. Un éclair de chaleur la traversa.

Elle devait avoir l'air de fantasmer, car Bones s'éclaircit la gorge et arqua un sourcil. Un regard entendu passa dans ses yeux lorsqu'il désigna un endroit en dessous de sa poitrine – qu'elle fixait encore du regard – où se trouvait une grande tache mouillée sur son T-shirt, faisant sombrer l'estomac de Sarah.

— Oh, mon Dieu ! Je suis désolée !

Comme si ce n'était pas suffisant qu'elle te vomisse dessus, maintenant, elle te fait pipi dessus aussi ? Une panique familière la traversa tandis qu'elle bondissait sur ses pieds, priant pour qu'il ne devienne pas méchant devant ses enfants. Ou pire, envers eux, comme Lewis le faisait.

—Allonge-toi et repose-toi, chérie. C'est juste un peu d'urine. Je vais la nettoyer et la changer.

Il embrassa le front de Lila et sa petite fille gémit.

— Elle est un peu moins chaude, mais je veux lui donner un peu de Pedialyte.

Il fit semblant d'inspecter son propre bras et dit :

— Pas de réaction. Je crois que tout va bien.

Il lui adressa un clin d'œil et se tourna vers la commode, laissant Sarah abasourdie tandis qu'il fouillait dans le tiroir de Lila.

— Maman ?

Bradley roula sur le côté, se frottant les yeux pour se réveiller. Il cligna des paupières en regardant Bones, balayant du regard son grand corps épais.

— Beurk ! Lila t'a fait pipi dessus ! dit-il à voix haute, provoquant un hurlement de la part de la fillette qui résonna presque sur les murs.

Bones essaya de calmer la petite, la faisant rebondir et lui parlant d'une voix apaisante tandis qu'il lui caressait le dos.

— Je dois aller au petit coin !

Bradley descendit du lit à toute vitesse et se dirigea vers le couloir, faisant à nouveau pleurer sa sœur.

— Désolée !

Sarah se précipita derrière Bradley.

Avant qu'elle n'atteigne la porte de la chambre, Bones lui saisit la main, l'attirant contre lui. Son cerveau de maman était encore en train de poursuivre frénétiquement Bradley dans le couloir, ayant besoin de s'assurer qu'il ne ratait pas le pot. Mais une seconde plus tard, les lèvres du docteur Whiskey couvrirent les siennes, lui donnant un long baiser sensuel et calmant son instinct de maman en dépit des gémissements de sa petite fille. Il attisa les désirs féminins qu'elle avait essayé d'enterrer toute la nuit. Elle savait que Lila était en sécurité, même si elle était mécontente pour le moment, et quelques gouttes d'urine sur la lunette des toilettes seraient-elles vraiment si graves ? Les genoux de Sarah faiblirent et ses tétons se durcirent jusqu'à devenir des pics brûlants et nécessiteux. Quand leurs lèvres se séparèrent enfin, il ne restait pas de place dans son cerveau embrouillé par le désir pour penser à quoi que ce soit.

Lila s'accrocha au col du T-shirt de Bones lorsqu'il l'embrassa sur le front.

— Désolé, bébé. Ta jolie maman avait juste besoin d'un baiser matinal pour lui rappeler que nous pouvons tout affronter.

Lentement et intentionnellement, il passa ses doigts sur la

joue de Sarah en disant :

— Bonjour, ma belle.

Avant qu'elle ne puisse mettre suffisamment en ordre les pensées qui tournaient dans sa tête pour répondre, Bradley se rua dans la chambre et sauta sur le lit, rebondissant immédiatement sur les fesses comme le lapin Duracell.

— Lavons-les et installons-les, dit Bones avec un autre sourire sexy. Ensuite, je vais m'occuper du petit déjeuner pendant que vous vous préparerez pour la journée.

— Tu dois être fou si tu veux encore rester.

Elle ne plaisantait qu'à moitié.

Il posa ses lèvres sur les siennes pour un baiser rapide et dit :

— Comme de la glue extra-forte, bébé. Maintenant, allons-y avant que celle-ci ne se lâche de l'autre côté.

CHAPITRE TREIZE

La température de Lila baissa le dimanche après-midi et le lundi matin, elle était redevenue souriante comme à son habitude, ce qui était une bonne chose, car Bones s'inquiétait pour elle comme une jeune mère. Le jeudi après-midi, Sarah était au *Whiskey's* avec les filles pour organiser une fête d'anniversaire pour Lila et Bones. Elle fit glisser sa main sur son ventre rond, pensant à son petit ami qui avait aidé Scott tous les soirs à apporter les touches finales au sous-sol. Il était venu à moto, l'air dur dans sa veste en cuir, son jean qui le moulait partout où il fallait et ces bottes noires qui le rendaient encore plus grand qu'il ne l'était, avec un casque sous le bras. Elle était excitée rien qu'en observant sa démarche assurée, mais quand ce sourire faussement timide étirait ses lèvres, des lèvres auxquelles elle était déjà accro, il lui était impossible de ne pas fantasmer sur le reste de son corps. Heureusement, il semblait que Bones pense à elle tout aussi souvent, car il restait tous les soirs bien après qu'ils avaient fini de travailler au sous-sol, l'aidant à mettre les enfants au lit et l'encourageant à écrire. Elle n'avait pas encore trouvé l'inspiration pour commencer, même si elle transportait toujours un cahier dans son sac juste au cas où. Puis il lui rappelait de la manière la plus délicieuse qu'elle n'était pas seulement une mère, mais aussi une *femme*. Elle avait beau aimer vivre avec Scott, elle commençait à avoir l'impression d'être l'une de ces adolescentes dont elle se souvenait, qui se glissaient dans des classes vides pour embrasser un garçon. Cependant, il n'existait pas d'endroit similaire dans la maison, ce qui signifiait que Bones et elle devaient rester habillés au cas où Scott entrerait dans la pièce. Et il n'était pas facile de se frotter contre lui habillée et avec son ventre rond entre eux. Elle allait au lit excitée et en *manque*. Si elle n'arrivait pas à passer du temps seule avec lui sous peu, elle allait perdre la tête.

— Salut…

Dixie agita une main devant le visage de Sarah, la faisant sortir de sa méditation excitée et l'obligeant à se concentrer de nouveau sur leur conversation.

— Wouah ! Tu as le même regard que Bullet quand il observe Finlay et Bones n'est même pas dans la pièce.

Finlay et Bullet venaient de rentrer de leur lune de miel. Les filles avaient passé les vingt premières minutes de leur déjeuner à regarder les photographies de leur séjour. Ils étaient allés sur l'île d'Elpitha, au large de la côte de la Caroline du Nord. Il n'y avait pas de voiture sur l'île et les filles éclatèrent de rire en voyant Bullet sur un vélo à dix vitesses. Son chiot rottweiler était avec eux sur presque toutes les photographies et sur chacune d'elles, Bullet et Finlay se tenaient la main, s'embrassaient ou se touchaient d'une manière ou d'une autre. L'esprit de Sarah s'était aventuré sur un terrain dangereux, se demandant ce qu'elle ressentirait si elle avait cette possibilité d'être seule avec Bones, si elle n'avait pas été enceinte. Seraient-ils tout le temps l'un sur l'autre ? *Sortirions-nous un jour de la chambre ?*

Finlay jeta un coup d'œil à Bullet par-dessus son épaule. Il était debout derrière le bar et parlait avec Jed.

Il regarda dans sa direction et leva le menton.

— Tu as besoin de moi, Lollipop ?

— Toujours, dit tendrement Finlay.

Puis elle se retourna vers les filles et dit :

— Je crois que Sarah est gravement atteinte de la fièvre Whiskey.

Dixie leva les yeux au ciel.

— Ça n'existe même pas !

Crystal, Gemma et Finlay lui adressèrent un regard sceptique et dirent à l'unisson :

— Oh si, ça existe !

— Je n'ai pas la fièvre Whiskey, insista Sarah. Ce sont les hormones de grossesse.

— Hum, hum !

D'un geste du menton, Crystal écarta de son visage ses cheveux d'un noir de jais, révélant ses yeux bleus remplis de malice.

— Et quand as-tu nourri ces hormones de grossesse pour la dernière fois ?

— Tu ne veux pas le savoir, marmonna Sarah en pensant à la nuit où elle était tombée enceinte et à celle, horrible, qui avait suivi quelques semaines plus tard. Si elle était honnête envers elle-même, elle ne se souvenait pas d'avoir *nourri* ses émotions *ou* ses hormones, mis à part avec Bones. Peut-être qu'il en avait été ainsi avec Lewis au début, mais elle n'avait jamais éprouvé les désirs fiévreux et profonds ou les émotions qu'elle ressentait avec Bones. Elle n'avait jamais imaginé qu'une relation pouvait être aussi chaleureuse et fantastique que sensuelle et excitante.

Isabel écarquilla les yeux.

— Si longtemps que ça ? Tu as déjà emménagé dans ta nouvelle chambre ? Parce que, tu sais quoi…

Elle avait passé plusieurs nuits à penser à ce à quoi « tu sais quoi » pourrait ressembler quand ils auraient un peu d'intimité.

— La moquette du sous-sol vient d'être installée. Scott est à la maison en ce moment-même. Il attend les livreurs de meubles et ma chambre devrait être prête ce soir.

Pour le moment, les enfants partageraient leur chambre actuelle, Sarah prendrait la chambre de Scott et celui-ci irait dormir au sous-sol. Une fois que le bébé serait né, il dormirait dans sa chambre pour ne pas réveiller ses aînés.

— Tu as hâte ? demanda Gemma.

Isabel passa ses cheveux courts et sombres derrière son oreille et dit :

— Moi, j'aurais hâte. Je ne peux pas m'imaginer partager une chambre avec des enfants tout le temps. Je veux dire, comment tu te masturbes quand tu en as envie ?

— Izzy ! la réprimanda Finlay, s'empourprant autant que Sarah était certaine de rougir.

— Oh, mince, les filles ! …

Avant l'arrivée de Bones, elle s'était masturbée pour la dernière fois avant de rencontrer Lewis. Mais elle aurait juré que chaque respiration de Bones était directement reliée à son clitoris, qui se sentait très seul. Dieu merci, elle avait l'intimité des douches ! Mais elle n'avait pas l'intention de dire cela en présence d'Isabel et de Dixie, qui étaient aussi libres pour parler de sexe que Finlay l'était pour évoquer son adoration pour Bullet.

— Quoi ? dit Isabel en riant. Tu es mariée à un mec qui t'a demandé si tu voulais faire un tour sur la *Bullet machine* et ça, ça te met mal à l'aise ?

— Chut !

Finlay se couvrit le visage, faisant rire tout le monde.

Gemma leva les yeux au ciel et dit :

— Sérieusement, Sarah, tu as hâte d'avoir enfin ta propre

chambre ?

Celle-ci avait hâte et elle était tout aussi nerveuse à l'idée de leurs nouveaux ajustements. Principalement à cause des possibilités de… *tu sais quoi*. Même si elle n'était pas très sûre de savoir comment elle gérerait ça avec Scott dans les parages ou ce qu'elle pensait du fait que son frère soit au courant de sa vie sexuelle, car il savait exactement pourquoi Bones restait chez eux.

— Ça va être étrange après avoir dormi dans la même chambre que les enfants pendant si longtemps.

— Non, ça va être fantastique, parce qu'ensuite, Bones et toi aurez un endroit où *baiser*, dit Crystal en lui adressant un clin d'œil.

— S'il vous plaît, on pourrait ne pas parler de mon frère en train de baiser avec qui que ce soit ?

Dixie s'adossa dans sa chaise, croisa ses longues jambes et agita son pied, qui portait un talon haut.

— Oui, *s'il vous plaît*, supplia Sarah, ravie que l'embarras cesse un moment.

Elle était absolument certaine que si – *quand*, car elle en avait vraiment envie – Bones et elle couchaient ensemble, ce ne serait pas de la *baise*.

— Bien sûr, dit Gemma. Que dites-vous de ça ? Sarah, Bones et toi aurez un endroit où vous réfugier derrière une porte fermée pour de tendres soirées pendant lesquelles vous partagerez des secrets.

— Et pour *baiser*, ajouta Crystal avec un sourire suffisant.

Dixie la frappa.

— Tu es juste jalouse parce que tu passes par une période de sécheresse, la taquina Isabel.

Toutes les filles se tournèrent vers Dixie.

— Essaye de coucher avec quelqu'un quand un tas de grosses brutes abruties te surveillent !

— Alors, tape-toi Scott, dit Crystal. Il est super beau et tu traînes tout le temps avec lui, de toute façon.

Sarah grimaça.

— Arrête. Non pas que l'idée que Dixie avec Scott me dérange, mais ce serait bizarre pour nous de… *tu sais quoi*… alors que nous vivons là tous les deux. Ce serait tellement *évident*.

— Je ne vais pas me taper Scott, dit Dixie.

Elle parla si fort que Bullet se tourna vers elles et dit :

— Certainement pas !

Dixie lui fit un doigt d'honneur.

— Scott est un homme adulte, dit Isabel en se concentrant à nouveau sur Sarah. Il couche, comme tout le monde. Il *sait* que Bones et toi avez besoin d'intimité et je suis sûre que ça ne le dérangera pas. Ce n'est pas comme s'il allait écouter à la porte.

— *Ohmondieu !* C'est une pensée dont je n'avais pas besoin.

Sarah s'avachit un peu plus sur sa chaise.

Scott lui avait dit plus d'une fois qu'il appréciait vraiment Bones. Il était même allé jusqu'à lui dire qu'il l'approuvait pour sa petite sœur. Ils avaient bien ri à propos du mot « petite » quand Scott avait tapoté son ventre. Elle savait qu'il respecterait leur intimité. En réalité, même si elle rêvait de faire l'amour avec Bones et qu'elle imaginait faire toutes sortes de choses à son corps ferme et qu'il en fasse au sien, elle était extrêmement inquiète à ce sujet. C'était une chose de désirer quelqu'un et c'en était une tout autre d'essayer de trouver comment faire l'amour avec un ventre rond en croissance. Elle n'imaginait pas que cela soit très sexy. Sans parler du fait qu'elle n'avait jamais vraiment *fait l'amour* avec qui que ce soit au cours de sa vie. Et si rien de ce qu'elle faisait ne convenait ?

— Sérieusement, Bones et toi avez *besoin* de temps seul à seul, dit Crystal catégoriquement. Bear a dit que Bones était nerveux à la réunion du club, lundi soir.

Bones lui avait écrit plusieurs fois pendant cette réunion pour vérifier que les enfants allaient bien, lui dire qu'elle lui manquait et qu'il aimerait être là avec eux plutôt qu'ici. Tout ce qu'il faisait repoussait un peu plus les inquiétudes qui l'avaient rongée.

— Il était probablement exténué parce qu'il a dormi avec mes enfants samedi soir et qu'ils ne l'ont pas lâché de tout l'après-midi, dimanche, dit-elle. Lila s'est endormie sur son torse pendant qu'il lisait sur le canapé et il a refusé de la mettre dans son lit. Il avait peur qu'elle se réveille et qu'elle ne se rendorme pas. Il s'inquiète tellement pour elle et je jurerais qu'il a vérifié la température de Bradley au moins une douzaine de fois ce week-end en l'embrassant sur le front comme si de rien n'était et comme si je ne savais pas ce qu'il faisait.

Gemma soupira.

— C'est ce qu'il y a de mieux, pas vrai ? Tu ne peux pas en vouloir à un homme parce qu'il aime les enfants.

— En particulier quand ce ne sont pas les siens. Il me rend folle d'admiration quand il est gentil comme ça avec eux, admit Sarah.

Cependant, elle ne dit rien à propos des autres réactions que cela provoquait en elle. Elle avait voulu lui arracher ses vête-ments, mais tout ce qu'ils pouvaient faire, c'était se faufiler dans la buanderie en laissant les enfants regarder la télévision pendant quelques minutes pour s'embrasser et se caresser. Elle eut la chair de poule sur les bras rien qu'en pensant à son sexe chaud s'appuyant contre sa cuisse et à l'envie qu'elle avait eue de l'avoir dans ses mains, dans sa bouche, dans son *corps*.

— Scott s'en est bien sorti quand il les a gardés. Il ne peut pas le faire pendant la nuit ? demanda Gemma.

— Il peut, mais je déteste lui imposer cette responsabilité et je ne les ai jamais laissés une nuit entière.

— Jamais ? demanda Gemma.

Sarah secoua la tête.

— Nos vies n'ont jamais été favorables aux rendez-vous ou à quoi que ce soit de ce genre. D'ailleurs, je n'étais jamais allée à un vrai rendez-vous avant le soir où je suis sortie avec Bones.

Les filles écarquillèrent les yeux de surprise.

— Quand Bones et toi allez-vous sortir de nouveau ? demanda Crystal.

— Il fait du bénévolat au refuge pour femmes de Parkvale samedi soir et il m'a invitée à sortir ensuite. J'aimerais vraiment participer au volontariat avec lui, mais Scott a quelque chose de prévu et je n'ai pas encore demandé à Babs si elle pouvait garder les enfants.

— Oublie Babs, dit Finlay. Nous allons les garder pour la nuit. Bullet et moi voulons fonder une famille bientôt. Quoi de mieux pour nous préparer que de faire du baby-sitting ?

— Vraiment ? demanda Sarah. Je ne peux pas vous déranger comme ça. Vous venez de rentrer de votre lune de miel et les enfants empêchent vraiment de faire des choses coquines.

— Tu as vu mon homme avec les enfants de Gemma ? dit Finlay. Les enfants sont la seule chose qu'il aime plus que le sexe.

— Tu en dis trop, intervint Dixie.

Finlay leva les yeux au ciel.

— Bear et moi pouvons nous en occuper, dit Crystal. Nous pouvons passer la nuit avec eux.

— Je travaille, dit Isabel. Sinon je vous proposerais mon

aide.

— Tru et moi pouvons venir avec les enfants un moment pour que Bradley et Kennedy puissent jouer ensemble, suggéra Gemma.

— Attendez une seconde, les interrompit Dixie. Il est impossible que vous teniez sur le canapé pour dormir avec vos hommes gigantesques. *Je* vais rester avec les enfants pendant la nuit. Gemma, tu peux venir avec tes enfants pour qu'ils jouent, dit-elle à cette dernière. Et les autres, vous pouvez venir traîner avec nous, mais vous n'êtes pas obligés de dormir sur place.

— Je vous suis reconnaissante pour tout ça, mais c'est bizarre, dit Sarah. Comme si je prévoyais de coucher avec lui ou quelque chose comme ça.

— Eh bien, ouais ! dit Crystal en riant. C'est le but, pas vrai ?

— Parfois, il faut *planifier*.

Gemma toucha la main de Sarah et dit :

— *En particulier* quand tu as des enfants.

Un éclat de rire sortit des lèvres de Finlay et elle se couvrit la bouche, son regard faisant le tour de la table.

— Désolée, dit-elle derrière sa main. Je viens juste de me rendre compte que Dixie se plaint de savoir ce que tu veux faire avec son frère et c'est *elle* qui va garder les enfants.

— Ils *partagent des secrets*, tu te souviens ? dit sèchement Dixie.

— Envoie un message à Bones, dit Finlay avec enthousiasme. Dis-lui que tu acceptes de sortir samedi soir. Il va être *tellement* content !

Nerveusement, Sarah lui envoya un SMS. *Dixie va garder les enfants samedi pour que je puisse sortir avec toi, mais j'aimerais aussi faire du bénévolat avec toi au refuge, si ça ne te dérange pas.*

Elle décida de ne pas parler du fait que Dixie avait proposé de s'occuper des petits pendant la nuit, car quoi qu'il advienne, elle allait bien partager de *vrais* secrets avec Bones le samedi soir et elle n'était pas sûre qu'il veuille continuer de la voir ensuite. Au moins, s'ils rompaient, elle pourrait s'apitoyer sur son sort seule pendant quelques heures avant d'être de nouveau une maman.

Après avoir parlé de tous les détails pour que Sarah et Bones *partagent des secrets*, Finlay redirigea la conversation vers la raison pour laquelle elles étaient là : organiser la fête d'anniversaire de Bones et Lila. Pendant que les filles parlaient de ballons, de gâteaux et de jeux, Sarah pensa à son rendez-vous imminent avec son petit ami. Elle avait mal au cœur rien qu'en imaginant qu'il ne veuille plus la voir quand elle lui aurait raconté le reste de son histoire, mais chaque fois qu'elle essayait de le faire, et cela était arrivé souvent, elle avait cédé à l'envie d'avoir une heure, une nuit de plus avec lui. Elle avait remis ce moment à plus tard assez longtemps. La culpabilité la rongeait.

Il était temps de dire la vérité, même si cela signifiait qu'elle le perdrait.

CHAPITRE QUATORZE

Bones était bénévole au refuge pour femmes de Parkvale depuis des années et même s'il se trouvait en périphérie d'un quartier miteux, il n'avait jamais craint d'y aller. Le bâtiment en briques se trouvait à côté d'une station-service dans une rue secondaire et ressemblait plus à un immeuble d'appartements de deux étages qu'à un refuge. Il était surveillé vingt-quatre heures sur vingt-quatre et sept jours sur sept et la police effectuait régulièrement des rondes dans le coin. On n'avait pas déploré d'incidents au refuge depuis très longtemps et il n'aurait pas dû y avoir de raison pour que les cheveux se dressent dans sa nuque lorsqu'il se gara derrière le bâtiment avec Sarah assise à ses côtés.

Mais il y en avait une.

Sa compagne triturait nerveusement le bord de son sweat-shirt gris et épais depuis trente minutes. Il lui avait demandé plusieurs fois si elle avait changé d'avis, mais elle avait confirmé qu'elle voulait faire du bénévolat au refuge, même si ce n'était que pour parler à certaines résidentes.

Il l'aida à sortir de la voiture et l'attira dans ses bras, se souvenant de la peur qu'elle avait ressentie à l'idée d'aller dans un refuge des d'années auparavant, quand son amie l'avait plutôt conduite à un arrêt de bus.

— Sarah, nous ne sommes pas obligés de faire ça. Si ça te

rappelle trop de mauvais souvenirs, nous pouvons remonter dans la voiture et rentrer à la maison immédiatement.

Elle leva le menton et une mèche de cheveux tomba devant son visage. Lorsqu'il l'écarta, le regard de Sarah lui fit mal au cœur. Il y voyait effectivement de la peur, ainsi que de la tristesse et en dessous, toute la force qui lui avait permis de survivre pendant une si grande partie de sa vie et qui brillait.

— Je vais bien, dit-elle. Je veux le faire même si je suis nerveuse. Les femmes du refuge doivent voir qu'il reste de l'espoir et je peux les aider à le voir. Je suis la preuve vivante que l'endroit où elles sont maintenant ne doit pas devenir leur seul horizon.

Elle l'émerveillait de bien des façons, pas juste parce qu'elle avait appris d'une manière ou d'une autre à être une mère incroyable et aimante alors qu'elle n'avait pas eu d'exemple positif, ce qui était un exploit en soi, mais aussi parce qu'elle prenait toutes les responsabilités à cœur, y compris celle-ci, qui ne lui revenait pas. Ses efforts inébranlables pour vaincre son passé et aider autrui donnaient l'impression qu'elle était encore plus puissante que l'homme le plus fort qu'il connaisse.

Il l'embrassa tendrement et dit :

— Où étais-tu pendant le reste de ma vie, Sarah Beckley ? J'aurais voulu te rencontrer il y a des années.

Elle baissa les yeux, puis elle lui sourit et dit :

— Étant donné que je n'ai que vingt-six ans et que tu en as trente… ?

— Et quelques, répondit-il avec un petit rire.

— Étant donné que tu avais vingt ans *et quelques* quand je suis partie de chez moi, je pense que le destin avait peut-être bien un plan, après tout. Sinon tu m'aurais vue comme une gamine, à l'époque, et rien de plus. Peut-être que nous n'en serions jamais arrivés à ce stade.

Elle leva les yeux vers le bâtiment et dit :

— Au moins, je ne traverse pas cela toute seule. Tu es à mes côtés, ce qui est bien plus que ce que j'avais quand j'ai mis les pieds dans un refuge autrefois. Alors, allons voir qui nous pouvons aider.

Un bras autour de Sarah, le jeune homme balaya les alentours du regard tandis qu'ils se dirigeaient vers la façade du bâtiment. Ce n'était pas une maison de sécurité, même si Bones en avait visité un grand nombre. Les Dark Knights s'engageaient à protéger Peaceful Harbor et à en éradiquer la maltraitance et le harcèlement. Ils étaient intervenus à plusieurs reprises et organisaient des départs sûrs pour les femmes et les enfants.

— Je suis ravi que tu sois là, dit-il quand ils atteignirent le bâtiment. Quand j'ai commencé à travailler avec des refuges, je pensais que j'allais me retrouver avec une sensation de désespoir, de gêne, de haine de moi et d'autres émotions que je ne méritais pas. Même si c'était bien le cas, j'ai trouvé que l'*espoir* éclipsait tout le reste. Il a fallu un peu plus de temps pour que certaines femmes et certains enfants l'acceptent, mais je suis toujours un peu émerveillé par son pouvoir.

Elle le regarda d'un air curieux.

— Je n'y ai jamais pensé de cette manière, mais tu as raison. Je suis contente d'être là aussi.

Il tint la porte ouverte pour Sarah et elle se raidit. Puis elle lui prit la main et s'y accrocha fermement, regardant le vestibule quelconque tandis qu'ils montaient l'escalier jusqu'à l'entrée du refuge, au deuxième étage.

Il entra son code et le mécanisme de déverrouillage sonna. Sarah serra sa main un peu plus fort.

À l'intérieur, la fille d'Eva Yeun, Sunny, contourna le comptoir d'accueil pour les recevoir.

— Salut, Bones. Je suis ravie que tu aies pu venir.

Elle serra le jeune homme dans ses bras. Son grand corps donnait l'impression que Sunny, qui mesurait un mètre cinquante-deux et qui était légère comme une plume, était toute petite.

— Et tu dois être Sarah. Bones m'a dit qu'il amenait son amie spéciale.

Elle passa ses cheveux noirs et soyeux par-dessus son épaule, poussa ses lunettes sur l'arête de son nez et ouvrit les bras en direction de la nouvelle venue.

— Je suis du genre à faire des câlins, mais je sais que ce n'est pas le cas de tout le monde. À toi de choisir.

Sarah se pencha en avant, un peu gênée, et la serra dans ses bras.

— Salut. Merci de m'avoir permis de venir aujourd'hui. Je ne sais pas exactement comment je peux aider, mais je suis douée pour écouter.

— C'est ce dont la plupart de nos résidentes ont besoin, dit Sunny en se précipitant derrière le bureau et en prenant une pile de classeurs. Mais d'abord, je dois préparer Bones pour ce soir. Tu as un certain nombre de femmes et d'enfants à voir. Je suis particulièrement inquiète pour un petit garçon. Il a quatre ans et il est un peu pâle, mais sa mère refuse de l'emmener au centre de soins d'urgence. Elle est avec un autre enfant, mais il semble en meilleure santé. J'ai mis son dossier en haut de la pile.

Beaucoup de femmes refusaient d'être soignées, elles étaient généralement plus enclines à accepter quand il s'agissait de leurs enfants.

— Je vais aller les voir en premier. La mère est agitée ? demanda Bones.

— Elle est plutôt comme une lionne féroce ; elle est sûre que tout le monde va lui prendre ses enfants. Sois prudent. Elle protège sa tanière avec ses griffes et ses crocs.

Le médecin hocha la tête et se tourna vers Sarah.

— Si tu as besoin de moi, dis-le à Sunny.

— Ça ira, le rassura la jeune femme.

Quelque chose dans la manière dont elle le lui dit lui indiqua qu'elle avait fait une sorte de bond intérieur et qu'elle avait pris le contrôle de ses peurs. Il se pencha pour l'embrasser et dit :

— Merci, chérie.

— Vous ne pourriez pas être plus adorables.

Sunny poussa Bones vers le couloir qui menait au bureau où il réalisait ses consultations.

— Ma mère t'attend là derrière. Elle va faire entrer tout le monde et elle va leur donner des torchons quand elles sortiront pour essuyer la bave.

Bones leva les yeux au ciel et avança le long du couloir.

SUNNY SE PENCHA vers Sarah et baissa la voix :

— Comme s'il ne savait pas que même les femmes qui ont vécu un enfer remarquent les mecs sexy et gentils ! Viens, je vais te faire visiter et te présenter à quelques-unes des résidentes. Quand vas-tu accoucher ?

— Mi-février. Tu as des enfants ? demanda Sarah tandis qu'elles descendaient un autre couloir.

— Non. Je ne suis pas très respectueuse envers moi-même et je travaille là-dessus avant d'envisager de donner la vie à des petits humains. Bones m'a beaucoup aidée.

Elle dut voir la curiosité dans le regard de Sarah, car elle s'arrêta et dit :

— Je ne sais pas s'il te l'a dit ou pas, mais mon père est membre des Dark Knights, ce qui veut dire que j'ai grandi avec assez de frères, c'est-à-dire tous les pères et les fils des Dark Knights, pour douze filles. C'est sacrément agaçant, mais c'est aussi rassurant de savoir qu'un groupe de mecs te couvre. À moins que tu ne sois comme moi. Dans ce cas, tu te rebelles contre tout ce qu'ils essayent de t'enseigner et tu finis par sortir avec des connards brutaux.

Elle soupira et dit :

— Je te jure, entre mes seize ans et mes vingt ans, j'étais une fauteuse de troubles. J'ai emménagé ici après le lycée pour ne pas être à Peaceful Harbor et je me suis attiré tellement d'ennuis que c'est un miracle que je sois encore en vie.

De temps en temps, Sarah avait encore du chagrin pour l'enfance qu'elle avait ratée, ce qui aurait inclus des choses comme des petits amis à l'adolescence et des rébellions, mais dans les moments comme celui-là, elle savait que l'herbe n'était pas toujours plus verte ailleurs.

— Comment Bones t'a aidée ?

— Tous les autres *ordonnaient* et *exigeaient*, expliqua Sunny. Mais Bones ne l'a jamais fait. Il m'a trouvée à une fête un soir, il ne m'a pas fait sortir, il ne m'a pas dit que j'étais une crétine rebelle qui allait se faire violer ou tuer. Il s'est juste assis avec moi pendant la fête et il m'a écoutée me plaindre. Et à la fin de la soirée, il m'a ramenée à mon appartement. Il a fait ça tous les soirs pendant deux semaines et un jour, mon voisin m'a demandé pourquoi je faisais dormir mon petit ami dehors. Évidemment, ce n'était pas mon petit ami. Je ne le savais pas, mais Bones avait monté la garde devant chez moi tous les soirs. Je n'ai découvert que plus tard que quand les types avec qui je traînais se pointaient, il les renvoyait. Il a eu de sacrées bagarres avec certains d'entre eux, d'après ce que j'ai compris.

Sarah se souvint de la nuit d'Halloween et de la manière dont Bones était resté dehors jusqu'à ce que Scott rentre à la maison. Il ne l'avait jamais mentionné, il n'avait pas cherché à recevoir des éloges ou des remerciements. Il se contentait de savoir qu'elle était en sécurité.

— Et ça a suffi pour te donner envie de changer ?

Sarah se posa la question à elle-même et oui, sa gentillesse avait suffi pour qu'elle commence à s'ouvrir à lui.

Sunny secoua la tête, ses yeux sombres se remplissant de tristesse.

— Assez pour que je ralentisse et que je me demande pourquoi il faisait ça. Il ne devait rien à ma famille. Il n'avait rien d'autre à gagner que de la fatigue. Quand je lui ai posé la question, il m'a répondu : « À toi de me le dire ». C'était la première fois que quelqu'un me posait une telle question et ça m'a fait réfléchir. Pourquoi quelqu'un *voudrait* m'aider ? Cette question m'a dévorée. Mais le lendemain soir, quand je suis allée à une fête, Bones m'attendait, appuyé sur sa moto. Le célibataire le plus sexy de Peaceful Harbor passait ses soirées à essayer de me convaincre de vouloir quelque chose de plus pour moi-même. Je l'ai rejeté quelques jours de plus et puis, un soir, il m'attendait, de nouveau appuyé sur sa moto, les chevilles croisées, et il m'a dit : « Je peux faire ça toute l'année. » J'avais été égoïste toute ma vie, mais soudain, ça m'a frappée. Il y avait ce mec qui voulait aider les gens et moi, j'avais plus de soutien que je ne pouvais en vouloir et je le rejetais. Combien de personnes n'avaient pas ça ? Combien d'autres filles Bones aurait-il pu sauver s'il n'avait pas essayé de m'atteindre ?

Il n'existait pas beaucoup d'hommes comme Bones dans le monde et Sarah espérait qu'après ce soir-là, il voudrait encore d'elle.

— J'aurais donné n'importe quoi pour avoir quelqu'un comme lui dans ma vie quand j'étais plus jeune. Ça aurait pu m'empêcher de faire des choses dont je ne suis pas fière.

— Bones dit que tant que nous sommes honnêtes envers nous-même, la honte n'a pas de place dans nos vies. Ce n'est pas un type moralisateur, mais c'est un petit cadeau subtil qu'il a partagé avec nos résidentes. Je crois que nous pardonner nous aide. Ça faisait partie de mon problème. J'étais trop gênée pour retourner au port et pour affronter toutes les personnes qui avaient essayé de m'aider. Ce que Bones a dit et ce qu'il a fait m'a donné le courage de venir ici avec ma mère et d'aider autrui. Et à terme, de faire face aux gens qui s'étaient tellement efforcés d'être là pour moi.

Sunny fit un signe de tête en direction de la porte d'une salle de détente et dit :

— Tu es prête à faire la différence ?

— Plus que tu ne peux l'imaginer.

Sarah suivit Sunny dans la pièce ouverte et lumineuse. Une femme blonde était assise par terre à côté de la télévision avec deux jeunes garçons qui construisaient une tour avec des petits cubes. Sarah les observa un moment, se demandant s'il s'agissait de la femme qui sortait les griffes et les crocs pour protéger ses enfants. Elle ressemblait à n'importe quelle jeune mère et aucun des enfants ne semblait particulièrement pâle. Le fait qu'elle-même aurait pu être dans la même situation si elle n'avait pas retrouvé Scott ne lui échappa pas. Combien de fois avait-elle regretté de ne pas avoir tenté sa chance et s'être rendue au refuge qui se trouvait près de sa ville natale juste au cas où Josie y serait allée ?

Elle détourna le regard dans une tentative futile d'ignorer le trou noir que sa sœur avait laissé derrière elle. Une fille solide à la peau pâle avec des cheveux frisés auburn lisait un magazine sur le canapé et de l'autre côté de la pièce, deux femmes de l'âge de Sarah étaient blotties l'une contre l'autre et parlaient à voix basse. La nouvelle venue faillit ne pas remarquer une jeune femme assise seule sur une causeuse, les jambes repliées sous elle, un sweat à capuche violet recouvrant sa tête. On aurait dit qu'elle voulait se rouler suffisamment en boule pour rétrécir et disparaître. Sarah ne connaissait que trop bien cette sensation.

Elle marqua une pause, doutant de sa décision. Pourquoi ces femmes voudraient-elles lui parler ? Qu'avait-elle à leur offrir ? Leur donner de l'espoir suffirait-il ?

— C'est Tracey, dit doucement Sunny. Elle est nouvelle ici et elle n'a personne. Je crois que ça lui ferait plaisir de te parler.

Elle toucha le coude de Sarah et murmura :

— Essayons.

Celle-ci ne pouvait plus reculer. Tandis qu'elles s'approchaient, elle réalisa que Tracey lisait un livre posé sur ses genoux.

— Tracey ? dit Sunny. Je te présente Sarah. Elle nous rend visite aujourd'hui et je pensais que vous pourriez apprendre à vous connaître.

La jeune femme leva la tête, révélant un bleu foncé sur sa joue droite gonflée. Elle avait des yeux sombres et méfiants qui criaient qu'elle avait vu trop de choses et qu'elle voulait tout oublier. Elle examina Sarah un moment, jetant un coup d'œil à son ventre. La future mère posa distraitement sa main dessus.

Tracey détourna les yeux.

— Comme tu veux.

Je n'aurais pas dû venir. Elles ne veulent pas entendre à quel point j'ai eu de la chance. C'est comme le leur balancer à la figure.

— D'accord, je vais vous laisser seules.

Sunny adressa un clin d'œil à sa complice et sortit de la pièce.

Pendant un moment, Sarah fut immobilisée sur place, incertaine de savoir quoi faire. Sa tête lui disait de faire demi-tour et de suivre Sunny. Mais l'idée que Bones sache qu'elle s'était dégonflée lui permit de retrouver sa voix.

— Euh… Je ne suis pas très douée pour ce genre de choses, dit-elle, plus nerveuse à présent parce que Tracey ne la regardait même pas. Ça t'ennuie si je m'assois ?

Tracey secoua la tête et Sarah s'enfonça dans le canapé, sentant soudain qu'elle avait seize ans de nouveau, qu'elle était seule et effrayée. De toute évidence, Tracey était plus âgée qu'elle ne l'était à l'époque. Sarah supposait qu'elle avait environ vingt-trois ou vingt-quatre ans. Tracey bougea sur le coussin et grimaça. Sarah n'avait pas besoin de lui demander si elle avait d'autres bleus. Son père était expert dans l'art de lui saisir le bras près de l'épaule, où les manches couvriraient les bleus, et de la frapper au niveau du muscle ischio-jambier ou du haut de la cuisse, du ventre ou du dos. La panique l'envahit comme une rafale de vent sans fin, lui coupant le souffle tandis que d'autres souvenirs la mitraillaient. Elle pouvait encore se sentir trembler alors qu'elle était debout au bord de la route en levant le pouce, imaginant que son père arriverait, prêt à l'achever. Elle se souvint de la force des mains de son père à chaque coup, l'horreur de sa mère la rabaissant sans relâche. La manière dont les bruits froids des rues de la ville avaient résonné dans ses oreilles quand Susan l'avait amenée au refuge et la façon dont elle était retournée en courant vers la voiture de cette dernière, la suppliant de ne pas la laisser là.

Elle haleta, s'appuyant sur le dossier du canapé, et elle croisa les bras sur son ventre pour protéger son enfant à naître de durs souvenirs. Mais il était impossible d'échapper à la peur en elle.

— Ça va ? demanda Tracey.

— Je ne suis pas sûre, parvint à dire Sarah. Je suis venue ici pour essayer d'aider des femmes qui traversaient ce que j'ai subi, mais… C'est *dur*.

— Sans rire. Prends quelques profondes inspirations pour ne pas accoucher ou t'évanouir.

Cela fit sourire Sarah.

— Merci.

— Il y a un médecin mignon ici aujourd'hui. Il est vraiment gentil aussi. Peut-être que je devrais aller le chercher.

Elle était sur le point de se lever quand Sarah posa une main sur son bras.

— Non, je vais bien.

Elle respirait déjà un peu plus facilement.

— Je suis venue avec ce médecin. C'est un ami. Mais vraiment, je vais bien. Ce n'était qu'une réminiscence momentanée d'une époque dont je préfère ne pas me souvenir.

Tracey se laissa retomber sur le coussin et dit :

— Toute ma vie est une série d'époques dont je préférerais ne pas me souvenir.

Elle leva la main et toucha sa joue gonflée.

— C'est un homme qui t'a fait ça ?

Elle hocha la tête.

— On m'a fait du mal aussi, dit Sarah, surprise de voir à quel point il était facile de le dire après ce qu'elle venait de vivre. *Beaucoup* de mal. Pendant de nombreuses années. Mais chaque fois que je me suis enfuie, je me suis dit qu'il fallait que je sois forte, jour et nuit, jusqu'à ce que je l'entende dans mon sommeil.

— Pas le médecin… ?

Sarah secoua la tête.

— Je ne peux même pas l'imaginer faire du mal à qui que ce soit. C'est un homme bien. J'ai toujours espéré que ce genre d'homme existe, mais je n'ai jamais cru que c'était vraiment le cas.

— Les hommes changent, dit Tracey en baissant à nouveau les yeux vers ses genoux.

— Oui, certains changent. J'ai vécu ça aussi et ça m'a presque empêchée de voir le bon chez B… le docteur Whiskey. Je suis sûre que tu as souvent entendu ça, mais ce n'est pas parce que tu es ici en ce moment que c'est ton destin.

Lorsqu'elle prononça ces mots, elle sentit la vérité en eux qui lui donnait de la force.

— Quand tu es dans un mauvais moment, entourée par le venin et la laideur, je sais que c'est facile d'oublier qu'il existe tout un monde à l'extérieur des murs entre lesquels tu vis. Un monde de gens gentils, d'opportunités. Un monde où on n'accepte pas les coups et les humiliations. Mais je suis la preuve vivante que nous pouvons créer une nouvelle vie, notre propre avenir, si nous y croyons et si nous nous en donnons vraiment les moyens.

Tracey s'agrippa fortement à son livre.

— Je n'ai vraiment pas l'impression que c'est le cas.

— Je sais. J'ai une vie meilleure et j'ai encore peur que tout s'écroule. Mais ça ne donne que plus de pouvoir à mes parents et à mon ex-petit ami.

La femme assise sur la causeuse la regarda.

Des larmes furieuses remplirent les yeux de Sarah et elle n'essaya même pas de les cacher lorsqu'elle dit :

— Je ne veux plus vivre dans la peur alors que tout le monde autour de moi me donne des raisons de faire confiance. Je ne vais pas donner ce pouvoir à ces salauds.

Elles parlèrent un long moment et finalement, les autres femmes de la pièce – Ebony, celle qui était sur le canapé quand elle était arrivée, et Camille, la mère des deux garçons – se joignirent à elles. Elles posèrent les coussins par terre et s'assirent les unes à côté des autres, baissant la voix, car c'est ce que l'on fait quand on parle de choses horribles que l'on préférerait ne pas dire.

Quand Bones vint chercher Sarah, trois autres femmes qu'il avait examinées s'étaient jointes à elles et elles avaient toutes raconté leurs histoires d'horreur.

Toutes levèrent les yeux depuis leurs sièges par terre, certaines d'entre elles murmurant derrière leurs mains. Sarah sentit ses joues rougir. Elle n'avait précisé aucun détail intime, mais elle leur avait dit qu'elle sortait avec Bones, ce qu'elle essayait encore d'assimiler. En particulier après avoir passé du temps là, avec des femmes qui avaient vécu les mêmes cauchemars qu'elle. En parler était agréable. Sarah avait beau détester l'admettre, elle éprouvait une certaine forme de réconfort dans le fait d'échanger avec d'autres femmes qui avaient connu des circonstances similaires. Mais cela lui permit également de réaliser qu'elle avait *beaucoup* avancé.

— Docteur Whiskey ? dit Tracey avec une lueur malicieuse dans les yeux que Sarah fut ravie de voir.

— Oui, Tracey ? demanda-t-il en s'accroupissant à côté de Sarah, faisant glisser sa grande main le long de son dos.

— J'allais proposer en plaisantant de vous cloner, mais ce

que je veux vraiment dire, c'est que j'espère que vous continue-
rez à bien traiter Sarah et ses enfants.

Tracey retira sa capuche, révélant une jolie coupe à la garçonne qui lui donnait l'air encore plus jeune que ses vingt-
quatre ans.

Les yeux sombres et malicieux de Bones se posèrent sur
Sarah, lui envoyant de la chaleur lorsqu'il dit :

— C'est ce que j'ai prévu. Tu as besoin de plus de temps,
chérie ? demanda-t-il.

— *Chérie*, murmura Ebony. J'ai le cœur qui bat.

Elle se tapota la poitrine, les faisant tous rire et faisant rougir
Sarah.

— Je suis prête, dit cette dernière, acceptant sa main pour
l'aider à se lever.

Tandis que les résidentes du refuge reposaient les coussins
sur les canapés, Sarah eut l'impression d'abandonner de bonnes
amies. Elle avait des points communs intimes avec ces femmes
et même si cela n'effaçait pas la honte qu'elle ressentait pour ce
qu'elle avait fait, parler avec elles lui avait libéré l'esprit. Elle
était encore nerveuse à l'idée de révéler une plus grande partie de
son passé à Bones, mais cela lui avait procuré de la clarté et de la
force de savoir qu'elle n'était pas la seule à être tombée aussi bas
et à devoir assumer ce qu'elle avait fait pour survivre. Elle était
venue pour aider ces femmes. Elle n'avait pas réalisé à quel point
elles pourraient l'aider.

— Tu reviendras ? demanda Tracey.

— Oui.

Sarah passa en revue mentalement son emploi du temps à
venir.

— Mercredi prochain, dans l'après-midi ?

Elles décidèrent toutes de se retrouver ce jour-là et Sarah

écrivit son numéro pour le donner à Tracey.

— Vous pouvez toutes l'utiliser. J'ai des heures de travail irrégulières, mais j'adorerais discuter avec vous.

— Si le docteur Whiskey était mon petit ami, dit Ebony, j'aurais mieux à faire que de parler avec des gens comme nous.

Bones leva le pouce au-dessus de son épaule et dit :

— Je crois que c'est le signal qu'il me fallait pour que j'attende à la porte.

Les femmes se serrèrent dans les bras, se promettant d'être fortes et de se revoir la semaine suivante. Ebony demanda à Sarah si elle pouvait faire quelque chose avec ses cheveux et Sarah dit qu'elle apporterait son matériel et quelques magazines de coiffure. Puis elle alla chercher Bones et le trouva dans le hall en train de parler à Sunny.

— Désolée d'avoir mis aussi longtemps, dit Sarah lorsqu'il tendit une main vers elle, l'attirant dans ses bras chauds.

— Ne t'excuse pas, dit Sunny. On dirait que tu t'es fait de nouvelles amies et cet homme vient de me dire que sa soirée est dédiée à un rendez-vous sexy avec toi.

Cela plaisait à Sarah, même si elle sentit sa nervosité augmenter en se dirigeant vers la voiture à l'idée de dire à Bones toutes les choses qui semblaient plus faciles à partager avec les filles du refuge.

Une brise secoua les feuilles des arbres le long du trottoir. Il passa un bras autour de ses épaules et dit :

— Tu es contente d'être venue ?

— Très contente.

Elle pensa à ses nouvelles amies et à la maltraitance qu'elles avaient subie. Elle voulait leur offrir une fin heureuse à toutes.

— Camille était la mère qui sortait les griffes et les crocs, selon Sunny ? Parce que ses enfants ne m'ont pas semblé malades et elle était vraiment gentille.

— Non. Cette femme est partie avant que je ne puisse la voir.

Bones la tint plus fermement, marchant rapidement en direction de sa voiture.

— Que va-t-il arriver à son fils ?

Bones haussa les épaules.

— Si seulement je le savais ! Sunny m'appellera si elle vient et qu'elle accepte que je l'examine.

— Bien.

Elle ne pouvait pas imaginer refuser que quelqu'un prenne bien soin de ses enfants.

— Scott m'a donné une liste de tes plats préférés et j'ai trouvé un restaurant qui m'a assuré qu'ils pouvaient les préparer sans allergènes.

Elle se blottit davantage contre lui et dit :

— Les choses que tu fais pour moi…

— Chérie, je ferais tout pour toi.

Tandis qu'il ouvrait la portière du côté passager, elle hésita à lui dire la vérité. S'ils allaient à un restaurant romantique, elle pourrait de nouveau être tentée de gagner une nuit de plus. Bon sang, le simple fait de savoir qu'il avait prévu une soirée aussi spéciale lui donnait envie d'avoir une nuit de plus sans que son passé interrompe la beauté de ce qu'ils avaient !

Elle se glissa sur le siège et il l'aida à mettre sa ceinture, puis il l'embrassa tendrement.

— Comment tu peux me manquer autant alors que nous n'avons été séparés que quelques heures ?

OhMonDieu ! Une nuit de plus, ce serait vraiment agréable !

Il ferma la portière et elle le regarda contourner la voiture et y monter. La première chose qu'il fit fut de lui prendre la main et de la serrer.

Ce ne serait juste envers aucun d'eux d'attendre une journée de plus. Il méritait de connaître la vérité et si cela signifiait qu'il rompait avec elle, il valait mieux que cela arrive à ce moment-là plutôt qu'après avoir fait l'amour. Ce serait terriblement douloureux à ce moment-là, mais une fois qu'elle se serait ouverte à lui de *cette* manière ? Une fois qu'ils auraient fait l'amour ? Non seulement elle lui donnerait toute sa confiance pour l'homme qu'il était à présent, mais aussi pour l'homme qu'il serait à l'avenir. Elle croirait assez en lui pour penser qu'il ne ferait pas tomber son masque.

Cette idée envoya un frisson de panique le long de sa colonne vertébrale, mais celui-ci s'effaça dès qu'elle le regarda. Elle ne voyait pas d'obscurité chez Bones. Elle voyait une lumière splendide qui les avait déjà enveloppés. Elle savait que la passion de ses baisers et de son contact n'était que la surface de l'homme qu'il cachait. Faire l'amour avec lui serait une expérience bouleversante et le perdre après cela serait plus dur que tout ce à quoi elle avait survécu.

Ce soir, décida-t-elle lorsqu'il démarra la voiture. Ce soir-là, elle révélerait la partie d'elle qui pourrait tout gâcher entre eux.

— Je suis fier que tu sois entrée là-dedans, dit-il en sortant du parking. Je sais que ça a dû être angoissant pour toi, au début.

Pas aussi angoissant que ce qui arrive.

— Effectivement, mais je suis vraiment contente d'y être allée. Et même si je trouve adorable que tu te sois donné le mal de trouver un restaurant capable de faire face à mes allergies, tu penses que l'on pourrait acheter un dîner à emporter ? J'espérais que nous pourrions être seuls, ce soir.

Le désir s'enflamma dans les yeux de Bones.

— Pour parler, dit-elle trop rapidement.
Le cœur plein d'espoir, elle ajouta :
— Et peut-être autre chose.

CHAPITRE QUINZE

Dès qu'ils furent dans la voiture, Sarah envoya un message à Dixie pour vérifier que les enfants allaient bien, puis elle sortit l'un des cahiers que Bones lui avait offerts de son sac à main et elle commença à écrire, tandis qu'il se demandait de quoi elle voulait parler. Aller au refuge avait-il été trop difficile pour elle, après tout ?

— Tu écris de nouveau ? dit-il.

— Hum, hum. Les femmes que j'ai rencontrées m'ont inspirée.

— D'une bonne façon ?

— Hum, hum.

Elle écrivit en silence pendant le reste du trajet jusqu'à la maison. De temps en temps, elle fermait les yeux un moment, puis elle reposait le stylo sur le papier. Bones lui jeta des coups d'œil furtifs, amusé par l'air déterminé de son front, la manière dont elle plissait le nez et appuyait plus fort sur le stylo, puis souriant et écrivant avec des coups de crayon plus rapides et plus légers. Ce qui s'était passé à l'intérieur avait bien touché une corde sensible, ou *plusieurs*. Ils passèrent par le restaurant pour acheter leur dîner et ce ne fut qu'à ce moment-là qu'il réalisa qu'elle avait peut-être dit qu'elle voulait parler parce qu'il était plus facile de dire cela que de dire qu'elle voulait coucher avec lui.

Eh bien, voilà une idée intéressante !

Lorsqu'il revint vers la voiture avec leur nourriture, elle leva les yeux d'un air troublé et dit :

— Je viens de réaliser que j'ai probablement eu l'air ingrate à propos du dîner et que c'est impoli de ma part d'écrire au lieu de t'écouter. Je suis tellement nerveuse ! Je suis désolée si tu préférais manger au restaurant.

Il tendit le bras devant le tableau de bord pour lui prendre la main et en embrassa le dos.

— Ne t'excuse pas de vouloir du temps seule avec moi.

Il traversa la ville en voiture pendant qu'elle écrivait et lorsqu'il tourna dans la rue étroite en direction de son domicile, Sarah remit son cahier dans son sac et regarda autour d'elle comme si elle avait été trop perdue dans l'écriture pour reconnaître où ils étaient. Il tourna à gauche à la bifurcation pour s'engager sur la route qui menait chez lui, à l'endroit où ils avaient tourné à droite pour aller à la marina l'autre soir. Quelques minutes plus tard, les bois cédèrent la place à sa longue allée et à une vue de sa maison, en haut d'une falaise.

Sarah regarda silencieusement par la fenêtre tandis qu'il remontait l'allée et quand le bord de la falaise fut visible, la mer infinie s'étendait devant eux. Le clair de lune dansait sur les ondulations de l'eau et Sarah dit :

— Je ne savais pas que tu vivais au-dessus de la mer. C'est splendide et tellement reculé ! Si je vivais ici, je passerais mon temps à regarder le paysage et à rêvasser.

Il avait su à la minute où il avait vu la maison spacieuse, le grand porche qui en faisait tout le tour et la façade en pierre que c'était l'endroit où il était destiné à vivre.

Les lumières avec détecteurs de mouvements s'allumèrent

devant le garage pouvant abriter plusieurs voitures où il mettait sa moto et son pick-up, puis la troisième porte coulissante s'ouvrit. Bones laissa le moteur tourner au ralenti dans l'allée un moment, pour ne pas priver Sarah de la vue. Il gara la voiture et tandis qu'il l'aidait à sortir, il réalisa qu'il avait été certain de trois choses dans la vie : que cette maison était faite pour lui, qu'il était fait pour être médecin et que Sarah et lui étaient faits pour être ensemble.

Il prit les sacs du restaurant et ils entrèrent.

— Quels sont tes rêves ? demanda-t-il.

— Je ne sais pas. Quand j'étais plus jeune, je rêvais de trouver une vie meilleure. Mais maintenant...

Elle haussa les épaules et retira ses chaussures à côté de la porte. Elle fit glisser ses orteils couverts de chaussettes sur le parquet sombre qui ornait tout le rez-de-chaussée et dit :

— Ta maison me plaît. Bradley transformerait sans doute ça en piste de patinage à chaussettes.

Bones grimaça en posant les sacs sur le plan de travail, se souvenant de la façon dont le petit garçon avait dévalé depuis l'étage.

— Je suis désolé de l'avoir laissé glisser dans l'escalier.

Le plafond de la pièce principale était voûté ; le salon, la salle à manger et la cuisine se fondant l'un dans l'autre. Ce serait vraiment une piste de patinage à chaussettes fantastique. Mais il avait beau adorer sa maison et il avait beau toujours y avoir été à l'aise, il avait l'impression que quelque chose y manquait depuis qu'il avait rencontré Sarah et ses enfants.

— Ce n'est rien. Personne n'a été blessé et je suis probablement trop protectrice, parfois. Je veux être la meilleure mère possible, et même si je sais que tu vas l'attraper en bas de l'escalier, je ne suis pas sûre d'y arriver dans mon état actuel.

— Dans ce cas, il vaut mieux qu'il ne le fasse pas du tout, dit le jeune homme tandis qu'elle entrait dans la salle à manger.

Elle passa ses doigts sur le bord de la table.

— Tu es sûr que tu vis seul ? On dirait que tu vas recevoir tout Peaceful Harbor ou que tu vas nourrir une armée.

Elle commença à compter les chaises autour de la table.

— Mais peut-être que tu es juste prêt pour Thanksgiving ?

— Il y a douze chaises et la table peut accueillir vingt personnes avec les rallonges, expliqua-t-il. Mes parents ont toujours organisé les repas de fête chez eux parce qu'ils ont de la place. Quand j'ai meublé la maison, j'ai réalisé que notre famille s'est agrandie pour inclure Tru, Gemma et leurs enfants, Quincy, Crystal et son frère, Jed, Finlay et sa sœur, Penny, et bien entendu Izzy est la meilleure amie de Finlay et elle est devenue comme une sœur pour nous, alors on ne peut pas l'exclure.

Il sourit et dit :

— C'est une bonne chose que j'aie vu les choses en grand, car maintenant, les gentils Beckley se joignent aussi à nous pour Thanksgiving.

— Tu es incroyable. Tu es seul et tu prévois pour tout le monde.

— La *famille*, chérie.

Ils entrèrent dans le salon et il dit :

— Au bout du compte, tout ce qui importe, c'est la famille.

— C'est ce que je veux inculquer à mes enfants. La gentillesse, l'amour et l'importance d'être là l'un pour l'autre.

Elle leva les yeux vers l'escalier qui menait aux combles qui s'étendaient sur toute la longueur de la demeure.

— Ta maison devrait être dans un magazine.

— Elle est belle, mais la seule chose qui la rend digne d'être dans un magazine, c'est que *tu* sois dedans.

Elle déambula dans le salon, regardant la cheminée et la bibliothèque.

— Charmant, docteur Whiskey. Qu'y a-t-il à l'étage ?

— Trois autres chambres, et je dis la vérité, *madame Beckley*.

— « Madame Beckley » me donne l'impression d'être vieille, alors que « docteur Whiskey » est sexy. Alors, dis-moi, *docteur Whiskey*, tu as aussi trois chambres en bas ?

Bon sang, il adorait la manière dont elle glissait de la sensualité dans la conversation ! Il se demanda si elle se rendait compte qu'elle le faisait.

— Au fond, il y a une chambre d'amis et mon bureau.

Il désigna le couloir adjacent au canapé.

Elle passa ses doigts le long du dossier de celui-ci, marchant d'un côté à l'autre.

— Tu aimes le cuir.

— Oui.

Il enroula ses bras autour d'elle par-derrière et l'embrassa dans le cou.

— Quand tu auras accouché, je t'achèterai une veste et un pantalon en cuir pour que tu puisses monter à moto avec moi.

Elle tendit le cou sur le côté, lui offrant un meilleur accès.

— Tu crois que tu voudras encore de moi quand j'aurai accouché du petit ? Je te préviens, ça signifie plus de vomi, de couches sales et pour moi, des nuits sans sommeil et probablement encore plus de vergetures.

Il lui mordilla l'oreille.

— Hum. Ça me semble parfait.

— Tu es malade, dit-elle en riant légèrement. Je n'ai jamais fait de moto. Tu devras me montrer.

— Je t'apprendrai à monter à moto.

Il la tourna dans ses bras, faisant glisser sa main le long de son dos et jusqu'à ses fesses. Elle avait de très belles fesses, un cou délicieux et un esprit envoûtant qui l'épatait.

— Mais peut-être que l'on devrait commencer par quelque chose de plus simple.

— Comme quoi ?

Les yeux de Sarah s'assombrirent tandis qu'il la serrait plus fort contre lui.

Il avait été prudent avec elle, il avait progressé lentement, mais dernièrement, quand ils s'embrassaient, quand ils se touchaient, elle était aussi agressive que lui. Ce soir-là, il ne se retiendrait pas. Il n'avait pas été avec une autre femme depuis qu'ils s'étaient rencontrés et il était remonté comme une fusée prête à décoller. Il baissa la tête contre son oreille et murmura :

— Comme monter sur ton homme.

Elle s'immobilisa, le regardant dans les yeux sans prononcer un mot. Le silence s'éternisa entre eux, à tel point qu'il se demanda s'il avait complètement mal interprété les signaux qu'elle lui avait lancés. Il ouvrit la bouche pour s'excuser et elle posa un doigt sur ses lèvres, le faisant taire.

— Je crois que nous devrions manger et parler. Ensuite, nous verrons si tu ressens encore la même chose.

Il fit glisser le doigt de Sarah dans sa bouche et enroula sa langue autour, adorant la façon dont ses yeux s'assombrirent et ses lèvres s'ouvrirent. Il sortit son doigt de sa bouche et déposa un baiser sur sa paume.

— Tout ce que tu voudras, chérie. Mais rien ne changera l'intensité avec laquelle j'ai envie de toi.

— Tu peux me le promettre par écrit ? demanda-t-elle tandis qu'ils se dirigeaient vers la cuisine. En l'écrivant avec ton *sang*, s'il te plaît ?

— Je ne signe pas avec mon sang. Mais ma parole vaut son

poids en orgasmes.

Il l'attira à nouveau dans ses bras, ce qui lui valut un sourire de la part de Sarah.

— Sois sérieux.

— Je suis sérieux.

Il l'embrassa lentement et avec envie, jusqu'à ce qu'elle se détende dans ses bras.

— Mangeons et parlons. Quand tu auras fini de te déshabiller pour moi pour t'excuser de ne pas croire que mes sentiments soient réels, je pourrai te dévorer pour le dessert.

Elle s'immobilisa, les yeux écarquillés, la bouche fermée.

Il effleura sa joue de ses lèvres et dit :

— Ne t'inquiète pas, ma belle. Tu ne me dois rien.

Voyant que la tension dans le corps de Sarah ne s'apaisait pas, il dit plus sérieusement :

— Je plaisantais. Je veux entendre ce que tu as à dire, mais le désir d'aimer chaque centimètre de ton corps splendide, de te chérir comme tu mérites d'être vénérée sera encore là après notre conversation même si nous n'en faisons rien.

Elle posa sa main sur son propre cœur et dit :

— Maintenant, il n'y a plus aucune chance que j'aie les idées claires…

— Viens, allons dîner. Peut-être que si tu es bien nourrie, tu trouveras ton cerveau rationnel.

Il mit la main dans le sac et comprit ce qu'il venait de dire.

— En réalité, le fait que tu trouves ton cerveau rationnel ne sera pas bon pour moi, pas vrai ?

— Si tu continues de me regarder comme si j'étais Le Petit Chaperon Rouge sexy et enceinte et que tu étais le Grand Méchant Loup rusé, nous n'allons pas parler et nous allons passer directement aux choses coquines, et ensuite, nous devrons tout recommencer pendant notre prochain rendez-vous.

Il agita les sourcils.

— Non, dit-elle catégoriquement. Nous devons parler.

— Ça n'annonce rien de bon, dit-il en mettant leur dîner dans des assiettes : des légumes rôtis, du saumon, du riz et de la purée de patates douces.

— C'est juste… Mangeons. Ça sent incroyablement bon ! dit-elle d'un ton admiratif.

Mais son compliment était assombri par le poids de ce dont elle voulait parler.

— Toi aussi.

Il lui adressa un clin d'œil et sortit une bouteille de thé glacé du réfrigérateur.

— Sans gluten. Ça te va ?

— C'est parfait, merci.

Il lui donna une tape sur les fesses et l'embrassa à nouveau avant de leur verser à tous les deux un verre de thé glacé.

— Tu veux manger à la table ou sous la véranda ? J'ai un feu, des couvertures et…

Il tendit les bras vers elle, mais elle l'esquiva, portant les assiettes et se dirigeant rapidement vers la porte arrière.

— *Dehors.* Oublie le feu. J'ai besoin d'*air*. D'air *très* froid.

Bones la suivit à l'extérieur. Il baissa les stores en bambou sur les côtés de la véranda, leur offrant une vue claire sur l'eau tout en bloquant le vent. Il diminua l'intensité de la lumière des plafonniers encastrés et dit :

— Tu es sûre que tu ne veux pas de feu ? Ça ne prendra que quelques minutes.

— Premièrement, j'en suis certaine, car chaque fois que tu me regardes, je me réchauffe partout. Et deuxièmement, tu me donnes l'impression d'être gâtée en te donnant autant de mal.

Il posa une couverture sur la chaise supplémentaire et s'assit à côté d'elle à la table.

— Il se peut que tu aies l'impression d'être gâtée parce que tu n'as jamais été adorée. Ce sera un plaisir pour moi de t'apprendre la différence.

— Personne n'a jamais pris soin de moi comme ça, dit-elle, un peu mal à l'aise.

Elle poussa sa nourriture dans son assiette, ce qui incita Bones à se demander s'il avait complètement mal interprété son attitude. Il prit la fourchette de Sarah et la posa à côté de son assiette, puis il rapprocha sa chaise et lui saisit les mains, requérant ainsi toute son attention.

— Sarah, je suis désolé si je t'ai mal comprise tout à l'heure. Je croyais que « parler » était un code pour « *faire des galipettes* ».

— Je veux faire des galipettes, dit-elle un peu trop rapidement.

Il arqua un sourcil, sachant qu'il y avait autre chose.

— Peut-être, mais s'est-il passé quelque chose au refuge dont tu veux parler ?

— Pas vraiment au refuge.

Le visage de Sarah se troubla inéluctablement.

— Au début, dit-elle doucement, j'ai eu une petite bouffée de panique quand j'ai essayé de parler à Tracey. Mais je m'en suis remise plutôt rapidement.

Elle enroula ses doigts autour des siens.

— Tu aurais dû demander à Sunny d'aller me chercher. Je déteste savoir que tu as traversé ça toute seule. Qu'est-ce qui l'a provoquée ? Être au refuge ?

— Juste des mauvais souvenirs, je crois. Je ne m'y attendais pas, alors ma réaction m'a surprise, mais ensuite, je me suis rendu compte que je n'étais pas avec des gens qui ne comprendraient pas ce que j'avais vécu. Et je n'étais pas seule dans ce refuge à affronter ma propre vie horrible, comme je l'ai été pendant tant d'années. Ça m'a aidée à sortir de la panique. Tracey et les autres femmes ont subi la même chose que moi et discuter avec elles m'a aidée à pouvoir évoquer ce dont il faut que je te parle.

Les beaux yeux de Sarah balayèrent lentement le visage de Bones.

— Il y a quelques mois, je ne savais pas que les gens comme toi, ta famille et tes amis existaient. Je savais qu'on trouvait des gens bien dans le monde, comme Susan, Reagan et quelques autres, mais ils ne sont pas comme toi. Il m'est difficile de faire confiance à quelqu'un, alors j'espère que tu me pardonneras de ne pas t'avoir tout dit l'autre soir.

— Sarah, tu ne sais pas encore tout de moi et de ma famille. Il faudra peut-être des années pour y arriver et ce n'est pas un problème. Nous avons tout le temps qu'il faut.

— Mais ce que j'ai à dire pourrait poser un problème. Et je ne peux pas attendre des années pour te le dire parce que la culpabilité de ne pas te l'avouer me dévore.

— Tu peux tout me dire, la rassura-t-il.

— J'ai envie de te croire. Seulement, je ne sais pas par où commencer : par les choses dont j'ai honte ou par les parties qui m'ont menée jusqu'ici, dont j'ai honte aussi.

Il n'avait pas de mots pour apaiser la douleur dans sa voix, il fit donc la seule chose dont il savait qu'il avait besoin et il espéra que cela aiderait aussi Sarah. Il enroula ses bras autour d'elle et la serra contre lui, respirant son odeur tandis qu'elle s'accrochait à lui.

— Je peux rester ici et ne jamais te dire la vérité ? murmura-t-elle.

— Bien sûr, chérie.

Il la tint un long moment dans ses bras avant de reculer et de la regarder profondément dans les yeux.

— Tu dois faire ce qui te semble juste, car tes bébés ont besoin de ton attention et il n'y a pas de place pour la culpabilité ou la honte quand on élève des enfants.

— Tant que nous sommes honnêtes avec nous-même, la honte n'a pas de place dans nos vies, dit-elle, les yeux rivés sur ses genoux comme si elle se l'était dit à elle-même.

— Sunny a partagé mes réflexions avec toi ?

— Oui. Elle est tellement gentille et facilement abordable ! Elle me plaît vraiment.

Le regard de Sarah se tourna vers l'eau, fit le tour de la pièce, se posa sur la table, regarda partout sauf dans la direction de Bones.

Il posa une main sur la sienne et dit :

— Il n'y a pas d'urgence à me dire quoi que ce soit. Être honnête avec toi-même ne signifie pas exposer tes secrets à autrui.

— Mais…

Elle le regarda enfin.

— Si tu rencontrais un homme qui te rappelait tous les espoirs et tous les rêves que tu avais quand tu étais jeune et qu'il te donnait l'impression qu'ils étaient possibles, les rêves qui t'ont aidée à survivre pendant une époque terrible, ne voudrais-tu pas être honnête avec lui ?

Bones fut un peu étranglé par l'émotion en apprenant qu'elle le voyait ainsi et il essaya d'apaiser ses inquiétudes.

— Si je rencontrais un homme qui faisait ça, je devrais reconsidérer tout mon monde. Mais le fait est que j'ai rencontré une femme qui me fait cet effet-là tous les jours. Une femme dont les enfants me semblent être une extension de moi-même. Alors oui, j'essaye de trouver le courage d'être complètement honnête avec toi aussi.

— Tu n'as pas été honnête avec moi ? demanda-t-elle prudemment.

— Je n'ai pas menti, mais nous avons tous des choses qui sont enterrées depuis si longtemps qu'il est difficile de séparer les souvenirs décomposés de la vérité.

— J'AURAIS VOULU QUE mes souvenirs se décomposent jusqu'à disparaître complètement, dit Sarah, essayant d'ignorer l'appréhension qui montait en elle et qui faisait transpirer ses mains.

Il était injuste qu'elle ait eu de terribles parents, que son frère ait dû partir et que Josie et elle aient perdu le contact. Une si grande partie de sa vie semblait injuste et elle avait enfin une chance d'avoir quelque chose de réel et de fantastique, mais sa vie merdique éclabousserait cela aussi. Dans quelle quantité de laideur devait-elle patauger pour prouver qu'elle méritait d'être heureuse ?

— Les gens ne devraient pas grandir uniquement avec de mauvais souvenirs, dit-elle enfin.

Tout la frustrait : l'angoisse de ses secrets, l'injustice de sa vie et le risque concret que Bones s'éloigne d'elle, mettant fin à la seule bonne relation qu'elle ait jamais eue.

— En réalité…

Son ton était un peu trop colérique et elle s'obligea à se maîtriser.

— Avant que nous n'emménagions ici, la plupart de mes souvenirs étaient plutôt horribles. Je t'ai dit que j'ai travaillé dans un salon et que j'ai fini par rencontrer Lewis, mais ce que je ne t'ai pas dit, c'est qu'il était impossible de vivre d'un salaire de shampooineuse ou que Reagan travaillait comme danseuse dans une boîte de nuit et qu'elle m'a suggéré de me joindre à elle.

La honte forma un nœud froid dans son estomac.

— Une danseuse, répéta-t-il, la mâchoire serrée.

Il se redressa un peu plus sur sa chaise, mettant un espace infime entre eux.

Même si elle essaya de ne pas réagir, son cœur sombra, mais elle s'obligea à continuer.

— J'ai refusé au début, mais après presque deux ans à ne manger qu'un ou deux repas par jour parce que je n'avais pas les moyens de m'acheter de la nourriture, j'ai essayé. Ça ressemblait à un boulot facile, tu sais. Quelques heures par soir et je travaillais à la fréquence que je voulais. J'ai gagné plus d'argent en une nuit qu'en une semaine comme shampooineuse. Cependant, j'ai gardé ce travail-là aussi, parce que quand j'ai commencé à danser, j'ai réalisé que je devais économiser chaque centime pour payer l'école de cosmétologie pour, un jour, ne plus être obligée de continuer à danser. Et honnêtement, avoir quelque chose de normal et d'acceptable dans ma vie me donnait l'impression de ne pas être une telle *loser*. Pendant la journée, je pouvais faire semblant que je ne – dire « strip-tease » à voix haute semblait trop horrible – retirais pas mes vêtements le soir.

Sa voix trembla, mais elle devait continuer ou elle ne viderait jamais son sac.

— J'ai tellement honte de ce que j'ai fait, Bones ! Mes parents m'ont traitée de toutes sortes de choses dans mon enfance, *salope, putain, traînée, bonne à rien*, et qu'est-ce que j'ai fait ?

Des larmes coulèrent de ses yeux.

— Je suis partie et je leur ai prouvé qu'ils avaient raison. Je me suis déshabillée pour de l'argent parce que je ne savais pas quoi faire d'autre pour garder un toit au-dessus de ma tête.

Les sanglots lui volèrent sa voix et elle se détourna de lui, se roulant en boule tandis que la honte et la tristesse agitaient son corps. Elle l'entendit bouger et ouvrit les yeux. Il était agenouillé devant elle. À travers le flou des larmes, elle vit l'angoisse dans ses yeux. Il se pencha en avant et déposa un baiser sur la bosse de son ventre avant de prendre tendrement son visage et de poser ses lèvres chaudes sur les siennes.

— Ce n'est pas grave, chérie.

— Je suis désolée, dit-elle, les larmes coulant le long de ses joues.

— Non, chérie. Ne t'excuse pas d'avoir fait ce qui était nécessaire pour survivre.

Il essuya ses larmes à l'aide de ses pouces.

— Tu étais si jeune, tu aurais dû être *fragile*, mais tu t'es lancée dans ce grand monde seule et tu lui as botté les fesses.

— Mais j'ai tellement honte ! dit-elle entre deux sanglots. Je ne savais même pas danser, encore moins me déshabiller. Je n'avais jamais embrassé un garçon et essayer d'être sexy n'était *pas* facile pour moi. Je ne suis pas sûre d'y être parvenue un jour. Sans Reagan, je me serais sans doute fait virer. Non pas que ça change quoi que ce soit, mais même si j'avais les seins nus, je portais un string. Et ces horribles talons hauts ! J'avais des ampoules qui ne guérissaient pas pendant des semaines et au début, je trébuchais même sur scène. Je devais avoir l'air ridicule.

Il essuya ses larmes.

— Je parie que cette innocence t'a fait gagner des pourboires encore meilleurs.

Prise au dépourvu par sa légèreté, elle sourit.

— Mais sérieusement, dit-il avec assurance, quelqu'un t'a fait du mal ? Ça peut être un public difficile.

Elle secoua la tête. On lui avait fait beaucoup de mal, mais pas quand elle était strip-teaseuse.

— Leur politique de zéro contact était stricte. Apparemment, si on nous touchait, cela pouvait être considéré comme de la prostitution, ou du moins c'était ce qu'ils disaient. Je n'ai jamais couché à droite à gauche ou rien de tout ça, au cas où tu te poserais la question.

— Je ne me posais pas la question.

Elle le regarda d'un air incrédule.

— Si c'est ce qui t'inquiétait, ne t'en fais pas. Au contraire, je me rends compte que tu es encore plus forte que je ne l'imaginais.

— Je ne suis pas forte, Bones, et il y a autre chose.

D'autres larmes coulèrent lorsqu'elle pensa à la faiblesse dont elle avait fait preuve. Elle détestait avoir l'impression de faire deux pas en arrière chaque fois qu'elle en faisait un en avant.

— Dis-moi tout, dit-il avec une pointe d'irritation dans la voix, parce que je pense que tu as tort. Rien de ce que tu pourrais dire ne me fera croire que tu es faible.

— Crois-moi, je ne me trompe pas. Quand tu entendras la vie que j'ai eue avec Lewis, tu comprendras à quel point j'ai vraiment été faible.

La panique la submergea comme elle l'avait fait plus tôt. Elle prit plusieurs profondes inspirations, expirant lentement, se rappelant que parler de son ex n'allait pas l'attirer à elle.

Bones se pencha vers elle, mais elle leva la main pour l'arrêter.

— Ça va. Ce sont juste de mauvais souvenirs. Laisse-moi vider mon sac.

Il lui prit la main, la regardant attentivement.

— Je ne te lâcherai pas. En réalité…

Il se leva, l'attirant à ses côtés, et il se dirigea à grands pas vers le canapé. Puis il s'assit, la mit sur ses genoux et enroula ses bras autour d'elle.

— Voilà, chérie. Quand tu seras prête, parle-moi de ta vie avec le salaud que j'ai déjà envie de massacrer.

Une autre vague d'émotions la submergea. Elle avait l'habitude de chemins en pente ardus et difficiles, mais Bones menait un assaut d'émotions encore plus puissantes que la rudesse avec laquelle elle vivait depuis si longtemps.

— Je l'ai rencontré au club, dit-elle d'une voix tremblante. C'était un client régulier. Il venait plusieurs fois par semaine, puis il disparaissait pendant une semaine ou deux, puis il revenait. Il était gentil avec moi et il donnait de bons pourboires, il flirtait tout le temps. Il restait plus longtemps et il me parlait après le travail. J'étais jeune. Je n'avais pas de véritable expérience avec les hommes et j'ai commis l'erreur de le lui dire. Je sais maintenant qu'il a utilisé ça à son avantage.

Son compagnon la tint plus fermement, plissant les yeux.

— Je ne suis pas une victime, Bones. J'étais juste stupide et il était…

— En train de chasser une jeune fille effrayée, marmonna-t-il entre ses dents serrées.

Elle soupira.

— D'accord, c'est juste.

Et vrai, même si elle ne voulait pas donner l'impression d'être une victime. Elle savait à quoi ressemblaient les victimes et plus tard dans leur relation, elle était devenue bien plus qu'une victime.

— Mais ce n'était pas l'impression que j'avais à l'époque. J'avais l'impression qu'il faisait attention à moi, pas au strip-tease, uniquement à moi.

La gorge de Bones se serra et il déposa un baiser sur son bras.

— Je le regardais avec des lunettes teintes en rose, voyant uniquement ce que je voulais voir. Il était séduisant et il ne regardait pas les autres filles, il me regardait, *moi*. Ça me semblait incroyable à l'époque, même si je me rends compte maintenant que ça semble pathétique. Je n'avais que vingt ans, mais dans le monde des relations, j'avais probablement plutôt dix-sept ans. Le flirt a duré quelques semaines. Un soir, il m'a invitée à aller chez lui et il a dit tout ce qu'il fallait pour que je me sente spéciale. Maintenant, je sais que c'étaient de belles paroles stupides, mais pas aussi stupides que celles que j'entendais généralement au travail, qui étaient des propositions mal cachées d'argent en échange de sexe. Il était plus intelligent que ça. Il a joué avec mes émotions, me disant qu'il voulait me montrer comment c'était d'être avec un homme qui savait comment traiter une femme.

Elle bougea sur ses genoux.

— Tu me serres trop fort.

— Pardon, dit-il brusquement, essayant visiblement de se maîtriser. Je suis désolé, Sarah, dit-il d'une voix plus douce. C'est difficile à écouter. Mais j'ai besoin de savoir ce que tu as subi.

— Pour savoir à quel point tu devrais le frapper ?

Elle arqua un sourcil, ayant besoin d'une pause au milieu de toute cette tension.

Il emmêla ses doigts dans ses cheveux et l'attira contre lui pour lui donner un tendre baiser. Puis il effleura sa joue de ses lèvres et dit :

— Pour savoir à quel point je dois t'aimer passionnément pour effacer les souvenirs de lui.

Seigneur ! Comment allait-elle survivre à la bonté de cet homme ?

— Et à quel point je devrais lui botter le cul, marmonna-t-il. Continue, chérie. J'ai besoin d'entendre tout ça.

Elle s'appuya contre lui, lui empruntant sa force.

— Bref, il n'a pas été trop rude cette nuit-là, et la fois suivante était mieux, et les choses se sont déroulées comme ça un moment. Il venait au club, il me donnait toute son attention et parfois, nous allions chez lui après mon service. Il m'a dit qu'il avait grandi uniquement avec son père et qu'il avait hérité de sa maison quand il était mort. Et son père était alcoolique et méchant quand il était saoul. Lewis a dit qu'il ne voulait pas être comme lui, alors je pensais que nous avions quelque chose en commun. Peu importe que mes parents n'aient pas bu, la maltraitance, c'est de la maltraitance, pas vrai ?

Bones hocha la tête, la mâchoire serrée.

— C'était un représentant commercial en pharmaceutique. Je ne savais pas du tout ce que c'était quand je l'ai rencontré. On aurait dit un monde *glamour* complètement différent. Il voyageait beaucoup, ce qui expliquait les semaines d'absence. Et d'après la façon dont il jetait son argent dans tout le club, il semblait bien s'en sortir. Je lui ai dit que j'avais économisé de l'argent pour aller à l'école de cosmétologie et il a suggéré que j'emménage avec lui. Il a dit qu'il ne voulait plus que je fasse de strip-tease et que je pouvais commencer mes études. J'avais économisé *beaucoup* d'argent, mais tu sais ce qui était le plus drôle ? Quelle que soit la somme que j'avais à la banque, et j'en avais plus que je ne pouvais en rêver, je n'avais jamais l'impression d'avoir des bases solides. J'avais toujours le sentiment de devoir économiser plus, *juste au cas où*.

— C'est compréhensible après tout ce que tu as subi.

— Je suppose, dit-elle. Je pensais que son invitation signifiait que j'avais de l'importance à ses yeux, mais peu de temps après avoir emménagé, j'ai réalisé que ce n'était pas le cas. Ou peut-être que j'avais compté pour lui au début, mais il ne m'a jamais traitée comme tu le fais, ou même comme tu me traitais avant que nous commencions à sortir ensemble. Jusqu'à la soirée sur ton bateau, je n'avais jamais eu un véritable rendez-vous.

Il s'éclaircit la gorge et elle sut qu'il essayait de repousser sa colère, car tous les muscles de son corps étaient tendus.

— Comment était ta vie avec lui ?

Elle y réfléchit un moment avant de répondre :

— Il s'est passé tellement de choses que c'est difficile à décrire. Au début, tout était tellement nouveau : son attention, le fait d'avoir une vraie maison dans laquelle vivre au lieu d'une chambre délabrée. Je me suis inscrite à l'école au semestre suivant et c'est exaltant. J'avais cette nouvelle vie et nous n'étions pas amoureux, mais il me donnait l'impression que je méritais qu'on passe du temps avec moi. J'adorais tellement tout ça que je n'ai pas vu les signes qui étaient juste devant mon nez. Peut-être que je m'en fichais parce que j'avais tellement plus que jamais auparavant. Je n'avais pas de base de comparaison en matière de relations et soudain, un homme ne voulait pas que je fasse du strip-tease, il soutenait mon projet de faire des études et il m'a même aidée à acheter une voiture d'occasion. J'avais assez d'argent pour la payer sur le moment, mais il a participé avec quelques centaines de dollars.

— Un grand dépensier ! dit Bones avec sarcasme.

— Quand tu as l'habitude de lutter pour chaque centime, une facture de cinq cents dollars semble immense.

— Je sais, dit-il plus calmement. Je suis désolé.

— Ce n'est rien. Je croyais qu'il voulait quelque chose de plus avec moi. *Une vie.* Il voyageait beaucoup, alors je me suis occupée en me construisant une existence. J'ai étudié, et puis je suis tombée enceinte de Bradley. C'est à ce moment-là que j'ai commencé à remarquer la fréquence à laquelle il rentrait tard ou qu'il ne revenait pas du tout. Nous vivions dans la maison de son enfance, dont il avait hérité quand son père était mort. Au début, je pensais que c'était génial de vivre si loin de la ville. Un nouveau départ et tout ça. Mais ensuite, j'ai commencé à me sentir *seule*, ce que je n'avais jamais ressenti auparavant. Je n'avais jamais su ce que c'était que de vivre avec un homme ou qu'un homme essaye de me séduire. Quand j'ai compris, j'avais terminé mes études, je travaillais et je jouais à la maman, et ça m'a manqué. Il disait que j'étais juste en manque d'affection et que je n'avais pas de cadre de référence, alors…

Elle haussa les épaules.

— Ce n'est pas être en manque d'affection, Sarah, dit Bones catégoriquement. J'espère que tu le sais. Quand tu es en couple avec quelqu'un, tu devrais pouvoir considérer certaines choses comme acquises, comme le fait que l'autre te donnera la priorité sur tout le reste. Qu'il rentrera le soir. La famille d'abord. *Toujours.*

Des larmes brûlèrent à nouveau les yeux de Sarah.

— Je crois que c'est la manière de penser des Whiskey, mais dans mon monde, vous êtes uniques.

— Tu es dans mon monde, maintenant, et tu peux me considérer comme acquis.

Il la serra dans ses bras et dit :

— Que s'est-il passé quand Bradley est né ?

— Lewis ne voulait pas que je travaille, alors je suis restée à la maison. C'était ce que je voulais aussi. Je voulais être avec mon bébé. Mais ensuite, les choses ont changé. J'étais épuisée et Lewis détestait les couches sales, la pagaille que les bébés sèment et les pleurs. La plupart du temps, je dormais sur un lit de camp dans la chambre de Bradley parce qu'il souffrait de coliques et Lewis s'énervait s'il était réveillé. Quand le bébé a commencé à faire ses nuits, les choses ont semblé s'arranger de nouveau. Et ensuite, je suis tombée enceinte de Lila et il rentrait encore moins à la maison. Après la naissance de la petite, j'étais occupée avec deux bébés et je savais que notre relation n'était pas saine, mais j'avais un toit au-dessus de la tête et des enfants dont m'occuper. Je croyais que mes priorités étaient claires. Les maintenir en bonne santé, en sécurité et aimés. Le fait que je sois malheureuse avec Lewis n'avait pas d'importance. J'avais choisi ma part dans la vie, mais je m'occupais de mes enfants.

Bones lui caressa la main et dit :

— S'il te plaît, ne doute jamais du fait que tu es une mère incroyable.

— Je ne sais pas si je suis *incroyable*, mais je sais que je suis une bonne mère. Mes enfants sont mon cœur et mon âme et il n'y a rien – rien – que je ne ferais pas pour eux.

Des images des nuits menant à son départ lui revinrent à toute vitesse et elle lutta pour les repousser.

— C'est à ce moment-là que les cauchemars ont commencé. Lewis et son ami ont eu un accident de voiture. Ils étaient saouls tous les deux. Lewis ne conduisait pas, mais il a été bien amoché : des côtes cassées, une pommette écrasée et un pied fracturé. Il est devenu accro aux antidouleurs et il a perdu son travail. Les choses ont dégénéré à partir de là. Je n'avais jamais pris de drogue, je n'avais jamais bu non plus, alors je ne savais pas qu'il consommait. Je pensais qu'il était tout le temps en colère à cause de ses blessures et des bébés, mais ça a duré des mois. Je dormais de nouveau dans la chambre des enfants, parce qu'il s'énervait énormément quand Lila se réveillait. J'ai découvert trop tard qu'il avait dépensé chaque centime de ses économies, qu'il avait pris ma carte bancaire et qu'il avait aussi vidé mon compte. Un jour, il a dit qu'un ami allait venir chercher ma voiture parce qu'elle faisait un bruit bizarre et qu'il allait la réparer. Eh bien, il s'avère qu'il a vendu ma voiture pour avoir de l'argent pour s'acheter de la drogue. J'étais coincée sans argent et sans voiture, avec deux bébés et un petit ami drogué.

— Bon Dieu, Sarah ! dit Bones entre ses dents. C'est à ce moment-là que tu es partie ?

— Comment j'aurais pu partir ? Nous vivions à plus de soixante kilomètres de la ville, je n'avais aucun ami qui puisse venir me chercher, je n'avais pas d'argent pour appeler un taxi et aucun bus ne venait jusque-là. Mais les choses ont empiré. Un jour, une femme est venue à la maison avec une valise pleine de vêtements. Elle m'a traitée de tous les noms et c'est à ce moment-là que je me suis rendu compte qu'il avait passé du temps avec d'autres femmes. C'est évident, pas vrai ? J'aurais dû m'en rendre compte plus tôt, mais je pense que je ne voulais pas le voir. Quand il est rentré de l'endroit où il achetait sa drogue, j'ai attendu que les enfants soient au lit et je l'ai affronté à propos d'elle. Nous nous sommes disputés et il a juré qu'il ne l'avait pas vue depuis que Bradley était né. Je ne l'ai pas cru et les choses ont dégénéré. Il m'a poussée contre un mur et il m'a forcée à coucher avec lui, soi-disant pour me montrer qu'il ne mentait pas.

Elle posa une main sur son ventre.

Bones émit un son à mi-chemin entre le grognement et le grommellement. Il plaça ses deux mains sur le ventre de Sarah et l'embrassa. Quand il croisa son regard, sa retenue était évidente.

— Je vais le tuer.

Elle secoua la tête, des larmes coulant le long de ses joues.

— Il ne le mérite pas.

— Il ne s'approchera pas de tes enfants, Sarah. *Jamais !* S'il te plaît, dis-moi que c'est à ce moment-là que tu es partie.

Elle secoua la tête, se souvenant des semaines qui s'étaient écoulées avant.

— Je ne pouvais pas. Je n'avais pas un seul centime. Je n'ai pu partir que huit semaines plus tard. Il avait organisé une fête et quand tout le monde a été défoncé et inconscient, j'ai pris l'argent qui leur servait à acheter de la drogue, les clés de voiture d'un des types et je suis partie uniquement avec les vêtements que je portais, mes bébés et une poignée de couches.

Elle essuya ses larmes, mais elles ne cessaient pas de couler.

— C'est arrivé aux alentours de trois heures du matin. J'ai conduit jusqu'au salon où Reagan travaillait et j'ai attendu qu'ils ouvrent. Elle n'était plus là, alors je suis allée à l'endroit où nous dansions, mais tant d'années s'étaient écoulées que ça faisait longtemps qu'elle n'y travaillait plus non plus. Le gérant a eu pitié de moi et il a passé quelques coups de fil. Il a découvert qu'elle dansait dans un autre club, à une heure de là. Je l'ai trouvée et elle m'a permis de vivre avec son frère et elle. Je ne savais même pas qu'elle avait un frère. Il m'a aidée à me débarrasser de la voiture et, comme je te l'ai dit, il m'a mise en contact avec Reggie Steele, le détective privé qui a retrouvé

Scott. Ensuite, j'ai découvert où Josie travaillait. Je n'ai appris que j'étais enceinte que trois semaines après mon départ. J'avais des pertes, mais je n'avais plus vraiment mes règles, alors je suis allée au centre médical.

— Nom de *Dieu* !

Bones serra les poings et bomba le torse.

— Bébé, ta vie ne sera plus jamais comme ça. *Jamais !* Je te le promets. Que tu restes avec moi ou pas, je ne permettrai jamais à personne de te faire encore du mal.

— Tu me donnes envie de croire en *nous*, mais tu n'as pas pensé à tout. Ou tu as oublié la partie dont je t'ai parlé. Le *strip-tease*.

Elle baissa les yeux vers les mains fortes de Bones, qui étaient fermement enroulées autour d'elle, et cela lui brisa le cœur de dire :

— Tu es un médecin très respecté, quelqu'un que toute la communauté admire. Que vont penser les gens s'ils découvrent que tu sors avec une fille qui a été strip-teaseuse ? Je ne l'ai pas été juste un mois ou deux. Je l'ai fait pendant des années. Ce n'était pas un point sur mon radar ou un accident que je n'ai pas vu venir, et j'étais à *Baltimore*. Ce n'est pas si loin d'ici et notre clientèle était plutôt chic, alors, on ne sait jamais…

— *Pourquoi* je devrais m'inquiéter de ce que quelqu'un d'autre pense, exactement ? dit-il d'une voix grave tendue par la colère.

— Parce que ça pourrait affecter ton travail, tes relations.

Bones prit une profonde inspiration, comme s'il essayait de calmer la colère que ses narines qui se dilataient révélaient.

— Les gens viennent me voir pour mon expertise en tant que médecin. S'ils sont assez bêtes pour se priver du meilleur oncologue de la région parce que tu as fait ce qu'il fallait pour survivre, *qu'ils aillent se faire foutre*. Je ne permettrai à personne sur Terre de dire du mal de toi. Tu n'as pas à t'inquiéter pour ça.

— Bones…

— *Non*, Sarah. Je ne suis pas catégorique à propos de grand-chose, mais tu ne dois pas t'inquiéter le moins du monde pour ça. Je me *fous* de ce que les gens pensent. Je tiens à toi et aux enfants. De toute ma vie, je n'ai jamais ressenti ce que je ressens pour toi. Depuis la première fois que je t'ai vue, j'ai été attiré par tout de toi et au cours des quelques semaines qui se sont déroulées depuis, ces sentiments se sont approfondis dix fois plus. J'en ai assez d'essayer de cacher mes sentiments. Je m'en ficherais si tu t'étais mise sur un coin de rue toute nue. La personne que tu es, c'est la femme dont je suis en train de tomber amoureux et c'est à nous d'accepter tout ce que tu as dû faire pour que tu arrives ici. Pas à toi, pas aux enfants. À nous.

Des larmes coulèrent le long des joues de Sarah et il prit son visage dans ses grandes mains chaudes et sûres pour les essuyer. Tout ce qu'il faisait était aussi férocement protecteur que tendre. Elle n'avait pas envie de repousser ses sentiments ou d'être prudente avec lui, même si son passé lui dictait le contraire. Finalement, elle eut l'impression que son cœur et sa tête avançaient main dans la main et elle avait envie de les suivre.

— Mes enfants s'attachent à toi et moi…

La peur essaya d'enrouler ses griffes avides autour de son cou, étranglant sa voix, mais elle les força à s'ouvrir et les écarta d'un coup de pied.

— Moi aussi, Bones. Alors, tu es sûr que tu veux de tout ça – moi, mes casseroles – dans ta vie ?

— Plus que tu ne peux l'imaginer, et ton passé, ce ne sont

pas des casseroles. C'est une partie de toi et même si certains épisodes ne sont pas agréables, je l'accepte, Sarah. Alors, s'il te plaît, ne me pose plus jamais cette question. Mais m'accepter signifie accepter les Dark Knights. Tu sais ce qu'être avec un Dark Knight signifie ? Qu'un jour, tu devras monter à moto avec moi. Si tu restes ma petite amie, Sarah, personne ne voudra affronter ma colère ou le pouvoir de la fraternité. Tes enfants et toi serez traités avec le plus grand respect et vous serez protégés, mais ça a un prix. Je dois aller aux réunions du club. Ses membres font partie de la famille, ce qui veut dire que si l'un d'eux a besoin de quelque chose ou s'il arrive le moindre problème et que nous sommes appelés, je laisserai tout tomber et je ferai *tout* ce qui est nécessaire. Je t'en ai parlé.

— Bones… fut tout ce que parvint à dire Sarah.

Il écarta ses cheveux de son visage et dit :

— Je veux être avec toi, chérie. La question est : veux-tu de *moi* dans ta vie ?

— Oui, dit-elle avec passion.

Tout le corps de Bones sembla pousser un soupir et il l'attira plus près de lui tout en approchant sa bouche de la sienne. Les semaines de questions, de rêves, de désir s'unirent, envoyant une onde de choc de la tête de Sarah jusqu'à ses orteils. Elle pouvait à peine réfléchir, mais tandis que la bouche de Bones dévorait la sienne, elle se sentit imprégnée de vitalité. Il plongea ses mains dans ses cheveux, l'inclinant et la tenant exactement là où il voulait qu'elle soit. Le corps entier de la jeune femme fourmilla et vrombit. Les bras de Bones étaient forts et sûrs. Ses grandes mains bougèrent d'un geste possessif sur son corps, s'enfonçant en elle, ralentissant pour la caresser et la serrer : sa cuisse, sa hanche, ses côtes, comme s'il avait besoin de la réclamer entièrement. Perdue dans l'impatience enivrante de la direction qu'ils savaient qu'ils prenaient, Sarah réalisa qu'elle gémissait, agrippant les bras et le torse de Bones comme une lionne affamée. Elle n'était même pas un peu gênée. Elle se sentait enfin prête comme jamais et elle voulait explorer tout son corps. Sa bouche, son corps et même une plus grande partie de son cœur.

— Sarah…

Son murmure rude la submergea, le désir qui s'y cachait lui donnant encore plus envie de lui. Comment était-ce possible ? Ses lèvres chaudes et exigeantes se déplacèrent sur sa joue et sa mâchoire, jusqu'à son oreille, où elles léchèrent et embrassèrent jusqu'à ce que chaque centimètre d'elle soit en feu.

— Je veux que tu sois dans mon lit, où je pourrai t'aimer entièrement, mais si tu n'es pas prête…

Elle ne pouvait pas descendre de ses genoux assez vite. Ils se touchèrent et s'embrassèrent, trébuchant dans toute la maison et jusqu'à la chambre du jeune homme, qui était sombre mis à part le clair de lune qui passait par les fenêtres. La bouche de Bones enflamma le cou de Sarah. Tandis qu'elle ouvrait et fermait les yeux, elle aperçut des murs gris acier, une série de fenêtres qui allaient du sol au plafond, des meubles sombres et masculins et un énorme lit. Sa nervosité remonta à la surface lorsqu'il souleva le bord de son sweat-shirt, son regard sombre croisant le sien quelques secondes avant qu'il ne le lui retire et qu'il ne le jette sur une chaise.

— J'ai fait un test pour savoir si j'avais des maladies trois fois et je n'en ai aucune, dit-elle à toute vitesse.

Elle était trop nerveuse pour ralentir et les mots continuèrent de sortir.

— Le médecin a dit que c'était fiable à quatre-vingt-dix-neuf pour cent, trois mois après l'exposition. Non pas que j'aie été exposée à quoi que ce soit, que je sache, au cas où tu te poserais la question. Et Lewis est le seul homme avec qui j'ai couché sans protection.

Il fit glisser un bras autour de sa taille, l'attirant plus près et soutenant son regard.

— Je n'ai rien non plus, Sarah. Je sais à quel point tes enfants sont importants pour toi et je savais que tu aurais fait faire les tests pour l'amour du bébé que tu portes et pour être sûre que tu serais là pour Bradley et Lila. Et, Sarah, il a beau avoir été le premier homme avec qui tu as couché, j'espère être le dernier.

Le cœur de Sarah fut sur le point d'exploser à ces mots, mais peut-être encore plus en sachant qu'il savait. Comment pouvait-il savoir qu'elle était terrifiée à l'idée de faire les tests et que ses enfants avaient été une force vitale pour qu'elle affronte jusqu'au plus effrayant des résultats ?

Il prit possession de sa bouche, l'embrassant plus profondément et plus lentement et avec une passion si incroyable qu'il redressa toutes les pièces d'elle qui étaient de travers. Quand il recula, qu'il la regarda dans les yeux et qu'il passa ses doigts dans ses cheveux, le monde entier sembla disparaître, jusqu'à ce qu'ils ne soient plus que tous les deux.

— Je ne veux pas me dépêcher.

Il déposa un baiser sur le coin de sa bouche.

— Je veux que tu sentes à quel point tu es spéciale pour moi.

Il couvrit son cou de baisers, ralentissant pour aimer les endroits qui, il le savait, la rendraient folle. Puis cette bouche malicieuse traversa son épaule, l'embrassant et la mordillant, murmurant de doux mots en chemin. L'impatience monta en elle, palpitant comme le tonnerre tandis que sa bouche descendait le long de la courbe de son sein. Il passa sa langue sur le bord de son soutien-gorge. Elle ferma les yeux et ses jambes faiblirent. Alors même qu'elle était prête à lui en demander plus, il dégrafa le fermoir et laissa tomber son sous-vêtement sur le sol.

— Tellement belle, bon sang ! dit-il d'une voix rauque en posant sa bouche sur un sein.

L'esprit de Sarah avait dix pas d'avance sur la bouche de Bones. Savoir qu'il pouvait la faire passer par-dessus bord juste comme ça rendait chaque suçon alléchant encore plus insoutenable. Elle enfouit ses mains dans ses cheveux, s'agrippant fermement tandis qu'il la pinçait et la léchait, l'embrassait et la suçait, l'envoyant directement au bord de l'inconscience.

— *Bones, Bones, Bones…*, supplia-t-elle.

Il se redressa et captura sa bouche de la sienne, l'embrassant avec ardeur jusqu'à ce qu'elle puisse à peine respirer. Il guida la main de Sarah jusqu'à ses épaules, puis il descendit davantage et lui retira ses chaussures et ses chaussettes. Elle était tellement nerveuse, tellement excitée qu'elle trembla tandis qu'il embrassait son ventre. Il enroula ses doigts autour de la douce taille de son jean et les passa dans sa culotte. Ses épaisses jointures s'appuyèrent contre elle tandis qu'il la baissait et l'aidait à la retirer. Il passa ses mains sur ses jambes, l'embrassant au passage, l'aimant de la cheville jusqu'au sommet des cuisses, la rendant humide et lui donnant plus envie de lui. Sa bouche se déplaça sur l'intérieur de ses cuisses, puis couvrit son ventre. Tandis qu'il l'aimait de plus en plus haut le long de son corps, les sensations vinrent de partout : ses lèvres chaudes, sa bouche humide et ses mains fortes. Il ralentit pour taquiner et goûter tous les endroits qui faisaient que son sexe se gonflait et se serrait, et ses entrailles se tordaient en nœuds de désir chauds et avides.

Quand ses lèvres trouvèrent les siennes, les jambes de Sarah semblaient faites de gelée. Elle avait un besoin ardent, un désir fervent de le sentir en elle. Il la mena jusqu'au lit avec un baiser torride. Tandis qu'il arrachait les couvertures et qu'il redressait les coussins sur la tête de lit, il l'observa d'un regard intense, rempli non seulement de désir et d'envie, mais de quelque chose de tellement plus qu'elle le sentit jusqu'au plus profond d'elle. Pendant une seconde, elle s'interrogea sur les positions et la gaucherie, mais comme s'il avait lu dans ses pensées, il la guida jusqu'au matelas, l'aidant à s'allonger sur les coussins. Puis il passa la main derrière lui et retira son sweat-shirt, révélant son torse large, ses abdominaux ciselés et les piercings qui envoyaient des rivières de chaleur dans les veines de Sarah. Il jeta son vêtement sur le côté et tandis qu'il défaisait sa ceinture, elle se délecta de ses muscles et de sa beauté. Du côté droit de sa poitrine se trouvait l'emblème des Dark Knights, un crâne avec de l'obscurité à la place des yeux, des sourcils en spirales et pointus et des dents aiguisées. Au-dessus de la silhouette troublante, le mot « famille » était écrit. Ses épaules étaient des toiles alléchantes de mots et d'images qu'elle n'avait pas le temps d'intégrer tandis qu'il retirait son pantalon, ses bottes et ses chaussettes et qu'il se plaçait devant elle en ne portant qu'un caleçon noir qui se tendait sur son incroyable érection.

Puis ce dernier tissu atterrit aussi par terre, la faisant saliver lorsqu'elle vit Bones Whiskey dans toute sa glorieuse nudité. Il rampa sur le matelas avec un sourire féroce, puis il posa sa bouche sur la sienne et ce sourire se transforma en persuasion alléchante. Il se redressa sur une main, l'autre traçant des allers-retours sur sa cuisse, chaque caresse provoquant un grognement sexy et masculin. Il calma ses baisers, les transformant en une série de contacts doux et taquins avant que ses lèvres immorales n'aillent plus bas. Avec une bouche comme la sienne, il l'épuiserait avant qu'ils n'en arrivent aux rapports sexuels. Chaque seconde palpitait d'électricité tandis qu'il déposait des baisers le long de son corps jusqu'au sommet de son ventre et vers l'endroit où elle avait le plus besoin de lui.

Non. Le *deuxième endroit* où elle avait le plus besoin de lui.

Elle gardait ses enfants dans son cœur, ce qui signifiait que son cœur aurait toujours le plus besoin de lui.

Elle ferma les yeux, serrant les poings autour des draps tandis que les doigts larges de Bones s'étendaient sur ses cuisses et qu'elle sentait sa respiration entre ses jambes. Il déposa des baisers légers comme des plumes sur l'intérieur de ses cuisses. Elle retint sa respiration à chaque contact, serrant la mâchoire devant l'envie de le supplier tandis qu'il passait sa langue si près de son entrejambe avide qu'elle pensait qu'elle pourrait perdre la tête. La langue de Bones glissa lentement et sensuellement le long de son entrejambe et il gémit.

— Tu es tellement douce, chérie !

C'était une bonne chose qu'elle soit allongée, car le désir dans sa voix l'aurait faite tomber à genoux. Il empoigna ses cuisses, les écartant davantage, provoquant des élancées de chaleur dans les jambes de Sarah tandis que sa bouche s'abattait sur son sexe. Il ne se dépêcha pas, il ne la dévora pas. Il la *savoura.* Les hanches de Sarah se balancèrent à l'unisson des efforts de Bones, s'imprégnant de chaque coup de langue magistral. Il accéléra le rythme, l'emmenant au bord de la folie. Elle enfonça ses talons dans le matelas. Sa tête tomba en arrière et elle aspira de l'air entre ses dents serrées tandis qu'il cessait de la savourer et qu'il la dévorait complètement. Elle se balança et gémit. Il passa ses mains sous ses fesses, la soulevant davantage, la tenant tandis qu'il faisait ces choses formidables avec sa langue. Puis il enfonça ses doigts en elle et le corps de Sarah se serra et trembla en conséquence.

— Oh, mon *Dieu* ! haleta-t-elle.

Ses relations sexuelles avaient toujours été un peu douloureuses et rudes. Elle s'était toujours sentie vide avant, pendant et après. Elle ne savait pas qu'être touchée pouvait être aussi sensuel et aimant. *Aussi incroyable.*

Ses jambes commencèrent à trembler et il bougea plus rapidement, lisant chaque respiration, chaque halètement et chaque frisson, découvrant et jouant habilement avec tous ses points les plus sensibles. Elle respira plus vite tandis que les doigts de Bones entraient et sortaient de son intimité chaude et il provoqua son clitoris avec sa langue. Lorsqu'il exerça une pression supplémentaire, elle ferma les yeux et un million de feux d'artifice explosèrent derrière ses paupières fermées. Elle cria son nom tandis que des rivières de plaisir faisaient rage à travers elle. Alors même que le frisson commençait à s'apaiser, il accéléra de nouveau. Chaque coup de langue lui crispait les jambes et la faisait respirer plus vite.

— *Là, là, là !* supplia-t-elle.

Utilisant ses dents, sa langue, ses mains et sa bouche, il la fit s'envoler à nouveau et l'aima jusqu'au tout dernier frisson de son orgasme. Ce ne fut qu'à ce moment-là qu'il se redressa et qu'il réclama voracement sa bouche, avalant ses murmures et ses gémissements. Sa bouche était un paradis, sa peau était chaude et son corps était dur. Tellement *dur* ! Sarah passa une main entre eux et empoigna l'érection de Bones, provoquant un grognement qui l'excita. Le désir vrombit sous sa peau, réveillant des désirs endormis dont elle ignorait l'existence. Être avec Bones était comme se blottir sous une épaisse couverture au milieu de l'hiver, chaude, protectrice et tellement attirante qu'elle voulait se donner entièrement à lui.

Elle écarta sa bouche de la sienne et dit :

— À moi.

— Bon sang ! grommela-t-il. Comment deux mots peuvent me faire tourner la tête ?

Elle poussa son torse, se sentant effrontée et insatiable. Il s'allongea sur le dos, tendant les mains vers elle.

— Tu n'es pas obligée de…

— Chut !

Elle se remplit d'une sensation de justesse accablante tandis qu'elle rampait à côté de lui et cela avait beau être gênant, elle voulait le partager avec lui.

— Je n'ai jamais *voulu* faire ça avant. De toute ma vie, je n'ai jamais *désiré* un homme de la manière dont les femmes désirent leurs hommes dans les films, pas avant de te connaître. Il m'a fallu tout ce temps pour faire suffisamment confiance à mes sentiments pour passer à l'acte. Alors, s'il te plaît, ne me donne pas de porte de sortie.

Tandis qu'elle s'allongeait à côté de lui, sa tête près de son sexe, son ventre contre son torse, elle dit :

— Arrête d'être prudent avec moi ce soir et dis-moi à quel point tu as envie de sentir ma bouche sur toi.

Les yeux de Bones brillèrent d'un feu sauvage intérieur.

— Chérie, j'ai envie de sentir tes lèvres pulpeuses et splendides enroulées autour de mon sexe autant que j'ai envie de te pénétrer de nouveau avec ma langue.

— La vache !

Elle soupira.

— Tu es vraiment doué pour ça ! Maintenant, je n'arrive plus à réfléchir.

Il émit un petit rire tandis qu'elle enroulait fermement sa

main autour de son membre, provoquant chez lui un autre son avide. *Oh*, comme elle aimait ça ! Il posa ses lèvres sur sa cuisse tandis qu'elle baissait sa bouche sur son sexe, l'humidifiant bien. Chaque coup de langue poussait Bones à l'embrasser plus fort et provoquait en lui plus de sons sexy et de grognements qui faisaient palpiter et brûler les entrailles de Sarah.

Par conséquent, elle le fit longtemps.

Elle le caressa et le suça, perdue dans son odeur fraîche et masculine, dans la sensation de son sexe chaud dans sa bouche et sa main, dans l'humidité des lèvres de Bones tandis qu'il déposait des baisers le long de la partie inférieure de son ventre et sur le sommet de ses cuisses. Lorsqu'il fit glisser ses doigts entre ses jambes, elle s'immobilisa, sa verge encore profondément enfoncée dans sa bouche tandis qu'elle se délectait du plaisir qui glissait à travers son entrejambe. Il agrippa ses fesses et elle commença à bouger au rythme de ses efforts, le suçant longuement et lentement jusqu'à ce qu'il s'immobilise, qu'*il* respire à peine, lui donnant la force de l'aimer comme *elle* le voulait.

Il baissa sa main le long du bras de Sarah et dit :

— J'ai besoin de toi, bébé.

Elle n'hésita pas à ramper jusqu'à lui, alignant sa verge épaisse contre elle, et elle s'assit sur lui, se délectant de chaque centimètre béni tandis qu'il la remplissait entièrement. Il tendit la main vers elle tandis qu'elle se baissait pour l'embrasser, et une main autour de sa taille, il se redressa contre les oreillers pour qu'elle n'ait pas à se pencher autant. C'était un amant tellement attentionné que le plaisir et l'affection de Sarah augmentèrent. Il agrippa ses hanches, donnant des coups de bassin tandis qu'elle se balançait, l'embrassant comme s'il ne se rassasierait jamais d'elle. Chaque coup de langue, chaque centimètre qu'elle prenait les rapprochaient l'un de l'autre, mais c'étaient ses doux murmures et chuchotements de tendresse qui lui donnèrent presque les larmes aux yeux : « *C'est tellement bon ! Nous sommes faits l'un pour l'autre. Ça va ? Dis-le-moi si je vais trop vite ou trop profond.* »

Il la plaça délicatement sous lui, prit un moment pour mettre un oreiller sous sa tête et ses épaules, puis plongea en elle. *Profondément.* Elle haleta tandis que des éclairs étincelaient dans ses veines.

— C'est trop ? dit-il d'une voix paniquée.

— Non. C'est trop *bon.*

C'était la sensation la plus intense et la plus exquise qu'elle ait jamais ressentie.

— Je veux te faire l'amour jusqu'à ce que je sente chaque battement de ton cœur, dit-il d'une voix chargée d'émotion, et jusqu'à ce que toutes tes respirations se joignent aux miennes.

— Bones…

Aucun mot ne pouvait décrire l'immensité des sentiments de Sarah.

Ses lèvres s'écrasèrent de manière enjôleuse sur celles de son compagnon et ils commencèrent à bouger. Les hanches de Bones roulèrent et avancèrent en suivant un rythme prudent et entêtant. Ses baisers étaient puissants et rigoureux, prenant autant qu'il donnait. Il faisait très attention au ventre de sa compagne, se soulevant et s'inclinant pour ne pas exercer trop de pression dessus. Il ne se dépêchait pas d'atteindre la ligne d'arrivée, il n'y avait pas de grimaces et de moments difficiles comme elle l'avait vécu avec Lewis. Bones n'était que puissance, mais en même temps, chaque mouvement, chaque contact et chaque baiser était réalisé avec douceur et tendresse. Ils firent l'amour ainsi pendant si longtemps qu'elle sentit tout changer, comme s'ils s'unissaient vraiment, cœur et âme, la transportant vers un endroit plus sûr et plus libre. La nouveauté de cet éveil se fondit avec la sensation de son sexe chaud en elle et de l'amour qui la traversait, la rendant folle. Les flammes fleurirent dans son ventre et grésillèrent dans ses veines. Les ongles de Sarah s'enfoncèrent dans le dos de Bones, le griffant pour en avoir *plus*. Il devait avoir senti le changement, car un grognement rauque sortit de ses lèvres. Puis il prit les choses en main, se soulevant et s'inclinant, lui donnant exactement ce qu'elle voulait là où elle le voulait. Il agrippa ses fesses et suça la base de son cou, envoyant des vagues d'extase à travers elle. Elle se cambra et s'agita, le griffant pour trouver une prise, se noyant dans leur magie. Alors même qu'elle reprenait sa respiration, il l'emmena dans les nuages à nouveau, son corps vibrant et tremblant si fort qu'elle haleta. La bouche de Bones fondit sur la sienne, lui donnant l'air dont elle avait besoin et l'amour qu'elle désirait.

Tandis qu'elle retombait doucement du pic, le corps mou, mais en souhaitant encore davantage, il la tint tendrement sous lui, dévorant sa bouche, ses hanches effectuant un mouvement de piston avec une précision laser, la catapultant dans un autre orgasme intense. Puis il enfouit son visage dans son cou tandis qu'il cédait à la puissance de sa propre jouissance. Le nom de Sarah s'échappa de ses lèvres encore et encore comme des secrets : importants et significatifs.

Leurs secrets.

Des sons qu'elle n'oublierait jamais.

ILS RESTÈRENT ALLONGÉS face à face tandis que leurs mondes se matérialisaient à nouveau et Bones se remplit de la sensation inattendue d'être complet. Il embrassa le bout du nez de Sarah, sa joue et enfin, tandis qu'il essayait de comprendre les émotions qui le submergeaient, il embrassa ses belles lèvres.

Elle posa sa main sur sa joue et ferma les yeux avec un léger fredonnement.

Il savait qu'il ne se rassasierait jamais de ce son. C'était celui du bonheur de sa petite amie. Il voulait lui dire tant de choses, mais elle avait tellement sommeil et était tellement détendue qu'il décida que cela pouvait attendre et il passa la main le long de son dos tandis qu'elle s'endormait.

Elle était à sa place, avec lui, en sécurité et aimée. Écoutant le rythme régulier de sa respiration, il pensa à ce que Bear lui avait dit. *Tu te donnes entièrement à ce que tu veux vraiment. Tu es comme ça au plus profond de toi-même. Quand tu mourras, tu l'auras recherché et planifié jusqu'à la dernière seconde.* Son frère avait raison à propos de la manière dont il abordait les choses, mais il n'avait fait ni recherches, ni plans pour ça. Il ne pesait pas le pour et le contre, parce que cela n'avait pas d'importance. La seule chose qui comptait, c'était que malgré les obstacles qui pourraient les attendre, son cœur appartenait à Sarah et à ses enfants, et il donnerait sa vie pour les protéger.

Après un moment, il sut qu'il devait la réveiller. Ils ne pouvaient pas rester loin des enfants toute la nuit. Il l'embrassa à nouveau, puis il murmura :

— Ma belle.

— Hum.

Elle se blottit davantage contre lui.

Aucune partie de lui ne voulait la réveiller, encore moins la ramener chez elle et revenir dans le lit qui aurait son odeur, dans la maison qui semblerait trop vide sans elle. Mais les enfants avaient besoin d'elle plus que lui. Par conséquent, il l'embrassa à nouveau et dit :

— Il faut que je te ramène chez toi, mon cœur.

Elle ouvrit les yeux en battant des paupières et ses beaux sourcils blonds se froncèrent.

— Tu en as fini avec moi ?

— Pas du tout.

Il déposa un baiser entre ses sourcils.

— Je veux passer plus de temps avec toi.

Elle passa ses jambes entre les siennes, accrochant son talon au dos du mollet du jeune homme.

— Dixie a dit qu'elle pouvait passer la nuit…

Sa voix devint moins audible, comme si le fait que Dixie passe la nuit chez elle, l'idée de ne pas être avec ses enfants au matin venait de devenir clair. Il n'avait pas réalisé que sa sœur avait proposé de dormir chez sa petite amie et il se demanda pourquoi les deux femmes ne le lui avaient pas dit.

Tandis qu'il ouvrait la bouche pour poser la question, il se souvint de la nervosité que Sarah avait ressentie à l'idée de lui parler de son passé, ce qui lui donna sa réponse. Penser à ce salaud fit bouillonner son sang. Bones jura de s'assurer que le connard paierait pour tout ce qu'il lui avait fait, et il prendrait si grand soin de ses enfants que même l'ADN de ce con ne pourrait pas les détruire.

Mais à ce moment-là, Sarah n'avait pas besoin d'un petit ami en colère. Elle avait besoin de voir qu'il était l'opposé de tout ce qu'elle avait connu, il enterra donc profondément sa fureur et se concentra sur la femme si douce qu'il aimait et qui était dans ses bras.

— Je te connais, dit-il. Tu as besoin de te réveiller près de tes enfants et ils ont besoin de te voir au matin.

— Ça ne te dérange pas ?

— C'est discutable.

Il l'allongea sur le dos et se plaça sur elle.

— Tu parles du fait de te laisser sortir de mon lit ?

Il déposa un baiser sur son épaule.

— Parce que la réponse est sans aucun doute « si ».

Il descendit, taquinant son téton, ce qui lui valut un gémissement long et grave.

— Mais est-ce que ça me dérange de te laisser partir pour que nous puissions nous assurer que tes bébés vont bien ? Même pas un peu.

— Tu as toutes les bonnes réponses.

Elle bougea les hanches, alignant le sexe de son partenaire et le sien.

— Tu as dû lire un livre sur les aphrodisiaques pour mamans.

Il ricana.

— Je suis en train de tomber amoureux d'une mère et ça va ensemble. Et cette maman en particulier a besoin d'un peu plus d'amour avant de sortir de mon lit.

CHAPITRE SEIZE

Sarah se réveilla avant le soleil et continua à écrire l'histoire d'amour qu'elle avait commencée pour Tracey quand ils avaient quitté le refuge. Elle souhaitait désespérément que les femmes qu'elle avait rencontrées trouvent des hommes aussi aimants que Bones. Des hommes qui leur apprendraient que l'amour ne fait pas forcément de mal. Lui souhaiter une bonne nuit la veille avait été plus difficile que jamais. Peu importe à quel point elle essayait de s'en empêcher, elle avait abordé leur relation comme si elle était temporaire, mais il avait prouvé le contraire et elle avait dû lutter contre l'envie de lui demander de rester. Il était maintenant presque sept heures trente et les enfants étaient réveillés depuis une demi-heure. Aucun d'eux n'avait envie d'un petit déjeuner. Ils étaient trop occupés à jouer avec leurs animaux de la ferme. Bradley les installait, puis Lila les faisait tomber. Même après avoir été séparée de Lewis pendant plusieurs mois, elle avait encore peur que Bradley n'imite certains de ses traits de caractère. Elle retenait souvent sa respiration quand Lila faisait une chose susceptible de pousser Bradley à s'emporter. Mais elle était épatée par la patience de son petit garçon et elle remercia sa bonne étoile qu'il ne montre pas la même intolérance que son géniteur.

Tandis qu'elle sirotait une tasse de thé déthéiné, son stylo glissait rapidement sur le cahier, créant une vie pour Tracey. Une vie où elle rentrait chez elle dans un appartement tranquille et où elle n'avait pas peur de faire trop de bruit ou de déranger la concentration de quelqu'un. Une vie où elle pouvait porter de jolies robes et des T-shirts sans manches et ne pas avoir à dissimuler de bleus. Une vie où elle était heureuse et aimée. Tandis que Sarah créait l'histoire, sa sœur commença à lui manquer terriblement. Elle craignait de ne plus jamais avoir l'occasion de la retrouver et elle se demanda pourquoi Josie les détestait, Scott et elle, au point de pouvoir partir et ne jamais regarder en arrière.

Elle enterra cette douleur profondément pour qu'elle n'affecte pas ses enfants.

— Mamama.

Lila s'appuya sur le bord du canapé avec un sourire gauche.

Sarah posa le cahier sur la table et passa ses doigts dans les fins cheveux de sa fille. Elle se demanda si ses propres cheveux avaient été ainsi lorsqu'elle était bébé. Bradley était né avec une tignasse si différente de la tête presque chauve de sa fille.

— Tu commences à avoir faim, Lila chérie ?

Le rugissement d'une moto s'approcha et le cœur de Sarah bondit. Elle avait dit au revoir à Bones quatre ou cinq heures auparavant et l'excitation l'écrasa quand même comme s'ils étaient séparés depuis des mois.

— Baba !

Lila se tourna trop rapidement et tomba sur les fesses. Elle se mit à quatre pattes et rampa à toute vitesse vers la fenêtre.

— Bababa.

Bradley courut vers la fenêtre dans son pyjama Batman.

— C'est Bones !

Voir ses enfants aussi enthousiastes qu'elle l'était, était incroyable. Savoir qu'ils se sentaient ainsi grâce à un homme qui *méritait* leurs doux petits cœurs, c'était une sensation folle, belle et *miraculeuse*.

Sarah se leva alors que Bradley se précipitait vers la porte et faisait de son mieux pour l'ouvrir.

— Attends, bébé. C'est fermé à clé.

Elle déverrouilla la serrure, Lila accrochée à sa jambe et les mains de Bradley sur la poignée. Pouf ! C'était comme si le lapin de Pâques était arrivé.

Sarah souleva Lila sur sa hanche et aida Bradley à ouvrir le battant, ravie de s'être douchée avant que les enfants ne se réveillent. Son cœur tomba à la renverse à la vue de Bones couvert de doux cuir noir, d'un sweat-shirt gris et d'un jean usé qui ressemblait à un vieux vêtement préféré. Dans une main, il portait un sac d'épicerie et son casque noir et brillant, ce qui lui rappela immédiatement sa suggestion sexy. *Peut-être que l'on devrait commencer par quelque chose de plus simple. Comme monter sur ton homme.* Comme s'il avait lu dans ses pensées, un sourire lent se glissa sur son beau visage, illuminant l'obscurité comme de l'encre de ses yeux.

— Bones !

Bradley sortit à toute vitesse, pieds nus.

Sans ralentir, le jeune homme le souleva et les bras du bambin s'enroulèrent autour de son cou dans un câlin tellement adorable et pur que non seulement Sarah sentit son cœur fondre, mais elle vit la même réaction dans l'étreinte de Bones et dans le baiser qu'il déposa sur la tempe du petit garçon. Elle l'entendit dans sa voix quand il dit : « Salut, petit B. Comment va mon meilleur pote ? » et elle le sentit quand son regard noir comme de l'encre s'attendrit et qu'il croisa à nouveau le sien.

C'était dangereux.

C'était beau.

C'était réel.

— Babababa.

Lila tendit les mains vers Bones pour l'agripper.

— Salut, mes belles.

Le jeune homme posa le sac et son casque à côté de la porte et Lila s'accrocha à son sweat-shirt lorsqu'il tendit les mains vers elle. Elle couina d'excitation et ses petites jambes donnèrent des coups de pied tandis qu'il la prenait dans ses bras. Les doigts de Lila s'enfoncèrent dans la bouche de Bones, provoquant un rire guttural. Il embrassa ces doigts qui se tortillaient et il se pencha pour embrasser Sarah.

— Salut, jolie maman. Comment va ma chérie, ce matin ?

Elle est dans un état d'euphorie.

— Encore mieux maintenant. Je ne m'attendais pas à te voir. Je croyais que tu allais faire un tour à moto avec tes frères, aujourd'hui.

— Je pensais que je pourrais petit-déjeuner avec vous d'abord, dit-il en fermant la porte derrière lui. J'ai imprimé une recette de muffins à la banane, à la pomme et à la cannelle sans gluten, ni produits laitiers, ni noix, ni œufs et j'ai acheté tous les ingrédients. J'espère que ça te convient.

— Laisse-moi réfléchir…

Elle se tapota le menton, levant les yeux vers le plafond, incapable de réprimer sa joie lorsqu'elle dit :

— Un beau motard vient à l'improviste et veut préparer le petit déjeuner avec moi ?

— Babababa ! balbutia Lila en rebondissant dans les bras de Bones.

— Je suis d'accord, ma puce. Commençons à préparer le petit déjeuner pendant que maman se décide.

Il adressa un clin d'œil à Sarah et entra dans la cuisine.

— Tu viens m'aider à cuisiner, petit B ?

Sarah prit le sac, regardant son petit garçon hocher la tête avec insistance, aussi fou de son homme qu'elle.

Quinze minutes plus tard, les plans de travail ressemblaient à une boulangerie, avec des paquets de farine de sorgho, du bicarbonate de soude, de la cannelle, du sel de mer, des pommes, de sucre turbinado[1] biologique, de l'huile d'olive, de l'extrait de vanille, des graines de lin mais aussi avec de minuscules morceaux du cœur de Bones dans chacun des achats auxquels il avait pensé. Bradley était assis sur le plan de travail au milieu de la pagaille, écrasant des bananes avec une fourchette alors que Lila était assise sur sa chaise haute, ses doigts collants couverts de purée de banane, car Bones avait insisté pour dire que si Bradley avait le droit d'aider à écraser des bananes, Lila aussi.

— Excellent, dit-il à Bradley. Écrase ces gros morceaux.

— Comme ça ?

L'enfant abattit la fourchette sur une pile de morceaux de fruit, en envoyant un par terre.

Sarah s'immobilisa.

— Ce serait parfait… *si* on essayait de préparer des bananes volantes, dit Bones en riant.

Puis il prit la main de Bradley et lui montra une meilleure technique avec tant de patience que l'air abandonna les poumons de Sarah dans un soupir rêveur.

Les vieilles habitudes ont la vie dure.

— Que se passe-t-il ici ? demanda Scott en entrant dans la cuisine en boîtant, torse nu, les cheveux ébouriffés et portant un

---

[1] Variante de sucre roux

pantalon de survêtement.

— On prépare des muffins ! annonça Bradley.

— Ça !

Lila prit une poignée de bananes et l'offrit à Scott.

Ce dernier posa une main sur sa tête et dit :

— Non. Ça ira.

— Il y a du café.

Sarah lui tendit une tasse.

— Merci.

Il remplit sa tasse et en but une gorgée.

— Je ne voulais pas interrompre votre petit moment familial.

— Désolé si on t'a réveillé, dit Bones. C'est ma faute.

Sarah n'essaya même pas de discuter. Il gagnerait de toute façon et en réalité, ils avaient tous été enthousiastes en le voyant, alors oui, c'était un peu sa faute, d'une bonne façon.

— Tu veux aider ? demanda Bradley à Scott. Qu'est-ce qu'on fait maintenant, Bones ?

— Des pommes râpées pour Oncle Scott.

Bones tendit une pomme à Scott. Puis il se tourna vers Bradley et dit :

— Pendant que toi, Lila, et moi mesurons le sucre et l'huile d'olive, peut-être que maman peut s'occuper des graines de lin et de la vanille.

— Je crois que je peux y arriver.

Elle se mit au travail, s'imprégnant de toute la bonté autour d'elle.

— Ça s'est bien passé avec Dixie hier soir ?

— Oh oui ! dit Scott avec une intonation de séduction dans la voix.

Bones lui jeta un regard noir.

— Je veux dire, elle s'est bien occupée des enfants, ajouta rapidement Scott. Elle est cool. Forte, drôle et sacrément sex…

Ce regard noir d'avertissement apparut à nouveau et Sarah étouffa un rire.

— Sacrément intelligente, dit Scott en se retournant vers les pommes. Tu ferais quoi si je *te* faisais la même chose ?

— Quoi ? demanda Bones avec trop d'innocence.

— Si je te regardais comme si je – il jeta un coup d'œil aux enfants – n'étais pas heureux que tu t'approches trop de ma sœur.

Bones rit.

— Des chevaux sauvages, bébé. C'est ce qu'il faudrait pour me garder à distance.

— Hum.

Scott afficha un grand sourire.

— C'est bon à savoir.

Oh oui !

Scott et Bones plaisantèrent en mesurant, mélangeant et versant. Après avoir fini de préparer la pâte, Bradley aida à mettre le mélange dans le moule à muffins avec une cuillère. Quand Lila couina, Bones la laissa aider aussi. Elle mit plus de pâte sur lui que dans le moule, mais il accepta tout cela sans sourciller.

— Je ne savais pas que tu sortais avec *Mrs Doubtfire*, dit Scott tandis que Bones retirait le T-shirt de Lila.

— C'est *Docteur Doubtfire* pour toi, merci beaucoup.

Scott se dirigea vers la cuisine et dit :

— Tant que je ne te retrouve pas en train de porter une jupe.

Bones prit Lila dans ses bras et dit :

— Double bain le temps que les muffins soient prêts ?

— Je peux m'en occuper, dit Sarah.

Bones lui adressa un clin d'œil et dit :

— Viens, B. Voyons à quelle vitesse, nous pouvons vous laver tous les deux.

Bradley courut dans le couloir et d'un geste rapide, la main de Bones se glissa autour de la taille de Sarah, l'attirant dans un baiser délicieux.

— Il faut voler le moment, dit-il avant de lui prendre la main tandis qu'ils traversaient le couloir.

Il se pencha vers elle et murmura :

— Tu m'as manqué dans mon lit ce matin.

Le désir et le bonheur la traversèrent.

Tandis qu'ils baignaient les enfants, Bradley expliqua à Bones la nouvelle disposition de leurs lits.

— Maintenant, j'ai un lit de grand garçon et Lila a un lit de bébé et maman a un lit de maman.

— Ton nouveau lit te plaît ? demanda Bones.

— Je l'adore !

Il prit un canard en plastique des mains de Lila, ce qui la fit crier.

— Et si tu *demandais* à Lila si elle peut te le prêter, suggéra Bones.

Bradley regarda le jouet, puis il regarda sa sœur en train de hurler. Bones passa une main sur le dos de la fillette, observant attentivement l'aîné. Sarah ne put que laisser les choses se dérouler au lieu de dire à son fils de le rendre ou de l'échanger contre un autre jouet, mais elle était curieuse de voir comment Bones gérerait la situation.

— C'est difficile d'être un grand frère, dit-il avec compassion.

Il passa une main apaisante sur le dos de Lila tout en parlant à Bradley.

— Si tu es gentil avec ta sœur, elle t'admirera toute sa vie et elle jouera avec toi, elle apprendra de toi. Mais si tu voles ses jouets et que tu la fais pleurer, eh bien, elle pourrait ne pas vouloir faire tout ça.

Bradley regarda tristement le jouet.

— Qu'en dis-tu ? insista Bones. Tu veux apprendre à Lila à partager en lui montrant comment demander son tour ?

S'il te plaît, s'il te plaît, s'il te plaît, ne pique pas de crise !

Bradley hocha la tête et rendit à contrecœur le jouet à Lila. Lila le serra contre sa poitrine, ses larmes s'apaisant.

— Bravo.

Bones ébouriffa les cheveux du bambin.

Sarah put enfin respirer.

— Je peux jouer avec ? dit Bradley aussi vite que possible avant d'arracher le canard des mains de Lila, ce qui la fit crier et se battre pour l'avoir.

— Tu parles de diplomatie ! dit Bones.

Il prit le jouet des mains de Bradley, ce qui le fit pleurer aussi, et il le rendit à Lila. Puis, d'une voix douce, mais ferme, comme il avait toujours géré les enfants grincheux, il dit :

— Quand tu seras prêt à *demander*, pas à *prendre*, nous réessayerons.

Il continua à baigner Bradley au milieu de ses hurlements, apparemment non affecté par ses supplications pour que justice soit faite, pendant que Sarah lavait Lila. Bradley pleura pendant qu'ils les séchaient et Bones ne s'énerva pas. Il dit simplement :

— Quand tu seras prêt à faire ce qu'il faut, à *demander* au lieu de *prendre*, nous réessayerons.

En chemin vers la chambre, Sarah cria à Scott :

— La douche est libre !

Lila s'agrippait au canard en plastique et Bradley gémit tandis que Sarah et Bones les habillaient.

Lorsqu'ils retournèrent dans la cuisine, le garçon se plaça devant sa sœur, qui était assise avec le canard, et dit :

— Je peux jouer avec ?

Lila se détourna en serrant le canard contre sa poitrine.

— C'est le tour de Bradley, ma puce, dit Bones.

Il lui prit le canard et le tendit à Bradley.

Lila cria et se jeta dessus.

Bones la souleva, tournant un regard absolument *perdu* vers Sarah.

— Et maintenant ?

— Le hérisson !

Elle courut et prit la peluche pendant qu'il essayait de calmer la petite fille en train de crier. Elle mit le hérisson dans les mains de Lila et en quelques secondes, ses cris cessèrent et sa bouche fit une petite moue tordue et silencieuse.

Bones soupira bruyamment, les sourcils froncés tandis qu'il posait le bébé sur sa chaise haute.

— J'ai essayé.

— Tu as été incroyable. Mais tu dois apprendre à échanger et à détourner l'attention.

— Ça fonctionne ? demanda-t-il.

— Parfois. Ce sont des enfants. Rien ne fonctionne tout le temps. Ils ont des boutons intégrés pour rendre les mamans folles auxquels ils sont les seuls à avoir accès et quand ces boutons sont tournés dans la bonne position, *rien* ne fonctionne.

Elle se tourna vers Bradley, qui faisait avancer le canard en plastique sur la porte vitrée.

— Viens, chéri. Goûtons les muffins que nous avons préparés.

L'enfant laissa tomber le canard et monta tant bien que mal sur sa chaise.

— Eh !

Bones ramassa le jouet.

— Je croyais qu'il voulait le canard.

— Il ne le voulait que parce qu'il ne pouvait pas l'avoir, dit-elle en essayant de ne pas rire.

Scott entra dans la cuisine, douché et habillé.

— La Troisième Guerre mondiale est terminée ?

— J'ai beaucoup à apprendre.

Bones regarda les enfants d'un air pensif.

— Ce n'est pas le cas de tout le monde ?

Scott posa une main sur l'épaule de Bones.

— Ne t'inquiète pas, mec. Au moins, tu sais cuisiner.

Après avoir dévoré les muffins et les tranches de pommes aussi délicieux les uns que les autres, Scott alla rejoindre Quincy et Jed en ville et les enfants s'amusèrent avec leurs jouets dans le salon pendant que Sarah et Bones nettoyaient la cuisine.

Le jeune homme désigna le demi-mur en essuyant le plan de travail. Sarah leva les yeux de la vaisselle qu'elle lavait et vit Bradley mettre le casque de Bones sur sa tête. Il était tellement grand qu'il lui tombait sur les épaules. La maman était sur le point de lui dire de ne pas y toucher, mais Bones posa une main sur son bras et secoua la tête, articulant silencieusement : « Pas de problème ».

Bradley prit une couche et l'ouvrit. Puis il la plaça sur la tête de Lila et dit :

— C'est ton casque de moto.

Bones et Sarah rirent.

— J'espère que ça ne te dérange pas que je sois passé, dit-il à voix basse. J'aurais dû téléphoner, mais j'étais à mi-chemin quand je m'en suis rendu compte.

— Ça ne me dérange pas du tout.

Il jeta les serviettes en papier qu'il avait utilisées et passa les cheveux de Sarah sur une épaule pour déposer un tendre baiser sur son cou.

— Notre premier Thanksgiving ensemble aura lieu dans quelques jours.

— Ce sera le premier Thanksgiving où je ne serai pas terrifiée à l'idée de ce qui va se passer ensuite.

Il enroula ses bras autour de sa taille par-derrière et dit :

— J'aimerais pouvoir effacer toutes les mauvaises choses que tu as vécues, mais étant donné que je n'ai pas ce pouvoir, je vais faire tout ce que je peux pour vous fournir, aux enfants et à toi, tant de bons souvenirs que les autres vont ressembler à une histoire que tu as entendue un jour et non pas à des fantômes qui murmurent dans le placard.

Elle ferma les yeux, appuyant son dos contre le torse de Bones tandis qu'il passait lui sa main sur le ventre et qu'il disait d'une voix à peine plus forte qu'un murmure :

— Est-ce que ça a été hier soir ? Je ne t'ai pas fait mal, non ?

Elle secoua la tête, un peu gênée par l'agressivité qu'elle avait montrée.

Il la tourna dans ses bras, balayant son visage d'un regard aimant.

— Je ne plaisantais pas, Sarah. Tu m'as manqué, ce matin. Ces derniers mois ont apporté un nouveau sens à ma vie, mais ces dernières semaines et hier soir m'ont changé ici, à l'intérieur.

Il posa une main sur son cœur, puis il posa son front sur celui de Sarah et ferma les yeux sans ajouter un seul mot.

Ce n'était pas nécessaire.

Il avait déjà tout dit.

CHAPITRE DIX-SEPT

Le lundi arriva en rugissant avec des vents incessants, de la pluie froide et battante, du tonnerre grondant et des éclairs. Bones n'arrêta pas de la journée. Sarah devait être au travail à quinze heures. Les sièges auto pouvaient être casse-pieds et si les enfants avaient une mauvaise matinée, il savait qu'ils seraient tout trempés quand elle parviendrait enfin à installer tout le monde. Il avait espéré que la tempête se calmerait et en voyant que ce n'était pas le cas à quatorze heures, il avait appelé Biggs, la seule personne qu'il connaissait qui aurait le temps de l'aider et que cela ne dérangerait pas. À présent, tandis qu'il décrochait son téléphone portable, il jeta un œil par la fenêtre de son bureau vers le ciel gris et coléreux et il maudit Mère Nature pour avoir déchaîné sa rage sur Peaceful Harbor.

— Tu as foiré, dit Biggs.

— Merde ! Je me suis trompé dans l'heure ? demanda Bones, se mordant les doigts.

— Non, fiston. Tu tournes autour d'une femme qui sait se prendre en main. Je suis arrivé à quatorze heures quinze, comme tu me l'as demandé. Bradley et Lila étaient déjà dans la voiture et Sarah était en train de monter du côté conducteur, un de ces grands parapluies golf au-dessus de la portière ouverte. Elle était complètement sèche et elle souriait jusqu'à ce que je lui dise pourquoi j'étais là.

— Ah, merde !

— Je ne t'ai rien appris ou quoi ? Ne sous-estime jamais une femme compétente. Ces gamins étaient heureux comme des poissons dans l'eau avec leurs petites bottes en caoutchouc et leurs imperméables, bien attachés sur leurs sièges auto.

Bones s'appuya contre le rebord de la fenêtre avec un énorme sourire sur le visage.

— *Tu* m'as appris à prendre soin de nos femmes, même quand elles n'en ont pas besoin.

Le rire rauque de son père traversa le téléphone.

— Sérieusement ? Je suis dans la merde jusqu'aux genoux et tu te moques de moi ?

— Je ris parce que le virus de l'amour t'a mordu les fesses et ce que je pourrais te dire n'aurait pas d'importance. Tu vas faire tout ce qu'il ne faut pas en pensant que c'est ce qu'il faut, espèce de salaud entêté.

D'autres rires résonnèrent, faisant sourire Bones en dépit de son erreur, car si Biggs n'avait qu'une qualité, c'était son honnêteté absolue.

Quand son père eut enfin fini de rire de la stupidité du jeune homme, il dit :

— Ça te servira de leçon, fiston. Et elle n'était pas énervée. Les larmes que j'ai vues dans ses beaux yeux étaient des larmes de joie. Elle est *sortie* de la voiture sous cet énorme parapluie et elle m'a pris dans ses bras.

— Quoi ? Alors, pourquoi j'ai foiré ?

— Parce que c'est moi qui ai eu le câlin, imbécile ! gloussa Biggs. Elle m'a remercié d'être passé et d'avoir élevé un fils aussi attentionné. Ensuite, elle est remontée dans la voiture et elle s'est éloignée avec ce regard cruche que les femmes ont quand elles sont trop heureuses pour y voir clair. C'est une femme bien.

— Oui, dit Bones. Une femme vraiment bien. Je devrais raccrocher et lui écrire avant que mon prochain patient n'entre. Merci, P'pa. Je t'aime.

— Je t'aime aussi. On se voit ce soir à la messe.

Après avoir raccroché, Bones écrivit à Sarah. *Désolé d'avoir envoyé Biggs t'aider avec les enfants. Je t'avais dit que j'avais beaucoup à apprendre.*

Elle répondit quelques minutes plus tard. *Moi aussi. Nous pouvons apprendre ensemble.*

Oh oui, il avait de la chance !

Plus tard cet après-midi-là, il accueillit sa patiente Wendy Stockard qui, étonnamment, ne tourna pas autour du pot à propos de ses sentiments et ne chercha pas à gagner du temps en parlant des dernières aventures d'Ollie. Au lieu de cela, elle se laissa tomber lourdement devant lui, l'air agité et en colère. Les sautes d'humeur étaient plutôt normales dans son cabinet et ce n'était pas trop inquiétant. Mais ce qui énervait Wendy le rendait aussi nerveux.

— Je sais que le stress est mauvais pour moi, mais je n'arrive pas à m'en sortir. Je fais tout ce que je peux pour m'assurer que quelqu'un prendra soin d'Ollie si… si je n'arrive pas à vaincre ça. Mais mon avocat a dit que Calvin aura sa garde. Peu importe que l'on soit divorcés ou qu'on m'ait donné la garde exclusive, parce que Calvin n'était pas un mauvais père. Ce n'est pas comme s'il l'avait maltraité ou quelque chose comme ça. Il est juste trop occupé avec ses *petites amies* pour être père.

Les mains de Wendy tremblaient.

— Mais son nom est sur l'acte de naissance et il ne fait aucun doute qu'il est le père d'Ollie, alors…

Wendy n'avait jamais parlé de son ex-mari. Cependant, cela ne le surprenait pas. À moins qu'un ex soit impliqué dans leur vie, les patients parlaient rarement d'eux. Elle faisait tout ce qu'il fallait pour s'assurer que quelqu'un prendrait soin de son fils au cas où le pire scénario se réaliserait. Il espérait sacrément que ce ne soit pas le cas et il faisait tout ce qui était en son pouvoir pour empêcher cela.

— Vous n'avez jamais parlé de lui auparavant. Il fait partie de la vie d'Ollie ? Ça plairait à votre fils ? demanda Bones.

Cela ne faisait pas partie de ses fonctions de régler ce genre de problèmes, mais il pouvait peut-être essayer d'apaiser suffisamment ses craintes pour qu'elle soit plus forte pour son traitement.

— Ça fait des années qu'il ne l'a pas vu, mais apparemment, ça n'a pas d'importance. Tout ce qui compte, c'est qu'il est le père de mon fils. Et je ne sais pas si ça plairait à Ollie, mais j'en doute.

Elle leva les yeux au ciel, ses doigts se resserrant autour des accoudoirs de la chaise tandis que ses paupières se remplissaient de larmes. Bones resta silencieux, lui donnant l'espace nécessaire pour qu'elle reprenne le contrôle de ses émotions. Tandis qu'elle prenait quelques profondes inspirations, son esprit se tourna vers Sarah et il se demanda si Lewis avait reconnu ses enfants sur leur acte de naissance. Son nom serait-il inscrit sur l'acte de naissance de l'enfant qu'elle attendait ? Les muscles dans son cou se raidirent à cette idée.

Wendy se redressa sur sa chaise et recula les épaules, lui rappelant Sarah quand elle renforçait sa détermination.

— Ma sœur a dit qu'elle se battrait pour avoir la garde si je ne survis pas, dit Wendy d'une voix légèrement tremblante. Mais, bon sang, docteur Whiskey, je *dois* survivre ! C'est *mon* enfant. *Ma* responsabilité.

— C'est votre cœur et votre âme, dit-il distraitement avant de se reprendre et de s'éclaircir la gorge.

— Exactement. Je sais que vous ne pouvez rien me promettre, mais répétez-moi que vous faites tout ce que vous pouvez. J'ai besoin de l'entendre. J'ai besoin de l'entendre souvent.

Bones fit le tour du bureau et s'assit à côté d'elle. Il croisa son regard implorant et dit :

— Votre bataille et celle d'Ollie sont aussi la mienne. Je vous promets que je fais tout ce qui est en mon pouvoir pour vous aider à vaincre la maladie et que je continuerai de le faire.

Elle hocha la tête, les yeux larmoyants, et dit d'une voix chancelante :

— Merci.

À présent, la partie difficile était arrivée.

— Votre sœur peut vous aider à ce sujet pour réduire un peu la pression ? Elle peut aller voir votre avocat, établir un plan d'action pour que vous puissiez vous concentrer sur vos traitements ?

— Ce n'est pas son combat, dit catégoriquement Wendy.

— Non, effectivement. Et je suis sûr que vous avez l'habitude de tout gérer, quelle que soit l'ampleur du problème. Mais tout comme vous pouviez demander à vos amis de vous aider à véhiculer Ollie et à préparer les repas quand vous avez été opérée, vous pouvez vous faire seconder pour les parties émotionnellement exténuantes de votre vie qui doivent être aplanies. Je ne vous suggère pas de la laisser prendre des décisions à votre place. Je propose juste que vous envisagiez de permettre aux gens les plus proches de vous de vous aider à porter le fardeau d'influences extérieures pour que vous puissiez vous concentrer sur votre santé.

Il pensa à Sarah et sut que si elle avait été à la place de Wendy, elle n'aurait jamais reculé, même si cela épuisait chaque once de son énergie. En tant que médecin, il recommanderait Wendy aux bons spécialistes pour gérer son état émotionnel. Il la guiderait au cours de son traitement et espérerait qu'elle serait assez forte pour tout ce dont son corps avait besoin pour vaincre ce monstre. Mais en dehors de son rôle médical, en tant qu'être humain, il voulait faire disparaître son angoisse et celle de tous ses patients. Parler aux satanés avocats, plaider son cas et celui d'Ollie. Mais c'était une limite qu'il ne pouvait pas franchir. C'était une limite réservée à un petit ami, un mari ou un membre de sa famille.

S'il n'était pas tout cela pour ses patients, il pouvait parfaitement l'être pour Sarah.

QUELQUES HEURES PLUS tard, Bones était assis à côté de Bullet dans le club-house des Dark Knights, se faisant un sang d'encre à l'idée que l'ex de Sarah ait le moindre droit sur ses enfants. Crystal ne se sentait pas bien ce soir-là et Bear était resté à la maison avec elle, mais les inquiétudes de son frère avaient été claires et nettes dans son esprit tout l'après-midi. *Que sait-on sur le père de ses enfants ? Hein ? Et s'il revenait les chercher ?* Bones se considérait comme un homme plutôt juste et il ne croyait pas que séparer les parents de leurs enfants était une bonne chose, mais cet homme n'était pas un père. Un père prenait soin de sa famille ; il la chérissait, lui enseignait des choses et la protégeait avant tout. Un père donnerait sa vie sans hésiter pour ses enfants. Bones serra les dents. Cet homme, Lewis, était un mollusque, une brute et un sale *violeur*.

Et ce n'était que la partie émergée de l'iceberg.

Sarah méritait aussi que justice soit faite en ce qui concernait ses crétins de parents.

Il leva les yeux vers son père, qui était assis à la table d'honneur, parlant des affaires du club. Avant son AVC, Biggs s'occupait du bar. Si un client buvait trop pour conduire, au lieu de lui appeler un taxi, il demandait à Red de sortir Bones et Bullet du lit pour le ramener chez lui. Il fallait qu'ils soient deux : un pour conduire le véhicule du client et un pour le suivre dans son propre véhicule. Si quelqu'un était traité injustement quand ils faisaient les courses ou dans un restaurant, on leur avait appris à intervenir. À faire ce qu'il fallait, ce que les autres n'osaient généralement pas faire. Cela avait toujours été la manière d'agir des Whiskey et il en serait toujours ainsi. Biggs avait toujours été sacrément intimidant, plus dur que tous les hommes que Bones avait connus. Il savait que son père était capable de tuer un homme à mains nues et il savait aussi qu'il ne le ferait que si la situation l'exigeait. Pas par vengeance. Non, la vengeance ne réclamait qu'un bon coup de pied aux fesses et de traîner le type à la police s'il avait enfreint la loi. Quand Bones était plus jeune, il avait eu du mal à accepter cette manière de penser. Il n'avait pas compris en quoi la vengeance pouvait être une bonne chose. Cela avait été l'une de ses plus grandes difficultés : avoir l'impression d'avoir sa place au sein de sa famille alors que ce qu'il considérait comme la bonne chose à faire était différent de ce que les autres pensaient. Mais lorsque Thomas était décédé, il avait *voulu* se venger. Il avait voulu tuer quelqu'un pour lui avoir pris son ami. Mais il n'y avait eu personne à tuer, personne à qui en vouloir.

Il avait donc retourné cette culpabilité contre lui-même. Il savait qu'il ne le méritait pas, mais elle devait atterrir quelque part ou elle l'aurait détruit d'une autre manière. Il avait canalisé cette énergie négative pour traverser les difficultés de la faculté de médecine et devenir le meilleur médecin possible.

Mais il avait grandi depuis. Il avait vu pire, il avait appris que certaines personnes devaient être remises à leur place. À présent, tandis qu'il pensait à la manière dont Lewis avait traité Sarah et ses enfants, ses poings se serrèrent, son torse se bomba et il vit rouge.

Il voulait se venger.

Il voulait torturer les enfoirés, tous autant qu'ils étaient : Lewis et les parents de Sarah. Ni un coup de pied aux fesses ni la prison ne semblaient être une punition assez sévère pour ce qu'avaient subi la femme et les enfants qui s'étaient déjà emparés d'un morceau de lui. Mais prendre une vie humaine n'était pas quelque chose que Bones pouvait faire *après coup*. Avant Sarah, il n'était pas sûr d'en être capable. En tant que médecin, il avait fait le serment d'agir moralement et déontologiquement. Même le code des motards était d'aider autrui, pas de lui faire du mal ! Mais ces limites se brouillaient quand ils attrapaient un salaud en train d'agir de manière absolument choquante. Bones avait démonté pas mal d'hommes ; ils les avaient envoyés à l'hôpital pour avoir levé la main sur des femmes ou des enfants et pour ne pas avoir tenu compte de ses avertissements. S'il avait surpris Lewis ou les parents de Sarah en train de la traiter ainsi, ceux-ci auraient probablement déjà laissé échapper leur dernier soupir. Mais il devait trouver d'autres moyens de gérer cette situation. Des moyens qui lui garantiraient qu'ils ne pourraient pas s'approcher de Sarah et des enfants et d'annuler les droits parentaux de Lewis.

Bones regarda Charlie « Court » Sharpe, l'avocat spécialisé en droit de la famille, qui se trouvait de l'autre côté de la pièce. Avant la réunion, Bones avait fait des recherches sur la manière de mettre un terme aux droits parentaux. Il ignorait si Lewis avait reconnu les enfants, mais même si ce n'était pas le cas, il pouvait prouver sa paternité et essayer de revendiquer son droit sur eux. Bones avait besoin des conseils d'un expert et d'un plan concret avant de faire un seul pas de plus. Il espérait que Court pourrait les lui apporter.

Bullet lui donna un coup de coude et se pencha vers lui, parlant à voix basse.

— Qu'est-ce qui te casse les couilles ?

Il semblait plus léger, plus heureux depuis qu'il était revenu de sa lune de miel, mais la férocité dans ses yeux étincelait encore sans entraves. Bullet était toujours prêt à arracher la tête de quelqu'un. Heureux ou pas.

— Je dois parler à Court.

Bones jeta un coup d'œil à Biggs. Il était en train de terminer la réunion, confirmant les dates d'un rallye contre le harcèlement à venir et souhaitant un joyeux Thanksgiving à tout le monde. Il sentit la force dans le regard de Bullet et surprit son grand frère en train de l'examiner.

Celui-ci plissa les yeux.

— Quel est le problème ?

— Je ne sais pas encore.

Il fallait que Sarah lui donne des réponses, mais elle était chez Bullet avec les filles ce soir, passant en revue les menus pour Thanksgiving, et il ne voulait pas lui parler de tout cela au téléphone. Il devrait attendre que les enfants soient endormis.

— Tu ne sais pas quoi ? Insista son aîné.

Biggs se leva et prit sa canne, indiquant la fin de la réunion et déclenchant une cacophonie de conversations. Les hommes se dirigèrent vers la cuisine, se rassemblèrent autour des tables de billard et des cibles de fléchettes et s'affairèrent à prendre des nouvelles les uns des autres, créant une marée de patchs des Dark Knights. *Une fraternité.* Si Bones révélait ce qui était arrivé à Sarah, plus de trente frères pourchasseraient Lewis et les parents de celle-ci avant la fin de la nuit. Ce n'était pas son intention. Démonter ces salauds ou les mettre en prison ne leur donnerait pas la paix d'esprit dont ils avaient besoin, à Sarah ou à lui. La situation requérait ce qu'il faisait de mieux : planifier, définir une stratégie, puis s'assurer qu'il réussissait sur *tous* les fronts.

Bones se leva, Bullet l'imitant à ses côtés, une bière à la main. Le médecin croisa le regard sombre de son frère.

— Je gère, B.

Il fut frappé par le fait qu'il avait donné le même surnom affectueux à Bradley depuis leur première rencontre. Savait-il déjà inconsciemment à ce moment-là qu'il finirait par représenter une si grande partie de sa vie ?

— Moi aussi, dit Bullet. Quoi que ce soit.

— Pas cette fois, B. Je dois me charger de ça tout seul. Du moins jusqu'à ce que la situation soit maîtrisée et que je comprenne ce qui doit se passer.

Il posa une main sur l'épaule de son aîné et dit :

— Merci, cela dit.

Bullet serra les dents, faisant frémir sa barbe.

— C'est en lien avec Sarah ?

Bones hocha sèchement la tête. Il savait que son frère ne faisait qu'essayer de l'aider, mais il n'était pas d'humeur à ce que quelqu'un se mette sur son chemin. Il avait un plan et il voulait aller de l'avant.

— Si tu t'en prends à quelqu'un, je m'en prends à lui aussi. Compris ?

Les yeux de Bullet devinrent noirs et glacés.

Bones s'éloigna d'un pas sans répondre et Bullet lui agrippa le bras. Bones lui jeta un regard noir.

— Je gère, B. Si j'ai besoin d'aide un jour, tu seras le premier à le savoir. Maintenant, lâche-moi avant que je ne brise ton satané doigt.

Il libéra son bras d'un mouvement brusque et se dirigea vers Court, qui jouait au billard avec son frère, Tex.

Court avait un torse large et passait autant de temps à la salle de sport que sur sa moto. Ses cheveux étaient tondus et d'un noir éclatant ; sa barbe et sa moustache étaient rasées de tout aussi près. Son T-shirt était étiré sur ses pectoraux et ses biceps imposants. Vêtu de cuir, il avait l'air intimidant, mais tout comme Bones, de neuf heures à dix-sept heures, il portait uniquement des chemises, des pantalons chics et faisait preuve de professionnalisme.

— Bones, comment ça va, mec ? dit Court en alignant sa queue de billard avec une boule.

— Je le saurai après avoir parlé avec toi. J'ai besoin de conseils juridiques.

— Donne-lui une minute pour qu'il fasse son tir merdique, dit Tex avec un sourire suffisant.

Il avait un côté sérieux, mais la plupart du temps, il était sacrément arrogant. Ses cheveux étaient épais et peignés à la main, sa barbe était négligée et il avait des manches de tatouages colorés, tout le contraire de Court et de leur cadet, Ramsey « Razor » Sharpe, un joueur de baseball professionnel.

— Tu travailles encore au Rough Riders ? demanda Bones.

Son ami Sam Braden possédait Rough Riders, une compagnie spécialisée en aventures et activités aquatiques diverses, située près de la rivière. Maintenant qu'il y pensait, il avait envie d'y emmener Sarah et les enfants dans quelques années, pour apprendre à Bradley et à Lila à ramer. Bientôt, un nourrisson vivrait parmi eux, mais peut-être que l'été suivant, ils pourraient organiser un pique-nique près de la rivière et il pourrait l'enseigner aux enfants à ce moment-là. Cette idée le ramena directement à la raison pour laquelle il devait parler à Court.

— Oui, répondit Tex. Tu pourrais venir, un de ces jours. Nous organisons des activités d'automne.

— Je suis plutôt occupé, mais peut-être au printemps ou en été. Merci.

— Parler *ici* te convient ?

Court désigna la pièce autour d'eux.

— Ou je devrais abandonner ma queue ?

Bones n'y avait pas pensé. À présent, il avait l'impression d'être un salaud parce qu'il avait interrompu la partie de ses amis, mais il ne voulait vraiment pas discuter là. Pas quand Bullet observait tous ses faits et gestes.

— Termine ta partie. Je te retrouverai plus tard.

— Non, mec.

Court tapa l'épaule de Hawk.

— Eh, caméraman ! Ça t'ennuierait de finir ma partie ?

Celui-ci lança un sourire arrogant en direction de Tex.

— Pas à moins que ton frère ne pleurniche quand je lui botterai les fesses.

— Fonce.

Tex but une gorgée de sa bière.

— Bones, j'ai les photos pour toi, dit Hawk. Tu veux passer la semaine prochaine et y jeter un œil ?

— Oui. Mardi soir après le travail, ça te convient ?

— Parfait.

Hawk s'appuya sur sa queue tandis que Tex alignait la sienne avec la boule.

Bones et Court prirent tous les deux une bouteille de bière en sortant. Bones inhala l'air frais du soir, ravi d'échapper au radar de Bullet.

— Si je comprends bien, ce n'est pas en rapport avec le club ? demanda Court.

— C'est personnel et j'aimerais que tu gardes ça entre nous.

— Toujours, Wayne.

Il était rare qu'il entende son prénom au club-house, mais Court et lui s'étaient rencontrés dans le cadre professionnel avant que Bones ne l'intègre au club plusieurs années auparavant.

Bones expliqua la situation de Sarah et lui raconta ce qu'elle avait subi avec Lewis et avec ses parents, sans mentionner les détails à propos du strip-tease.

— Merde, Wayne ! C'est une situation horrible. Je suis désolé que vous ayez à affronter ça. Malheureusement, le délai de prescription varie d'un État à l'autre en ce qui concerne la maltraitance envers les enfants. Dans la plupart des cas, il faut compter sept ou huit ans après leurs dix-huit ans. Je vais faire des recherches sur la loi de Floride, mais je pense que tu auras du mal à faire quoi que ce soit contre ses parents à ce sujet. Cela dit, elle peut certainement obtenir une injonction d'éloignement pour qu'ils ne puissent pas s'approcher d'elle. Mais tu sais comment ça fonctionne. C'est un morceau de papier.

— Ses parents ne font plus partie de sa vie depuis qu'elle est partie de chez eux, quand elle avait seize ans. Je suis moins inquiet à propos d'eux qu'à propos du père de ses enfants, même si j'aimerais voir les fesses de ses parents en prison.

— Moi aussi. En ce qui concerne l'autre type, la tactique la plus simple, c'est qu'il renonce lui-même à ses droits parentaux. S'il est aussi shooté que tu le dis, il pourrait être ravi de le faire. Renoncer à ses droits signifie qu'il n'aura pas à payer la pension alimentaire. Non pas qu'il donne l'impression de pouvoir la lui donner. Mais cette option comporte un inconvénient. Il pourrait vouloir quelque chose en échange et utiliser ses enfants contre Sarah. S'il l'a violée et si tu menaces de le dénoncer, il se peut qu'il lâche l'affaire. Mais tu sais que prouver un viol qui a eu lieu il y a des mois sans rapport de police sera malheureusement un cauchemar pour Sarah. Je ne dis pas que tu devrais abandonner, mais il lui faut des preuves. Le genre de preuves qui peut mener à une condamnation. Je suppose qu'il n'y a aucun témoin ?

Les entrailles de Bones se retournèrent.

— Il n'y avait qu'elle et les enfants. Heureusement, ils n'ont rien vu.

— Ça pourrait devenir moche et même s'il ne veut pas des enfants, ils pourraient se retrouver entraînés dans tout ça. Ce sera un enfer pour tout le monde.

Bones laissa échapper un grognement.

— Sarah est un pilier de force, mais je ne leur ferai jamais subir ça, ni à elle ni aux enfants.

— Parle à Sarah, demande-lui le nom de ce salaud, son adresse et toutes les autres coordonnées qu'elle peut te donner. Je ferai un brouillon de révocation des droits parentaux. Mais il te faut un témoin et les documents doivent être certifiés conformes. Ensuite, ils seront examinés par le tribunal. S'il donne son consentement, je te représenterai pour le jugement et je plaiderai ton cas.

— Merci, mec.

Bones commença à établir une liste mentale de ce qu'il devait faire, dont la première tâche était de parler à Sarah.

CHAPITRE DIX-HUIT

Le téléphone de Sarah vibra lorsqu'elle reçut un message de Bones quelques minutes avant d'entendre sa voiture s'arrêter devant chez elle le lundi soir. Elle sortit sur le porche tandis qu'il courait le long de l'allée, apportant avec lui une rafale d'air doux et pluvieux et d'*homme* encore plus doux. Il l'écrasa contre lui et posa ses belles lèvres sur les siennes. Elle passa une main le long de son cou et dans ses cheveux humides. Elle avait pensé à lui toute la journée. Le désir qu'elle ressentait pour lui ne l'inquiétait plus. Sa vie avait été dictée par la nécessité pendant tant d'années qu'elle était ravie d'en avoir enfin le contrôle. Et ce soir-là, pendant qu'elle planifiait la fête d'anniversaire commune pour Bones et Lila ainsi que les menus de Thanksgiving avec les filles, les écoutant faire l'éloge de leurs hommes, tout était devenu clair comme de l'eau de roche. Il n'y avait aucune différence entre Gemma, Finlay et elle ou une des autres filles. Certes, elle avait un passé pourri, et oui, elle avait fait du strip-tease pour joindre les deux bouts, mais dans le fond, elle était une femme qui essayait de survivre. À présent, elle avait la possibilité non seulement de survivre, mais aussi de vivre une vie complète avec un homme qu'elle adorait et qui, malgré tout ce qui lui était arrivé, était tout aussi attiré par elle.

Elle en avait *assez* d'hésiter.

— Salut, ma belle, dit-il d'une voix séduisante. Abritons-nous de ce temps. Les enfants dorment ?

— Oui, dit-elle doucement. Et Scott est au bar avec Jed, alors nous avons quelques heures rien que pour nous.

La passion mijota dans les yeux de Bones tandis qu'il retirait sa veste mouillée à côté de la porte.

— Je voulais te parler de quelque chose.

Elle l'agrippa par le col et l'attira contre elle.

— Plus tard.

— Bon sang, chérie !

Il lui prit la main et appuya sa paume contre son sexe durcissant.

— Ce regard me saisit à chaque fois.

Le simple fait de sentir son excitation fut suffisant pour qu'elle mouille.

La bouche de Bones se posa sur la sienne, chaude et exigeante, tandis qu'ils trébuchaient jusqu'à la nouvelle chambre de Sarah. Les mains du jeune homme se déplacèrent avidement sur le corps de sa compagne et il émit ces sons sexy et *masculins* qui la firent gémir d'impatience.

Dans sa chambre, il s'écarta d'elle suffisamment longtemps pour fermer la porte calmement.

— Babyphone ?

Elle désigna l'appareil sur la table de chevet. Oh oui, elle avait bien planifié tout cela et d'après son regard lorsqu'il retira ses bottes et ses chaussettes, cela lui plaisait !

— Tu sens délicieusement bon, dit-il en soulevant le sweat-shirt de Sarah par-dessus sa tête et en le jetant sur sa commode.

À la seconde où elle avait reçu un message de Scott disant qu'il sortirait un moment, elle avait pris une douche rapide et étant donné que Bones aimait goûter chaque centimètre d'elle,

elle s'était parfumée partout : son cou, l'intérieur de ses coudes, l'arrière de ses genoux…

Son soutien-gorge atterrit par terre, suivi par le T-shirt et le pantalon de Bones, jusqu'à ce qu'ils soient magnifiquement nus. Elle monta sur le lit et il la suivit, agrippant ses hanches par-derrière. Les lèvres de Bones se posèrent sur l'espace entre les omoplates de Sarah, répandant des frissons de chaleur sur sa peau. Il l'embrassa le long de la colonne vertébrale et elle ferma les yeux, adorant chaque coup de langue humide tandis qu'il descendait sur son corps, par-dessus ses fesses, la caressant et l'embrassant. Sa fine barbe la chatouilla, sa langue la titilla et quand sa main passa entre ses jambes, la taquinant et la dégustant tandis qu'il explorait des endroits où elle n'avait jamais été touchée, il ne fallut pas longtemps pour que son orgasme la submerge. Elle palpita de l'intérieur et frémit sans fin, mais il ne céda pas, la maintenant dans un état intense d'extase pendant si longtemps qu'elle explosa en un million de morceaux grésillants et palpitants.

Lorsqu'elle fut à nouveau consciente des sons qui exprimaient le plaisir de Bones, il semblait impossible que tout ce qui se trouvait autour d'elle n'ait pas explosé en même temps qu'elle.

— Tu es tellement sexy, bébé ! dit-il d'une voix rauque contre ses fesses.

Il y déposa un baiser en continuant de la pénétrer avec ses doigts, chaque coup en elle l'envoyant un peu plus haut.

— Je veux que tu jouisses sur ma bouche.

— Oh, mon *Dieu*…

Les bras et les jambes de la jeune femme se transformèrent en gelée.

— Non ?

— Si !

OhMonDieu, oui !

Il se mit sur le dos et guida les hanches de Sarah jusqu'à ce qu'elle soit à califourchon sur sa bouche. *Bon sang*, cet homme savait exactement quoi faire avec sa langue talentueuse. Elle se balança en rythme avec ses efforts, sentant l'arrivée d'un autre orgasme. Du sang passa à toute vitesse dans ses oreilles, palpita dans ses veines. Il caressa ses seins et pinça ses tétons, envoyant des vrombissements vifs en elle. Il la suça et la pénétra, la pinça et la taquina, jusqu'à ce que tout son corps ne soit plus qu'un nerf à vif. Puis il fit quelque chose d'exquis avec sa bouche et elle serra les dents pour s'empêcher de crier tandis que son orgasme la consumait.

Avant qu'elle ne redescende du pic de son plaisir, il la fit baisser ses hanches, se redressant pour dévorer ses seins tandis qu'il la posait sur son sexe, la pénétrant brusquement, l'emmenant de plus en plus haut et la maintenant au bord de la chute. Il était un maître dans l'art d'amplifier son désir, de demander et de supplier, jusqu'à ce qu'elle ait l'impression qu'elle vendrait son âme pour être libérée. Mais il ne voudrait jamais cela. Ni il commandait, ni il la rabaissait ; au contraire, il l'amadouait et la chérissait, lui donnant exactement ce dont elle avait besoin au moment parfait.

— Agrippe la tête de lit, dit-il dans un grognement tandis qu'il guidait ses mains tremblantes. C'est ça. Maintenant, lève tes hanches pour qu'il n'y ait que le bout de mon sexe en toi.

Ses mots coquins l'achevèrent presque. Et, *bon sang* ! elle suivit ses indications et il la pénétra lentement, d'une main de maître, l'envoyant directement au septième ciel.

Il se leva, prenant le visage de Sarah entre ses mains fortes, comme s'il ne voulait jamais la lâcher, l'embrassant tandis qu'elle surfait sur les vagues de plaisir. Une main se déplaça entre ses jambes. Ses doigts firent des ravages avec ses nerfs les plus sensibles, la travaillant à un rythme rapide et précis tandis que son sexe la remplissait. Il la remplissait partout : son cœur, son esprit et son corps. Lorsqu'elle céda à sa passion, des lumières explosèrent derrière ses paupières fermées et il avala sa supplication.

— Tiens bon, ma belle ! lui dit-il en s'écartant de son entrejambe et en se plaçant derrière elle.

Il était hors de question qu'elle lâche la tête de lit. Elle tremblait entièrement, ses nerfs étaient en feu, son cœur sortait presque de sa poitrine tant il battait fort et elle adorait chaque fichue seconde. Elle essayait encore de saisir l'idée que le sexe pouvait être torride *et* aimant, et que son corps porteur d'un bébé était capable d'éprouver cette sensation jouissive. Elle avait cru à moitié qu'elle avait amplifié mentalement leurs ébats amoureux du samedi soir, mais *la vache* ! Bones était *incroyable*.

Ses lèvres touchèrent à nouveau sa colonne vertébrale et ses bras forts s'enroulèrent autour d'elle.

— Je vais aller doucement au cas où ce serait inconfortable.

Elle ferma les yeux tandis qu'il la pénétrait lentement, un centimètre à la fois, rendant chaque sensation terriblement intense. Elle sentit son sexe glisser profondément et le contact chaud de ses hanches, puis il les emmena tous les deux au paradis.

Ensuite, il appuya ses lèvres aimantes sur son dos, puis il y posa sa joue, la serrant contre lui un long moment.

— Tu m'as manqué, aujourd'hui. Tout de toi m'a manqué.

Sa main bougea sur son ventre.

— Hmm. Tu m'as manqué aussi.

— Lâche la tête de lit, bébé. Je te tiens.

Elle s'exécuta et il l'allongea sur le flanc avec lui, la tenant contre lui, son sexe encore niché entre ses jambes. Il l'embrassa sur la joue, le cou, murmurant doucement :

— Ça va, chérie ?

Il était tellement intense et tendre en même temps que les émotions serrèrent la gorge de Sarah. Elle ne put dire que :

— Hum, hum.

Quelques minutes plus tard, il mit un peu d'espace entre eux et utilisa sa paume pour masser le bas de son dos. Comment pouvait-il savoir exactement ce dont elle avait besoin ? Il embrassa son épaule et elle fondit à son contact. Elle savait qu'elle ne devrait pas se permettre de jouer son avenir heureux ainsi, mais elle ne pouvait pas s'en empêcher. Elle voulait rester là, Bones enroulé autour d'elle, sentant la joie que le simple fait de penser à lui provoquait. Elle voulait voir les yeux de ses enfants s'illuminer quand il passerait la porte dans un mois, dans un an…

Elle pensa au moment où elle l'avait vu courir sous la pluie et à son père qui était venu l'aider avec les enfants ce jour-là. Et elle se rappela qu'il voulait lui parler avant qu'elle ne le séduise.

— De quoi tu voulais me parler ? demanda-t-elle.

Il embrassa sa nuque, l'attirant à nouveau contre lui.

— Ce n'est pas vraiment une conversation à avoir après des ébats amoureux incroyables.

— C'est le genre de conversation à avoir en mangeant du pop-corn et en se câlinant sur le canapé ?

Il émit un petit rire.

— Tu as faim ?

— Tu m'as fait faire pas mal d'exercices.

Ils sortirent l'un après l'autre sur la pointe des pieds pour aller dans la salle de bains. Bones l'aida tendrement à s'habiller entre des baisers volés et des promesses immorales d'amour illicite une autre fois. Il la serra dans ses bras pendant que le pop-corn éclatait et elle ne parvint pas à se souvenir d'un moment plus parfait que celui-là : être dans la maison calme, ses bébés bordés et en sécurité dans leurs lits et les bras de son homme autour d'elle.

— Je n'ai jamais imaginé que ça pouvait être ainsi, dit-elle doucement, les bras enroulés autour du cou de Bones.

— Par « ça », tu veux dire le sexe ?

Elle leva le menton, croisa son regard splendide.

— Par « ça », je veux dire la vie. Le sexe, les baisers, les contacts, les conversations. J'ai passé tant de temps sur les nerfs, à avoir peur ! Je peux enfin ralentir et me détendre. Au lieu de craindre ce qui va se passer ensuite, j'ai hâte de le voir. J'ai hâte d'aller travailler, de parler avec Chicki et mes collègues. J'ai hâte de passer des soirées comme celle d'aujourd'hui, avec les filles, à préparer une fête d'anniversaire pour Lila et toi et faire partie de ta famille pour Thanksgiving.

Elle se mit sur la pointe des pieds et déposa un baiser dans son cou.

— Et de passer des nuits comme celle-ci, avec toi. J'ai peur d'être aussi heureuse et en même temps, je ne veux pas en rater une seconde.

Les lèvres souriantes de Bones se posèrent sur les siennes et il dit :

— Tu n'auras plus jamais à rater ça, ni à avoir peur. C'est de ça dont je veux te parler.

Ils emportèrent le pop-corn dans le salon et s'assirent sur le canapé. Bones jeta un œil à son cahier sur la table basse et dit :

— Tu écris beaucoup, dernièrement. C'est un bon signe ?

— Je crois que oui, mais quelque chose ne me semble pas

correct. J'ai commencé à écrire une histoire pour Tracey, essayant de lui donner une fin heureuse. Mais nous n'avons pas douze ans. Nous savons comment le monde est vraiment et je ne crois pas qu'elle ait besoin d'une histoire de fiction. Je vais continuer à écrire parce que ça me plaît, mais je ne vais pas lui faire lire l'histoire.

Il passa un bras autour de ses épaules, l'attirant plus près de lui.

— Tu commences à effacer l'obscurité de ta vie. Donne-toi un peu de temps et je suis sûr que tu trouveras ta muse.

Elle grignota le pop-corn en y réfléchissant.

— J'espère. J'aime écrire. Peut-être qu'un jour, j'écrirai des histoires pour Lila et Bradley.

— Tru écrit des contes de fées pour Kennedy et Lincoln. Il le fait depuis qu'ils sont entrés dans sa vie. Peut-être que vous devriez collaborer.

— Regarde-toi, en train de construire une entreprise pour moi. Écrire est trop personnel pour moi pour que je le fasse avec quelqu'un d'autre. J'y prends juste du plaisir, probablement comme faire de la moto pour toi. D'ailleurs, merci d'avoir envoyé ton père aujourd'hui. J'ai l'habitude de m'occuper des enfants, mais c'était un geste adorable.

Il posa ses lèvres sur les siennes et son regard devint sérieux.

— Je serais venu moi-même, mais j'ai été occupé toute la journée. C'est de ça que je voulais te parler. J'ai vu une patiente, une mère célibataire, et elle a parlé des droits que son ex-mari a sur son fils. Ça m'a fait penser aux enfants et à ce petit bout de chou.

Sarah ne devait probablement pas mettre trop d'espoir dans le fait qu'il avait dit « aux enfants » et non pas « à tes enfants ». Mais lorsqu'il toucha son ventre d'un air pensif, ses émotions tourbillonnèrent.

— Sarah, tu as été en contact avec Lewis depuis que vous êtes partis ?

— Non, et je ne veux pas que ça change.

Elle s'appuya contre le dossier du canapé, sa rêverie brisée.

— Je ne veux pas qu'il s'approche de mes enfants. Il va les détruire.

— Je sais, chérie. C'est pour ça que je pose la question.

— Eh bien, la réponse est « non » et j'espère ne jamais avoir à le faire !

Il l'attira à nouveau contre lui et dit :

— Je sais que c'est désagréable d'en parler, mais c'est leur père. Il peut revenir n'importe quand et essayer de les voir. Je ne veux pas que vous ayez à affronter ça, ni toi ni eux.

— Arrête, dit-elle avec colère avant de se redresser sur le canapé. Pourquoi tu fais ça ? Nous passions une nuit tellement parfaite !

Le simple fait de parler de Lewis lui donnait la chair de poule. Elle enroula ses bras autour d'elle-même.

— Parce que nous ne pouvons pas ignorer les possibilités. Nous devons en parler. Il a des droits.

Elle se leva et fit les cent pas.

— Il a renoncé à ces droits à la minute où il a pris de la drogue et si ce n'était pas suffisant, il a enfoncé le dernier clou de son cercueil quand il m'a forcée à coucher avec lui.

Bones avança vers elle, mais elle l'ignora.

— Je ne veux pas de lui dans ta vie, dit-il avec empathie. Je veux l'empêcher d'essayer de revenir pour voir les enfants. Nous pouvons essayer de le pousser à donner son consentement pour renoncer à ses droits parentaux. Ensuite, tu n'auras plus jamais à regarder par-dessus ton épaule.

Elle secoua la tête, le cœur battant la chamade.

— Je ne peux pas parler de ça.

Elle posa une main sur sa poitrine.

— Ça m'angoisse rien que d'y penser.

— Alors, laisse-moi le faire pour toi. Laisse-moi retrouver sa trace et l'obliger à signer les documents.

— Non, dit-elle sèchement. Tu ne comprends pas.

Comment pourrait-il comprendre ?

— Tout va bien. Mes enfants et moi. Toi et moi. Je ne veux plus *jamais* rouvrir cette porte. Il ne m'a jamais cherchée. Pourquoi le ferait-il à l'avenir ?

— Et s'il se sevrait et qu'il réalisait qu'il avait commis une erreur ? Ça arrive.

Elle leva une main, ayant besoin qu'il arrête.

— Ne fais pas ça. Même s'il devient sobre, il m'a quand même *violée*.

— Tu crois que c'est ce que je veux ?

La colère dans la voix de Bones la surprit.

— Tu crois que je veux parler de ça ? De quelque chose qui te fait du mal alors que je sais que c'est le cas ? J'ai envie de tuer cet enfoiré de mes propres mains. Mais je ne peux pas faire ça, car dans ce cas, les enfants et toi seriez seuls.

Il passa une main dans ses cheveux et se détourna d'elle. Elle sentit ses épaules se lever à chaque grande inhalation, la tension s'apaisant à chaque expiration. Lorsqu'il se tourna à nouveau vers elle, l'expression de son visage était plus douce.

Il tendit le bras vers elle, touchant ses doigts des siens, et il dit :

— Je suis en train de tomber amoureux de toi, Sarah.

Il marqua une pause assez longue pour qu'elle intègre ses mots, qui la remplirent de chaleur et de joie.

— Vraiment ?

— Oui, dit-il avec un sourire secret et de capitulation, comme s'il n'avait pas le choix et que cela lui convenait parfaitement. Je pense à toi et aux enfants tout le temps. Je me sens vide quand nous ne sommes pas ensemble. J'ai envie que tu sois dans mes bras, dans mon lit. Je veux que les enfants soient avec moi. Avec *nous*. Je veux vous protéger et apprendre aux petits à partager et à se défendre. Je sais que trois mois, ce n'est pas long et nous ne sommes plus qu'amis que depuis quelques semaines, mais tout ça s'est développé depuis le premier jour. Je n'ai pas besoin que tu me le dises en retour. J'ai juste besoin que tu saches ce que je ressens.

Elle enroula ses doigts autour de ceux de son petit ami. Son cœur gonfla de joie au point d'en être douloureux, et en même temps, elle était peinée par ce qu'il lui demandait.

— L'idée qu'il s'approche de toi me remplit d'une colère aveugle, dit-il d'une voix stable. Je ne peux pas ignorer quelque chose qui pourrait vous nuire, aux enfants et à toi. Je veux – *j'ai besoin* – d'éradiquer cette menace, Sarah. Je veux que ce type soit en prison, mais sans preuve de ce qu'il t'a fait, ce serait un enfer pour toi et probablement aussi pour les enfants. Tout ce que je te demande, c'est que tu y réfléchisses. Si tu ne le fais pas parce que je te le demande, fais-le pour les enfants. Ainsi, quand Bradley aura huit ou dix ou quinze ans, il n'aura pas à affronter ce type. Ainsi, Lila n'aura jamais à faire face à l'homme qui t'a fait des choses horribles. Ainsi, *tu* n'auras pas à le faire.

Elle se laissa retomber sur le canapé, des larmes lui montant aux yeux.

— Tu es en train de tomber amoureux de moi, mais tu me demandes l'impossible.

Il s'agenouilla devant elle et plaça ses mains autour d'elle, puis il embrassa son ventre.

— Je suis en train de tomber amoureux de vous tous et je te demande de nous laisser essayer de nous ouvrir un chemin sûr pour ton avenir. Je le ferai. Tu n'as pas besoin d'être impliquée.

— Je ne peux pas.

Des larmes coulèrent de ses yeux.

— Et s'il refuse et qu'il veut voir les enfants ?

— Et s'il accepte et qu'il signe le document ? Il n'est pas encore venu te chercher.

Elle essaya d'imaginer Lewis accepter, mais cela signifiait qu'elle devait imaginer son visage et la panique brûla sa poitrine, inondant le reste de son corps et le transformant en une épave tremblante et gémissante.

Bones la serra contre lui, passant sa main le long de son dos, et il dit :

— Je suis désolé. C'est peut-être trop tôt.

— Ce sera toujours trop tôt, dit-elle d'une voix étranglée. Je ne peux pas prendre le risque de le ramener dans nos vies.

— Je ne permettrai jamais que ça arrive.

Elle secoua la tête.

— Je suis désolée. Je ne peux tout simplement pas te laisser prendre ce risque.

CHAPITRE DIX-NEUF

Au cours des deux jours suivants, Sarah eut l'impression d'être pourchassée par un fantôme. C'était le mercredi après-midi et elle était au refuge, coupant les cheveux d'Ebony et pensant à sa conversation avec Bones. Elle était parvenue à ne pas penser à l'éventualité que Lewis revienne dans sa vie en *refusant* de laisser son esprit se diriger vers cette terrible obscurité. Mais depuis que Bones avait parlé de lui faire renoncer à ses droits parentaux, elle ne pouvait pas arrêter d'y penser. Elle avait demandé son opinion à Scott, et apparemment, il nourrissait les mêmes inquiétudes. Comme Bones, Scott pensait que Lewis était une bombe à retardement. Mais étant donné qu'elle avait dit très tôt qu'elle ne voulait pas parler de lui, son frère n'avait pas insisté.

Mais Bones, oui.

Parce qu'il est en train de tomber amoureux de moi.

La chaleur la submergea. Elle n'avait jamais été amoureuse. Elle n'avait été qu'optimiste pour Lewis. Et avec le temps, au lieu de tomber plus amoureuse de lui, comme c'était le cas avec Bones, elle s'était éloignée de lui. Elle était passée de l'optimisme à la joie d'avoir un toit au-dessus de sa tête, à la terreur.

— Tu ne vas pas me faire une de ces coupes à la garçonne comme Tracey, pas vrai ? demanda Ebony avec un clin d'œil.

La première fois qu'elles s'étaient rencontrées, elle avait été sur la défensive et avait parlé durement. Quand Sarah était partie le samedi, Ebony s'était déjà adoucie et ce jour-là, elle était encore moins sur ses gardes.

Sarah mit ses pensées de côté et jeta un autre coup d'œil aux cheveux de la femme.

— Seulement si tu as de la chance.

Tracey leva les yeux de l'accoudoir du canapé où elle était assise pour lire un livre que Sarah lui avait prêté sur la façon de recommencer à zéro après avoir subi de la violence conjugale. Ses bleus s'étaient estompés, affichant désormais un aspect vert jaunâtre.

— J'adore la coupe de Tracey, mais ne t'inquiète pas, la rassura-t-elle. Tu as dit que je pouvais les couper jusqu'en dessous de l'oreille et je n'irai pas plus loin.

— C'est ce qu'il a dit, dit Ebony avec un sourire narquois. Ensuite, tout ce qu'il veut, c'est dire « *bonjour et passer par derrière* » !

Cela provoqua une litanie de plaisanteries et de commentaires. Dieu merci, les enfants de Camille jouaient de l'autre côté de la pièce et ne pouvaient pas entendre ce qu'elles disaient. L'esprit de Sarah se tourna à nouveau vers la nuit du lundi, mais cette fois, elle se souvint du délice que Bones et elle avaient partagé dans sa chambre. Après avoir grandi avec des parents qui la rendaient honteuse d'être une femme et avoir été maltraitée par son ex, elle s'était demandé si elle avait la *moindre* chance d'avoir une vie sexuelle normale. À présent, elle se demandait ce que « normal » signifiait et s'il existait une telle chose car tandis que les filles parlaient de verrouiller cette zone en particulier, elle ne pensait pas *vouloir* limiter l'accès de Bones à une quelconque partie de son corps.

Cela signifiait-il qu'elle guérissait ?

Cela la rendait-il normale ?

Un murmure d'inquiétude lui tourna autour. *Ou cela fait-il de moi une traînée ?*

La réponse lui vint sous la forme de la voix aimante de Bones qui murmurait dans son esprit : *Je veux te faire l'amour jusqu'à sentir chaque battement de ton cœur chargé d'émotion, et jusqu'à ce que toutes tes respirations se joignent aux miennes.* Non, elle n'était pas une traînée. C'était une femme qui tombait amoureuse d'un homme bon et digne de confiance.

Elle termina de couper les cheveux d'Ebony et dit :

— Je peux les sécher ?

— Je n'utilise jamais de sèche-cheveux. Ils frisottent encore plus.

Ebony passa ses doigts dans les boucles qui venaient d'être coupées.

— Je me sens tellement légère !

— Je les ai effilés un peu. J'ai apporté un diffuseur et un produit qui t'aidera à réduire les frisottis et à mettre en valeur tes boucles naturelles. Je peux te montrer comment les utiliser.

— Fais-le, l'encouragea Camille. Ma sœur utilise un diffuseur et ses cheveux sont toujours très beaux.

Elle désigna ses propres beaux longs cheveux blonds et raides et dit :

— Rien ne peut faire tenir des boucles sur mes cheveux, mais les siens sont comme ceux de Sarah, épais et ondulés.

— D'accord, je serai ta Barbie, accepta Ebony. *Mais* tu ne peux pas m'habiller avec ces conneries pour fille.

Elle souleva son T-shirt au-dessus des bourrelets de son ventre.

— Je n'ai pas besoin d'être comme Meghan Trainor[1] et de me pavaner dans un jean moulant et des mini-jupes. Non, *madame*. Ça n'apporte que des hommes à problèmes.

— Le simple fait que nous ayons connu des hommes mauvais ne veut pas dire qu'ils le sont tous, dit Camille. Regarde Docteur Sexy.

Tracey donna un coup de coude à Sarah.

— C'est ton Whiskey. On l'a rebaptisé et on est toutes un peu jalouses.

— Oh, mon Dieu ! Personne n'a jamais été jalouse de moi auparavant. C'est une sensation bizarre, admit Sarah en branchant son sèche-cheveux et le diffuseur qui y était accroché. Je n'avais jamais imaginé être avec un homme comme lui.

— Sexy ? demanda Camille.

— *Oui*, mais non, dit Sarah. Attentionné et gentil. Un mec qui pense à moi et à mes enfants avant quoi que ce soit d'autre. Et si vous l'appeliez *Docteur Idéal* Parce que quand je pense à lui, ce n'est pas son apparence qui me vient à l'esprit en premier. Il me fait fondre et je vous jure que quand il est avec mes enfants, il n'existe pas de mots pour décrire ce que je ressens.

Camille regarda ses enfants, de l'autre côté de la pièce.

— Je ferais n'importe quoi pour un homme qui donnerait la priorité à mes enfants. Mon mari les traitait comme s'ils ne comptaient pas. Il n'accordait d'importance qu'au fait de pouvoir me posséder, m'humilier et me rabaisser.

Sarah et les autres échangèrent un regard circonspect. Même si Camille leur avait dit que son mari lui avait fait du mal, elle n'avait rien dit à propos du genre de maltraitance qu'elle avait subie. Maintenant qu'elle s'ouvrait, Sarah voyait que les autres

---

[1] Chanteuse et compositrice américaine

filles étaient tout aussi inquiètes qu'elle à propos de ce qu'il avait fait.

— Il t'a fait mal physiquement un jour ? demanda prudemment Sarah en appliquant le produit sur les cheveux d'Ebony.

— Parfois…

— Je suis désolée, dit Sarah.

Voyant que Camille n'ajoutait rien, elle chercha un moyen de changer de sujet, mais la jeune mère prit la parole avant qu'elle ne puisse dire un mot.

— Mais pas comme à Tracey, où il m'aurait laissé des bleus que je n'aurais pas pu couvrir.

Camille frotta les mains sur ses genoux, ses cheveux blonds cachant son visage.

— Il me coinçait contre le mur, serrant mes côtes si fort que j'avais des bleus, ou il me prenait le poignet et le tenait contre mon dos, si loin que je pensais que mon bras allait sortir de sa cavité. Mais il me contrôlait principalement avec des menaces de violence.

Elle leva le visage avec un regard plein de honte et dit :

— C'est quand il a menacé de faire du mal à David, mon aîné, que j'ai finalement trouvé le courage de partir.

Sarah essuya ses mains, puis prit Camille dans ses bras.

— Je suis tellement désolée que tu aies traversé tout ça ! C'est incroyable de voir le pouvoir que les agresseurs ont sur nous. Mais tu es partie et tes enfants sont en sécurité. C'est un premier pas dans la bonne direction.

— Le pouvoir qu'ils *avaient* sur nous, dit Camille. Plus jamais !

Elles acquiescèrent toutes.

Tandis qu'elles parlaient de sujets plus sûrs, comme par

exemple où elles cherchaient du travail et ce qu'elles avaient fait dans leurs vies passées – c'est-à-dire avant qu'elles ne tombent entre les mains de leurs agresseurs –, Sarah sécha et coiffa les cheveux d'Ebony. Elle les sépara, lissant quelques mèches de sa frange et les passant par-dessus son œil gauche, puis utilisant le diffuseur pour boucler le reste.

— Wouah, Ebony !

Les yeux bleus de Camille s'écarquillèrent.

— Tu es splendide !

Ebony leva la main et toucha ses cheveux. Elle était assise dans le canapé.

— Vraiment ? Tu es sûre que je ne ressemble pas à un mec ?

— Tu ne pourrais pas ressembler à un mec même si tu le voulais, dit Sarah.

Elles suivirent toutes Ebony jusqu'à la salle de bains.

Celle-ci se regarda dans le miroir, se penchant en avant pour mieux voir, touchant sa frange lisse puis les côtés bouclés, ses yeux s'illuminant. Elle sourit.

— Tu peux m'apprendre à faire ça ?

— Absolument. Ce n'est pas difficile.

Sarah alla chercher le sèche-cheveux et le diffuseur et lui montra comment le tenir pour créer des boucles et comment utiliser la brosse pour lisser sa frange.

— Je ne m'en remets pas. J'ai de *super* cheveux, dit Ebony d'un ton émerveillé qui les fit toutes rire.

— *Tout* ce que tu as est super, dit Sarah. Tu as la fossette la plus adorable sur le menton et tes yeux sont vraiment *éclatants* maintenant que tu ne te caches plus derrière tes cheveux.

Ebony rougit et continua de s'admirer dans le miroir, mais plus elle se regardait, moins elle souriait.

— J'ai commencé à sortir avec mon ex-petit ami quand

j'avais vingt ans et j'ai toujours été en surpoids. Quand les choses ont empiré entre nous, il m'a appelé « grosses fesses » et « tête de truie ». Je l'ai accepté parce que… regardez-moi.

— Ton ex était une merde ! dit sèchement Tracey. C'est à cause de lui que tu es là, alors voilà le bon côté des choses. Maintenant, tu nous as rencontrées et on ne te laissera plus coucher avec des hommes merdiques.

— Tu es belle, Ebony, dit Sarah, son cœur se brisant.

Elle se souvint du jour où Bones avait dit : *Je te vois, Sarah, et tes beaux enfants aussi. Quoi qu'il ait fallu pour que tu sois ici, maintenant, quoi qu'il ait fallu pour rendre ce moment possible ne t'a pas brisée.* Il lui avait donné l'impression d'être complète et normale. Et comme il s'agissait de Bones et qu'il avait le chic pour lui faire ressentir les choses qu'elle n'avait jamais pensé possibles, il lui avait aussi donné l'impression d'être belle. Elle souhaitait la même chose pour ses amies, elle leur dit donc :

— Je *te* vois, Ebony et quand les gens te voient, quand ils voient Camille et Tracey, ils ne vous voient pas à travers les yeux d'un agresseur. Ils voient les femmes belles et gentilles que vous êtes. Ce que nous avons subi ne nous a pas brisées.

Ebony essuya ses yeux humides et Sarah passa un bras autour d'elle, puis Camille et Tracey se joignirent à elle pour une étreinte collective.

— Nous en avons fini avec les salauds, dit Camille. Toutes autant que nous sommes.

— Je n'arrive pas à respirer, couina Ebony.

Elles firent toutes un pas en arrière.

— Vous êtes les meilleures amies que j'ai jamais eues et je vous connais à peine.

Pensant à Bones et à sa famille, Sarah dit :

— Parfois, ce n'est pas la quantité de temps qui importe.

C'est ce qu'ils voient et apprécient chez toi et que les autres n'ont jamais vu.

— Tu parles comme une femme qui a de l'amour dans les yeux, dit Sunny depuis l'extérieur de la salle de bains, les faisant sursauter.

Elle portait Joshua, le cadet de Camille.

— Bones a appelé la réception parce que tu ne décrochais pas ton téléphone. Il te fait dire qu'il ne prend pas de tes nouvelles et qu'il sait que tu peux aller chercher les enfants, mais qu'il est chez sa mère et qu'il peut les ramener chez toi, si tu veux.

Babs avait annulé la garde des enfants au dernier moment à cause d'un rendez-vous qu'elle avait oublié, mais elle avait demandé à Red de la remplacer. Celle-ci avait été ravie de s'occuper de ses *petits-enfants de substitution*, comme elle les appelait. Cela avait eu un effet inexplicable sur les émotions de Sarah. Elle n'avait jamais imaginé que ses enfants auraient des grands-parents, et à présent, ils étaient aimés par Chicki, Babs et Red, et la manière dont Biggs avait dansé avec Lila au mariage lui avait indiqué qu'ils l'avaient touché, lui aussi.

Ebony arqua un sourcil.

— Il s'appelle *Bones* ? *Docteur Idéal* vient de devenir encore plus intéressant.

— Eh bien, tu sais ce qu'on dit, intervint Tracey. Ce qu'il y a de plus dur dans le corps, c'est l'os.

Sarah rougit et Sunny dit :

— Son nom de motard est Bones, pas *Gaule*.

— J'aime qu'il ait dit qu'il sait que Sarah peut se charger d'aller chercher les enfants, dit Camille en prenant Joshua des bras de Sunny.

Tandis que cette dernière s'en allait, la jeune maman ajouta :

— C'est comme s'il comprenait que les femmes comme nous ont besoin de toute l'autonomie que nous pouvons avoir.

— Ce n'est pas ça.

Sarah leur dit que Bones avait demandé à son père de l'aider avec les enfants pendant la tempête.

— Comme si je n'avais pas passé toute l'année dernière à maîtriser la capacité de porter deux bébés, un parapluie et tout ce qu'on peut imaginer.

— Je trouve quand même que c'est incroyable qu'il ait *écouté* et compris, dit Camille. C'est vraiment important.

Elle embrassa la joue de son petit garçon.

— Je vais l'emmener dans la salle de jeux.

Sarah pensa à Bones et mit son matériel de coiffure de côté. Il savait bien écouter ; il était patient et compréhensif. Elle ne savait pas ce qu'elle avait fait pour mériter ce genre de bonheur, mais plus ils se rapprochaient, plus elle pensait que cela n'était pas vraiment une question de mérite ou de gain et qu'il s'agissait plutôt de quelque chose de moins tangible. Leur connexion était tellement forte, tellement profonde qu'elle avait commencé à croire qu'ils auraient peut-être fini par se trouver dans n'importe quelles circonstances.

Elle rassembla ses affaires pour partir et dit :

— Je vous laisse les produits pour les cheveux.

— Ils devraient *te* mettre dans les kits solidaires, dit Ebony.

— Les kits solidaires ? demanda Sarah.

— Quand tu arrives au refuge, ils te donnent un kit solidaire. Il est rempli de produits indispensables : des accessoires de toilettes, des chaussettes, de l'eau, une trousse de premiers secours, des gants, des gants de toilette. Toutes sortes de choses, expliqua Tracey.

— Eh bien, je ne vais pas tenir dans un kit solidaire, mais je peux me porter volontaire pour m'occuper des cheveux, proposa Sarah.

Elle aimait l'idée d'aider des femmes à se voir d'une manière différente à celle dont elles se percevaient avant d'arriver au refuge. *Un nouveau départ.*

— Bonne idée. Tu vas revenir la semaine prochaine ? Pas pour nous coiffer, mais juste pour passer du temps avec nous ? demanda Tracey.

— Oui. Notre propre club de filles. Ça me plaît, dit Sarah. Ebony, si tu as des problèmes pour te coiffer, appelle-moi. J'essayerai de t'expliquer, mais ça devrait aller.

— Je ne vais jamais me laver les cheveux, dit celle-ci tandis qu'elles raccompagnaient Sarah jusqu'à la sortie. Je vais dormir assise comme une statue.

— Si tu fais ça, tes cheveux vont ressembler à une boule de gras après une semaine, la taquina Tracey. Eh, c'est une bonne manière de détourner l'attention des hommes !

Sarah aperçut Camille sur le canapé dans la salle de jeux, en train de surveiller les garçons, et elle repensa à ce que Bones lui avait demandé de faire à propos de Lewis.

— Je reviens tout de suite. Je veux dire au revoir à Camille.

Elle alla dans la salle de jeux et s'assit à côté de la jeune femme, posant son sac par terre, à ses pieds.

— Je ne voulais pas partir sans te dire au revoir.

— Tant mieux. J'adore ce que tu as fait aux cheveux d'Ebony.

— Merci. Moi aussi.

Il n'était pas facile d'aborder ce qui la tracassait, elle se lança donc directement.

— Je voulais te poser une question sur ton mari. Tu n'es pas obligée de répondre si c'est trop personnel.

— Tu sais déjà tout ce qui m'est arrivé de mal, dit Camille.

— Je sais, mais… Je me demande juste si tu fais quelque chose pour le garder à distance des garçons. Légalement, je veux dire.

Les yeux de Camille restèrent rivés sur ses enfants.

— J'ai une injonction d'éloignement, mais je veux quelque chose de plus permanent. Je n'ai pas les moyens de payer un avocat, mais quand je les aurai, l'éloigner d'eux pour toujours sera ma priorité. Pourquoi ? Tu as peur que le père de tes enfants te cherche ?

— Non.

Elle posa une main sur son ventre et dit :

— J'essaye juste de décider si je devrais faire quelque chose pour qu'il n'ait jamais cette possibilité.

— Ça dépend de ce que tu considères comme le mieux pour tes enfants. Pour moi, c'est de le maintenir aussi loin que possible d'eux.

Sarah y pensa en ramassant son sac. Agir de manière irréfléchie en refusant d'essayer de convaincre Lewis de signer les documents de révocation de ses droits parentaux ? Bones n'avait pas parlé du coût. Elle devait le découvrir, mais elle n'était pas encore prête à prendre le risque que cela se retourne contre elle.

Elle serra Camille dans ses bras, lui promit de revenir la semaine suivante, puis embrassa les garçons sur le sommet de la tête. Ebony et Tracey l'entourèrent dans le hall, plongées dans une conversation sur le dîner de Thanksgiving, rappelant à Sarah qu'elle avait accepté d'apporter le dessert au dîner des Whiskey.

Sunny fit entrer quelqu'un et dit :

— On se voit la semaine prochaine, Sarah ?

Celle-ci leva les yeux et eut le souffle coupé en voyant sa

sœur passer la porte, l'air décharnée et tenant la main d'un petit garçon dégingandé avec des cheveux marron longuets et épais.

— Josie ! dit-elle.

Avant que Sarah ne puisse réagir, sa sœur fit sortir le bambin par la porte et descendit l'escalier en courant.

— Josie !

Sarah laissa tomber son sac et courut après eux. Ses amies l'appelèrent, mais elle n'avait pas l'intention de s'arrêter. Pas quand sa sœur se ruait à travers les portes du bâtiment et traversait le gazon en courant.

Sarah soutenait son ventre par-dessous en les poursuivant.

— Attends ! Josie ! S'il te plaît !

Le petit garçon de celle-ci regarda par-dessus son épaule, la ralentissant.

— Maman, qui c'est ?

— Personne. Continue de marcher, dit-elle sèchement.

L'enfant trébucha et sa mère s'arrêta pour l'aider, donnant à Sarah le temps de la rattraper. Josie se plaça devant lui, formant une barrière entre sa sœur et son fils.

— Stop, Sarah.

Celle-ci s'arrêta à quelques dizaines de centimètres d'eux.

— Pourquoi tu me fuis ?

— Maman !

Le petit garçon regarda en se penchant sur le côté de ses jambes, de la terreur dans le regard.

— Reste là, Hail !

Josie adressa un regard d'avertissement à son aînée.

Sarah leva la main, utilisant l'autre pour s'appuyer sur sa cuisse tandis qu'elle essayait de reprendre sa respiration.

— Je veux juste parler. Je ne comprends pas pourquoi tu ne veux pas me voir.

— Je ne comprends pas pourquoi *tu* ne veux pas me laisser tranquille.

Josie serra la mâchoire, comme quand elle était petite et qu'elle était en colère.

Sarah essaya de faire le lien entre la jeune femme furieuse devant elle et la meilleure amie avec laquelle elle avait grandi. La fille qui n'avait jamais souffert aux mains de ses parents comme Sarah et Scott avaient souffert, mais qui avait enduré leur colère comme le tabagisme passif provoque le cancer.

— Parce que je t'aime, supplia Sarah. Tu fais partie de ma famille. Scott et moi pouvons t'aider. Nous avons une maison dans un quartier sûr, près de bonnes écoles, et…

— Hail est la seule famille dont j'ai besoin.

Son menton tremblait et Sarah fit un pas en avant, ayant besoin de couvrir la distance qui les séparait. Josie fit un pas en arrière, obligeant son enfant à en faire de même.

— Je ne peux pas faire ça. Pas maintenant. Retourne à ta vie parfaite et laisse-nous tranquilles.

— Josie… ?

Des larmes coulèrent des yeux de Sarah tandis que sa cadette prenait son fils par la main et s'éloignait.

—Attends ! supplia Sarah. Retourne au refuge. C'est un lieu sûr. Je vais aller chercher mes affaires et je te laisserai tranquille.

Josie s'immobilisa, dos à Sarah, et cette dernière sut qu'au moins, elle l'écoutait.

— S'il te plaît, retournes-y, Josie. Ce sont des gens bien. Ton fils y sera en sécurité. Je te promets que je garderai mes distances.

La douleur que ce serment provoqua fut atroce.

Sa sœur redressa ses épaules et Sarah pria pour qu'elle

l'écoute. Mais Josie ne se dirigea pas vers le refuge. Elle partit furieusement dans la direction opposée.

— Josie, s'il te plaît ! cria Sarah quand elle eut disparu au coin de la rue.

BONES PORTA LILA en haut des marches du porche tandis que Bradley lui racontait des anecdotes de leur après-midi avec Red.

— Elle a dit que je pouvais l'appeler Nana Red. Ça me plaît.

— Ça me plaît aussi, mon pote.

Vraiment beaucoup, pensa-t-il en frappant à la porte.

Scott ouvrit d'un air troublé.

— Salut, tout le monde. Entrez.

Bones regarda Sarah par-dessus l'épaule de Scott et elle entra dans la cuisine, mais pas avant qu'il ne remarque son nez rose et ses yeux pleins de larmes. Ses nerfs passèrent en alerte maximale lorsqu'il entra.

— Que s'est-il passé ?

— « Ça ! » Lila tendit les mains vers Scott.

Concentré sur Sarah, Bones donna la petite fille à ce dernier. La jeune femme lui avait écrit une heure auparavant pour le remercier d'avoir proposé d'aller chercher les enfants. Il était resté un moment à discuter avec ses parents et il était parti de chez eux plus tard qu'il ne l'avait prévu. Il espérait que ce n'était pas la raison pour laquelle elle était bouleversée.

— Elle a vu Josie, répondit Scott. Ça ne s'est pas bien passé.

Bon sang ! Elle n'a jamais de répit ! Bones ébouriffa les cheveux de Bradley et dit :

— Petit B, et si tu allais jouer avec Oncle Scott une minute pendant que j'aide maman à préparer le dîner ?

— D'accord.

L'enfant se dirigea vers les jouets et Bones rejoignit Sarah.

Elle se tenait près du plan de travail, mettant des pâtes torsadées et des petits morceaux de boulettes de viande dans des bols. Ses cheveux cachaient son visage, mais sa tristesse remplissait la pièce.

— Salut, chérie.

Il passa un bras autour de sa taille et dit :

— J'ai entendu dire que tu avais eu un après-midi difficile.

— Je vais bien, dit-elle d'une voix épuisée.

Il passa ses cheveux par-dessus son épaule pour pouvoir voir son visage, peiné par le chagrin que lui rendit son regard. Il la serra dans ses bras.

— Scott a dit que tu étais tombée sur Josie. Je suis désolé que ça ne se soit pas bien passé.

Elle hocha la tête contre son torse.

— Tu veux en parler ?

Elle haussa les épaules.

— Et si tu prenais une minute pour te détendre ? Je vais donner à manger aux enfants et ensuite, nous pourrons parler, proposa-t-il.

Elle s'écarta de lui.

— Non. Je peux leur donner à manger. Il le faut. La vie ne s'arrête pas parce que je suis triste.

Bradley fit irruption dans la cuisine.

— Maman, regarde ce que…

Sa voix frivole se tut et il fronça les sourcils.

— Pourquoi tu es triste ?

Scott apparut derrière lui avec Lila dans les bras et il articula silencieusement : « Désolé ».

Sarah s'obligea à sourire.

— Je ne suis pas triste. J'avais juste quelque chose dans l'œil. Viens t'asseoir pour manger.

Scott mit Lila dans sa chaise haute tandis que Bradley montait sur sa propre chaise.

— Un cil ? Comme moi l'autre fois ?

Le bambin posa son cochon en plastique à côté de son assiette et dit :

— Ça fait mal.

— Oui, un cil.

Sarah posa un bol devant lui.

Bones prit un bavoir dans le tiroir et l'attacha autour du cou de Lila tandis qu'elle bredouillait :

— Bababa.

— C'est qui, Josie ? demanda Bradley.

Sarah eut l'air vidée.

— C'est…

— *Josie et les Pussycats*, dit Scott. C'est une émission que ta mère et moi regardions quand nous étions petits.

Il se tourna vers Sarah et dit :

— Et si vous alliez faire un tour pendant que je passe un peu de temps avec ma nièce et mon neveu ?

En faisant un jeu, il se pencha vers Bradley et dit :

— Nous pouvons faire des trucs secrets pendant que maman n'est pas là.

— Les secrets sont mauvais, dit l'enfant, la bouche pleine de pâtes.

— D'accord, eh bien, dans ce cas, je vais t'apprendre à faire un train avec tes pâtes.

Bradley hocha la tête, écarquillant les yeux de joie.

— Qu'en dis-tu, chérie ? demanda doucement Bones à Sarah, espérant qu'elle accepterait la proposition de son frère. Tu as envie d'aller faire un tour ?

Elle hocha la tête.

Sarah se couvrit pour affronter la fraîcheur de l'air du soir et Bones la maintint serrée contre lui tandis qu'ils marchaient silencieusement vers le bout de la rue.

— Josie est entrée dans le refuge au moment où je partais, dit-elle lorsqu'ils tournèrent au coin. Elle m'a fuie, Bones. Elle est partie en courant avec son fils, comme si j'étais une ennemie. Je ne savais même pas qu'elle avait un enfant. Mais c'est le cas. Un beau garçon qui s'appelle Hail. *Hail*, dit-elle avec un petit rire. Quand nous étions petites, nous disions que si nous avions un jour des enfants, nous leur donnerions des noms en lien avec la nature. Pour nous, c'était synonyme de force et de liberté. Hail, Rain… Nous avions toutes sortes d'idées. Rien ne peut empêcher la grêle ou la pluie de tomber.

— Pourquoi tu as choisi Bradley et Lila ?

— Parce que je ne voulais pas de souvenirs de mon passé. Je ne voulais pas qu'ils aient *besoin* de ces noms. Je voulais qu'ils aient des vies normales.

Elle se souvint du moment où elle avait pris cette décision et de la force qui était venue avec.

— Pourquoi elle nous déteste autant, Scott et moi ? Ça me tue qu'elle soit si en colère et qu'elle ait des ennuis. Elle doit en avoir. Pour quelle autre raison serait-elle allée au refuge ?

— Je ne sais pas, mais que dirais-tu si j'appelais Sunny et que je lui demandais si elle est déjà venue ? Maintenant qu'elle sait à quoi ressemble Josie, elle pourrait la reconnaître.

— Tu ferais ça ? Je lui ai promis que je ne retournerais pas au refuge pour qu'elle ait un endroit sûr où aller. Je l'ai dit à

Tracey et aux filles et elles ont compris. Elles m'ont tellement soutenue ! Elles m'ont promis d'aider Josie si elle venait. Je ne peux pas supporter l'idée de ma sœur et de son fils dans les rues…

Des larmes coulèrent le long de ses joues et Bones l'attira dans ses bras.

— Ça va aller, Sarah. Elle a juste besoin de temps.

— Elle a dit que j'avais une vie *parfaite*. Elle ne sait pas ce que j'ai subi.

— Dans ce cas, nous le lui dirons quand ce sera le bon moment.

Elle s'écarta de lui et il embrassa ses larmes pour les effacer.

— Quand elle sera prête à l'entendre.

— Et si elle ne l'était jamais ?

— Nous allons faire le nécessaire pour que ça n'arrive pas. Elle fait partie de ta famille. Nous ferons tout ce qu'il faut pour qu'elle sache qu'elle n'est pas seule.

— Tu peux appeler Sunny maintenant ? S'il te plaît ? Je suis tellement inquiète ! Je veux juste savoir que son fils et elle sont en sécurité.

Bones passa l'appel, puis relaya ce qu'il avait appris.

— Sunny a dit qu'ils ne sont pas revenus, mais qu'elle appellerait si c'était le cas. Elle a aussi dit qu'elle pense que Josie était peut-être déjà venue, mais elle n'est pas restée. Elle est juste venue jeter un œil et elle est partie.

Sarah s'effondra contre lui.

— Pourquoi c'est arrivé ? Pourquoi n'a-t-elle pas pu trouver le bonheur ? C'est comme si nous étions maudits. Quand elle est venue à l'hôpital, j'ai su qu'elle n'allait pas bien, mais j'espérais et priais pour être en train de dramatiser.

— Nous ne savons pas ce qu'elle a subi, mais Sarah, je te

promets qu'elle n'est pas seule et toi non plus. Nous ferons tout ce que nous pourrons pour la trouver et l'aider.

— Une partie de moi veut te dire d'aller tomber amoureux de Josie, pour qu'elle se sente en sécurité autant que moi quand je suis avec toi. Mais je suis trop égoïste pour ça.

— Le fait que tu penses de cette façon me montre à quel point tu n'es pas du tout égoïste.

Il posa ses lèvres sur elle et dit :

— Je ferai tout ce que je peux pour que Josie se sente en sécurité et aimée, mais mon cœur est déjà pris.

Un sourire inattendu étira les lèvres de Sarah.

— Tu peux rester avec moi cette nuit ? Me serrer dans tes bras ?

— Je pensais que tu ne poserais jamais la question.

Il posa ses lèvres sur les siennes, goûtant ses larmes salées.

— Je vais passer un appel au Dark Knights pour qu'ils cherchent Josie.

— Ils lui feront peur s'ils s'approchent d'elle sur leurs motos.

Il l'embrassa à nouveau, doucement et délicatement, et quand elle fondit contre lui, il l'embrassa plus longtemps. Lorsque leurs lèvres se séparèrent enfin, il dit :

— Ça, ça t'a fait peur ?

— Pas du tout.

— Tu vois ? Tous les motards ne sont pas effrayants. Fais-moi confiance, chérie. Je ne prendrais pas le risque d'effrayer ta sœur ou son enfant.

Sur le chemin de retour à la maison, Bones appela Bullet et lui expliqua la situation.

— Tu connais la chanson, dit-il. Elle a un enfant sur les bras, alors dis aux gars d'y aller doucement. Ne lui faites pas peur, B. Elle est du genre à fuir. Je pourrais y aller moi-même, mais je veux rester avec Sarah. Ça a été difficile pour elle.

— Ça marche, frérot, dit Bullet. Je t'appellerai dès que j'aurai des nouvelles. En attendant, dis à ta femme qu'on s'en occupe.

APRÈS UNE SOIRÉE de jeux, de bains moussants et d'histoires, Sarah prit une douche chaude pour essayer de se détendre et Bones parla à Scott.

— Tu sais ce qui se passe avec Josie ?

Scott semblait avoir vieilli de cinq ans au cours des dernières heures.

— Non. J'aimerais le savoir. D'après ce que je sais, mes parents ne lui ont jamais fait de mal. Je ne vois pas une seule raison pour qu'elle se comporte comme ça avec nous.

— La culpabilité, peut-être ? De ne pas être l'un des enfants auxquels vos parents s'en sont pris ?

Scott haussa les épaules.

— Comme je l'ai dit, j'aimerais le savoir. Tout ce que je sais, c'est que j'ai assez de culpabilité sur les épaules pour nous tous. Je n'aurais jamais dû les abandonner. J'aurais dû tuer ce salaud et accepter ma punition. Comme ça, mes deux sœurs auraient pu avoir de meilleures vies.

— Mec, c'est une grande responsabilité à mettre sur les épaules d'un enfant. Tu connais le passé de Quincy et de Tru, pas vrai ?

Il secoua la tête.

— Juste que Tru a trouvé Kennedy et Lincoln dans une

maison de crack quand leur mère a fait une overdose.

— Leur mère était l'une des pires toxicomanes. Quand Quincy avait treize ans, un dealer l'a violée et il a tué le mec. Tru est arrivé et il a porté le chapeau pour le meurtre. Il a passé des années en prison pour un crime qu'il n'a pas commis. Il pensait qu'il sauvait Quincy, mais ensuite, son frère est devenu accro à la drogue. Il est clean maintenant, mais c'était un beau gâchis.

— Nom de Dieu, je ne savais pas !

Scott secoua la tête.

— Il n'y a pas de moyen parfait de sortir de mauvaises situations. Tu as fait ce qu'il fallait. Tu t'en es sorti et tu as envoyé de l'argent pour aider tes sœurs. Tu ne peux pas laisser la culpabilité te dévorer. Si tu avais tué ton vieux, ta mère t'aurait fait arrêter. Et on dirait qu'elle n'était pas beaucoup mieux que ton père. Si tu avais jeté de la colère par-dessus ce qui poussait votre mère à vous traiter de cette manière, tes sœurs auraient été coincées dans une situation encore pire. Dieu merci, tu as agi intelligemment !

— Merci, mec, dit Scott. Espérons que nous aurons de la chance et que nous trouverons Josie avant que son fils et elle ne finissent dans une situation encore pire. C'est bizarre d'être séparé de quelqu'un pendant si longtemps et soudain, tu réalises que vous êtes tous adultes et que tes petites sœurs ont des enfants et tu te rends compte que les petites filles que tu connaissais sont devenues très fortes en grandissant.

— Vous êtes tous forts, Scott.

Celui-ci se leva.

— Je ne peux pas juste rester les bras croisés. Je dois aller chercher Josie. Je suis reconnaissant que les Knights la cherchent aussi. Je ne sais pas ce qu'on a fait pour mériter que vous entriez dans nos vies, mais j'apprécie tout ce que vous avez fait.

— Il n'y a pas de quoi. Ça te dérange si je reste ce soir ?

— Pas du tout. Avant que tu n'entres dans la vie de Sarah, je ne l'avais jamais vue heureuse pendant plus de quelques minutes ici et là avec les enfants. Elle a vécu un enfer. Elle mérite un aperçu du paradis.

Il prit sa canne dans le coin de la pièce et dit :

— Fais-moi signe si tu apprends quoi que ce soit.

— Pas de problème. Sois prudent.

Quelques heures plus tard, Scott n'était toujours pas de retour. Bones était assis dans le canapé en train de lire, la tête de Sarah sur ses genoux, passant ses doigts dans ses cheveux tandis qu'elle somnolait. Son téléphone portable sonna et tandis qu'il tendait la main vers celui-ci, sa compagne se releva d'un bond.

— C'est à propos de Josie ?

Il lut le message de Bullet. *Je l'ai trouvée dans un taudis. Finlay l'a convaincue d'aller au refuge. Elle est en sécurité. On a essayé de la convaincre de venir chez nous, mais Fin dit que j'ai l'air trop effrayant. C'est quoi ce bordel ?* Alors qu'il lisait, il reçut un message de Sunny et un autre de Bear. Il lut le message de Sunny. *Elle est là avec son fils. Je vais bien prendre soin d'eux, mais elle m'a demandé de ne pas laisser Sarah entrer pour la voir. Désolée.* Il parcourut rapidement le message de Bear, qui lui donnait la même information, et dit :

— Elle est en sécurité. Elle est au refuge.

— Oh, Dieu merci !

Des larmes de joie coulèrent le long des joues de Sarah.

— Désolée. Les hormones de grossesse me font pleurer pour tout.

Il passa ses bras autour d'elle et dit :

— Ce ne sont pas des larmes dues aux hormones de grossesse. Ce sont des larmes provoquées par la joie de savoir que ta sœur est en sécurité. Ce sont des larmes provoquées par la fatigue émotionnelle et physique.

Il embrassa le bout de son nez et dit :

— Finlay l'a convaincue d'aller au refuge. Elle a essayé de la faire aller chez Bullet et elle, mais je suppose que c'était demander un peu trop de confiance pour une mère célibataire.

— Finlay et Bullet les ont trouvés ? Peut-être que c'est un bon signe étant donné que c'est Bullet qui nous a sauvés, ma famille et moi. Regarde où nous avons fini.

Il n'avait pas besoin de lui briser le cœur en lui disant ce que Josie avait demandé à Sunny. Au lieu de cela, il dit :

— Je crois qu'elle a besoin d'espace, bébé. Laisse-la s'installer au refuge pour qu'elle ne prenne pas peur de nouveau. Une fois qu'elle réalisera qu'elle peut avoir confiance en Scott et toi, avec un peu de chance, elle changera d'avis.

— Comme j'ai dû apprendre à te faire confiance, dit Sarah.

— Quelque chose comme ça.

Il posa ses lèvres sur les siennes, puis il l'aida à se lever.

— Viens, ma belle, il est temps de te déshabiller et de te mettre au lit.

Elle laissa échapper un rire endormi tandis qu'ils se dirigeaient vers la chambre.

— Docteur Whiskey, tu essayes de profiter de mon état émotionnel précaire ?

Il ferma la porte de la chambre et s'approcha d'elle.

— Je ne profiterai jamais de toi.

Il leva le sweat-shirt de Sarah au-dessus de sa tête et dit :

— Mais je vais te masser le dos.

Il déposa des baisers le long de ses épaules et de sa colonne vertébrale.

— Et les jambes et les pieds.

Il retira minutieusement le reste de ses vêtements, embrassant chaque morceau de peau au fur et à mesure qu'il la révélait. Puis il prit sa main et la mena vers le lit. Il baissa les couvertures et l'aida à s'allonger. Il se tint sur le bord du lit, commença à masser sa voûte plantaire et dit :

— Et n'importe quelle autre partie de ton corps qui a besoin d'une attention spéciale.

Elle soupira, se détendant sur le matelas tandis qu'il lui massait chaque pied. Puis il remonta le long de ses jambes, la massant et l'embrassant à parts égales. Il l'aida à s'allonger sur le côté et commença à masser ses épaules, prenant le temps d'apaiser chaque muscle jusqu'à sa cuisse et chaque beau centimètre entre les deux.

— Tu sais ce qui rendrait ce délicieux massage encore meilleur ? demanda-t-elle d'une voix rauque.

— Certaines choses me viennent à l'esprit.

Il l'embrassa sur l'épaule et elle tourna des yeux sombres et séduisants vers lui avant de murmurer :

— Si le masseur était nu.

— Tes désirs sont des ordres.

Il descendit du lit et retira ses vêtements. Le regard plein de désir de Sarah et la manière dont elle se lécha les lèvres tandis qu'il retirait son caleçon le firent durcir comme l'acier Mais le désir n'était pas seul à lui remplir la poitrine. Il se demanda s'il était possible de l'aimer plus qu'il ne l'aimait à ce moment-là.

— Montre-moi où tu as mal et je ferai disparaître la douleur.

Elle tendit les bras vers lui, ses beaux yeux pleins d'émotion, et dit :

— Les parties extérieures de moi vont mieux et savoir que Josie et son fils sont en sécurité rend mon cœur plus léger. Mais d'autres parties ont besoin d'un peu plus d'attention.

CHAPITRE VINGT

La maison de Bones vibrait d'activité et exhalait l'odeur de la famille, de l'amour et du bonheur quand Bones, Sarah et les enfants étaient arrivés et y avaient trouvé la moitié de sa famille. Le jeune homme avait dit à sa compagne que ses frères et lui avaient échangé leurs clés de maison en cas d'urgence. Elle avait rangé cette information dans le dossier mental qu'elle avait intitulé « Les choses que j'adore chez Bones et sa famille ». À présent, tandis qu'elle attendait que les deux dernières minutes du chronomètre du four s'écoulent avant qu'il ne sonne, elle jeta un œil dans le salon. Elle avait craint de ne pas bien s'habiller pour son premier jour de fête avec la famille de Bones et la réponse de celui-ci ne l'avait pas vraiment aidée. *Tu es splendide quoi que tu portes, et en particulier quand tu es nue.* Elle avait choisi une tenue décontractée avec un chemisier rouge et un jean et elle était parfaitement à sa place. Les hommes portaient leurs gilets et leurs jeans et les femmes étaient belles et à l'aise, mais pas tirées à quatre épingles. Le jour férié était juste une excuse pour célébrer ce qui comptait le plus chez les Whiskey : la famille. Cela se voyait clairement dans les ballons roses et bleus et les banderoles qui décoraient tout le rez-de-chaussée de la maison. Truman avait préparé une banderole d'anniversaire pour Bones et Lila et il avait dessiné Bones jusqu'à la taille avec

Lila dans ses bras. Elle avait un ruban rose dans les cheveux et un sourire dirigé vers son *Ba*.

Sarah regarda Bones, debout avec Bullet près de leur père, qui était assis sur le canapé avec Bradley sur les genoux. Le bambin portait le gilet et les bottes assorties à celles de Bones et à ce moment-là, il arborait aussi un sourire adorateur et insouciant. Lila était assise dans un rayon de soleil sur le sol, à côté de Tinkerbell, jouant à la maman avec Lincoln et Kennedy. Sarah trouvait encore cela un peu étrange de voir autant d'amour pour ses enfants, mais elle ne se plaignait pas. Isabel et Penny discutaient non loin de là, les surveillant. Sarah se demanda si les deux amies étaient conscientes du fait que les yeux bleus de Quincy et Jed, qui se trouvaient à quelques mètres d'elles avec Scott, Bear et Truman, étaient rivés sur elles. Les cheveux châtain clair de Jed lui tombaient sur les yeux, mais ils étaient coupés court sur les côtés, alors que les cheveux bruns de Quincy étaient plus longs. C'étaient des hommes sûrs d'eux et elle se demanda pourquoi ils n'invitaient pas juste les filles à sortir.

Scott leva le menton, croisant son regard, les yeux pleins d'une langueur facilement reconnaissable. L'absence de Josie semblait encore plus tangible au milieu d'une si grande famille. Elle se demanda ce que sa sœur faisait ce soir. Bones avait téléphoné à Sunny avant qu'ils ne partent ce matin et lui avait demandé de le prévenir si la jeune femme partait. Savoir que son fils et elle étaient en sécurité la rassurait, mais cela ne remplissait pas le vide qui ne pourrait l'être que lorsqu'elle retrouverait sa sœur.

La sonnette du four retentit et Sarah sortit le ragoût de patates douces, ce qui lui valut les exclamations admiratives des filles qui étaient dans la cuisine. Gemma et Dixie étaient occupées à mettre la table, alors que Crystal coupait le pain de maïs et le posait sur un joli plateau et que Finlay mettait la garniture de l'autre côté des plats. Elle avait préparé de la sauce aux airelles, de la farce aux champignons, des choux de Bruxelles rôtis et un mélange de légumes qui donnaient l'impression d'avoir leur place au menu d'un restaurant gastronomique.

— Ça sent super bon, dit Gemma en prenant une poignée de fourchettes.

— C'est devenu mon plat préféré, dit Sarah. Il est composé de toutes sortes de choses : de l'ananas, des morceaux de pomme, de la cannelle, de la guimauve et de la vergeoise. Bones a trouvé la recette en ligne l'autre jour. J'ai préparé une grande fournée et j'en mange pour le déjeuner tous les jours depuis. Je suis sûre que mon médecin va me disputer à cause de mon poids la semaine prochaine. Je ne peux pas arrêter d'en manger.

Grâce à Finlay, elle pouvait manger une grande quantité de nourriture sans inquiétude. Et étant donné que Bones voulait l'aider à trouver des recettes, ils en avaient rassemblé quelques-unes de plus.

— Tu es toute menue, dit Red en faisant de la place sur le plan de travail pour y poser un plat. Et tu n'as jamais l'air fatiguée, même avec deux jeunes enfants à pourchasser.

— Merci.

Elle n'avait pas l'air fatiguée parce que Bones lui avait laissé faire la grasse matinée. Il s'était levé avec les enfants, leur avait donné leur petit déjeuner et les avait même emmenés faire un tour au parc à quelques pâtés de maisons. Sarah ne s'était pas réveillée avant qu'ils ne rentrent à presque *dix* heures. Elle ne faisait jamais la grasse matinée, mais les derniers jours l'avaient épuisée. Entre le problème des droits parentaux de Lewis et la rencontre avec Josie, elle n'avait pas réalisé à quel point elle était éreintée.

— Bones a dit que tu allais voir les docteurs Rhys et Blair ? dit Red, la poussant à se concentrer à nouveau sur la conversation. Ce sont des gens bien.

— Oui. Je vais être suivie par le docteur Blair. Ce sera agréable de voir le même médecin à chaque fois.

— Le grand-père de Damon Rhys m'a aidée à mettre au monde tous mes bébés, dit Red.

Comme d'habitude, elle était vêtue de noir et pourtant, elle irradiait de lumière.

— J'étais sûre que ce garçon allait être sportif professionnel. Je suppose qu'il m'a prouvé que j'avais tort. Stéphanie Blair va te plaire. C'est une femme vive et elle dit les choses telles qu'elles sont.

— Je vais voir le docteur Rhys la semaine prochaine, dit Crystal en prenant des assiettes dans le placard.

Puis elle ajouta :

— Merde !

Red et Sarah échangèrent un regard curieux.

— Merde, genre il y a peut-être un autre polichinelle dans le tiroir ? demanda Red tandis que Gemma et Dixie entraient dans la cuisine.

— Ou merde, genre je viens de me faire mal au doigt avec les assiettes ?

Crystal se retourna avec une expression sur le visage qui disait « Oups, j'ai vendu la mèche », serrant un tas d'assiettes contre sa poitrine.

— Crystal ! couina Gemma en lançant ses bras autour d'elle. Félicitations !

— Chut ! insista celle-ci tandis que les autres femmes se rassemblaient autour d'elle.

Elle posa les assiettes sur le plan de travail et jeta un coup d'œil dans le salon.

— Tu es enceinte ? demanda Dixie dans un murmure puissant. Bear le sait ?

Crystal hocha la tête.

— Mais nous n'avons pas fait d'analyse de sang. Nous avons fait un test de grossesse à la maison et il a donné un résultat positif extrêmement vite, mais quand même. Bear voulait attendre l'analyse de sang avant de l'annoncer, juste au cas où quelque chose se passerait mal.

— Juste au cas où, mes fesses !

Red la serra dans ses bras.

— Depuis quand mon fils trop zélé est-il devenu aussi prudent ?

— Depuis qu'il est tombé amoureux, répondit Dixie. Tous tes fils perdent la tête quand ils tombent amoureux, y compris Bones. Cet homme a acheté tellement de jouets l'autre jour que nous avons dû louer un pick-up pour les rapporter ici. Je suis la seule saine d'esprit du groupe, ces jours-ci.

Sarah jeta un coup d'œil à Bones, qui portait maintenant Bradley sur ses épaules pour qu'il puisse atteindre la ficelle d'un ballon qui s'était envolé. Ne savait-il pas qu'il leur suffisait ? Les jouets n'étaient pas nécessaires.

— Nous allons célébrer ça ensemble, dit Red à Crystal. Et si quelque chose se passe mal, nous pleurerons ensemble.

— Tu vas me faire pleurer.

Crystal écarta les bras et leur fit signe d'approcher pour qu'elles puissent se faire un câlin collectif.

— Ce sont les hormones de grossesse, dit Red en enroulant ses bras autour de toutes les filles.

— Tu le leur as dit, pas vrai ?

Elles se séparèrent en sursautant lorsqu'elles entendirent la voix de Bear, mais son grand sourire indiqua à Sarah que diffuser la nouvelle ne le dérangeait pas, après tout.

Crystal se mordit la lèvre et haussa une épaule.

— En quelque sorte, *oui*.

Il l'attira dans ses bras et lui donna un baiser bruyant.

— Ce n'est rien. J'avais du mal à ne pas le dire et quand je t'ai vue au milieu de ce câlin de folles, j'ai su que j'étais tiré d'affaire.

Il se tourna vers le salon et leva sa bouteille de bière.

— On pense qu'on va avoir un bébé !

— Un bébé !

Kennedy sautilla sur place en tapant des mains.

— Oncle Be-*ah* va avoir un bébé !

Des rires et une tornade d'agitation suivirent tandis que Biggs et le reste de l'équipe dans le salon entraient dans la cuisine pour couvrir Crystal et Bear de félicitations.

Bones enroula ses bras autour de Sarah et lui dit à l'oreille :

— J'ai hâte de faire ça.

— Serrer Crystal dans tes bras ? demanda-t-elle.

— Non.

Il la regarda dans les yeux et dit :

— Peut-être qu'un jour, ce sera nous.

— Nous… ?

Nom d'un chien, qu'était-il en train de dire ?

— À moins que tu en aies assez d'avoir des bébés après celui-ci ?

Il lui toucha le ventre.

— Ça me va aussi.

— Euh…

Est-ce que j'en ai assez ? C'est vraiment en train d'arriver ?

— Mangeons ! annonça Biggs.

Bones plaça une main sur le dos de Sarah, la guidant vers la table. C'était une bonne chose, car elle ne pouvait pas réfléchir correctement avec tout le vacarme et avec son compagnon qui la regardait comme si elle n'était pas seulement sa petite amie, mais son *avenir*.

Le dîner fut délicieux et bruyant, plein de taquineries sans fin entre frères et sœur et de conversations sur la grossesse de Crystal. Lila et Bradley étaient plongés dans l'ambiance. Le garçonnet intervenait avec des commentaires sur son rôle de grand frère.

— J'ai un nouveau lit de grand garçon, annonça-t-il.

— J'ai un lit de grande fille, dit Kennedy plus fort. Mais Linc est un bébé. Il dort dans un lit de bébé.

— Lila aussi, dit Bradley. Mais maman dort dans un lit de grande-fille-grand-garçon.

Un silence s'abattit sur la table, des yeux amusés se tournant vers Sarah et Bones.

— Je vais me lancer. Qu'est-ce que c'est, un lit de grande-fille-grand-garçon ? Ça a l'air amusant.

— C'est un lit où une fille et un garçon dorment ensemble, comme Bones et maman.

Bradley regarda Sarah, qui était sûre que ses joues allaient prendre feu, et il dit :

— Hein, maman ?

— Dénoncés par un enfant de trois ans, dit Bullet dans sa barbe. J'adore !

Bradley tourna des yeux écarquillés adorables vers Red et dit :

— Pépé Biggs et toi dormez dans un lit de grande-fille-grand-garçon ? Si oui, je peux venir et dormir dedans avec vous un jour ? Je ne vais pas trop me tortiller.

— Bradley, les adultes ne partagent pas leur lit avec les enfants, dit Sarah, se demandant s'il était possible de claquer des doigts et d'effacer ce moment de la mémoire de tout le monde.

— Mais toi, si, dit Bradley avec innocence.

— Et nous aussi, pendant de nombreuses années, répondit Red. Bobby, que tu connais sous le nom de Bear, montait dans notre lit et nous faisait un câlin avant de se joindre à ses grands frères, Brandon et Wayne – Bullet et Bones – par terre, pour se battre comme des brutes. Mais mes enfants sont tous adultes. Je n'aurais rien contre des câlins de petit garçon de temps en temps. Enfin, si ça ne dérange pas ta maman.

— Ça ne la dérange pas ! s'exclama Bradley. Je fais les meilleurs câlins. Elle le dit tout le temps.

Tandis que le bambin et Red faisaient des projets, Bullet regarda Sarah de l'autre côté de la table et dit :

— Alors, qu'est-ce que ça fait de sortir avec le *gentil* ?

Sarah regarda Bones.

— Qu'est-ce que ça veut dire ?

— Dans la plupart des familles, il y a un enfant qui fait toujours ce qu'il faut, expliqua Bullet. Bones était cet enfant.

Elle se redressa un peu, prête à défendre son homme. Même si prendre sa défense en révélant qu'il avait fait quelque chose de mal était bizarre, elle se sentait curieusement fière de pouvoir le faire.

— Pour information, j'adore le fait que ce soit quelqu'un de bon. Il n'y a rien de mal là-dedans. Mais si tu insinues que « gentil » est le contraire de « dur », tu as tort. Mon mauvais garçon de petit ami a v-o-l-é une voiture un jour.

— Impossible ! dit Penny. Je ne peux même pas l'imaginer faire ça.

— Moi, si. Bones est un emmerdeur, dit Quincy.

— Un *mauvais garçon*, dit Isabel.

Aussitôt, Kennedy s'écria :

— Quincy a dit un gros mot !

Jed rit.

— Bien joué, Quince !

Les lèvres de Bullet s'étirèrent, l'amusement remplissant ses yeux sombres tandis qu'il regardait Sarah et qu'il disait :

— C'est ce que Bones t'a dit ?

— Oui.

Elle regarda Bones et dit :

— Pas vrai ?

Bones ferma les yeux, secouant la tête.

— Tu ne l'as pas fait ? demanda-t-elle. Mais tu as dit…

— Non, chérie. Je l'ai fait.

— *Oh, non !*

Elle baissa la voix jusqu'à ce qu'elle ne soit plus qu'un murmure et demanda :

— C'était un secret ?

Il secoua la tête.

— Non. Ils sont tous au courant.

À présent, elle était perdue. Pourquoi se comportait-il aussi bizarrement ?

— Bones a vraiment v-o-l-é un véhicule, ce qui n'était pas bien, dit Dixie. Mais la raison pour laquelle il l'a fait est pardonnable.

— Qu'est-ce que ça veut dire ? demanda Sarah.

— C'était l'été dont je t'ai parlé, quand Thomas était malade, expliqua Bones. Près de la fin, tout ce qu'il voulait, c'était passer la nuit sur le bateau de son père. Je suis sorti en douce la nuit pendant une semaine et j'ai appris à conduire la voiture de mon vieux tout seul. Et puis un soir, quand tout le monde dormait, j'ai pris la voiture, j'ai fait sortir Thomas en douce de l'hôpital et je l'ai emmené jusqu'au bateau de son père. Je l'ai enfoui sous des couvertures et nous sommes restés allongés là comme si nous avions organisé le meilleur cambriolage de tous les temps.

— C'est ce que vous avez fait, dit Bullet, semblant un peu étranglé par l'émotion. Tu as donné ce qu'il voulait à ce garçon. Tu as fait en sorte que ses derniers jours soient les meilleurs possibles.

Des larmes montèrent dans les yeux de Sarah.

— Satanées hormones de grossesse ! dit Crystal en essuyant ses propres larmes à l'aide d'une serviette.

— Qu'est-ce que j'ai comme excuse, moi ? demanda Dixie en s'essuyant aussi les yeux.

— Tu es humaine, répondit Scott.

— Tu sais ce que ça fait de lui ?

Sarah s'adressait à Bullet, mais elle regardait son petit ami dans les yeux, cet homme au grand cœur qui était à la fois un homme bon et un mauvais garçon.

— Un homme sacrément bon, répondit Bullet.

Tout en continuant de regarder Bones, Sarah dit :

— Tu m'as enlevé les mots de la bouche.

— Pourquoi tout le monde pleure ? demanda Kennedy. Je devrais être triste aussi ?

— Non, bébé, dit Gemma. Ce sont des larmes de joie.

Cela provoqua une longue conversation entre Bradley et Kennedy à propos de ce qui les rendait heureux, ce qui poussa à nouveau Sarah à penser à Josie.

Bones posa sa main sur sa cuisse, sous la table, se pencha vers elle et murmura :

— Tu tiens le coup ? C'est trop bruyant pour toi ?

Le vacarme ne cessait jamais, ce qui était amusant, excitant et absolument *fantastique*. Elle n'allait pas laisser le fait que sa sœur lui manque gâcher la soirée de tout le monde.

— Non. J'aime ça.

— Et je t'aime, toi.

Il se pencha en avant et l'embrassa tendrement.

— Tu penses à Josie ?

Elle hocha la tête.

— Mais je ne veux pas parler de ça. Je t'ai dit que nous ne fêtions pas Thanksgiving quand nous étions petits ?

Elle jeta un coup d'œil à Scott, qui était occupé à parler avec Jed.

— Nos parents disaient que c'était un jour comme les autres. Je me suis toujours demandé comment ce serait de le fêter et c'est encore mieux que dans mes rêves.

Le regard de Bones devint sérieux et comme s'il avait lu dans ses pensées, il dit :

— Écoute-moi bien. L'année prochaine, Josie et ses enfants seront avec nous.

— J'espère que tu as raison. *Et je t'aime encore plus parce que tu as dit ça.*

— Nous allons aussi nous assurer que les enfants auront les meilleures fêtes du monde, toutes les fêtes, pour qu'ils apprennent la signification des jours fériés.

— Oui, c'est ce que nous allons faire, dit Biggs depuis la tête de table, les yeux rivés sur eux. Tous ces enfants connaîtront la signification des jours de fête.

— Et quelle est la signification de ce jour de fête, P'pa ? demanda Bear.

Biggs se caressa la barbe, ses yeux sombres faisant lentement le tour de la table avant d'atterrir à nouveau sur Bear avec un sourire lent et irrégulier.

— Fiston, si tu ne le sais pas, alors, tu n'as pas encore gagné le droit d'être père. Et ce n'est rien de plus. Un droit.

Bear rit et posa une main sur ventre de Crystal.

— Je plaisantais, vieil homme, dit-il. Techniquement, nous commémorons la fête de la moisson des Pères Pèlerins. Mais en réalité, c'est une très bonne excuse pour nous rassembler avec ces hommes miteux, ces belles femmes et ces adorables bébés et pour nous rappeler toutes les choses pour lesquelles nous sommes reconnaissants dans la vie.

— Je suis reconnaissante d'avoir Oncle Boney et Lila ! annonça Kennedy.

— Pourquoi, Princesse ? demanda Truman.

— Parce que c'est leur anniversaire et que Tante Finlay a préparé mon gâteau *pérféré* !

Kennedy se tourna vers Finlay et dit :

— Je suis reconnaissante aussi de t'avoir, et Oncle Bullet et Tink et…

Elle fit un tour de table, nommant tout le monde, prouvant qu'elle était une petite fille adorable.

— Et j'aime même le dîner *sans agérlènes* !

— Sans allergènes, chérie, la corrigea Gemma. Et il me plaît aussi.

Scott dit :

— Merci pour le délicieux dîner.

— Et d'avoir préparé des plats que je peux manger, ajouta Sarah.

— Tu as toujours été allergique à autant de choses ? demanda Crystal.

— Honnêtement, je ne sais pas quand ça a commencé et

comment ça a progressé, dit Sarah. Scott, tu t'en souviens ?

Celui-ci secoua la tête.

— Tu as mangé du beurre de cacahuète quand tu étais petite et nous avons fini aux urgences. Je me souviens que Papa s'est plaint du prix de la visite et quand nous sommes rentrés à la maison, il a jeté un tas de choses auxquelles le médecin a dit que tu pourrais aussi être allergique. Mais je ne me souviens pas exactement de quoi il s'agissait.

— Scott, tu es allergique à quoi que ce soit ? demanda Jed.

— Non.

— Ils ont dû faire des tests à Sarah à l'hôpital, dit Bones. Mais la plupart des enfants se débarrassent de leurs allergies alimentaires en grandissant, en particulier de certaines des tiennes comme les allergies aux produits laitiers ou aux œufs, alors que d'autres allergies alimentaires ont tendance à persister, comme celles aux noix.

— Tu as été testée à l'âge adulte ? demanda Penny. Imagine que tu ne sois plus allergique aux produits laitiers. Tu pourrais manger de la glace.

Son regard s'illumina et elle dit :

— Si tu fais les tests et que tu peux vraiment, viens à la boutique et je créerai une coupe rien que pour toi. La coupe Sarah Scandaleusement Délicieuse !

— Je ne suis pas sûr de vouloir que d'autres hommes mangent ça, dit Bones, provoquant des rires autour de la table.

— Bones ! murmura Sarah.

— Sérieusement, bébé ! dit celui-ci. Qu'ils aient leur propre copine scandaleusement délicieuse. Tu es à moi.

Comment pouvait-elle discuter ?

— Mais Penny a raison, dit-il. Nous devrions parler à un allergologue. Ils ne peuvent pas te faire les tests quand tu es enceinte, mais ça vaut quand même la peine d'y jeter un œil, même si tu dois attendre la naissance du bébé. Peut-être que tu t'es débarrassée de quelques allergies.

— J'ai tellement l'habitude de manger comme ça que je ne suis pas sûre de savoir comment cuisiner différemment.

— Fin et moi pouvons te montrer, proposa Isabel.

— Ça pourrait faciliter les choses et être plus économique, dit Sarah. Et si rien n'avait changé ? J'aurais dépensé de l'argent pour rien dans les tests.

— Je pense que ton petit ami médecin peut dépenser cent dollars, lança malicieusement Bear.

Bones lui jeta un regard noir, puis tourna des yeux plus doux vers Sarah.

— Ça pourrait te changer la vie et si ce n'est pas le cas, au moins, nous le saurons.

— On dirait que c'est l'année de tous les changements pour moi, céda Sarah. Pourquoi pas ?

UNE ANNÉE DE changement, c'était exactement ce dont il s'agissait pour tout le monde et Bones ne s'en plaignait pas. Le reste des hommes et lui plaisantaient tandis que tous les convives débarrassaient la table et que Bullet et lui faisaient la vaisselle. Ensuite, il alla à l'étage avec Bullet et Bear chercher les cadeaux qu'il avait achetés pour les enfants.

— Qu'as-tu acheté ? demanda son cadet en chargeant ses bras de paquets.

— Une meilleure question serait : qu'est-ce qu'il n'a *pas* acheté ? dit Bullet. À quoi va te servir ce lit de bébé portatif ?

— Pour Lila. Nous allons passer la nuit ici.

Bear afficha un sourire suffisant.

— Tu as acheté toutes ces conneries et tu ne pouvais pas te permettre d'acheter un vrai lit de bébé ?

— Bien sûr que je peux, imbécile ! J'ai juste pensé que Sarah n'était pas prête pour que j'aille aussi loin.

En réalité, il avait voulu acheter le lit de bébé, mais Dixie lui avait fait remarquer cela à propos de Sarah et l'avait empêché de le faire.

— C'est probablement intelligent. Mais je ne sais pas comment toutes ces affaires de Daddy Warbucks[1] vont être reçues.

Bones lui jeta un regard noir.

— Que leur avez-vous acheté ?

— Quelques jouets, dit Bear. Pas tout le magasin.

— Je ne pouvais pas juste acheter quelque chose pour Lila. Bradley, Kennedy et Lincoln se seraient sentis exclus.

Bones prit le cadeau qu'il avait acheté pour Sarah et croisa le regard confus de Bullet.

— Quoi ?

— Maintenant, c'est nous qui allons donner une mauvaise image. Fin dit qu'offrir des cadeaux aux enfants quand c'est l'anniversaire d'un autre leur enseigne le mauvais message.

Bones regarda les cadeaux.

— Merde ! Vraiment ?

Ils regardèrent tous les deux Bear.

— Qu'est-ce que tu ferais ?

— Mec, je n'en sais rien. Crystal est allée faire du shopping avec Gemma. Je ne sais pas ce qu'elle a acheté ni pour qui.

---

[1] Daddy Warbucks est un personnage de comic (BD) américain qui est riche et paie pour les dépenses des autres.

— Bon sang !

Bones alla dans le couloir et baissa les yeux depuis l'étage. Sarah était assise sur le canapé avec Lila debout à ses pieds, agitant son hérisson en peluche. Bradley était allongé par terre à côté de Tinkerbell, lui caressant le ventre. Il sortit son téléphone et prit une photographie. Un cliché de bonheur.

— Eh, M'man ! appela-t-il.

Red, Gemma et Sarah levèrent les yeux.

— Désolé. Red, on a besoin de toi une seconde.

— Ça va être intéressant.

Red donna son verre de vin à Gemma et monta l'escalier.

— Qu'est-ce que mes grands garçons baraqués ne peuvent pas gérer eux-mêmes ?

Bones hocha la tête en direction de la chambre, où Bullet et Bear avaient les bras pleins de cadeaux.

Red réprima un rire.

— Vous avez tous l'air effrayés. Qu'avez-vous fait ou cassé ?

— L'un d'entre nous pourrait s'être trompé, dit Bones. J'ai acheté des cadeaux pour les quatre enfants.

Bullet s'éclaircit la gorge et dit :

— J'ai seulement acheté des cadeaux pour Lila.

— Et toi ? demanda-t-elle à Bear.

— Je ne sais pas ce qu'on a acheté, dit-il honteusement.

— Que faisais-tu avec nous ? demanda Bones. Nous avions tous des cadeaux aux anniversaires des autres quand nous étions petits ?

Red afficha le genre de sourire qui indiquait qu'elle les aimait même s'ils ne comprenaient rien.

— Vous partagiez vos cadeaux. Ce n'était pas la peine d'acheter quatre exemplaires de tout. Chaque fois que l'un de vous recevait quelque chose, vous vouliez le partager avec les autres, et si vous ne le faisiez pas, Bullet vous jetait un regard noir jusqu'à ce que vous cédiez.

Bear et Bullet semblaient tout aussi confus que Bones.

— Alors… ?

Elle tapota la joue de Bones et dit :

— Ton cœur déborde et ça se voit dans tout ce que tu fais. Il n'y a rien de mal là-dedans. Mais dans ce cas, il se pourrait que moins soit plus. Les enfants peuvent se sentir submergés quand ils reçoivent trop de choses.

— Et gâtés aussi, dit doucement Bear.

Bones lui jeta un regard noir.

— Ils peuvent aussi avoir l'impression qu'ils ne sont pas importants si tu ne prends pas la peine de faire les courses.

— Tu es en train de dire que j'ai foiré ?

Bear posa les cadeaux et bomba le torse.

— Je dis que ces enfants font partie de la famille et tu ne devrais pas laisser ta femme choisir les cadeaux. Vous devriez le faire ensemble.

Bullet hocha la tête dans un geste approbateur.

— Il a raison, mec.

— Eh bien, désolé, bordel ! J'étais un peu occupé par ça.

Bear sortit une enveloppe de sa poche et la mit dans la main de Bones.

— Qu'est-ce que c'est ?

Il ouvrit l'enveloppe et sortit un dessin informatisé de quelque chose qu'il n'avait jamais vu. Cela avait la forme d'une moto à l'avant et d'une voiture de sport à l'arrière, avec des parois et un toit autour de trois sièges arrière.

— C'est une moto-tricycle-voiture familiale, dit Bear tandis que Bullet et Red se penchaient en avant pour voir. Je n'ai pas encore choisi de nom, mais j'ai supposé que ce n'était qu'une question de temps avant que Bradley et Lila ne te supplient de faire un tour. Et je te connais. Peu importe à quel point tu adores ta moto, tu ne vas pas mettre ces enfants sur tes genoux pour aller faire un tour. Il va y avoir des harnais à cinq sangles à l'arrière. Je sais que tu as besoin de cinq sièges, mais je ne peux pas faire ça.

Bouleversé, Bones prit un moment avant de dire :

— Tu as conçu ça pour moi ?

— Oui. Il me faudra beaucoup de temps avant d'y donner vie, mais c'est pour ça que je ne suis pas allé faire les courses. J'ai passé mon temps libre à essayer de trouver quoi acheter à l'homme qui a tout.

— Bon sang, Bear ! Je suis désolé, mec.

Il l'attira dans ses bras.

— C'est le truc le plus cool que j'aie jamais vu. Je vais le financer. Tu n'as pas besoin de faire tout ça.

— Bobby…

Red le serra dans ses bras.

— Tu es tellement attentionné !

— Il est sacrément génial ! dit sèchement Bullet. Il me fait passer pour un radin. Notre cadeau pour Bones, c'est de garder les enfants pour que Sarah et lui puissent baiser comme…

— Brandon ! dit sèchement Red.

Les garçons rirent.

— Désolé, marmonna Bullet. Mais nous n'avons toujours pas de réponse à propos des cadeaux pour les quatre enfants. Il n'y a pas de *Bullet* en bas et Lila n'a qu'un an. Elle ne sait pas partager.

En repensant à la guerre du canard pendant l'heure du bain, Bones dit :

— J'ai une idée. Nous devons leur apprendre à partager,

mais d'après ce que j'ai appris, parfois, il faut détourner l'attention ou échanger. Ils ont besoin de cadeaux à échanger, pas vrai ? Alors chacun de nous donne un cadeau aux quatre enfants. J'en ai assez pour tout le monde. Je garderai le reste pour Noël.

— Et si ça ne leur apprend pas à partager ? Ça pourrait ne pas plaire à Fin, dit Bullet.

— Avant que nous ne donnions les cadeaux, nous leur dirons qu'ils doivent partager, proposa Bear. Et que s'ils veulent jouer avec le jouet de quelqu'un d'autre, ils doivent lui offrir quelque chose en échange. Et ils n'ont pas le droit de se disputer.

Ils acceptèrent tous et se tapèrent dans le dos.

— On dirait que vous n'aviez pas du tout besoin de moi, dit Red en sortant de la pièce.

Ils rangèrent les autres cadeaux dans le placard et descendirent au rez-de-chaussée, chacun armé de quatre cadeaux, mis à part Bones qui portait aussi celui de Sarah.

Après une série de « Joyeux anniversaire » et une leçon sur le partage, les enfants ouvrirent leurs cadeaux. L'heure suivante fut une cacophonie de joie tandis qu'ils s'amusaient avec les jouets les uns des autres.

Bradley bondit sur pied et courut jusqu'au sac à dos qu'ils avaient apporté de chez Sarah et qui était posé à côté du canapé. Il fouilla dedans et courut vers celui où Bones et Sarah étaient assis.

— Joyeux anniversaire, Bones !

Bradley monta sur ses genoux et donna au jeune homme un papier froissé et enroulé.

— On l'a fait pour toi.

— Tu m'as fait un cadeau d'anniversaire ?

Il regarda Sarah et articula silencieusement : « *merci* ».

Bradley hocha la tête tandis que Bones déroulait le papier. Dessus se trouvaient les empreintes des mains de Bradley et de Lila en peinture rouge et de nombreux gribouillages colorés ainsi que des bonshommes bâtons. Chacun de ces bonshommes avait un corps long, des bras et des jambes courts et trois doigts sur chaque main. L'un d'eux avait des gribouillages jaunes qui lui servaient de cheveux et un gros ventre presque rond.

— C'est Lila, maman, toi et moi.

Bradley désigna le ventre.

— Et ça, c'est le bébé.

Le dessin représentant Bones était bien plus grand que les autres et Lila arrivait à peine à la taille de Bradley. *Bones* était écrit en lettres tortueuses en haut de la feuille avec la lettre « s » à l'envers.

—Je n'ai jamais vu un dessin plus beau que celui-là. Je l'adore. Merci, dit-il en croisant le regard fier de Sarah. Demain, nous achèterons un cadre et nous l'accrocherons au mur.

— Hourra !

Bradley descendit tant bien que mal du canapé et retourna à ses jouets en courant.

Sarah se pencha vers Bones et murmura :

—Tu n'es pas obligée de l'accrocher. Il ne le remarquera pas.

— Oh, on va l'accrocher, parce que *je* vais le remarquer !

Il passa le bras sur le côté du canapé, prit le cadeau qu'il lui avait acheté et le posa sur ses genoux.

— La douce maman de Lila est prête pour son cadeau d'anniversaire ?

— Ce n'est pas mon anniversaire, dit-elle, surprise.

— Tu as donné naissance à cette jolie petite fille. Donc,

c'est ton anniversaire aussi.

— Tu me gâtes, dit-elle. J'en ai un pour toi aussi, mais je veux te le donner vendredi prochain, le véritable jour de ton anniversaire.

— Ça me semble parfait. J'ai pris une demi-journée de congé. Je pensais que nous pourrions aller chercher un sapin de Noël.

— *Ça*, ça me semble parfait, dit-elle en commençant à ouvrir son cadeau.

Bradley courut vers elle et l'aida à arracher le papier cadeau.

— Tu as un cadeau aussi ?

— Que se passe-t-il, ici ? demanda Penny.

Tout le monde se rassembla autour de Sarah et de Bradley tandis qu'ils ouvraient le paquet. Quincy passa un bras autour des épaules de Penny, mais elle s'en défit.

— Bones me gâte.

Sarah souleva le couvercle de la boîte et tout le monde se rapprocha pour mieux voir.

Elle sortit l'album que Hawk avait préparé avec les photographies qu'il avait prises au mariage. La couverture représentait Sarah assise sous l'autel fleuri avec Lila sur les genoux et Bradley accroupi, lui tenant la main. Ils étaient tous les deux tournés vers Lila, qui regardait par-dessus l'épaule de Bradley. Bones savait que la fillette était en train de l'observer. Il se souvenait de chacun des cinquante clichés de l'album.

Sarah passa ses doigts sur les lettres au-dessus de la photographie : *NOTRE BELLE VIE*. Elle regarda Bones avec des yeux pleins de larmes, mais elle ne dit pas un mot. Sa lèvre inférieure trembla et il sut qu'elle essayait de toutes ses forces de tenir bon.

Il lui serra la main et dit :

— Je sais.

— C'est une photo absolument adorable, dit Gemma.

— Je veux un album comme ça quand nous aurons des enfants, dit Finlay, se serrant contre le corps massif de Bullet.

Ce dernier passa un bras autour d'elle et dit :

— Tout ce que tu voudras, Lollipop.

Sarah prit son temps pour admirer chaque photographie, puis elle leva les yeux vers Bones tandis que tout le monde faisait des commentaires admiratifs. Elle en était à la moitié de l'album quand elle dit :

— Où sont les photos de toi ?

— Continue, dit-il, ravi qu'elle veuille l'inclure.

Les filles poussèrent des cris d'admiration, disant à Sarah à quel point ses enfants et elle étaient beaux tandis qu'elle tournait les pages, ses yeux croisant ceux de Bones à intervalles de quelques secondes. Mais celui-ci ne pensait qu'à son désir de la voir en blanc, descendant l'allée centrale vers lui.

— Hawk veut utiliser les photos pour une série dans un magazine pour parents.

Sarah écarquilla les yeux.

— Vraiment ? demanda Dixie. C'est génial !

Tout le monde se mit à parler en même temps, félicitant la jeune femme, mais il remarqua qu'elle était inexplicablement silencieuse. Il se pencha en avant et dit :

— Qu'en penses-tu ?

Elle regarda l'album sur ses genoux, puis elle leva à nouveau les yeux vers lui et dit :

— Ça me plaît qu'il veuille le faire, mais si ça ne te dérange pas, je préférerais ne pas apparaître dans un magazine avec les enfants. Ça pourrait ramener des parties de mon passé dans nos vies.

Merde ! Il était tellement enthousiaste pour elle qu'il n'avait pas pensé que l'article pourrait mener ce salaud directement jusqu'à elle. Il détestait l'idée que Lewis pourrait lui voler cette opportunité.

— Ce serait dommage de rater ça, dit Red. C'est quelque chose que ta famille pourrait conserver pendant plusieurs générations.

— Je sais, dit Sarah d'un air confus. C'est compliqué, mais je pense qu'il vaut mieux que nous fassions profil bas.

— On fera ce que tu veux, chérie, dit Bones.

Les autres murmurèrent leur accord.

Sarah continua à feuilleter l'album et quand elle atteignit la dernière page, une photographie d'eux quatre debout sous l'autel, elle passa ses doigts dessus d'un air pensif.

— Mec, tu es romantique ! dit Truman. Et moi qui pensais que tu ne jurais que par la science et les manuels !

— Avant, peut-être, dit Bones. Mais plus maintenant.

— Regarde ça, Biggs, dit calmement Red. Tu ne trouves pas qu'ils forment une famille adorable ?

Une larme s'échappa de l'œil de Sarah et Crystal dit :

— Satanées hormones de grossesse !

Tout le monde rit, sauf Sarah. Elle parvint à afficher un sourire tremblant, se pencha vers Bones et dit :

— C'est… Tu es…

Elle enroula ses bras autour de son cou et dit :

— Je l'adore.

Elle resta là, sa respiration réchauffant le cou de Bones pendant un long moment silencieux avant de murmurer :

— Et je t'aime.

CHAPITRE VINGT ET UN

Sarah savait que tout pouvait changer en une heure, et encore plus en un jour ou une semaine. Elle n'aurait pas dû être surprise qu'au cours des huit jours depuis Thanksgiving, sa vie ait rejoint celle de Bones sans encombre. Elle était allongée dans son lit le vendredi matin, le corps de celui-ci contre le sien, son cadeau d'anniversaire posé sur la table de chevet et ses bébés dormant au bout du couloir. Comme la plupart du temps depuis qu'elle avait vu Josie, elle essaya de repousser la culpabilité qu'elle ressentait parce qu'elle était heureuse alors que sa sœur ne l'était pas du tout. Elle avait vu Tracey, Ebony et Camille le samedi, quand elle les avait invitées chez elle pour le déjeuner. Elles avaient dit que Josie était restée dans son coin au refuge. La veille, Sarah avait téléphoné sur place et avait demandé à Sunny de voir si Josie accepterait de lui parler, mais comme elle s'y était attendue, celle-ci ne cédait pas. Elle avait beau vouloir aller au refuge et réessayer en personne, elle avait fait une promesse et il était plus important que Josie et son fils soient en sécurité plutôt que Sarah puisse comprendre pourquoi sa cadette ne voulait pas avoir affaire à elle.

— Bonjour, ma belle.

Bones déposa un baiser sur son épaule. Puis il lui caressa le ventre comme il le faisait tous les matins et dit :

— Bonjour, petit bout de chou.

— Le petit bout de chou danse sur ma vessie, mais je ne voulais pas te réveiller.

— Elle est fougueuse, hein ?

Bones était certain que ce bébé était une fille, mais Sarah pensait que c'était un garçon, car elle le portait comme elle avait porté Bradley.

Il embrassa son ventre et dit :

— Elle va diriger le monde, un jour.

— *Il* va être joueur de football américain et il va être gentil avec *toutes* les filles, pas juste les pom-pom girls, dit-elle en se déplaçant sur le bord du lit.

Elle sentit le désir dans son regard jusqu'à ce qu'elle atteigne les toilettes.

Lorsqu'elle revint dans la chambre, Bones était allongé, les mains jointes derrière la tête, souriant comme le Chat du Cheshire.

Elle se faufila sous les couvertures à ses côtés et dit :

— Joyeux anniversaire. On dirait que tu as déjà jeté un coup d'œil à ton cadeau.

— Je croyais que mon cadeau, c'était *hier soir*.

Un frisson la parcourut lorsqu'elle se remémora leurs ébats amoureux et comme d'habitude, une pincée de gêne face à l'audace dont elle avait fait preuve tacha ses pensées. Mais Bones était un partenaire tellement sensuel et attentionné qu'il lui donnait l'impression d'être sexy et audacieuse, ce qui lui donnait envie de l'explorer davantage. Il l'encourageait sans insister, il la guidait sans exiger. Elle avait fait des folies en achetant une jolie nuisette et quand les enfants avaient été couchés et que Bones avait été dans la douche, elle avait allumé des bougies et elle avait mis de la musique douce. Il était sorti de la salle de bains en ne portant qu'une serviette et il avait été complètement nu avant d'atteindre le lit, dur et rempli de désir pour elle.

Il passa ses doigts entre les pointes de ses cheveux et dit :

— J'adore la façon dont tu deviens un peu timide quand je dis des choses comme ça.

— C'est difficile de ne pas l'être au grand jour. Je t'ai dit des choses tellement coquines, hier soir.

Les yeux de Bones devinrent noirs comme le charbon.

— J'adore quand tu me dis des choses coquines et quand tu joues avec les piercings de mes tétons avec tes *dents*.

— Arrête ! dit-elle, haletante.

Le simple fait de penser à sa bouche sur son téton et au fait que tirer un peu sur la barre le rendait fou la fit mouiller.

— Tu dois te préparer pour aller travailler et tu vas m'émoustiller.

Il l'attira sur ses genoux et dit :

— J'adore quand tu es émoustillée.

Il effleura son cou de ses lèvres, la taquinant avec des petits coups de langue.

— Bones, murmura-t-elle.

Il posa sa bouche sur son cou, le suçant tandis que ses hanches se soulevaient et qu'il commençait à frotter son sexe dur et séduisant contre elle.

— Bones, tu vas être en retard et Bradley pourrait nous surprendre.

Il grogna.

— Ça ne me dérange pas d'être en retard. Que des petits yeux nous voient, un peu plus.

Elle ouvrit le tiroir de la table de chevet et en sortit son cadeau d'anniversaire. Ils avaient décidé de ne plus fêter son anniversaire en même temps que celui de Lila pour ne pas perturber les enfants. Cependant, elle était ravie d'avoir attendu pour donner son présent à Bones. C'était agréable de le faire pendant qu'ils étaient seuls. Elle serra le paquet contre sa poitrine et dit :

— Je ne suis pas très douée pour les cadeaux.

— Tu es excellente pour les cadeaux.

Il passa une main le long de sa cuisse.

Elle leva les yeux au ciel.

— Je veux dire les vrais cadeaux.

— C'était aussi vrai que ça peut l'être, chérie.

— D'accord, bon, peut-être. J'espère que ça va te plaire.

— Ça me plaît déjà.

Il l'embrassa et déballa le journal en cuir marron qu'elle lui avait acheté. Il croisa son regard en l'ouvrant et lut la première page à voix haute.

— Les aventures de Thomas alias Edison et Wayne alias Bones.

Il la regarda à nouveau avec un sourire curieux.

— Oh, ma chérie, qu'as-tu fait ?

Le soir de Thanksgiving, après qu'ils avaient fait l'amour, alors qu'ils étaient allongés et enroulés l'un autour de l'autre, il lui avait dit à quel point il s'était senti coupable après la mort de Thomas. Celui-ci avait contracté une pneumonie dans les jours qui avaient suivi leur escapade et il ne se l'était jamais pardonné. Il disait qu'il savait que les jours de son ami étaient comptés, mais il avait eu l'air tellement triste qu'elle avait voulu remplacer ces pensées par d'autres plus heureuses, tout comme il l'avait aidée avec ses propres souvenirs. Elle avait eu l'intention de lui offrir le journal en cuir et au cours des jours suivants, elle avait ajouté cette histoire.

— Je sais que c'est un peu bête et que je ne suis pas une très bonne écrivaine, mais je voulais que tu aies une fin heureuse avec Thomas. C'est la seule manière que j'avais pour le faire.

Il la serra dans ses bras et dit :

— Bon sang, je t'aime ! J'ai l'impression d'avoir attendu de te rencontrer toute ma vie.

Ne pleure pas. Ne pleure pas. Ne pleure pas.

Elle s'était empêchée de pleurer pendant tant d'années, au début pour rester forte elle-même, puis pour ses enfants, qu'elle avait l'impression que les larmes s'étaient multipliées en elle depuis une éternité et elle se sentait enfin suffisamment à l'aise et en sécurité pour les laisser couler.

Elle descendit de ses genoux et il passa un bras autour d'elle, la maintenant collée à son flanc tandis qu'il lisait l'histoire. Elle avait écrit un conte heureux à propos d'une aventure en mer. Bones et Thomas naviguaient vers des contrées lointaines et exploraient comme le faisaient les enfants. Ils ramassaient des pierres, capturaient des lézards (leur donnaient un nom et les libéraient), dormaient à la belle étoile et parlaient à tous les inconnus qu'ils rencontraient sur la terre ferme, racontant leurs aventures. Ils s'appelaient par leurs surnoms et à leur retour à Peaceful Harbor, ils avaient touché la vie de milliers de personnes sur leur passage. Ils savaient que la légende d'Edison et de Bones perdurerait à jamais. Lorsqu'ils retournèrent au port, ils allumèrent un feu de camp sur la plage, échangèrent une poignée de main secrète et se dirent au revoir. Thomas flotta jusqu'à un grand bateau dans le ciel et chaque jour, il parsemait un peu de poudre de miracle sur Bones pour que chaque miracle qu'il réalise contienne une petite partie de Thomas.

Lorsqu'il termina de lire, il attira à nouveau Sarah sur ses genoux, la serrant dans ses bras, sa tête reposant sur sa poitrine.

Il ne prononça pas un mot, mais tout comme dans les moments où ils avaient été le plus proches, il n'avait pas à le faire. Son étreinte aimante et la bonté de Bones Whiskey étaient plus éloquentes que les mots.

PLUS TARD CET après-midi-là, ils se protégèrent de l'air froid de novembre et allèrent à une ferme de sapins de Noël. Bradley courut à toute vitesse entre les arbres, faisant semblant d'être le roi de la forêt, pendant que Lila trébuchait derrière lui à un rythme de tortue. Lorsqu'elle eut trop de retard, elle tomba sur les fesses et elle le pourchassa à quatre pattes ou abandonna au profit de quelque chose qu'elle avait trouvé dans l'herbe avec lequel jouer. Bones dut prendre au moins une centaine de photographies et voler encore plus de baisers.

— Tu avais des sapins de Noël chez toi quand tu étais petite ? demanda Bones en coupant un arbre.

— Oui, mais généralement, ils venaient de la forêt pour que mon père n'ait pas à les payer.

Elle avait mis un point d'honneur à décorer un sapin pour ses enfants chaque année, mais étant donné que sa relation avec Lewis s'était détériorée, cela n'avait jamais été une période heureuse. Et comme tout avec Bones, cette fois-ci était différente. Il s'agissait d'une autre fête de famille. De *sa* famille.

Notre famille ?

— Des cadeaux ? demanda-t-il.

— Hum, hum, dit-elle, pensant au fait qu'ils ressemblaient vraiment à une famille. Quelques-uns. C'était le seul moment de l'année où mes parents essayaient de faire semblant que nous n'étions pas malheureux. Je me souviens que j'avais l'impression de retenir ma respiration toute l'année et que je ne pouvais respirer que ce jour-là.

Tandis que le sapin s'écroulait par terre, il dit :

— Je suis ravi qu'ils aient fait l'effort.

— Moi aussi. Mais je m'attendais toujours à ce que le masque tombe.

Bones posa la scie et enroula ses bras autour d'elle.

— Le masque ne tombera plus jamais.

Il plaça sa bouche à côté de son oreille et d'une voix riche et séduisante qui transformait les entrailles de Sarah en désir liquide, il dit :

— À moins qu'il ne soit suivi par chaque couture de tes vêtements et qu'il ne mène ma bouche jusqu'à ton corps doux et sexy.

Il la distrayait toujours de la meilleure façon.

Quand ils eurent coupé des arbres pour leurs deux maisons, étant donné qu'ils passaient du temps dans les deux, les enfants avaient les joues rouges et étaient exténués. Ils dormirent sur le trajet jusqu'à la maison de Sarah et continuèrent de dormir tandis que Bones installait le sapin. Scott travaillait, ils décidèrent donc d'attendre le lendemain pour le décorer.

Quand les enfants se réveillèrent, ils allèrent chez Bones et y installèrent l'autre sapin. Le jeune homme avait deux boîtes d'ornements. L'une d'elles contenait ce qui ressemblait à un assortiment de décorations qu'il utilisait tous les ans, y compris un élément enveloppé dans du papier de soie, qui s'avéra avoir été fabriqué pour lui par Kennedy. C'était une photographie de la fillette un bras autour de Tinkerbell. Elle avait collé un bord en tissu sur le cadre en carton et écrit « Pour Oncle Boney. Je t'aime, Kennedy » à l'arrière.

— Nous devrions faire ça avec les enfants pour nos sapins, dit Bones en enroulant des lumières colorées autour de l'arbre.

Il ouvrit la deuxième boîte, révélant une douzaine de décorations sûres pour les enfants qui étaient faites en plastique et en caoutchouc, avec de grandes prises en plastique parfaites pour des petits doigts maladroits. Sarah et Bones suspendirent les parures fragiles plus haut, permettant aux enfants d'accrocher les leurs où ils voulaient, avec leur aide, bien entendu. Les enfants installèrent les ornements sur la partie inférieure de l'arbre, avec juste quelques-unes plus haut, ce qui laissa des trous dans l'ensemble.

Sarah n'avait jamais vu un sapin plus beau que celui-là.

Ils éteignirent les plafonniers et branchèrent les lumières de la guirlande. Bradley et Lila applaudirent.

— C'est nous qui avons fait ça ! cria le garçonnet, la fierté brillant dans ses yeux.

— Oh oui, mon pote ! dit Bones en prenant Lila dans ses bras. Prenons une photo.

Il s'agenouilla devant le sapin. Lila assise sur ses genoux, Sarah accroupie à côté de lui et Bradley debout devant eux, Bones tendit le bras qui tenait l'appareil photo et dit :

— Dites « *cheese* ».

Bradley détourna le regard lorsque Bones prit la photographie, il en prit donc une autre. Lila éternua, gâchant ce cliché. Après plusieurs essais, ils finirent par rire et faire des grimaces en prenant des photographies. Même Lila plissa le nez, mais en général, elle se contenta de glousser. C'était une représentation parfaite de leur journée et Sarah ne l'oublierait jamais.

Après le dîner, ils baignèrent les enfants et Bones alluma un feu dans la cheminée pendant que la jeune femme préparait du pop-corn. Ils ouvrirent le canapé-lit dans le salon et se blottirent les uns contre les autres sous les couvertures en regardant *Cars*. Les enfants étaient tellement fatigués qu'ils s'endormirent après seulement quelques minutes. Allongée, ses bébés endormis entre eux, les lumières du sapin étincelant autour d'eux et la chaleur du feu projetant des ombres dansantes sur le sol, Sarah pensa qu'elle devait être la femme la plus heureuse du monde. Mais son esprit se tourna à nouveau vers Josie, lui donnant la sensation d'être suspendue entre deux mondes, voulant faire partie des deux et sachant qu'elle pourrait ne jamais appartenir à l'un d'eux.

— Eh ! murmura Bones. Hawk a appelé pendant que tu préparais le pop-corn. Je sais que tu as peur de le faire, mais avant de refuser, je pensais que je devrais reposer la question. Tu es sûre que tu ne veux pas faire la série de photos dans le magazine ?

— J'en ai vraiment envie, pour les enfants, mais je ne peux pas. Et si mon passé ressortait ? La danse ? Lewis ?

Elle vit la déception *et* la compréhension dans ses yeux. Les deux lui firent du mal, car elle savait qu'il n'était pas déçu *par* elle. Il était déçu *pour* elle.

— Et ça pourrait donner une mauvaise impression à Josie. Elle pense déjà que j'ai une vie parfaite.

— Tu pourrais t'occuper de Lewis en lui faisant signer ces documents, et tu sais, peut-être que ça inspirera Josie, une fois qu'elle te connaîtra et qu'elle saura tout ce que tu as subi. Tu as fait ce que tu avais à faire pour survivre et ça t'a permis d'être là où tu es maintenant. Où *nous* sommes maintenant.

— Je sais, mais tout ce que j'ai subi est gênant.

— Je comprends.

Il baissa les yeux vers les enfants, qui étaient profondément endormis, et dit :

— Si tu crains vraiment que quelqu'un te reconnaisse, tu ne préférerais pas que les enfants l'entendent de toi plutôt que d'un inconnu ? Tu pourrais aborder le sujet avec eux quand ils seront assez vieux. Ils seraient fiers de savoir à quel point tu as été forte.

— Je n'ai pas pensé à ça. J'espérais un peu que le sujet ne sortirait jamais.

— Et peut-être que ce ne sera pas le cas, dit-il de manière encourageante. Mais tu veux vraiment cacher des choses à tes enfants ? Je ne dis pas de leur dire que tu as fait du strip-tease, mais quand ils seront plus grands, ils traverseront des épreuves. Tous les enfants en traversent. Ça pourrait être mieux qu'ils soient au courant que ça t'est arrivé aussi et qu'ils sachent comment tu as géré ça, ce que tu en as appris. Ils ne seront jamais seuls comme toi. Même si quelque chose m'arrive, les amis que tu t'es faits sont des amis pour la vie. J'espère que tu le sais. Les enfants peuvent tirer des leçons de ce que tu as subi. Des leçons sur la manière d'aimer, d'être résistants, de croire en eux.

Tout ce qu'il disait lui semblait vrai, mais être d'accord et vraiment agir étaient deux choses très différentes.

— C'est tellement difficile de savoir ce qu'il faut faire !

— Tu as parlé avec un thérapeute ? J'en connais des bons qui pourraient t'aider à bien y réfléchir.

— Peut-être que je le ferai un jour.

— Quelqu'un qui n'a pas de liaison romantique avec toi pourrait voir les choses différemment et ça pourrait aider. Peut-être que tu pourrais parler de Josie aussi. Je sais que tu as besoin d'arranger les choses avec elle pour être heureuse. Je vois le regard distant dans tes yeux quand les choses vont bien. Il se pourrait que j'interprète mal les choses, mais c'est arrivé plus souvent depuis que tu l'as vue. Nous n'allons pas abandonner, mais nous devons accepter que ça puisse prendre des mois, voire plus, avant qu'elle n'accepte de parler. Ça a beau être difficile, peut-être que nous devons trouver un moyen d'accepter qu'elle impose ses conditions quoi qu'il arrive, quand elle sera prête.

— Je sais que c'est ce que je dois faire. J'essaye et c'est un peu plus facile qu'il y a une semaine, mais j'ai encore l'impression d'avoir un trou noir en moi que rien d'autre ne pourra complètement combler.

— Je sais, chérie. J'aimerais pouvoir arranger les choses.

— Ce n'est pas juste envers toi et les enfants que les pensées à propos de Lewis ou Josie s'immiscent en moi comme ça.

— Nous pouvons y faire face, dit Bones. Ensemble, il n'y a rien que nous ne puissions pas traverser.

Elle y croyait de tout son cœur. Mais comment pouvait-il le savoir quand c'était elle qui restait emmêlée dans cette toile de peur alors qu'il lui proposait une issue, au moins en ce qui concernait Lewis ?

Lewis. Ce salaud qui pouvait revenir n'importe quand et exiger d'être impliqué dans la vie des enfants. Un connard drogué qui lui avait fait des choses horribles. Pourquoi la contrôlait-il encore ?

Elle jeta un œil à ses bébés et ce qu'elle devait faire lui apparut aussi clairement que lorsqu'elle avait compris qu'elle devait partir de chez ses parents et ne jamais y retourner.

— Si j'accepte d'essayer de pousser Lewis à signer ces documents, comment nous le ferions ?

— J'irai le voir, je lui parlerai, je lui montrerai quelle est la bonne chose à faire.

La férocité dans sa voix lui indiqua qu'il ferait tout ce qu'il fallait, mais elle connaissait Lewis. Ou du moins, elle connaissait l'homme qu'il était quand elle l'avait enfin quitté. Il était instable et mauvais.

— Il ne te parlera pas, dit-elle d'une voix tremblante. J'en suis sûre.

— Je ne partirai pas avant qu'il ne le fasse.

— Non, Bones. Ça ne ferait qu'empirer les choses. Il ne peut pas signer les documents sous la contrainte ; ça ne tiendrait pas la route devant un tribunal. Même moi, je le sais.

Elle chercha comment révoquer les droits parentaux sur Google et elle apprit que les documents devaient être certifiés conformes et que s'ils n'étaient pas apportés volontairement, le tribunal pourrait ne pas les approuver. Même s'ils étaient apportés volontairement, il était possible que le tribunal les rejette. Mais elle avait l'impression qu'avec le viol et la drogue, ils avaient un dossier assez solide pour protéger ses enfants.

— Je dois le faire.

— Hors de question. Tu ne t'approcheras pas de lui.

Bones serra la mâchoire tellement fort qu'elle pensa qu'il allait se faire mal.

— Il ne le fera jamais pour toi et il pourrait ne pas le faire pour moi, mais c'est la meilleure chance que j'aie.

— Non, Sarah, dit-il dans un murmure véhément.

— Bones, tu avais raison, dit-elle tout aussi fermement. Il peut revenir n'importe quand et j'en ai assez d'être coincée et d'avoir peur des pires scénarios. Je les ai déjà traversés. Je ne veux pas y être enchaînée pour toujours. Ça me suffit de devoir accepter la possibilité d'avoir peut-être perdu ma sœur. Je ne vais pas perdre mes enfants à cause de lui.

Lorsqu'elle prononça ces mots, ils devinrent encore plus importants. Elle devait le faire, autant pour elle que pour ses enfants.

Elle devait tenir tête à Lewis.

— Je vais le faire, Bones. Pour une fois dans ma vie, je refuse de fuir. Alors, faisons ce qu'il faut pour préparer les documents, et ensuite, nous irons le voir ensemble. Tu peux même emmener tes frères si tu veux.

Il plissa les yeux.

— Je n'ai pas besoin d'emmener qui que ce soit d'autre pour te protéger. S'il s'approche de toi, c'est un homme mort.

CHAPITRE VINGT-DEUX

Au cours de la semaine suivante, Bones et Sarah préparèrent les documents que Lewis devrait signer. Sarah essaya de se faire à l'idée qu'ils allaient *vraiment* affronter son ex. Elle en avait parlé à Tracey et celle-ci lui avait dit qu'elle était courageuse *et* stupide. Sarah était d'accord, mais elle choisit de s'accrocher à la partie sur le courage. Scott voulait les accompagner, mais à un niveau indéfinissable, il lui rappelait qu'elle avait échoué avec Josie. C'était peut-être parce qu'ils avaient toujours été tous les trois dans l'enfance. Elle ne pouvait pas mettre le doigt dessus et cela ne minimisait pas sa relation avec son frère, mais quand elle pensait à son enfance, elle se sentait plus faible et ce jour-là, elle avait besoin de force. Ce jour-là, elle avait besoin d'être impénétrable.

Tandis qu'ils traversaient en voiture les routes rurales de Baltimore, elle regarda le dossier contenant les documents de révocation posés sur le siège. Le plan était qu'il les signe à la banque qui se trouvait à dix minutes de là. Ils avaient déjà parlé au directeur et un notaire les attendait. Son cœur battait plus fort à chaque point de repère : la boîte aux lettres rouge au bout de la rue, la route qui menait à une ferme abandonnée, les bois qui longeaient la route menant à la maison de Lewis. Elle savait qu'elle avait pris la bonne décision. Grâce à Bones, elle se sentait forte et être dans son gros pick-up noir avec l'emblème des Dark Knights à l'arrière lui donnait l'impression de l'être encore plus.

Aujourd'hui, je suis la Dame de fer enceinte.

Sarah jeta un coup d'œil à Bones. Il était toujours dur à cuire, mais rien n'aurait pu la préparer à l'homme redoutable qui était assis à côté d'elle. Une *aura* sombre l'enveloppait, comme si un ouragan de rage était coincé sous tout ce cuir noir et ce jean. Ses yeux sombres étaient plissés et incroyablement concentrés sur la route devant eux, mais elle le connaissait suffisamment bien pour réaliser qu'il établissait une stratégie, passant en revue toutes les éventualités dans son esprit brillant. Ses grandes mains agrippaient le volant de manière que ses biceps étiraient ses manches noires en cuir. Il semblait plus puissant que la vie elle-même. *Une force imparable.* Encore plus imposant que la veille, quand il avait fait les cent pas comme un animal en cage, mémorisant le plan de la maison de Lewis, lui demandant quelles armes il avait, comment il se comportait quand il était drogué et quand il était complètement bourré. Il lui avait posé des questions sur ses amis, ses habitudes et toute une série d'autres qu'il lui avait déjà posées. Mais elle savait que cela lui permettait de garantir que tous les fronts étaient couverts et ceux de Sarah aussi, en lui demandant pour la énième fois si elle était sûre de vouloir faire cela.

Elle n'allait pas faire marche arrière.

Même si elle avait l'impression que son cœur battait si fort qu'il allait sortir de sa poitrine.

Tandis qu'ils dépassaient les bois denses qui menaient jusqu'à la propriété de Lewis, elle indiqua :

— C'est après tous ces buissons et juste avant le gros arbre.

Bones lui prit la main, la serrant lorsqu'il dit :

— Si tu changes d'avis…

— Je ne vais pas changer d'avis. Je dois le faire, répondit-elle sèchement.

Il tourna dans l'allée, lui tenant toujours la main, et leva le pied de l'accélérateur, ralentissant en balayant la propriété du regard. L'herbe était presque morte et recouverte de feuilles sèches. Les arbres ressemblaient à des squelettes furieux, sombres et flétris, avec des branches pointues et de la mousse montant le long des troncs. Sarah enroula ses bras autour de son ventre tandis que la maison de type ranch miteux et jaune apparaissait. Les mauvais souvenirs frappèrent Sarah. La panique inonda sa poitrine, mais elle s'obligea à respirer pour la traverser.

Il ne pouvait pas lui faire de mal. Plus maintenant.

Son instinct la poussait à détourner les yeux de la maison qui l'avait attirée avec de l'espoir et l'avait massacrée par la douleur, mais elle s'obligea à la regarder, à se souvenir. La première fois qu'elle avait vu sa maison, l'attention que Lewis lui portait l'avait rendue folle de joie, à tel point qu'elle n'avait pas remarqué l'évidence, comme les buissons morts sous les fenêtres à l'avant et les zones sombres où il y avait un jour eu des volets. Elle avait demandé à Lewis s'ils pouvaient les remplacer, mais comme pour tout le reste, il n'avait pas tenu sa promesse.

La maison donnait l'impression d'être en train de mourir, tout comme Sarah l'avait été. Elle la fixa du regard, souhaitant enfin *affronter* tout cela : sa stupidité de jeune fille et son courage le jour où elle était partie. Elle se souvenait de l'odeur de drogue, de transpiration et de désolation qui régnait le dernier soir, le soir de la fête. La peur qui l'avait submergée quand Lewis avait ouvert la porte de la chambre où elle se cachait avec les bébés. La colère qui avait mijoté, chaude comme les flammes, tandis qu'elle avait rassemblé ses enfants, son argent et ses clés le soir où elle était partie et où elle s'était tenue devant la maison, tentée d'y mettre le feu avec lui et ses monstres à l'intérieur. Se seraient-ils réveillés et l'auraient-ils pourchassée ou le cauchemar aurait-il été terminé pour toujours ?

Cela n'avait pas d'importance, car elle n'était pas capable de faire autant de mal.

— Trois voitures ? À lui ?

La voix de Bones fit sortir Sarah de ses pensées en sursautant et elle remarqua les trois vieilles guimbardes garées à l'avant. La vitre arrière de l'une d'elles était réparée avec du carton et du ruban adhésif. Les deux autres étaient quelconques.

— Je ne les reconnais pas, dit-elle.

Sa voix semblait tremblante et étrange.

Bones s'arrêta derrière les véhicules et posa ses yeux sérieux sur elle. Ils s'adoucirent quelque peu lorsqu'il tendit la main et qu'il lui caressa la joue. Elle ferma les paupières une seconde, s'imprégnant de son amour. Lorsqu'elle les ouvrit à nouveau, Bones baissa la main vers son ventre et son regard devint sérieux.

— Tu as dit qu'il n'avait pas d'armes à feu chez lui, pas vrai ?

— Non, dit-elle.

Puis elle réalisa qu'elle était partie des mois auparavant.

— Du moins, pas quand je vivais ici. Il n'en a jamais eu besoin. Il utilisait mes enfants contre moi.

Les traits de Bones se durcirent.

— Je ne le laisserai *jamais* s'approcher de toi. Tu m'entends, Sarah ? Peu importe ce qu'il fait, je suis ton bouclier, ta force de frappe. Peu importe qui est dans cette maison et combien ils sont. Je les mettrai tous au tapis pour te protéger. Mais tu dois me promettre quelque chose.

Elle déglutit difficilement, incapable de hocher la tête à

cause de la peur qui s'agrippait à elle.

— Je laisse les clés sur le contact. Si tu prends peur ou que les choses échappent à notre contrôle, je veux que tu montes dans le pick-up et que tu partes. Tu m'entends.

— Je ne t'abandonnerai pas.

— Je m'en sortirai. Les secrets dont je ne t'ai pas parlé, il s'agit de ce genre de choses. Obliger des salauds à faire ce qu'il faut, protéger des femmes et des enfants. Je suis un Dark Knight. J'ai été entraîné pour ce genre de truc depuis que je suis enfant et je l'ai mis en pratique plus souvent que je ne veux l'admettre.

Il posa ses lèvres sur celles de Sarah, lui donnant un baiser si doux qu'elle se demanda si elle l'avait rêvé après sa déclaration ardente.

— Je n'ai jamais perdu de bataille, chérie. Je ne vais pas perdre la guerre.

Oh ! Merde !

Bones sortit du pick-up et la voix dans la tête de Sarah cria : *Bon sang ! Rentre chez toi et espère ne plus jamais avoir à regarder son horrible visage.* Elle réfléchit à une manière de faire machine arrière et elle sut que Bones la soutiendrait dans sa décision.

Il ouvrit la portière avec un avertissement dans les yeux.

— Tu devrais partir. Laisse-moi gérer ça et viens me chercher quand ce sera fini. Je t'enverrai un message.

— Pas question !

Elle sortit du pick-up, sans trop savoir d'où lui venait sa force et dit :

— Ce salaud m'a *violée*. Il a menacé mes *enfants*. Je vais lui dire exactement ce que je pense de lui et il ferait mieux de signer ces papiers !

LA VACHE ! UN feu fait rage à l'intérieur de ma femme. Bones était sacrément fier de Sarah, mais son violeur était derrière cette porte et aucun d'eux ne savait ce qui se passerait quand leurs regards se croiseraient.

Il mit cette fierté de côté pour l'en couvrir plus tard, quand elle serait en sécurité, loin de ce salaud, et il dit :

— Reste derrière moi. Je t'aime et je crois en toi, mais je veux qu'il y ait une distance de sécurité entre lui et toi, compris ?

Sarah hocha la tête, les yeux écarquillés, une partie de son courage s'effaçant de son visage.

Merde ! Il détestait cette pagaille quand il devait le faire pour des inconnus. Le faire pour Sarah lui donnait envie d'enfoncer la satanée porte et de mettre ce salaud en pièces. Mais ce n'était pas comme ça que Lewis signerait les papiers.

Tandis qu'ils s'approchaient de la marche bancale menant à la porte d'entrée, du rock braillait à l'intérieur de la maison. Les mains de Sarah étaient posées sur son ventre, son visage luisant d'un mélange de rage et de peur. L'envie de mettre ses belles fesses dans son pick-up et d'exiger qu'elle parte était tellement forte que Bones dut se détourner lorsqu'il dit :

— Reste là.

Il avait parlé à un ami thérapeute de son désir de ne pas laisser Sarah l'accompagner, mais celui-ci lui avait dit que c'était une mauvaise idée. L'homme avait expliqué que si Bones pouvait garantir sa sécurité, elle avait besoin de cette opportunité pour se prouver à elle-même – pas à Bones ni à Lewis – qu'elle pouvait se défendre. C'était sa bataille, bien plus qu'il ne s'agissait de la leur.

Il le comprenait.

Et il détestait cela.

Il remplit ses poumons et redressa les épaules, étirant le cou de chaque côté, souple et prêt pour tout ce qui pourrait se passer. Adressant un dernier coup d'œil à sa petite amie, qui hocha la tête, irradiant l'assurance d'Al Capone en mission, il tapa deux coups *forts* à la porte. Quelques secondes plus tard, il recommença.

La porte s'ouvrit brusquement et une ombre de l'homme que Bones avait vu en ligne quand il avait recherché ce salaud sur Google se tint devant lui, d'environ un mètre soixante-dix-huit, les joues creuses et la peau cireuse. Des cheveux sombres et fins pendaient au-dessus d'yeux froids et morts et l'élément identificateur que Bones recherchait, une marque de naissance sur le côté gauche de la mâchoire, lui donna la confirmation dont il avait besoin. Le Dark Knight regarda les deux femmes à demi nues et droguées sur le canapé, derrière lui. L'idée que Sarah et ses enfants avaient vécu dans cette maison, avec ce salaud perturbé, le fit foncer en avant.

— Qui es-tu, bordel ? demanda Lewis.

— Quelqu'un que tu ne veux pas connaître, dit Bones avec colère.

Les yeux de l'homme se déplacèrent vers Sarah, par-dessus l'épaule du colosse. Un sourire sardonique se glissa sur ses lèvres.

— Regardez qui est venu en redemander à genoux ! T'as fait quoi ? T'es tombée enceinte à la minute où tu es partie ?

Bones l'agrippa par le col et le souleva, le claquant contre la porte.

— Tu ne la regardes pas. Tu me regardes, moi, connard, et il n'y aura pas de problème. Mais si tu la regardes, je ferai passer ta putain de tête à travers le mur.

Bones capta un mouvement du coin de l'œil. L'une des femmes sur le canapé tendait la main vers quelque chose sur la table.

— Ne bouge pas d'un poil ou il est mort ! dit-il avec colère.

Elle s'affala à nouveau contre les coussins.

Il sentit Sarah s'approcher et dit :

— Sarah, reste derrière.

Lewis se débattit.

— Qu'est-ce que tu fous, mec ? Tu l'as mise en cloque et maintenant, tu n'en veux pas ?

Bones relâcha suffisamment sa prise pour que Lewis glisse d'un centimètre en avant. Puis il heurta l'arrière de sa tête contre la porte. Tandis que le drogué essayait de cligner des yeux pour clarifier sa vue, Bones parla, la mâchoire serrée.

— Tu ne parles pas. Tu écoutes.

Il attendit un instant, donnant à Sarah l'occasion d'exprimer ce qu'elle avait à dire. Voyant qu'elle ne le faisait pas, il ajouta :

— Nous sommes là pour une raison. Tu vas signer des documents pour renoncer à tes droits parentaux et ensuite, tu ne penseras plus jamais ni à Sarah ni aux enfants.

Lewis rit.

— C'est ça que tu veux ? D'après moi, ces abrutis valent au moins dix mille dollars chacun.

— Enfoiré…

Bones recula pour lui donner un coup de poing.

— Attends !

Le motard s'immobilisa quand Sarah le lui demanda, ses jointures mordant la poitrine de Lewis. Il lui fallut faire appel à toute sa force pour ne pas casser la mâchoire de ce salaud. Lewis trembla en dépit de son attitude arrogante. Ses yeux changèrent de direction et Bones se déplaça en même temps, l'empêchant de voir Sarah.

— Regarde-moi, connard !

— Tu veux de l'*argent* ? cria Sarah. Tu as *dépensé* mes économies. Tu as *vendu* ma voiture. Tu as *volé* ma dignité. Tu as eu des centaines de chances de faire ce qu'il fallait, d'être différent de ton père, et tu as tout foutu en l'air. Maintenant, tu veux *vendre* tes enfants ? Leur seule chance d'avoir une vie heureuse, c'est que tu n'en fasses pas partie.

— Dix mille dollars chacun, dit Lewis, les yeux rivés sur Bones.

— Tu n'auras pas un centime, fils de pute ! cria Sarah.

Bones entendit les larmes dans sa voix.

— Je pensais que tu pourrais faire une chose décente dans ta vie pitoyable, mais je suppose que non.

— J'ai fait quelque chose de décent. J'ai accueilli ton cul de traînée.

Le craquement qui résonna quand le poing de Bones atterrit sur sa mâchoire couvrit le bruit du coup de la tête de Lewis contre la porte et les cris des femmes.

Du sang sortit de la bouche de l'homme tandis qu'il levait la tête, ses yeux roulant dans leurs orbites lorsqu'il dit :

— Oh, tu ne savais pas qu'elle écartait les jambes pour tous les hommes qui avaient quelques dollars à dépenser ? Exactement. Elle se vendait…

Ses mots se perdirent dans un déluge de coups de poing. Aveuglé par la rage, Bones ne réfléchit pas, ne sentit pas, ne lui accorda aucune importance tandis qu'il abattait un poing après l'autre jusqu'à ce que son adversaire soit mou et ensanglanté sur le sol du salon et que les cris des femmes percent sa fureur. Tandis qu'il inclinait son poing pour le frapper à nouveau, il réalisa qu'il n'entendait pas Sarah et il s'obligea à se redresser et à sortir par la porte.

Il la vit se précipiter dans l'allée aux côtés de Bullet. *Merde !* Il sauta dans le pick-up et avança à toute vitesse vers eux, la mâchoire serrée, se demandant comment son frère avait découvert ce qui se passait.

Il gara le véhicule et en sortit d'un bond.

— Je vais me charger de cette ordure, dit Bullet entre ses dents. Ramène ta femme à la maison, mais, mec, je crois qu'elle a besoin d'espace.

Bullet se précipita vers la maison et Bones passa un bras autour de Sarah, mais elle s'écarta de lui.

— Sarah, bébé, monte dans le pick-up.

Elle secoua la tête, des larmes coulant le long de ses joues.

— Sarah, monte, s'il te plaît. Ce qu'il a dit n'a pas d'importance.

Elle ouvrit la bouche pour parler, mais des sanglots éclatèrent. Il l'attira dans ses bras et cette fois, elle ne s'écarta pas. Il la guida vers le siège passager et attacha sa ceinture. Puis il les éloigna de là.

Lorsqu'ils atteignirent la route principale, il prit la main de Sarah, mais elle recula, se blottissant contre la portière. Il remarqua la moto de Bullet garée dans les buissons. *Satané Bullet ! Comment j'ai pu ne pas voir sa moto à l'aller ?*

Il n'avait pas le temps de s'inquiéter à ce propos. Il devait rétablir la connexion avec sa compagne. Il pensait que la distance pourrait l'aider à se calmer, mais après vingt minutes de trajet, tandis qu'ils s'engageaient sur l'autoroute, elle sanglotait encore.

— Sarah, chérie, s'il te plaît, ne laisse pas les mots de ce salaud se mettre entre nous. *Rien* ne changera ce que je ressens pour toi.

Elle ne le regarda pas lorsqu'elle secoua la tête.

— Sarah…

— Arrête. *S'il te plaît,* dit-elle d'une voix étranglée. Je ne peux pas faire ça maintenant. Je suis désolée, mais je ne peux *pas*. J'ai besoin d'être seule avec mes bébés. S'il te plaît, ramène-moi à la maison.

Il ne savait pas si Sarah était en colère contre lui parce qu'il avait suggéré cette satanée débâcle, si elle était blessée par ce que ce fils de pute avait dit sur elle ou si elle était atterrée par la manière dont il avait perdu la tête avec Lewis. Bones n'avait jamais ressenti une rage aussi dévorante. Il avait été tellement alimenté par la haine, assoiffé de sang ! Sans les cris effrayés des femmes droguées sur le canapé, il n'était pas certain qu'il se serait arrêté.

Il avait perdu la tête.

Il espérait juste ne pas avoir perdu Sarah.

CHAPITRE VINGT-TROIS

Sarah se rua par la porte d'entrée, se souvint que les enfants dormaient et la ferma aussi silencieusement que possible, telle une barrière entre elle et tout ce qui s'était passé, une barrière entre Bones et elle. Elle posa ses mains à plat sur la porte. Son front toucha le bois frais tandis que des larmes coulaient sur ses joues. Elle ferma les yeux pour s'en protéger, mais la douleur des accusations de Lewis la coupait trop profondément.

— Sarah ? dit Scott derrière elle, ce qui provoqua plus de larmes.

Elle haleta pour essayer de se libérer de l'angoisse déchirante, mais cela la fit juste pleurer plus fort. Son frère tendit la main vers elle, mais elle s'en écarta et tourna la tête dans un effort vain pour cacher ses sanglots.

— Arrête. Je suis désolée, mais je ne peux pas, pour l'instant. *J'ai besoin de mes bébés.*

Elle avança d'un pas tremblant le long du couloir, le mot « pourquoi » se répétant dans sa tête comme une supplication.

— Que s'est-il passé ?

Toujours incapable de lui faire face, elle dit :

— Le pire est arrivé.

— Je vais appeler Bones, dit Scott.

Sarah se retourna et dit :

— Non. C'est *ma* pagaille, pas la sienne. J'ai juste… J'ai juste besoin de temps. S'il te plaît, Scott.

Elle entra dans la chambre des enfants et ferma la porte, ayant besoin d'être près d'eux même s'ils dormaient. Elle s'appuya contre le battant et ferma les yeux. Si seulement elle avait dit la vérité à Bones, elle n'aurait pas été dans cette pagaille ! Mais comment aurait-elle pu la lui dire ? Elle ne l'avait même pas dit à Reagan ou à Scott.

Jusqu'où une personne pouvait-elle survivre à la douleur et à l'humiliation ?

Elle essaya de passer en mode « maman », ce qui lui donnait toujours de la force, mais putain…

Elle n'était pas sûre de pouvoir le faire.

Elle serra les dents et laissa sa tête retomber en arrière. *S'il vous plaît, donnez-moi de la force. S'il vous plaît.* Elle ne savait même pas à qui ou à quoi elle le demandait. Comment pourrait-il y avoir une force supérieure alors qu'il s'était passé une chose pareille ?

Elle n'avait personne d'autre sur qui compter. Elle l'avait toujours su. Si elle devait survivre, cela devrait venir d'elle-même. Elle s'essuya les yeux, se disant qu'elle pourrait traverser cette épreuve même si elle ne savait pas vraiment comment.

Elle se dirigea vers le petit lit dans lequel Lila était profondément endormie, son hérisson à côté de ses jambes. Sarah avait mal au cœur lorsqu'elle tendit la main vers elle et qu'elle caressa la joue de son bébé. *Je ne te mettrai jamais dans une situation où tu devras faire face à ce genre de choses. Je ne laisserai jamais personne te faire du mal.*

La voix de Bones résonna fermement dans son esprit : *Je ne le laisserai jamais t'approcher. Tu m'entends, Sarah ? Peu importe ce qu'il fait, je suis ton bouclier, ta force de frappe.* Cela provoqua d'autres larmes.

Il avait tenu sa promesse. Il tenait toujours ses promesses.

Comment pourrait-il la regarder à nouveau de la même façon ? Elle savait qu'elle ne le regarderait plus jamais de la même façon. Elle ne savait pas qu'il était capable de faire preuve d'une rage comme celle qu'il avait exprimée ce soir-là.

Pour moi.

Pourtant, curieusement, quand Bones était venu la chercher quand elle avait fui pour essayer d'échapper à l'humiliation et à la douleur des attaques verbales de Lewis, il était calme et protecteur et non pas furieux et incontrôlable, en dépit du sang sur ses vêtements, ses mains et ses muscles contractés. Il l'avait *protégée*, il s'était mis en danger *pour* elle, sans une trace d'hésitation ou de peur. Savoir de quoi il était capable aurait dû effrayer Sarah, mais ce n'était pas le cas. Elle savait à quel point Bones était bon dans le fond. À vrai dire, elle s'était sentie forte, non seulement parce qu'il croyait en elle, mais parce qu'il désirait la protéger. Et en raison de la puissance qu'il maîtrisait avec tant de dextérité, la puissance qu'elle avait aperçue au cours des dernières semaines chaque fois qu'ils avaient parlé de Lewis ou des parents de Sarah.

Elle tira la couverture sur Lila et se dirigea vers le lit où son petit homme dormait, serrant le stéthoscope en plastique de la panoplie de docteur que Bones lui avait offerte à la fête d'anniversaire de Lila. Elle s'assit sur le bord du lit, priant pour que Bradley reste aussi innocent et aimable qu'il l'était à présent et espérant que les gènes de son père ne le briseraient pas. Elle s'allongea à côté de lui et se dit que si Scott était merveilleux, Bradley pouvait l'être aussi. Elle pensa à Josie et se demanda quel genre de mère elle était, quel genre de personne. Cédait-elle à la colère comme leurs parents l'avaient fait ? Humiliait-elle son fils ? Elle semblait protectrice, mais que se passerait-il si elle avait hérité de la méchanceté et du mauvais caractère de ses parents et qu'elle ne voulait pas avoir affaire à Sarah ou Scott parce qu'elle ne voulait pas qu'ils le sachent ?

La jeune femme ferma les yeux et essaya de retenir ses larmes. Le regard compatissant de Bones la fixa dans l'obscurité. *S'il te plaît, ne laisse pas les mots de ce salaud se mettre entre nous. Rien ne changera ce que je ressens pour toi.*

Lewis était effectivement un salaud. Un salaud de menteur, violeur et proxénète.

Mais Bones ne l'était pas et il méritait de connaître la vérité.

Elle ouvrit les yeux, regardant son petit garçon. Bones avait-il raison ? Devrait-elle leur parler de la laideur de son passé quand ils seraient plus grands ? Comment pourrait-elle les regarder dans les yeux, des yeux pleins de confiance, et faire éclater leur bulle à propos de la personne qu'ils pensaient qu'elle était ?

Comment pourrais-je vivre une vie de mensonges avec eux ?
La vie n'est pas juste.

Et voilà ce qu'elle avait essayé de fuir depuis toujours. *L'apitoiement sur elle-même.* N'en méritait-elle pas un peu ? N'avait-elle pas assez souffert ? Quand le cauchemar s'arrêterait-il ? Serait-ce le cas un jour ?

Son téléphone vibra dans sa poche. Sachant qu'il s'agirait d'un message de Bones, elle sortit l'appareil et lut. *Je suis désolé si je t'ai fait peur. S'il te plaît, parle-moi.*

La culpabilité et la douleur la traversèrent comme des lames de rasoir.

Un autre message apparut. *J'étais sérieux. Rien ne changera mon amour pour toi.*

Elle se redressa, fixant l'écran des yeux, souhaitant désespérément lui envoyer un message. Mais que pouvait-elle bien dire ? *Tu ne me regarderas plus jamais de la même façon quand tu connaîtras la vérité ?* Il y avait trop à taper, mais elle savait ce qu'elle avait à faire. Prenant une nouvelle profonde inspiration, puis une autre parce que ses poumons refusaient tout simplement de se remplir, elle embrassa ses bébés une dernière fois et traversa le couloir vers sa propre chambre.

Elle prit un stylo et le cahier sur la couverture duquel était écrit « Que tes rêves soient plus grands que tes peurs ». Elle redressa les oreillers contre la tête de lit et s'installa, posant le stylo sur le papier.

Trouver où commencer était facile.

Je suis venue au monde sous le nom de Sarah Marie Beck-ley. Ma mère m'a dit un jour que j'étais trois kilogrammes deux cents de problèmes. Je pense que, de son point de vue, c'était la vérité, car les bébés causent des ennuis. Ils sont désordonnés, bruyants et on peut dire qu'ils n'écoutent pas ce qu'on leur dit. Mais vous savez ce qu'on dit : le cauchemar d'une personne est le rêve d'une autre. Ce que mes parents considéraient comme des ennuis sont les aspects les plus merveilleux pour les bébés : voir et faire les choses pour la première fois, compter sur autrui pour rester en vie, en sécurité et heureux, pour leur apprendre des choses sur la vie et l'amour, la perte, le chagrin. Je ne crois pas que mes parents aient été faits pour avoir des enfants. Malheureusement, ils m'ont dit et m'ont enseigné des choses comme la manière dont on ne doit pas traiter un enfant et le fait que l'esprit humain peut tout surmonter, même si les autres essayent de toutes leurs forces de le démoraliser.

Elle écrivit pendant des heures, versant les détails de sa vie sur les pages. Le dégoût du strip-tease et la joie de parler avec les autres filles dans les coulisses entre deux danses. Les filles qui savaient ce que cela signifiait que d'être irritée parce qu'un homme l'avait touchée même si elle montrait son corps. Car se déshabiller était un choix, mais être malmenée ne l'était pas.

Elle écrivit à propos de la peur qu'elle essayait tellement de cacher chaque jour quand elle était en public et de la façon dont, auparavant, elle cachait son visage dans un oreiller la nuit, chez ses parents, pour qu'ils ne l'entendent pas pleurer. La manière dont, au cours de son enfance, elle allait se coucher tous les soirs en priant pour que ses parents soient meilleurs le lendemain matin et pour qu'ils ne tuent pas Scott au passage. Elle raconta la recherche de Josie et le vide qu'elle avait ressenti à chaque tournant, ainsi que son enthousiasme enfantin à l'idée de rencontrer Lewis et la manière dont leur connexion avait faibli et s'était effilochée. Elle décrivit la joie insurmontable qu'elle avait ressentie à la naissance de ses bébés. Elle n'avait pas imaginé qu'il était possible d'aimer quelqu'un aussi profondément et instantanément. Elle n'omit rien, écrivant sur la manière dont les choses s'étaient détériorées avec Lewis et les heures qu'elle avait passées à essayer de planifier sa fuite avec les enfants. Elle ne s'était jamais sentie aussi impuissante que pendant ces quelques mois pénibles.

Elle raconta qu'elle n'avait su que trop tard qu'elle n'avait fait qu'égratigner la surface de l'impuissance.

Une page misérable après l'autre prenait vie tandis qu'elle décrivait l'horrible nuit où elle avait enfin quitté Lewis, révélant à quoi ressemblaient vraiment les profondeurs troubles de l'impuissance. Son téléphone vibra plusieurs fois, mais elle l'ignora, ayant besoin de vider son sac une bonne fois pour toutes.

Je me souviens du bruit de la fête, de l'odeur de la drogue et de la sueur, de l'intensité avec laquelle je priais pour que la soirée s'achève parce que je ne pouvais plus le supporter. J'en avais assez. Même si je devais rejoindre la ville à pied, j'avais l'intention de partir à la seconde où ils s'endormiraient ou quitteraient la maison. Quand le bruit a faibli, l'espoir est monté en moi : peut-être qu'ils étaient partis ou qu'ils étaient sur le point de partir. Les enfants dormaient et je faisais les cent pas dans la chambre, pensant aux choses que je voulais prendre dans cette pièce, planifiant notre fuite ultime. Puis Lewis a ouvert la porte de la pièce. Je pensais qu'il allait me dire qu'il partait, car il avait son sourire démoniaque sur le visage. Et j'étais heureuse, tellement heureuse que je pense avoir peut-être souri aussi. Et ensuite, il m'a dit qu'il avait besoin de moi. Je croyais qu'il parlait de sexe, alors j'ai refusé. J'ai dit que j'étais malade et que je devais rester avec les enfants. C'est à ce moment-là que trois hommes sont apparus derrière lui. Ils étaient répugnants, en sueur, mal rasés et sales. Tout a changé en un instant. Il a agrippé mon bras et m'a tirée hors de la pièce. J'ai lutté et il a dit que si je voulais revoir mes enfants, je devais faire ce qu'il me disait. Dans ma tête, je n'avais pas le choix. C'étaient mes bébés.

Des larmes tombèrent sur la page et elle se pencha en arrière pour qu'elles ne gouttent pas sur l'encre, mais elle ne voulait pas arrêter d'écrire ; elle ne pouvait pas.

Il m'a jetée dans la chambre et m'a dit de retirer mon pantalon. J'étais paralysée, effrayée, sous le choc. Et j'étais en colère. Tellement en colère que je pleurais et me débattais même s'il avait menacé les enfants. Tout est arrivé si vite ensuite. Il a arraché mon pantalon tandis qu'un autre homme me maintenait immobile, puis je me suis retrouvée sur le lit et il a demandé de l'argent à chacun d'eux. Il l'a jeté sur la commode et leur a dit qu'ils ne pouvaient pas me baiser à moins de mettre des préservatifs parce qu'il ne voulait pas avoir une autre satanée bouche à nourrir. Je suppliais, jurais, essayais de m'enfuir, mais ils étaient imposants et ça a été horrible. J'ai fini par fermer les yeux et par me dire de me laisser faire pour que tout soit terminé, pour que je puisse mettre les enfants en sécurité. Tout cela n'a pas duré longtemps. Ou peut-être que si. Je ne sais pas. Cela m'a semblé durer des heures et un instant en même temps. Je crois que j'ai perdu connaissance ou que je me suis obligée à me détacher de l'événement. Ensuite, j'avais mal et j'avais peur de bouger. Je ne savais pas si c'était terminé. Si c'était le moment où ma vie s'arrêtait ou si quelqu'un d'autre entrerait par cette porte et me ferait des choses horribles. Je suis restée allongée là, attendant dans la pièce vide pendant si longtemps. Puis quelque chose en moi s'est enfin éveillé. J'ai pu le sentir, comme l'un de ces bâtons lumineux qui sont sans vie jusqu'à ce qu'on fasse craquer quelque chose à l'intérieur. Je n'allais pas mourir de sa main et je n'allais certainement plus jamais le laisser s'approcher de mes bébés. Je me suis précipitée dans la chambre des enfants. Je me souviens encore que ces porcs riaient et buvaient dans le salon tandis que je poussais la commode contre la porte de la chambre. Puis j'ai attendu en silence. Mais cette fois, je n'étais pas paralysée ou effrayée. J'étais prête. Ne repérant plus de bruit pendant longtemps, j'ai entrouvert la porte de la chambre et j'ai entendu des ronflements. Je suis sortie sur la pointe des pieds, ils étaient tous endormis. Je me suis précipitée dans la chambre où ils m'avaient violée et j'ai pris l'argent dans la commode. J'ai attrapé le premier trousseau de clés que j'ai trouvé et plus d'argent sur la table basse. Puis j'ai maintenu la porte d'entrée ouverte avec la cale pour qu'elle ne me pose pas de problème, je suis allée chercher les enfants et je suis partie.

Elle respirait tellement fort que son écriture était presque illisible, mais elle s'en fichait. Elle dévoilait la vérité et elle sentait le poids de son secret s'alléger dans son âme. C'était si bon qu'elle continua à écrire, racontant qu'elle avait pensé à mettre le feu à la maison, mais elle n'était ni une traînée ni une tueuse. Elle raconta le trajet avec les enfants attachés à l'arrière parce qu'elle avait pris la voiture d'un des hommes, pas celle de Lewis, et qu'elle n'avait pas de sièges auto.

Écrire à propos des conséquences était aussi inspirant qu'effrayant. Trouver Scott, puis être sur le point de le perdre ainsi que les enfants, cela couvrit plusieurs pages de larmes. Les mots se brouillaient tandis qu'elle racontait le moment où Josie était venue à l'hôpital, le regard silencieux qu'elles avaient échangé pendant une bonne minute ou deux avant qu'elles ne prononcent le moindre mot. La déconnexion qu'elle avait ressentie envers la fille avec qui elle avait un jour tout partagé et, quand Josie était sortie de l'hôpital, la sensation de retourner plusieurs années dans le passé, au jour où elle avait réalisé que sa sœur était vraiment partie.

Au petit jour, elle écrivit en détail ce qu'elle avait ressenti quand elle avait vu Bones pour la première fois dans sa blouse de médecin blanche, avec ses yeux terriblement compatissants et un sourire qui lui avait inexplicablement donné l'impression d'être en sécurité. La manière dont il lui avait pris la main, l'écoutant sans la juger et la réconfortant lorsqu'elle pleurait. Elle raconta qu'il avait continué à lui rendre visite, illuminant ces terribles jours effrayants et y apportant de l'espoir quand sa famille était dans des lits d'hôpitaux et ensuite, quand il était venu chez eux avec des cadeaux pour les enfants. Elle continua d'écrire, relatant ce qu'elle avait ressenti en l'ayant à ses côtés quand ils sortaient avec tout le monde avant de commencer à sortir ensemble. Il était toujours avec eux, l'aidant avec les bébés, prenant soin d'eux et d'elle comme personne ne l'avait jamais fait.

Puis, elle écrivit à propos de ce dont Bones avait été témoin, car dans certains cas, il était plus facile d'écrire que de parler à voix haute.

Quand Lewis a dit ces choses horribles, ma première pensée a été qu'il s'agissait de terribles mensonges. Le problème, c'était qu'il les ait dites devant toi. Je sais que nous n'oublierons jamais ce qu'il a dit. La laideur et les mensonges ont le chic pour tacher les esprits d'une manière dont la vérité n'a jamais besoin. Quand je suis partie avec les enfants, je voulais laisser tout ce qui concernait cette horrible nuit derrière moi. C'est pourquoi je ne t'ai pas dit ce qu'il m'a fait. Je parle des gens qui font tomber leur masque et généralement, je considère que cela a quelque chose à voir avec le fait qu'ils révèlent leurs démons cachés. Quand j'ai quitté Lewis, j'ai fait tomber le mien. Mais dans mon cas, je me suis débarrassée de l'horreur de ces démons.

J'ai fait beaucoup de choses dont je ne suis pas fière au cours de ma vie, mais je n'ai jamais vendu mon corps. Et je n'ai jamais aimé un homme comme je t'aime. J'espère que tu pourras me pardonner.

Elle se pencha en arrière et jeta un coup d'œil à l'horloge. *5 h 58.*

Elle ferma les yeux assez longtemps pour prendre quelques profondes inspirations. Elle n'arrivait pas à croire qu'elle avait tout fait sortir, tous les morceaux laids de sa vie. À présent, il était temps de voir si elle pouvait sauver les belles parties.

Elle prit son téléphone, voyant les messages de Bones, mais ne prenant pas le temps de les lire. Elle lui téléphona et il décrocha à la première sonnerie.

— Sarah, dit-il avec inquiétude.

— Je suis désolée…

— Dis-moi juste que tu vas bien.

Elle ferma les yeux face à la brûlure des larmes.

— Je ne vais pas encore bien, mais j'essaye d'y arriver. Si tu es d'accord, j'aimerais vraiment te voir.

— Ouvre la porte d'entrée, chérie.

LA PORTE S'OUVRIT et Sarah se présenta, portant les mêmes vêtements que la veille, tenant l'un des cahiers qu'il lui avait donnés. Son nez était rose et ses joues bouffies. Des croissants sombres soulignaient des yeux humides et injectés de sang. Lorsqu'elle ouvrit la bouche pour parler, des larmes coulèrent le long de ses joues. La poitrine de Bones se serra tandis qu'il entrait et qu'il enroulait ses bras autour d'elle.

— Je suis désolée, dit-elle d'une voix étranglée.

— Non, chérie. Je suis désolé d'avoir suggéré d'aller là-bas, d'avoir perdu mon calme et de t'avoir fait du mal.

Les bras forts de Bullet les encerclèrent, faisant sursauter

Bones, même si cela n'aurait pas dû être le cas. Bullet était venu la veille, environ quarante minutes après que Sarah était rentrée et il avait monté la garde avec son frère toute la nuit.

Il les lâcha et se retourna pour partir.

— Eh, B ? l'appela Bones.

Son aîné jeta un coup d'œil par-dessus son épaule, ses yeux noirs comme le charbon pleins d'inquiétude.

— Merci, dit Bones.

Bullet hocha la tête et son cadet le regarda partir, Sarah toujours dans ses bras. Il ne voulait pas la lâcher.

— Je ne lui ai rien dit, la rassura-t-il. Il savait que j'avais parlé à Court – *Charlie* – à la réunion du club et il m'observe depuis. Il a un peu fouiné, il a compris certaines choses et il est arrivé là-bas des heures avant nous pour voir ce que nous affrontions. Je suis désolé. On peut faire sortir l'âme de soldat des militaires, mais je pense qu'ils l'ont toujours un peu en eux.

Elle leva des yeux humides vers lui et dit :

— Ne t'excuse pas d'être aimé à ce point. J'avais tellement peur, hier ! Je ne savais pas qui était dans la maison ni ce qui t'arriverait, et quand il est venu, j'étais ravie qu'il soit là, même si j'étais trop bouleversée pour le montrer.

— Parle-moi, bébé. S'il te plaît.

— Je ne peux pas.

Elle secoua la tête et le cœur de Bones sombra. Elle lui tendit le cahier et dit :

— C'est trop dur à dire, mais tout est là. Grâce à toi, mes rêves sont plus grands que mes peurs.

— Je ne veux pas partir, Sarah. Pas comme ça.

— C'est une bonne chose, car j'ai vraiment besoin que tu me serres dans tes bras. Tu penses pouvoir lire et me serrer dans tes bras en même temps ?

Bones retira ses bottes et sa veste, puis ils se dirigèrent vers la chambre. La vue du lit de Sarah, encore intact du matin précédent, les oreillers relevés contre la tête de lit, le fit souffrir encore plus. Il s'installa et elle rampa sur le matelas. S'allongeant perpendiculairement au corps de Bones, elle posa sa tête sur son ventre et enroula ses bras autour de lui.

— Tu peux lire comme ça ?

— Bien sûr.

Il passa ses doigts dans les cheveux de Sarah et elle soupira d'une voix endormie, s'assoupissant quelques minutes plus tard. Bones se prépara pour ce qui se trouvait dans le cahier. Il se pencha en avant, déposa un baiser sur son front et murmura :

— Peu importe ce que ça dit. Rien ne changera ce que je ressens pour toi.

Plus d'une heure plus tard, Bones entendit Bradley dire quelque chose et Lila balbutia en retour. Il s'obligea à détourner les yeux du cahier, sans avoir honte de ses larmes, lorsque Scott jeta un coup d'œil dans la chambre de Sarah, regardant sa sœur endormie, ses bras encore enroulés autour de lui.

— Ça va ? demanda-t-il.

— Ça ira, dit Bones.

— Je me charge des enfants. Occupe-toi juste de Sarah.

Scott ferma la porte.

Bones lui avait écrit la veille pour lui dire qu'il était devant la porte et qu'il n'avait pas l'intention de partir. Scott avait dit que Sarah était bouleversée, ce à quoi le motard avait répondu qu'on pouvait s'y attendre. Il ne lui avait pas expliqué pourquoi, il avait juste dit qu'ils s'en occuperaient le moment venu et de lui donner de l'espace si elle en avait besoin.

Bones continua de lire. Plus il lisait, plus il devenait difficile de voir les mots et d'accepter que sa précieuse Sarah ait subi tant de violence.

J'ai fait beaucoup de choses dont je ne suis pas fière au cours de ma vie, mais je n'ai jamais vendu mon corps. Et je n'ai jamais aimé un homme comme je t'aime. J'espère que tu pourras me pardonner.

Il déposa un autre baiser sur son front, des larmes coulant de ses yeux. Ayant besoin d'être plus près d'elle, de lui faire *sentir* son amour, il se plaça derrière elle. Elle se dandina plus près de lui, se nichant contre les creux de son corps tandis qu'il s'enroulait autour d'elle.

Pour la deuxième fois au cours de sa vie, il eut du mal à faire ce qui convenait. Chaque once de son être voulait tuer Lewis lentement et douloureusement, puis retrouver chacun des salauds qui avaient fait du mal à Sarah et les torturer jusqu'à ce qu'ils laissent échapper leur dernier souffle.

Sarah gémit dans son sommeil et il la serra plus fort.

Il aurait dû forcer ce salaud à signer les documents. Il s'était tellement perdu dans sa rage qu'ils lui étaient complètement sortis de l'esprit. Mais il s'inquiéterait de cela un autre jour.

Tout ce qui comptait, c'était que Sarah soit là avec lui. *En sécurité.* Et personne ne lui ferait plus jamais de mal.

ÉPILOGUE

— Je crois que je vois un pénis.

Dixie plissa les yeux en regardant l'échographie que Sarah avait encadrée.

— Oui. Je suis presque sûre que la technicienne de l'échographie avait tort et que ce Whiskey a un paquet.

— Donne-moi ça.

Crystal la lui prit des mains et examina l'image granuleuse.

— Elle n'en a pas.

Penny et Gemma se penchèrent toutes les deux pour vérifier.

— Ma fille n'a pas de *paquet*, insista Sarah.

Elle prit l'échographie des mains de Crystal, se souvenant que Bones et elle avaient eu les larmes aux yeux quand la technicienne leur avait montré qu'ils attendaient une fille. Bones avait examiné l'écran pendant l'échographie, répétant « Tu as vu comme elle est belle » tant de fois que la praticienne avait dit qu'elle n'avait jamais vu un père s'émouvoir autant. Sarah ne l'avait pas corrigée à propos de la relation de Bones avec le bébé, car il avait déjà l'impression d'être le père de ses enfants.

Elle déplaça quelques décorations de Noël sur le tour de cheminée et y posa le cadre, sous le dessin que les enfants avaient offert à Bones pour son anniversaire. Comme il l'avait promis, il l'avait fièrement encadré et accroché au mur. Le bébé donna un coup de pied et elle passa une main sur son ventre, pensant au soutien que Bones lui avait témoigné depuis qu'ils avaient affronté Lewis, presque trois semaines plus tôt. Son petit ami l'avait mise en relation avec un thérapeute le lendemain. Elle l'avait déjà vu cinq fois et elle avait l'intention de continuer d'aller le voir deux fois par semaine, car il l'aidait énormément. Bones l'avait également aidée à dire la vérité à Scott sur ce que Lewis avait fait, puis il avait calmé celui-ci quand ce dernier était sorti de ses gonds. Plus tard, Bones avait avoué à Sarah qu'il regrettait de ne pas avoir tué Lewis. Elle avait pleuré à cause de cela et Bones avait eu les larmes aux yeux aussi ; comment un homme horrible pouvait-il pousser deux bonnes personnes à souhaiter avoir fait quelque chose d'aussi odieux ?

On aurait dit que ce cauchemar était arrivé une éternité auparavant, en particulier maintenant que c'était Noël et qu'ils étaient entourés par les odeurs délicieuses de leur dîner de fête ainsi que des amis et de la famille qui avaient apporté tant de bonheur dans leurs vies.

— Tu crois que ce sera bizarre d'être au *Whiskey's* alors que je suis enceinte ? demanda Finlay, ramenant Sarah dans leur conversation.

— Non, dirent Crystal et Sarah à l'unisson.

— Pourquoi ce serait bizarre ? demanda Crystal. Ce n'est pas comme si tu pouvais être saoulée par les émanations de bière passives. Sinon Dixie serait toujours saoule.

Elles regardèrent Dixie, à l'autre bout de la pièce, qui désignait quelque chose de l'autre côté de la fenêtre avec Isabel, Quincy, Jed et Penny. Scott s'approcha par-derrière, passa un bras autour de Dixie et dit quelque chose qui poussa cette dernière à s'écrier :

— Ah ! Dans tes rêves !

Red se rua hors de la cuisine et annonça :

— Les garçons Whiskey et notre Whiskey adoptif, Tru, sont dans le garage au cas où vous les cherchez.

Elle était ravissante dans un pantalon et un sweat-shirt noirs avec un collier à larges mailles, vert, rouge et doré. Elle souleva Lincoln tandis qu'il titubait vers la cuisine et l'embrassa sur la joue.

— Tu n'es pas assez grand pour jouer avec des motos.

Elle le posa sur ses pieds et il retourna en chancelant vers les autres enfants autour du sapin de Noël.

— Viens, Linc. Bradley nous apprend à faire des casques de moto.

Kennedy tapota le sol à côté d'elle. Elle était adorable avec ses couettes et la robe de princesse de Noël que Crystal lui avait confectionnée.

— Regarde, dit Finlay derrière sa main.

Bradley descendait l'escalier en traînant un sac de couches. Sarah et les enfants n'avaient pas officiellement emménagé avec Bones, mais ils vivaient là depuis le lendemain de cette terrible soirée avec Lewis. Elle était presque sûre que Scott était ravi d'avoir sa garçonnière presque pour lui tout seul. Il avait passé beaucoup plus de temps avec Dixie dernièrement, poussant Sarah à se demander si quelque chose couvait entre eux, mais il avait apporté des douceurs de la boulangerie de Cassie deux fois au cours de la semaine précédente, ce qui la rendait curieuse à propos d'eux aussi. Elle était juste ravie qu'il passe du temps avec des femmes. C'était un homme trop bon pour être seul.

— Regarde.

Finlay lui donna un coup de coude, hochant de nouveau la tête vers Bradley tandis qu'il plaçait le sac de couches à côté du sapin et qu'il s'accroupissait à côté.

— Il est tellement déterminé !

Le garçonnet prit plusieurs couches et dit :

— Il en faut une pour tout le monde.

Il ouvrit une couche et la plaça sur la tête de Lila, faisant glousser les autres enfants, et dit :

— Un.

Puis il ouvrit une autre couche et la plaça sur la tête de Lincoln.

— Deux.

Red toucha la manche du chemisier de Sarah.

— Oh, mon Dieu, Sarah ! Regarde ce petit chéri.

Lincoln retira la couche de sa tête.

— Linc, il te faut un casque ou tu ne peux pas monter à moto.

Kennedy posa la couche sur la tête de Lincoln et ce dernier regarda Lila comme si elle pouvait faire quelque chose pour changer sa sœur autoritaire.

Bradley plaça une couche sur la tête de Kennedy et dit :

— Trois.

Puis il poussa Lila derrière Lincoln et dit :

— Kennedy, tu t'assois derrière Lila.

— Bonne idée. Comme ça, elle ne tombera pas, dit la fillette.

Les adultes prêtaient une grande attention aux enfants tout en murmurant, commentant à quel point la scène qui se déroulait devant eux était adorable.

Bradley se laissa tomber devant Lincoln. Il plaça une couche sur sa propre tête et dit :

— Quatre.

Puis il tendit les bras en avant, comme s'il tenait un guidon, et il commença à imiter le son d'un moteur de moto.

Sarah prit son téléphone et les photographia tandis que les autres enfants se joignaient à lui en imitant le bruit des moteurs et en se penchant toujours du même côté que Bradley. Elle envoya une photographie à Bones avec la légende : *Je crois que tu as un mini-toi.*

— Je crois que je vais pleurer ! dit Finlay. C'est le truc le plus mignon que j'aie jamais vu.

Gemma passa son bras autour de Finlay et dit :

— Je crois que tu as la fièvre des bébés. Tu devrais emprunter Lincoln un jour, quand il sera particulièrement fatigué. Ça pourrait te la faire passer.

— Ne le crois pas, dit Red en secouant la tête. Une fois que tu as le virus des bébés, tu ne peux pas y échapper avant d'avoir le tien dans tes bras.

Le téléphone de Sarah vibra lorsqu'elle reçut la réponse de Bones. *C'est un bon garçon, il prend le groupe en charge. Tu crois que quelqu'un le remarquerait si je t'emmenais à l'étage pour un autre festival de l'amour ?* Avant qu'elle ne puisse répondre, elle entendit les hommes entrer par la porte du garage. Ils se dirigèrent droit vers le réfrigérateur, Tinkerbell trottant derrière Bullet. Sarah avait encore l'estomac plein après le dîner de Noël, mais elle en avait beaucoup appris sur Bones en dormant chez lui tous les soirs. Il mangeait *beaucoup*. Il n'avait pas le choix. Il travaillait six jours par semaine. Il avait une salle de sport au sous-sol et une autre au bureau. Quand il ne pouvait pas faire de sport avant le travail, il le faisait à l'heure du déjeuner. Ce n'était pas étonnant qu'il soit aussi séduisant. Et elle *adorait* le regarder s'entraîner. Son régal pour les yeux personnel.

— Je crois que Dixie avait raison à propos de toi à Halloween, dit Gemma. Vu la façon dont tu regardes Bones, tu as sans aucun doute la fièvre Whiskey.

— Ça, c'est vrai, admit-elle joyeusement.

Être amoureuse à ce point était merveilleux et elle n'avait pas l'intention de le cacher.

Crystal jeta un coup d'œil vers les hommes, qui retournaient dans le garage avec des bières et une assiette de restes de dinde.

— Sarah, tu as l'air d'aller vraiment bien. Tu te sens vraiment bien ? Je veux dire, c'est vrai ? Car nous sommes là pour toi si tu as besoin de parler.

— Je le sais, mais c'est bien vrai. Je suis heureuse.

Son thérapeute lui avait suggéré de raconter à ses amis les plus proches la vérité sur ce qu'elle avait subi afin de construire un réseau de soutien, de surmonter la honte qui la rongeait et de se concentrer sur son évolution et la force qu'elle avait gagnée grâce à ce qu'elle avait traversé. Même si elle ne pouvait toujours pas aller au refuge et que Camille et Ebony étaient allées vivre chez des membres de leurs familles, elle avait gardé le contact avec les filles et elle leur en avait parlé en premier, car elles avaient toutes subi quelque chose de similaire. Puis Bones et elle l'avaient dit à sa famille. Ils en avaient parlé à chaque couple séparément et chaque fois qu'elle avait raconté son histoire, elle avait trouvé qu'il était un peu plus simple d'en parler. Lorsqu'elle avait raconté son histoire à Bear et Crystal, cette dernière lui avait dit qu'elle avait été violée à l'université. Elles avaient parlé pendant des heures et cela les avait rapprochées davantage.

— Mon thérapeute a suggéré que j'intègre mon histoire aux kits solidaires du refuge. Bones a organisé ça avec Sunny et nous allons utiliser l'une des photos que Hawk a prises des enfants et de moi pour la couverture de la brochure. Sur la dernière page, il y a une photo de nous tous, y compris Bones. Il en a livré un tas au refuge la semaine dernière.

Elle espérait secrètement que Josie le verrait.

— C'est merveilleux, dit Crystal. Tu vas probablement aider beaucoup de femmes à voir qu'elles peuvent surmonter ce qu'elles ont subi, quoi que ce soit.

— Qu'est-ce que tu ressens ? demanda Gemma.

— C'était bizarre au début de voir que les enfants et moi étions sur la couverture. Mais même si *De la misère à la joie* était d'abord mon histoire, elle est devenue la leur aussi. Et même si je trouvais que c'était un peu présomptueux que Bones y soit étant donné que nous ne sommes pas mariés ni rien, il représente une partie tellement grande et importante de nos vies qu'aucun de nous ne voulait l'exclure.

— Wayne m'a donné l'une des brochures et je n'ai jamais vu mon fils aussi fier d'être inclus dans quoi que ce soit.

Red la serra dans ses bras et dit :

— Il n'avait jamais l'air satisfait de sa vie avant de vous trouver, les enfants et toi. C'est un miracle.

Les hommes revinrent dans la cuisine et Sarah jeta un coup d'œil vers eux, apercevant Bones en train de la regarder. Il lui adressa un clin d'œil et articula silencieusement : *Je t'aime.*

— Non, Red, dit Sarah d'un air rêveur. C'est lui, *notre* miracle.

—À TON AVIS, de quoi parlent les petites chéries ?

Bullet s'appuya sur le plan de travail de la cuisine, jetant un regard aux filles dans le salon.

— Des enfants, dit Truman.

Bear rit.

— De sexe.

— Elles disent que nous sommes sexy, de toute évidence, plaisanta Bones.

Bullet émit un petit rire et but une gorgée de sa bière.

— Comment va ta chérie, Bones ?

— Elle va très bien.

Plus Bones et Sarah parlaient de ce qu'elle avait subi, plus cela semblait facile pour elle.

— Le thérapeute l'aide beaucoup. Je pense aller le voir.

— Que se passe-t-il ? demanda Bear.

— J'ai des problèmes, mec.

Bones regarda Sarah rire avec les filles et dit :

— Je n'arrête pas de penser à la venger de cette ordure et à pourchasser les salauds qui lui ont fait du mal.

Il croisa le regard gêné de Bullet.

— Je veux les détruire comme ils ont essayé de la détruire. Je veux les humilier, les torturer et…

— Arrête, dit Truman. Je suis allé en prison. Tu ne veux *pas* y aller, mec.

— Il ne va *pas* aller en prison, dit Bullet en lançant un regard mortel à Bones. Tu ne vas *rien* faire, compris ?

— Ça me ronge, B. J'essaye de canaliser ça dans d'autres choses, mais j'ai foiré. J'aurais dû le forcer à signer ces documents.

— Va voir le thérapeute, insista Truman. Parles-en. Sors tout ça de ta tête On trouvera un autre moyen de lui faire signer les documents.

Bullet serra la mâchoire, se redressant de toute sa taille, comme s'il essayait d'intimider Bones pour qu'il accepte de se calmer.

— Je ne veux pas que ce bébé naisse sans que les documents

soient signés, dit Bones. Sarah et les enfants ont besoin de protection.

— Ils l'ont, lui rappela Bear. Il n'y a pas un seul Knight dans les alentours qui n'a pas patrouillé en ville pour guetter ce salaud. Un mauvais pas et nous le descendrons. Mais tu ne peux pas régler les choses comme tu l'as fait. Tu as de la chance qu'il n'ait pas porté plainte.

— Non pas qu'il gagnerait, parce que j'ai vu ce connard se jeter sur toi avec un couteau.

Bullet hocha la tête en lui adressant un clin d'œil et un sourire en coin.

— On te couvre.

— Dommage que me couvrir ne puisse pas m'éclaircir les idées.

Bones se dirigea vers le salon.

— Bones.

La voix grave de son père l'arrêta dans son élan. Biggs se faufila vers lui et posa une main sur son épaule, jetant un coup d'œil dans le salon.

— Tu vois ces enfants ? Cette jolie blonde avec le bébé dans son ventre ?

— Oui, je les vois, vieil homme. Bong sang, oui, je les *sens* même quand ils ne sont pas dans les parages !

Sarah et les enfants ne faisaient pas seulement partie de sa vie, ils étaient devenus une partie de *lui*. Ils étaient devenus son monde.

Les autres hommes les contournèrent en se dirigeant vers le salon. Bullet articula silencieusement : *Tout va bien ?* Bones hocha la tête.

— Tu as ta vengeance, lui rappela Biggs. Tu t'en es sorti et tu as protégé la femme et les enfants que tu aimes. Si tu vas en prison, qu'arrivera-t-il à cette petite chérie qui te donne l'impression que ton cœur bat à toute vitesse ? Celle qui a été assez forte pour traverser un enfer encore et encore.

Il secoua la tête, prit une boisson et dit :

— Il y a différents genres d'enfer, fiston. Voir la personne que tu aimes derrière les barreaux ? Emmener tes enfants à la prison pour visiter l'homme qui leur a fait toutes sortes de promesses et qui ne peut pas les tenir ? C'est le pire enfer qui existe et il n'y a aucune garantie qu'elle t'attende quand tu sortiras. Souviens-toi de ça la prochaine fois que tu voudras prendre la vie de ce salaud.

Bones s'était débattu avec ce même dilemme toute sa vie et il était incapable de retenir sa frustration une seconde de plus.

— Comment tu peux dire ça alors que c'est toi qui nous as appris à faire tout ce qu'il fallait pour corriger les choses ? Tu m'embrouilles, bordel !

La barbe de son père tressaillit, comme s'il essayait de sourire, mais qu'il n'y parvenait pas vraiment.

— Ça t'embrouille parce que tu ne te rends pas compte que tu as *déjà* fait ce qu'il fallait, fiston. Je n'ai pas élevé des tueurs. Si tu surprends un homme la main dans le sac, tu fais tout ce qu'il faut pour mettre un terme à ce qu'il fait et pour l'empêcher de recommencer. Ça mène où ça mène. Mais après les faits, la situation est différente.

— Et je fais quoi de cette colère ? Comment je m'en occupe pour qu'elle ne me dévore pas vivant ?

Biggs jeta un coup d'œil à Bullet, dont les bras étaient autour de Finlay et qui avait un sourire bête sur le visage.

— Il paraît que tu savais exactement quoi faire quand Bullet est revenu de l'étranger avec un stress post-traumatique.

Bullet était retourné aux États-Unis plus de six ans auparavant, sans savoir s'il survivrait. Allongé dans un lit d'hôpital, il s'était confié à Bones et il lui avait demandé de ne dire à personne qu'il était là. Il n'avait pas voulu que sa famille s'inquiète pour lui. Bones avait gardé son secret et il avait mis Bullet en contact avec un thérapeute qui, avec le temps, avait fait des merveilles pour soigner son stress post-traumatique. Mais Bullet semblait quand même rempli de rage et Bones s'était inquiété pour lui jusqu'à ce qu'il tombe amoureux de Finlay. Après cela, tous les démons de son frère avaient semblé se dissiper. Ils n'avaient découvert que récemment que Biggs savait que son fils aîné avait frôlé la mort pendant tout ce temps. Bones était encore surpris que son père ne lui tienne pas rigueur d'avoir gardé le secret de Bullet.

— Je sais que ton cœur t'a guidé à chaque pas avec Sarah et je sais que ça a été étrange et nouveau pour toi. Super excitant, je suppose, dit Biggs avec un clin d'œil. Mais cette fois, il faut que ta tête te guide. Va voir ce thérapeute pour pouvoir être le père que ces bébés méritent et l'homme que Sarah et moi savons que tu es.

Biggs claudiqua vers Red comme s'il ne venait pas de donner à Bones l'impression qu'il comprenait enfin son père un peu mieux et qu'il était bien à sa place, après tout.

Sarah lui jeta un coup d'œil, lui adressa le doux sourire qu'il voyait dans ses rêves. Elle était toujours belle, mais devant le sapin de Noël, avec ses cheveux blonds qui lui encadraient le visage, elle ressemblait à un ange. Dixie dit quelque chose et Sarah se retourna pour lui sourire. Le tapage de sa famille et de ses amis se mélangea à la musique de Noël que quelqu'un devait avoir allumée. Il passa dans le salon et décida que son père avait raison. Il prendrait rendez-vous avec le thérapeute, car il ne voulait rien d'autre que le bonheur de Sarah et des enfants.

— Papapa, balbutia Lila tandis qu'elle traversait la pièce en trébuchant.

Elle tendit une main vers Bones et tenait le dernier cadeau qu'il lui restait à ouvrir dans l'autre, celui que Bones avait accroché en bas du sapin par son nœud pour plus tard.

— Papapapa.

Le silence s'abattit dans la pièce et tous les regards se tournèrent vers Lila et Bones. Il ne pensait pas qu'il soit possible que son cœur soit plus rempli qu'à ce moment-là.

— Papapapa, répéta Lila tandis que Bones la prenait dans ses bras et qu'il jetait un œil vers Sarah, qui était bouche bée.

Dixie était en train de prendre une photographie. Red avait les larmes aux yeux.

— Papa !

Lila lui tapota la joue.

Il regarda Sarah et dit :

— C'est à toi de décider, chérie. Ça te convient ou je dois la corriger ?

— C'est parfait, dit Sarah, un peu haletante.

— Dieu merci, car si ce n'était pas le cas, j'aurais peur de faire ça.

Il mit un genou à terre et Bradley se précipita à ses côtés en criant :

— Hourra !

Les yeux de Sarah se remplirent de larmes tandis que Bones prenait sa main tremblante dans la sienne. Le bracelet qu'il lui avait offert pour Noël glissa le long de son poignet, les petites breloques roses et bleues, chacune représentant un enfant, scintillant sous les lumières.

— Dépêche-toi ! Donne-lui la bague !

Bradley prit la boîte des mains de Lila, ce qui la fit crier. Il la remit dans la main de la petite fille, s'éloigna rapidement, prit la nouvelle poupée de sa sœur et la poussa vers elle.

— On échange ?

Lila laissa tomber la boîte pour prendre le jouet et Bones l'attrapa au vol, faisant rire tout le monde et faisant pleurer Sarah. Le jeune homme tendit la boîte à Bradley, faisant de son mieux pour ne pas s'écarter de leur plan et se dépêcher de dire ce qu'il désirait désespérément dire depuis des semaines.

Bradley ouvrit la boîte et Bones dit :

— Sarah, depuis le moment…

— Tu as vu comme elle est belle, maman ? Je l'ai aidé à la choisir pendant que tu étais au travail !

Bradley poussa la boîte avec l'élégant diamant à deux carats vers elle.

Elle rit, ce qui provoqua plus de larmes.

— Elle est très belle.

— Ça ne se passe pas vraiment comme prévu, dit Bones en souriant.

— Ça ne se passe jamais comme prévu avec les enfants, dit doucement Gemma.

Bear attira Crystal contre lui et dit :

— J'ai hâte de le découvrir.

Bones se leva, Lila dans ses bras, regardant Sarah profondément dans les yeux, et il dit :

— J'avais prévu tout un discours, mais, chérie, maintenant, je ne me souviens plus de la plus grande partie. Sarah, je veux des nuits sans sommeil, à cause de notre amour *et* à cause des enfants. Je veux du vomi de bébé sur mes chemises et nos idées les mieux planifiées gâchées parce que les enfants sont trop impatients pour attendre.

— Mets la bague, maman, cria Bradley.

— Papapapa !

Lila posa sa joue sur l'épaule de Bones.

C'était… le *paradis*.

— Chérie, tu es la femme de ma vie. Je le sais depuis que j'ai posé les yeux sur toi pour la première fois.

Sarah poussa un petit cri.

— C'est ça ! Le nom de notre bébé ! Maggie Rose, en hommage à notre première danse au mariage de Bullet et Finlay.

Il émit un petit rire, pensant qu'il ne pourrait jamais faire sa demande, puis il réalisa qu'elle avait dit « *notre* bébé ».

— C'est parfait, dit-il d'une voix étranglée.

— Je suis désolée ! Je suis juste tellement heureuse !

Elle pinça les lèvres, mais un sourire lui échappa.

— Moi aussi, maman ! cria Bradley. Nous allons nous marier !

— Oncle Boney va se marier ?

Kennedy couina et tapa des mains.

Bear poussa Bones du coude.

— Mec, dépêche-toi !

— Sarah, tu es et tu seras toujours mon seul et véritable amour, dit-il aussi vite que possible. Veux-tu m'épouser ?

— Oui, dit-elle en pleurant et en riant en même temps. Elle passa un bras autour de son cou, l'autre autour de Lila, se mit sur la pointe des pieds et ils scellèrent leur promesse d'un baiser tandis que Bradley tirait sur le T-shirt de sa mère et que tout le monde les acclamait et les applaudissait.

Quand leurs lèvres se séparèrent, Red prit Lila des bras de Bones. Il passa la bague au doigt de Sarah, puis il prit tendrement son visage dans ses mains et effaça ses larmes.

— Je t'aime, Sarah. Je t'aime depuis le moment où je t'ai vue pour la première fois, ce qui aurait pu très mal tourner si tu avais été mariée.

Cela provoqua un doux rire chez Sarah.

— Je m'assurerai toujours que tu aies de la nourriture sûre à manger et si nous découvrons que tu n'as plus d'allergies, nous emmènerons les enfants dans les meilleurs restaurants et nous découvrirons tous tes nouveaux plats préférés. Chérie, je veux t'offrir le monde. Je t'aime un peu plus chaque seconde et je t'aimerai bien au-delà de nos vies terrestres.

Le sourire de Sarah illumina la pièce et elle dit :

— Je t'aime aussi. Tellement, *tellement* fort.

Tout le monde se rapprocha, les enlaçant et les félicitant en même temps.

Dixie serra Bones dans ses bras et dit :

— Ça peut être mon tour, maintenant ?

— Dix, il n'y a rien que je désire plus que ton bonheur. Mais ce n'est pas moi que tu dois craindre.

Il jeta un coup d'œil à Bullet, qui prenait Sarah dans ses bras, et dit :

— Bonne chance avec lui.

Finalement, les enfants retournèrent à leurs jouets et Sarah revint enfin dans les bras de Bones.

— Salut, ma belle future femme. Tu m'as manqué.

— Pas autant que toi, tu m'as manqué.

Elle se mit sur la pointe des pieds et posa ses lèvres sur les siennes.

— J'ai un dernier cadeau pour toi aussi.

Elle lui tendit une enveloppe.

— Qu'est-ce que c'est ?

Il l'ouvrit et balaya du regard le formulaire de révocation volontaire des droits parentaux, signé par Lewis avec Bullet pour témoin et certifié conforme !

— Tu es *retournée* là-bas ?

— Non. Je te le promets, dit-elle rapidement. J'avais peur de te demander d'y retourner et de réessayer parce que j'avais peur que le voir déclenche quelque chose qu'il valait mieux ne pas déclencher. Alors, j'ai choisi la deuxième meilleure option. J'ai appelé Bullet.

— Je ne sais pas si je devrais être heureux ou perturbé de t'avoir effrayée, dit sincèrement Bones.

— Tu ne m'as pas effrayée, dit-elle. Tu m'aimes et cet amour vient avec un instinct protecteur qui est difficile à maîtriser quand tu fais face à… *ça.*

Bones jeta un coup d'œil à Bullet. Il ne savait pas quoi dire. « Merci » ne semblait pas suffisant et « Espèce de salaud, tu aurais dû me le dire » ne semblait pas approprié. En réalité, il était juste ravi que les documents soient signés.

Son frère haussa les épaules et dit :

— Je t'avais dit que je te couvrais. Tu lui avais donné un aperçu de ce qu'il risquait en résistant. Ça, la menace de la prison pour ce qu'il avait fait à Sarah et un petit coup dans la bonne direction, c'est tout ce qu'il a fallu pour qu'il signe les documents et qu'il donne les noms des trois autres crétins. Je me suis chargé d'eux aussi. Tu n'auras plus jamais à te faire de souci à leur sujet.

Bones ouvrit la bouche pour lui demander ce qui s'était passé, mais Bullet plissa les yeux et dit :

— Ne pose pas de questions sur ce que tu ne veux pas savoir.

Quelqu'un frappa à la porte et tout le monde jeta un coup d'œil dans la pièce.

— Qui manque ? demanda Red.

— Ça pourrait être mon amie Tracey, dit Sarah en avançant

vers la porte. Je l'ai invitée. J'espère que ça ne vous dérange pas.

Bones la suivit jusqu'à la porte.

Bullet le rejoignit et dit :

— Il n'est pas mort. Mais c'est toi qui as fait tout ça, mec. Il tremblait dans ses bottes à la seconde où il m'a vu.

— C'est bon à savoir. Merci, mec. Je t'en dois une.

— Non, frérot. Je t'en devais une sacrée. On est quittes.

Sarah ouvrit la porte et son visage pâlit à la vue de Josie, ayant l'air négligé sous le riche porche d'entrée, portant un manteau vert épais avec une capuche sur la tête.

— Josie…

Bones passa un bras autour de la taille de Sarah juste au moment où ses jambes se dérobaient. Il la guida sous le porche.

— Mec, arrête de la fixer du regard, dit sèchement Bullet à Jed, dont les yeux étaient rivés sur la nouvelle venue.

Il chassa Jed et les autres en fermant la porte.

Josie tenait un exemplaire de *De la misère à la joie*, ses yeux passant nerveusement de Bones à Sarah.

— Il m'a donné ça avec cette adresse et il a dit de venir quand je voulais. Je ne savais pas que vous aviez organisé une fête.

— Non, dit Sarah. Reste, s'il te plaît. Scott est à l'intérieur et je sais qu'il meurt d'envie de te parler.

Josie regarda par-dessus son épaule en direction d'une voiture à l'arrêt dans l'allée.

— Je ne peux pas. Mon amie m'attend avec Hail dans la voiture.

— Invite-les à entrer, proposa Sarah. J'adorerais les rencontrer.

L'espoir dans la voix de Sarah poussa Bones à prier pour que Josie accepte.

— Non, dit rapidement celle-ci. Je voulais juste parler une minute. Je ne suis pas prête à…

Elle fronça les sourcils.

— Je voulais juste dire que j'ai lu ton histoire. Je ne savais pas… Je suis désolée.

Elle se précipita en bas des marches du porche, s'arrêtant brusquement sur le trottoir. Ses épaules s'affaissèrent en avant, elle enfonça profondément ses mains dans les poches de son manteau en se retournant vers eux et dit :

— Joyeux Noël. Peut-être que nous pourrions parler après les fêtes.

— Ça me ferait plaisir, dit Sarah.

Des larmes coulèrent le long des joues de celle-ci tandis que Josie montait dans la voiture et Bones la serra dans ses bras lorsque sa sœur s'éloigna.

— Elle était là, dit Sarah d'un ton émerveillé. Tu as amené Josie à moi.

— Non, chérie. Tu l'as fait en étant assez courageuse pour raconter ton histoire. Je n'ai fait que livrer le message.

— Je suis tellement heureuse là, maintenant, que j'ai envie de pleurer, murmura-t-elle. J'ai peur d'espérer et je suis terrifiée à l'idée de ne pas le faire.

— *Espère*, bébé. L'espoir, c'est une bonne chose. C'est un début. Elle a fait le plus dur : elle est venue te voir et elle s'est excusée. Le reste viendra.

— Elle a lu mon histoire. Elle sait que je n'ai pas eu une vie parfaite.

Sarah leva les yeux vers le ciel tandis que la neige commençait à tomber et dit :

— Peut-être que Thomas a saupoudré un peu de poudre de miracle en plus sur nous, ce soir.

— Chérie, dit-il lorsqu'elle croisa à nouveau son regard, il a dû saupoudrer de la poudre de miracle sur moi depuis le jour où il est décédé, car toute ma vie m'a mené à toi. Allons chercher tes bébés, les couvrir et les laisser attraper des flocons de neige avec leurs langues.

— Attraper des *miracles*, dit-elle. Car on n'en a jamais assez.

Vous aimez la plume de Melissa ?

Découvrez toute la magie de Melissa Foster, auteure de best-sellers au classement du *New York Times* avec la série à l'origine du phénomène :

Amour sublime

Saga familiale romantique

Les Whiskey sont l'une des grandes familles de la collection *Amour sublime*, avec des héros farouchement loyaux, des héroïnes sexy et pétillantes, et des histoires qui dépassent toutes vos attentes. Découvrez, en version anglaise et téléchargeable, les bibliographies, les ordres de lecture et plus encore sur la page Reader Goodies.

www.MelissaFoster.com/amour-sublime
www.MelissaFoster.com/RG

Autres livres par Melissa
(en anglais)
English Editions

<u>LOVE IN BLOOM SERIES</u>

SNOW SISTERS

Sisters in Love
Sisters in Bloom
Sisters in White

THE BRADENS at Weston

Lovers at Heart, Reimagined
Destined for Love
Friendship on Fire
Sea of Love
Bursting with Love
Hearts at Play

THE BRADENS at Trusty

Taken by Love
Fated for Love
Romancing My Love
Flirting with Love
Dreaming of Love
Crashing into Love

THE BRADENS at Peaceful Harbor

Healed by Love
Surrender My Love
River of Love

Crushing on Love
Whisper of Love
Thrill of Love

THE BRADENS & MONTGOMERYS at Pleasant Hill – Oak Falls

Embracing Her Heart
Anything for Love
Trails of Love
Wild Crazy Hearts
Making You Mine
Searching for Love
Hot for Love
Sweet Sexy Heart
Then Came Love
Rocked by Love
Our Wicked Hearts
Claiming Her Heart

THE BRADEN NOVELLAS

Promise My Love
Our New Love
Daring Her Love
Story of Love
Love at Last
A Very Braden Christmas

THE REMINGTONS

Game of Love
Stroke of Love
Flames of Love

Slope of Love
Read, Write, Love
Touched by Love

SEASIDE SUMMERS
Seaside Dreams
Seaside Hearts
Seaside Sunsets
Seaside Secrets
Seaside Nights
Seaside Embrace
Seaside Lovers
Seaside Whispers
Seaside Serenade

BAYSIDE SUMMERS
Bayside Desires
Bayside Passions
Bayside Heat
Bayside Escape
Bayside Romance
Bayside Fantasies

THE STEELES AT SILVER ISLAND
Tempted by Love
My True Love
Caught by Love
Always Her Love

THE RYDERS
Seized by Love
Claimed by Love

Chased by Love
Rescued by Love
Swept Into Love

THE WHISKEYS: DARK KNIGHTS AT PEACEFUL HARBOR

Tru Blue
Truly, Madly, Whiskey
Driving Whiskey Wild
Wicked Whiskey Love
Mad About Moon
Taming My Whiskey
The Gritty Truth
In for a Penny
Running on Diesel

THE WHISKEYS: DARK KNIGHTS AT REDEMPTION RANCH

The Trouble with Whiskey
For the Love of Whiskey

SUGAR LAKE

The Real Thing
Only for You
Love Like Ours
Finding My Girl

HARMONY POINTE

Call Her Mine
This is Love
She Loves Me

THE WICKEDS: DARK KNIGHTS AT BAYSIDE
A Little Bit Wicked
The Wicked Aftermath
Crazy, Wicked Love
The Wicked Truth

SILVER HARBOR
Maybe We Will
Maybe We Should
Maybe We Won't

WILD BOYS AFTER DARK
Logan
Heath
Jackson
Cooper

BAD BOYS AFTER DARK
Mick
Dylan
Carson
Brett

HARBORSIDE NIGHTS SERIES
Includes characters from the Love in Bloom series
Catching Cassidy
Discovering Delilah
Tempting Tristan

More Books by Melissa
Chasing Amanda (mystery/suspense)
Come Back to Me (mystery/suspense)
Have No Shame (historical fiction/romance)

Love, Lies & Mystery (3-book bundle)
Megan's Way (literary fiction)
Traces of Kara (psychological thriller)
Where Petals Fall (suspense)

Remerciements

Merci d'avoir lu l'histoire de Bones et Sarah. C'était une histoire difficile à écrire, étant donné le passé de Sarah. Mais Bones a un peu facilité les choses, adoucissant l'histoire avec son cœur plein de compassion et sa nature protectrice. J'espère que vous les avez aimés autant que moi. J'ai hâte d'explorer les belles histoires de Josie, Dixie, Penny et tous nos amis de l'univers des Whiskey.

Un merci tout spécial à Rosalie Perez, qui a eu la gentillesse de partager avec moi sa bataille personnelle contre le cancer. J'ai pris de grandes libertés littéraires, et je te suis reconnaissante de m'avoir confié ton histoire. Merci Terren Hoeksema de m'avoir aidée en me donnant quelques détails sur la vie dans certains coins de la Floride. Lisa Bardonski et Lisa Filipe, vous m'avez sauvé la vie avec ce livre. Merci de m'avoir tirée d'affaire.

Si vous découvrez mes textes, notez que tous mes livres peuvent être lus indépendamment les uns des autres. Les personnages apparaissent dans d'autres séries, de sorte que vous ne raterez jamais de fiançailles, de mariages ni de naissances. Pour en savoir plus sur la série *Amour sublime* et mes autres titres en français, c'est ici :
www.MelissaFoster.com/amour-sublime

Pour plus d'informations sur mes titres en anglais, cliquez ici :
www.MelissaFoster.com/melissas-books

J'offre gratuitement plusieurs ebooks (premiers tomes de séries en anglais). Vous les trouverez ici :
www.MelissaFoster.com/LIBFree

Je discute souvent avec mes lecteurs sur Facebook. N'oubliez pas de vous inscrire à mon fan club !
www.Facebook.com/groups/MelissaFosterFans

Suivez ma page d'auteur sur Facebook pour des concours et les dernières informations sur les mondes de vos héros préférés.
www.Facebook.com/MelissaFosterAuthor

Si vous préférez les romances plus édulcorées, sans scènes explicites ni langage cru, découvrez ma série en anglais, *Sweet with Heat*, sous le nom de plume Addison Cole. Vous y trouverez les mêmes histoires d'amour, en un peu moins torrides.

Merci à ma formidable équipe éditoriale : Kristen Weber et Penina Lopez, et mes relecteurs attentifs : Elaini Caruso, Juliette Hill, Marlene Engel, Lynn Mullan et Justinn Harrison. En dernier, mais non des moindres, un immense merci à ma famille pour sa patience, son soutien et son inspiration.

Retrouvez Melissa

Melissa Foster est une auteure primée, dont les best-sellers figurent aux classements du *New York Times* et de *USA Today*. Ses livres sont recommandés par le blog littéraire de *USA Today*, le magazine *Hagerstown*, *The Patriot* et de nombreuses autres revues. Melissa a peint et fait don de plusieurs fresques murales pour l'hôpital des enfants malades à Washington, DC.

Retrouvez Melissa sur son site web ou discutez avec elle sur les réseaux sociaux. Melissa aime parler de ses livres avec les clubs de lecture et les groupes de lecteurs. N'hésitez pas à l'inviter à vos événements. Les livres de Melissa sont disponibles dans la majeure partie des boutiques en ligne, en version papier et numérique.

Melissa écrit aussi des romances moins explicites sous le nom de plume Addison Cole.

Goodies gratuits : www.MelissaFoster.com/Reader-Goodies